新闻传播专业"十四五"规划教材

新闻作品评析教程

第三版

王灿发 ◎ 著

中国传媒大学出版社
·北京·

第三版前言

党的十八大以来,习近平总书记对新闻舆论工作作出了系列论述,要求新闻舆论工作者,担当起"高举旗帜、引领导向,围绕中心、服务大局,团结人民、鼓舞士气,成风化人、凝心聚力,澄清谬误、明辨是非,联接中外、沟通世界"的职责使命。党的二十大报告提出"坚守中华文化立场,提炼展示中华文明的精神标识和文化精髓,加快构建中国话语和中国叙事体系,讲好中国故事、传播好中国声音,展现可信、可敬、可爱的中国形象"。这要求新闻工作者,在政治上必须把方向摆在第一位,在业务上不断提高采、写、编、评水平,从而进一步提高新闻舆论的传播力、引导力、影响力、公信力。

新闻评析是沟通理论与实践的桥梁。新闻工作者通过评析新闻作品,一方面可以检验新闻实践成果,另一方面可以总结新的实践经验并抽象到理论层面,从而进一步促进新闻实践的发展。著名新闻理论家甘惜分认为:"新闻是一门植根于新闻实践并在新闻实践中与时俱进的社会科学。"[①]新闻作品就是记者在新闻理论(包括新闻学基本原理、新闻实务基本理论)指导下的新闻实践的结晶。评析新闻作品,能更好地检验作品的得失,提高新闻工作者的业务水平。我国新闻界对新闻评析非常重视,规模较大的新闻评析活动要数每年进行的中国新闻奖评选了。评选的宗旨就是有利于贯彻关于新闻工作的方针、政策和原则,有利于坚持正确的舆论导向,有利于加强队伍建设,有利于调动各方面的积极性,评选的具体标准包括政治思想标准、舆论导向标准、业务技术标准。

本书力图从理论与方法、实践与应用两个层面系统讲述新闻作品评析的

---

① 甘惜分.打开"老记"的人生[J].新闻与写作,2007(5).

总体原则和方法、各类新闻体裁作品的评析方法，阐述期刊新闻作品、报纸副刊作品以及外国新闻作品的特点和评析方法，并通过新闻作品案例的分析，揭示新闻写作的基本规律。

  本书在结构上采取总分式、中外式结构，首先讲述新闻评析的基本理论与方法，然后具体讲解各类体裁的评析，在此基础上进行中外新闻作品的对比，分析中外新闻作品不同的特点。在作品评析的类别上，以报纸作品评析为主，同时照顾到期刊与电视新闻作品评析。对于新闻作品事例的选择，注意处理古与今、老与新、中与外的关系：以今为主，以古为辅；以新为主，以老为辅；以中为主，以外为辅。本书采用了新闻史上的一些经典案例，也大量采用了新案例，新案例大都是近年来各类优秀的获奖作品。这些经典作品和获奖作品，以鲜明的个性展示出新闻作品的共性原则和要求。希望其成功之处，能为更多的人认识和把握，从个别现象抽象出具有普遍意义的经验和规律，为读者提供借鉴。

王灿发
2023年2月20日

目 录

第一章　新闻作品评析概论　/1

第二章　新闻作品评析方法　/16
第一节　新闻作品内容评析　/16
第二节　新闻作品形式分析　/22
第三节　特定层面分析　/31

第三章　事实类作品评析（上）　/42
第一节　消息的基础知识　/42
第二节　消息评析方法与要求　/45
第三节　案例评析　/56

第四章　事实类作品评析（下）　/68
第一节　通讯的基础知识　/68
第二节　通讯作品的评析方法　/71
第三节　通讯作品评析实例　/77
第四节　深度报道作品评析　/88

第五章　言论类作品评析　/96
第一节　言论类作品基础知识　/96
第二节　言论类作品的评析方法　/100
第三节　对读者来论的评析　/122

第六章　西方新闻作品评析　/133
第一节　西方新闻作品的形式　/133
第二节　西方新闻作品写作特点　/140
第三节　西方新闻作品评析方法与要求　/144
第四节　普利策新闻奖及其作品分析　/149

第七章　中外新闻作品特色比较　/156
第一节　政治意识形态比较　/156
第二节　写作方法比较　/160
第三节　探索中国新闻作品的新形式　/169

第八章　期刊作品评析　/173
第一节　期刊的基本知识　/173
第二节　新闻期刊作品评析方法　/177
第三节　新闻期刊作品评析实例　/182

第九章　副刊作品评析　/188
第一节　副刊文体及特征　/188
第二节　副刊作品评析方法与要求　/193
第三节　副刊作品评析实例　/197

第十章　广播电视新闻作品评析　/218
第一节　广播电视新闻作品基础知识　/218
第二节　广播电视新闻作品评析方法与要求　/220
第三节　广播电视新闻作品评析实例　/227

第十一章　网络新闻作品评析　/232
第一节　网络新闻作品基础知识　/232
第二节　网络新闻作品评析方法与要求　/236
第三节　网络新闻作品评析实例　/239

第十二章 自媒体新闻作品评析 /244
第一节 自媒体新闻作品基础知识 /244
第二节 自媒体新闻作品评析实例 /248

第十三章 融媒体新闻作品评析 /251
第一节 融媒体新闻作品基本知识 /251
第二节 融媒体新闻作品评析方法与要求 /254
第三节 融媒体新闻作品评析实例 /256

参考文献 /260

后　记 /265

第一章　新闻作品评析概论

- **本章要点：**
  了解：新闻作品评析的作用；新闻作品评析者的素养
  掌握：新闻作品的特点；"评析"的含义；新闻评析的原则

我们每天都会接触新闻，对新闻的好坏、优劣在每个人心中也都不自觉地评判过。一则新闻，报道得充不充分，读者都会有一种直观印象，这也可以看作对新闻作品最简单的评析。在具体的新闻活动中，新闻评析也随处可见：许多新闻专业杂志都设有新闻作品评析、好稿评析、佳作分析等专栏；全国性新闻单位（如每年一度的中国新闻奖）和各省市新闻单位都设有好新闻的评选。这些专栏和各种评奖活动都是"新闻评析"的具体体现。

新闻评析，顾名思义是对新闻活动的结果——新闻作品进行评价与分析。新闻评析与新闻活动的内在规律有着必然的联系。研究新闻评析，首先要了解它所研究的客体——新闻作品到底有什么特点，评析的含义是什么，为什么要研究新闻评析以及研究新闻评析要遵循什么原则，这也是本章要谈的内容。

一、新闻作品的特点

首先，真实性是新闻报道的基本原则，那么真实性自然也是新闻作品最基本的特点。事实是新闻的本源，新闻是事实的反映。在反映客观事实时，新闻作品要按照客观事实的本来面貌去反映，不能随意更改、编造、杜撰。

其次，新闻作品具有新鲜性。新闻是对新近发生的事实的报道，"新近发生的"也就意味着事实是新鲜的。"新"有两层意思：一是"新近"，新闻报道应迅速及时；二是"新鲜"，指事实新、角度新。新闻被称为"易碎品"，时过境迁，就会削弱甚至完全丧失新闻价值，成为"明日黄花"，无人问津。

再次，新闻作品具有公开性。新闻是面向公众传播的，这就意味着一方面新闻信息的内容是可以公开的，另一方面新闻信息应该以公开的方式传播给公众，起到影响社会舆论的作用。毛泽东指出："报纸的作用和力量，就在于它能使党的纲领、路线、方针、政策、工作任务和工作方法，最迅速、最广泛地同群众见面。"①再真实的新闻作品，如果没有传播出去，那么也就没有什么存在的意义了。

最后，新闻作品具有服务性。新闻作品的服务性，指新闻机构通过新闻报道为受众提供社会服务，满足人们的需要。广义的服务性，既包括新闻的娱乐性、消遣性、趣味性，又包括指导性、知识性。因为新闻对群众的学习、工作和社会生活进行指导，满足他们多方面的需要，也是一种服务。服务性同新闻的指导性、思想性是相辅相成的，出色的服务性有利于指导性的贯彻。

由此可见，新闻作品不是文学作品，不能含有任何虚构的成分；今天的新闻，就是明天的历史，但新闻作品本身并不能等同于历史，不是什么时候的事实都可以成为报道的对象；新闻作品是对客观事物新近变动的报道，具有真实性、新鲜性、公开性、服务性的特点。

二、"评析"的含义

评析，即"评"与"析"。在新闻评析活动中，"评"主要是对新闻作品的新闻价值、表达的思想与产生的社会效果进行评价；"析"主要是对新闻作品的社会成因与表现手法进行综合分析，分析新闻作品的社会背景、现实意义、表现形式、写作特点等。

所谓新闻作品评析，是评析者在一定的新闻观念和评析标准的指导下，对新闻作品的价值要素和传播效果进行分析和评价，其中包括对作品呈现的新闻现象进行说明、解释和评价，对作品呈现的采写经验进行总结。

三、新闻作品评析的作用

新闻作品评析是对具体的新闻作品以及新闻现象进行评价与分析，揭示作品中所体现的新闻传播活动规律，引导受众鉴赏作品、了解新闻写作的好与坏，让采写者认识到写作得失，从而指导我们的新闻实践，更好地引导社会舆论。下面我们具体阐述新闻作品评析的作用。

第一，正确评析新闻作品，揭示其新闻价值与思想内涵，引导受众鉴赏。许多新闻作品由于其采写的历史背景与现在不同，受众在理解时会有一些障碍。新闻作品评析正是通过评价、分析作品产生的时代背景、内涵、思想、意义等，帮助受众认识作品反映的社会生活，深刻了解其新闻价值，从中得到清晰的认识及审美享受。此外，还有一些作品，由于存在国别、民族、信仰、习俗等方面的差异，受众不一定能理解其真正的意义。因此，在评析中，我们应当把作品放在特定的社会背景与历史条件下进行分析，了

---

① 毛泽东.对晋绥日报编辑人员的谈话[M]//毛泽东.毛泽东新闻工作文选.北京：新华出版社，1983：149.

解新闻作品的内在含义。在这方面,新闻作品评析起了很好地引导受众鉴赏作品的作用。

第二,评析新闻作品,可以培养受众看新闻的专业眼光,了解评价新闻好坏的标准,提升鉴赏能力。每天大量的新闻报道充斥在我们周围,形形色色的新闻令我们眼花缭乱。外行看热闹,内行看门道,不同的新闻作品在角度选择、材料取舍、结构安排、语言表达等方面都各有不同。新闻工作者通过学习评析新闻作品,会对新闻作品的要素、真实性、客观性等本质问题有全面的认识,久而久之就会形成比较专业的眼光,能鉴别出作品的真假、好坏。

第三,总结新闻采访及写作的经验、教训,检验写作得失,提高新闻采写水平。在新闻事业的发展中,许多著名记者采写了不少非常优秀的新闻作品,积累了丰富的采写经验,对这些有价值的新闻成果批判地继承,是新闻事业得以发展的基础。我们通过研究新闻作品,可以对新闻产生过程有一个全面的了解,了解采访过程、写作规律、特点及写作技巧,这对新闻学习者和从业者来说,无疑是一种很好的学习方法。学习都是先从模仿开始的,借鉴别人的写作经验是掌握新闻写作方法的捷径。

第四,研究新问题、新现象,探讨新闻报道的客观规律,有利于指导我们的新闻实践。新闻事业在不断发展,新闻作品也会表现出新特点。研究作品,及时总结经验,对新闻事业的进一步发展具有现实意义和促进作用。把宏观理论探讨与作品微观分析结合起来,把成功的实践经验抽象成理论,用失误或教训纠正那些新出现的错误观点,可以使我们在实践中少走弯路,提高识别新闻价值的能力。[①]

四、新闻作品评析的原则

一篇新闻作品,从采集、制作到面向社会公开传播,是一个复杂的系统工程。客观事物的多样性,报道者的立场观点、认识水平、价值取向、评价标准,无一不对新闻作品产生这样或那样的影响,因此,在评析新闻作品时,评析者应当注意遵循以下原则。

(一)政治性原则

新闻事业具有阶级性,新闻事业不能脱离政治而独立存在。新闻事业作为国家、政党的喉舌,是巩固其经济制度与政治制度的工具。新闻媒体担负着传播所属的国家及政党的具体政令、政见、计划、措施等任务,宣传各自的政治路线。新闻的政治性使新闻作品不仅是客观事实再现,而且是通过新闻事实表达一定阶级、集团、党派的政治主张,宣传一定的政见。

社会主义新闻事业是党和人民的耳目喉舌,是党和政府联系人民群众的桥梁和纽

---

① 夏琼.新闻评析[M].北京:高等教育出版社,2002:9.

带。刘少奇在《对华北记者团的谈话》中指出:"我们党要通过千百条线索和群众联系起来,而你们的工作、你们的事业,就是千百条线索中很重要的一条。报纸每天和群众见面,每天把党的政策告诉群众。军队是党联系群众的桥梁,人民代表会、合作社等也是党联系群众的桥梁。没有这些桥梁,党和人民群众的联系就要断了,党和人民之间就有了鸿沟,因此必须有这些桥梁。千座桥,万条线,主要的一个就是报纸。"①在从事新闻作品研究这一特殊的精神劳动时,我们必须具有坚定的政治立场,评析新闻作品要以习近平新时代中国特色社会主义思想为指导,深刻领会与掌握党和政府的方针、政策,做到政治敏锐、头脑清醒、方向明确、旗帜鲜明,给人以正确的舆论引导。

(二)正确的舆论导向原则

新闻作品是对纷繁复杂、变化万千的客观事物的反映。作者的立场观点不同,对客观事物认识和把握的程度不同,对事实选择就不同。即使对同一新闻事件,往往也会表现出不同的态度,给予不同的评价,从而写出社会效果截然不同的新闻作品。所以,在研究评析新闻作品时,我们要坚持正确的舆论导向。

导向意识是大众传播媒介的喉舌功能在新闻作品中的具体体现,坚持正确的舆论导向是新闻舆论工作的核心和灵魂。新闻评析者要坚持社会主义新闻传播的指导思想和报道方针。习近平强调:"各级党报党刊、电台电视台要讲导向,都市类报刊、新媒体也要讲导向;新闻报道要讲导向,副刊、专题节目、广告宣传也要讲导向;时政新闻要讲导向,娱乐类、社会类新闻也要讲导向;国内新闻报道要讲导向,国际新闻报道也要讲导向。"②党的二十大报告提出"牢牢掌握党对意识形态工作领导权,全面落实意识形态工作责任制,巩固壮大奋进新时代的主流思想舆论"。新闻作品研究者,应当是以正确的舆论引导人的积极实践者,是社会主义物质文明和精神文明建设的积极参与者与捍卫者,是中华民族时代精神的辛勤培育者,因此要重视新闻作品的宣传教育性,重视新闻作品对社会安定团结,对经济、政治、文化建设的引导作用。坚持正确的政治导向,保持稳定的政治局面,为把我国建设成社会主义现代化强国创造一个良好的舆论环境,是新闻评析者义不容辞的责任。

(三)受众本位原则

受众本位是社会主义新闻事业的本质。由中国共产党领导创办的新闻事业,从诞生的那天起,就以全心全意为人民服务为天职,忠心耿耿地为实现受众的根本利益鼓与呼。③毛泽东说:"马克思列宁主义的基本原则,就是要使群众认识自己的利益,并

---

① 中共中央宣传部新闻局.马克思主义新闻工作文献选读[M].北京:人民出版社,1990:220.
② 习近平.习近平谈治国理政(第二卷)[M].北京:外文出版社,2017:332-333.
③ 陈崇山.论受众本位[M]//中国社科院新闻研究所,河北大学新闻传播学院.解读受众:观点、方法与市场.保定:河北大学出版社,2001:76.

且团结起来,为自己的利益而奋斗。报纸的作用和力量,就在它能使党的纲领路线,方针政策,工作任务和工作方法,最迅速最广泛地同群众见面。"①传媒担负着社会信息服务的功能,真实、时效、新闻价值的含量、公共兴趣的程度等,都是新闻活动的基本原则和条件,以受众为本位就是尊重这些新闻规律,最大限度地满足受众多方面的信息需求,最有效地维护受众的根本利益。

(四)人文关怀原则

"人文关怀",倡导的是对人本身以及生存状态的关注,重视对人的存在价值尤其是人的心灵、情感和生命的关怀;追求社会公平与平等,维护和尊重每个人的权利和尊严,努力为每个人的健康发展创造有利的社会环境。传媒作为公众信息和意见的传播平台,有责任也有义务倡导人文关怀精神,关注社会发展过程中人文关怀目标的实现。在"受众本位"的今天,媒体必须拓展信息内涵,满足人们的精神需求。尤其是当社会剧烈变动的时候,处于彷徨、困惑境遇中的受众渴望从媒体的人文关怀中寻找精神的慰藉和心灵的归依。

五、学习本门课程的意义

在平时阅读新闻的过程中,受众评价新闻作品的好坏,往往都是根据感性印象来评判的,好在哪里、为什么好,却总也说不出理论依据来。即便能说出一两点道理,也总是局部的、表面的、肤浅的评价,对新闻作品中蕴含的深刻意义或存在的根本问题难以揭示出来。

长期以来,新闻理论与新闻实践相脱离的现象十分严重。新闻理论研究成果无法应用于实践,新闻从业者整天忙于新闻采写活动,对理论不感兴趣,认为理论不能解决实际问题。然而,对于新闻工作者来说,如果只钻研新闻理论而不将其运用于新闻工作实际,那么他对理论理解和掌握的深刻程度将受到很大限制;如果只忙于业务,而不认真思考总结理论,那么业务水平的提升也是有限的。新闻评析集理论性、实践性、应用性于一体,运用新闻理论去评价、分析具体新闻作品,或者在分析、评价作品中,引申出一些理论,可以使新闻从业者从中得到启发,从而把自己多年积累的实践经验同新闻理论联系起来,对新闻理论产生兴趣,增强学习和运用新闻理论的自觉性,提高新闻从业者的整体素质。

具体说来,开设新闻评析课程的意义有以下几点。

(一)新闻评析是沟通新闻理论与实践的桥梁

新闻作品评析属于媒介批评范畴,它介于理论与实践之间,用新闻理论来评价和

---

① 毛泽东.对晋绥日报编辑人员的谈话[M]//毛泽东.毛泽东新闻工作文选.北京:新华出版社,1983:149.

分析新闻实践结果,用新闻实践来印证和检验新闻理论。

新闻理论是在新闻实践的基础上总结出来的,是新闻实践经验的结晶。新闻评析的任务不仅是向受众推荐和阐释新闻作品,它还要向新闻从业者反馈社会的接受情况,使新闻从业者及时地了解受众对作品的态度、看法,了解作品在社会上产生的实际效果及其作用,促使新闻从业者与时代、与广大受众紧密地联系起来。新闻评析就是运用新闻理论中的基本原理来分析、评价新闻作品,理论成为审视新闻作品的出发点或依据。同时,新闻理论在具体新闻作品的分析中也得到了升华。

(二)有利于把新闻业务改革同探索新的新闻理论联系起来

社会在不断地发展、进步,新闻事业也在不断地发展、变化着。当前的新闻工作实践从方式到内容都出现了很大的变化,许多前人没有见过、研究过的新情况、新问题涌现出来,原有的理论知识已经不够解答这些问题,需要新经验、新成果指导实际工作。所以,我们在坚持和遵循新闻学基本理论的同时,新闻理论也应该与时俱进,通过对新闻佳作的评价与分析,总结出目前新闻工作实践中的种种成败得失,把成功的实践经验抽象成新的理论。这种发展的基础必须在我们自己的新闻实践中寻求。

(三)有利于科学地把握新闻评析的内在规律,规范新闻评析活动

新闻工作者应坚持马克思主义新闻观、坚持新闻评析的基本原则,对新闻作品进行价值判断;通过分析、阐释和评价新闻作品总结和探索新闻采写经验及规律,从而规范新闻写作,引导受众鉴赏,进而构建有中国特色的新闻评析理论体系,促进新闻事业有序发展。

(四)向受众传递信息和思想,给受众以启发,培养受众对新闻现象、新闻问题的认识能力

新闻的社会性决定了新闻评析具有社会性特点。新闻作品以社会生活为报道对象,通过采访获取真实的客观事实,又通过尊重新闻真实性的报道手段,向受众传达一定的信息和思想。新闻机构作为上层建筑的重要部门,不断地反映社会的真实状况,报道社会的各种变化。新闻传播的意识力量几乎伸展到社会生活的各个领域,成为社会中规模最大、影响力最强的意识形态部门。新闻评析活动通过对新闻作品的分析评价,表达出新闻工作者的社会责任感和对人生、对社会的敏锐的洞察力,其选择的评析作品和表达的评析观点鲜明地传达出他对社会和人生的价值判断,无论是批判、褒扬还是激励,都能给读者有益的启示。

开设新闻评析课程,目的在于使学生巩固和深化所学的新闻理论知识,培养学生运用理论原理分析具体新闻现象以及鉴赏作品的能力,提高新闻业务水平。

六、学习方法

首先,在研究新闻作品的过程中,要遵循认识事物的一般规律:从个别到一般,再由一般到个别,即由个性到共性,再由共性到个性。

个性就是此事物不同于他事物的独特而又鲜明的特征。个性的突出之处就是它的特殊性。共性是事物的普遍性、一般性,是同类事物共同的本质属性。阅读、分析优秀的新闻作品,我们往往会发现它们有比较明显的个性特点:具有鲜明的时代特色、表现形式各有不同、语言运用风格多样等。但是,新闻作品的共性仍然包含在新闻报道的基本原则和规律之中,如真实、准确、迅速、及时,具有针对性、指导性等。

研究新闻作品,应注意共性与个性的辩证统一关系。不能离开新闻作品的共性,应注意在新闻共性的前提下评价、分析新闻作品。由于新闻作品的个性中往往包含着新闻报道的共性,而新闻报道的共性又存在于具体的新闻作品的个性之中,因此我们可以通过把握个别典型,找出共同的带有规律性的东西来指导一般。

其次,要采取多种思维方式。思维是人的认识的高级阶段,研究新闻作品的优劣往往与所采取的思维形式有密切关系。在新闻作品评析中,我们运用创造性思维、宏观思维、立体思维以及求异思维等,使研究活动具有创新意义。创造性思维是一种勇于探索未知领域,敢于提出新见解、新问题的进取型思维方式,它充分体现了人类思维本身具有的能动性。宏观思维是指超越观察的事物本身,从更大的时空范围去展开纵向和横向的思索。这要求我们在研究新闻作品时具有远见卓识、能高屋建瓴地观察问题、分析问题,在把握大局、全局上下功夫。立体思维是对一个认识对象,进行多方位、多层次、多角度的思考和探索,力求真实地反映这个事物的整体及其周围事物构成的立体画面,这是立体思维常采用的思维方式。求异思维是朝着不同方向、沿着不同途径思考问题的方法。它常常冲破思考的习惯范围,激发非习惯联想,从而引出更多更深刻的信息。

以上几种思维方式从不同角度拓宽了思维的领域,帮助我们深化认识、深入研究,使新闻作品评析活动具有创新意义。各种思维方式并不是孤立存在的,它们常常相互交叉,相互渗透,互为补充,相辅相成。这就要求新闻评析者必须坚持系统观念。党的二十大报告提出"我们要善于通过历史看现实、通过现象看本质,把握好全局和局部、当前和长远、宏观和微观、主要矛盾和次要矛盾、特殊和一般的关系,不断提高战略思维、历史思维、辩证思维、系统思维、创新思维、法治思维、底线思维能力,为前瞻性思考、全局性谋划、整体性推进党和国家各项事业提供科学思想方法"。

再次,要遵循主观与客观相统一的方法。作为研究对象的新闻作品是不以人的意志为转移的客观存在。研究者对新闻作品的分析、判断,必须以新闻作品为基础,不能离开作品这个客观条件去主观臆断。但是,在研究作品时,我们必须有主体精神、自我意识的渗入,也就是把作品中的事物、人物的意义加以抽象化,把它们作为材料进行分析、综合、比较、概括,从而对作品产生一定的认识、理解和结论。新闻作品是客观存在的事实,是第一性的;研究者的理解和判断是第二性的。我们在评析作品时,一定要坚持主观与客观相统一的原则,在尊重作品,考虑时代背景的前提下,确定自己的立场、观点、感情取向、审美趣味等,不要片面地、主观地、表面地评析新闻作品。[①]

最后,要坚持理论与实践相结合的方法。新闻学是一门实践性非常强的应用型学科。实践出真知,不经过实践永远也无法真正理解新闻工作的内涵,因此我们要重视实践。同时,我们必须掌握相应的理论。前人在大量实践的基础上总结出来的理论对我们的实践有着非常重要的指导意义。因此,我们在学习时应该将理论与实践结合起来。学习新闻作品评析,目的就是用我们所学的理论去鉴赏新闻作品,总结新闻实际工作中的经验教训,进而指导新闻工作。坚持理论与实践相结合,用科学理论指导实践,在创新实践中发展理论,是我们在学习中要注意把握的。

七、新闻作品评析者的素养

所谓新闻作品的评析者,有着广义和狭义之分。广义上是指所有的受众,狭义上是指新闻作品评析专家,主要包括从事新闻作品写作的人员,以及新闻教育者和新闻作品研究工作者。作为新闻作品评析者,尤其是评析专家,个人的素养对研究和评析作品有着直接的影响。具体而言,他们应该具备更强的阅读和赏析能力、更高的分析和洞察水平、更广阔的视野和高瞻远瞩的眼光。基于这些要求,新闻作品评析者应该努力提高和加强以下几个方面的能力和素养。

(一)政治素养

1.坚持马克思主义新闻观

社会主义新闻事业是社会主义国家党、政府和人民的耳目喉舌,是强有力的舆论工具,必须立场坚定、旗帜鲜明、准确全面地宣传党的路线、方针、政策,服务于全党的中心工作。我国新闻事业的这种性质和作用,往往是通过具体的新闻作品体现和发挥出来的。因此,作品评析者同作品采写者一样,都必须具备较高的马列主义理论水平,在实践中要以马克思主义新闻观为指导;具备坚定的政治立场,在政治上和党中央保持高度一致,对党的基本路线、方针、政策要能深刻领会和掌握,坚持研究工作的正确方向。

2.坚持新闻事业的党性原则

社会主义新闻事业的党性,是无产阶级阶级性和马克思主义革命性、科学性和群

---

① 汤世英.中外新闻作品研究[M].武汉:武汉大学出版社,2000:27-33.

众性在新闻传播活动中的具体体现。新闻作品评析者必须加强自身的党性修养,不断增强党性观念。坚持新闻事业的党性原则要着重做到以下几点:第一,要旗帜鲜明地与党中央保持一致。第二,要有大局意识、全局观念。要服从、服务于大局,宣传好大局,"报实情,讲真话"。第三,必须正确认识所谓"新闻自由"的实质。新闻自由不是抽象的而是具体的,不是绝对的而是相对的。在任何一个国家,都不存在绝对的毫无限制的新闻自由。坚持新闻事业的党性原则要求作品评析者在研究和评述新闻作品时,在政治上、思想上、组织上和党中央保持高度一致。党性原则还要求评析者在分析、评价作品时,无论在什么情况下,都必须坚持事实第一性、新闻第二性的原则,一切从实际出发,实事求是,坚持真理,敢于讲真话。

3. 坚持正确的舆论导向

坚持正确的政治导向,坚持中国共产党的领导,坚持社会主义道路,为全党和全国人民进行社会主义现代化建设创造一个良好的舆论环境,是新闻工作者义不容辞的责任,同时也是作品评析者应尽的职责和义务。坚持正确的舆论导向,作品评析者必须做到:第一,坚持社会主义新闻传播事业的指导思想和报道方针,重视新闻作品的宣传教育性,重视新闻作品对社会政治、经济、文化建设的引导和推动作用。第二,清楚地认识到社会发展的重点,着重加强对改革开放和现代化建设中正面事件的报道,鼓舞全国人民的士气,提升全民族的精神状态,进一步促进社会主义现代化建设的发展。

4. 良好的职业道德

新闻从业人员自身政治素养的提高,是实现良好职业道德的先决条件。我国的新闻工作者以全心全意为人民服务作为工作的根本宗旨。一个具有良好职业道德的作品评析者,会十分珍视国家和人民的信任,自觉担负起社会责任;会积极努力地宣传正确的思想、政策,传播先进的科学文化知识,积极有效地促进经济社会发展。所以,评析者应该在工作中兢兢业业,志存高远,保证自己每一个作品的有效性、公正性和纯洁性。

(二)专业理论素养

新闻学是研究人类,特别是近现代新闻事业和新闻传播活动特征、本质和规律的科学。新闻理论作为新闻学的一个分支,主要包括新闻学概论、新闻学原理以及比较新闻学等。新闻理论是新闻学的基础理论部分,研究新闻活动和新闻事业的性质、任务、作用、意义及其产生和发展的一般规律;研究新闻事业和社会政治、经济、文化事业发展的关系;研究新闻事业的指导思想和基本工作原则、方法,等等。新闻理论不能代替具体的业务,但是它对具体业务实践有指导意义,是正确有效地开展新闻工作的理论基础,也是指导作品评析者评析实践的理论基础。

1. 要明晰新闻专业理论概念的内涵和外延

新闻作品评析者要明确新闻的起源与定义、事实与新闻报道的关系、新闻价值的概念、新闻报道的客观性与倾向性的关系等。只有科学、准确地掌握了这些基本概念、基本原理,才能清晰地判断评析的对象,写出的作品分析才能评价恰切、言简意赅。

首先,作品评析者应清醒地认识到真实是新闻的生命,是每一个新闻工作者必须坚持的基本准则。众所周知,新闻是对"新近发生的事实的报道"。事实是新闻赖以传播的基础,它是新闻的本源,而新闻是对事实的反映和报道。事实是第一性的,新闻是第二性的,没有事实也就没有新闻。因为真实,新闻才可信,才能够成为人们认识世界和改造世界的精神向导和精神力量。因此,真实是新闻的生命,真实性原则是作品评析者要坚持的首要原则和根本原则。

在进行作品评析时,评析者的真实性原则可分为以下几个层次:其一,具体事实真实,即微观上的真实。评析作品中的时间、地点、人物、事件甚至具体细节都必须真实准确。其二,总体真实和宏观真实,也就是一定意义上的本质真实。评析作品对事实的反映不应仅仅是现象的真实,还应在揭示事物的本质,把握事物的变化发展规律,提升整个作品的高度、深度和广度方面多下功夫。

其次,对新闻价值的较好把握是新闻作品评析者应具备的素质。新闻价值中最基本、最关键的要素莫过于新闻的时效性和接近性。这两个要素决定了报道是否新鲜,是否准确、快捷,是否为受众所认可,选择的报道角度是否新颖,报道途径和报道手法是否先进。同样,评析者对以上几点的分析也正是对整个作品精华部分的提炼。因此,它们不仅是衡量新闻价值的重要指标,更是评价作品评析者业务素质的重要标准。

最后,和新闻采写者一样,作品评析者也同样具有倾向性。评析作品的倾向性很大程度上缘于新闻事业的阶级性、政治性和社会性,其倾向性往往体现在选择评析对象以及对其进行解释评价时,由于评析者立场、观点以及知识结构、认识能力的不同,得出的结论在或明或暗、或自觉或不自觉地决定、影响着受众的分析和判断。所以评析者对作品进行评价和分析时,要坚持事实的客观性和主观倾向性相结合,在坚持真实性的基础上表达自己的认知和态度,形成一种无形的意见引导受众。表现倾向性的方式和手法,在一定程度上体现出作品评析者的工作经验和能力技巧。

2. 要准确认知新闻事业的性质、特征及其发展规律

能否正确地把握新闻事业的性质、特征和发展规律,直接关系到能否有效地开展作品评析的实践活动。新闻事业属于社会上层建筑意识形态的范畴,为一定的经济基础服务,在阶级社会中具有强烈的阶级性。社会主义新闻事业是社会主义事业的一个有机组成部分,是"党的生命的一部分"。社会主义新闻事业要始终坚持党性和人民性的统一,以马克思主义作为宣传报道的指针,坚持报道的真实性和客观性,正确发挥新闻媒介舆论引导和舆论监督的功能。

对新闻事业特别是社会主义新闻事业的性质、特征及发展规律的准确把握,可以保证评析者进行作品评析时始终沿着社会主义轨道前进,避免发生指导思想和原则上的偏差和错误。

作品评析者的主要任务是对作品进行评价和分析,因此,只有认识、分析问题的角度更新鲜、更精准,才能通过品评和鉴赏提升整个作品的深度和高度,使作品得到最终的启发和升华,更好地把握作品写作的本质和规律,得出普遍意义上适用的结论。

综上所述,作品评析者必须具备新闻专业理论素养,在一定的理论高度上进行作品评析。

(三)专业业务素养

作品评析者作为新闻工作者的一部分,除了要具备专业理论知识以外,还要有丰富娴熟的业务素养。这对其进行新闻评析、准确深刻地表达自己的意见和观点、提高自身的工作能力和工作质量是大有裨益的。

1. 了解客观实际的能力

所谓了解客观实际的能力,对新闻工作者来说,是采访的能力,是运用所掌握的专业理论知识,在众多事实中发现新闻的能力,也是对客观实际的了解能力。

面对各种各样的情况,新闻工作者只有善于发现和采集,才能真实、迅速、全面、准确地抓住足够的素材。人们常说,"新闻工作者是社会活动家",反映的就是新闻工作者的社会活动能力。具体到作品评析者,了解客观实际既包括对报道中事实的了解,也包括对作品采写者个人情况、采写背景,以及与事件相关的社会风貌等的了解。这些信息和资料的掌握,除了依靠上网搜索、查阅书籍、相关文字外,更多的则是通过直接或间接的调查研究获得的。作品评析者只有较好地掌握新闻采访方面的知识,写出的作品才能更具针对性和指导性。

2. 新闻敏感

新闻敏感是新闻工作者在已经发生、正在发生、可能发生的万千事物中,迅速而准确地判断其新闻价值的能力。它是新闻工作者对社会现象的观察能力、对事物发展变化的反应能力、对新闻线索的识别能力,以及对新闻事实的分析能力的综合体现。它是新闻工作者在长期的新闻实践过程中形成的,是一种职业敏感。

新闻敏感对于作品评析者同样十分重要。新闻敏感强的作品评析者,善于发现事物的差异,能够迅速及时地把握作品本身所包含的意义,将其区别于同类作品,挖掘其特性和闪光点;新闻敏感强的作品评析者,能准确觉察新闻作品的背景,对其发展趋势作出正确的判断,甚至从单一作品中发现问题,并提出解决方法,以小见大,见微知著。

作品评析者提高新闻敏感的途径很多。首先,应该培养良好的政治敏感。政治敏感的培养既要依靠学习和掌握马列主义理论、党的基本路线、方针、政策,又要了解社会上各行各业、各个阶层对政策措施的反映,做到"吃透两头"、游刃有余、从容不迫。其次,要注意平时的积累。日常的生活积累和知识积累对培养新闻敏感至关重要。从某种意义上说,新闻敏感是对事物的一种"直觉",这种直觉只有与丰富的知识以及从实践中积累的经验相结合,才能擦出新闻敏感的"火花",才能有创作的灵感和激情。因此,新闻作品评析者应该不断学习和积累各领域、各层面的知识和素材,理论联系实际,历史联系现实,国外联系国内,到需要用的时候就可以做到知识的有备无患。

总之,作品评析者必须具有高度的职业责任感,只有勤于学习、善于思考、博于见闻、长于表达,具备孜孜不倦、坚持不懈的精神,才能培养出真正的新闻敏感。

3. 语言文字表达能力

对于作品评析者而言,语言文字的表达能力是必须具备的。只有把见到的、听到的、想到的、感觉到的逐一记录下来,才能成就一个完整的评析作品。

对作品评析者来说,表达能力具体表现在以下几个方面:

第一,善于运用各种写作形式。论文是新闻评析最常见的形式,作者必须运用自如、信手拈来;随笔、专著等其他形式也应略通一二,有所触及。"十八般武艺"都会使用,必要时还能够杂糅运用。第二,善于量体裁衣。根据题材需要,选择适合的体裁,争取内容和形式的完美统一。第三,善于选择写作角度。根据作者和读者双方的不同需要,选择恰当的评析角度。第四,善于谋篇布局。内容的安排恰到好处,中心突出没有散乱,各部分相互关联没有孤立,整篇文章水到渠成、浑然一体。第五,善于驾驭文字语言。根据内容和形式的需要,运用富于表现力、得体的语言来表情达意。第六,善于制作标题。准确、精炼、突出新意、富有个性和文采的标题是文章的点睛之笔,丝毫不能被忽视。

总之,精炼的文笔、清晰的思维、充分的情感、厚重的内容都是作品评析者写作时必须注意的。

4. 思辨能力

这个能力是前三者的灵魂,虽然它是一个非常抽象的概念,却无处不在,无时无刻不在指导评析者的实践。作品评析者的思辨能力主要体现在能够迅速准确地捕捉作品中有价值的、值得深入探讨研究的部分,预测事件纵深发展的趋势和走向,最终实现文章的选材立意、谋篇布局。

写作任何一篇评析文章,思辨能力都应贯穿始终。思辨能力越强,作品的质量和效果也就越好。因此,掌握专业的业务知识是作品评析者选择评析对象、表达评析见解、提高评析能力不可或缺的,对其工作水平的提高大有裨益。

(四)多元化的知识结构

培根说"知识就是力量",这句名言对新闻作品评析者同样适用。新闻报道范围的广泛性和服务对象的群众性,使得新闻作品呈现出千姿百态、丰富多彩的外在形式。所以,多元化的知识结构有助于作品评析者全方位地感受新闻作品,准确把握作品的思想性和艺术性。各类知识的有机结合、融会贯通还可以拓展作品评析者的思维空间,有利于对作品进行多角度、多侧面的分析和评价。纵观新闻史上各个时期杰出的记者、编辑、新闻评论家,基本上都是"读万卷书,行万里路"者,只有这样才能厚积薄发,写出学术功底深厚、内容思想深刻的文章,产生一定的社会影响。如邓拓既是出类拔萃的记者,又是著名的历史学家、杂文作家,琴棋书画皆通;《西行漫记》的作者、美国著名作家埃德加·斯诺是世界闻名的新闻记者,对中国问题的研究有独到的见解。

所以,作品评析者除了要具备马列主义理论水平、专业理论素养和业务素养外,更应该通晓社会科学、懂得自然科学,做一个"杂家";不仅要具备政治家头脑,还要具备专家型、学者型头脑,有丰富的理论知识储备,集新闻工作者和专家于一身。

作品评析者知识结构的构建要从以下方面进行努力。

第一,掌握优秀的民族传统文化知识和西方文化知识。中国传统文化博大精深,文学、艺术、绘画、书法、歌舞、戏曲各领风骚、各显神通,它们蕴涵着多民族国家传统的审美观念和情趣风尚,这种影响一直延续至今。而对西方文化,通过去粗取精、去伪存真、由表及里地分析和提升,可以较好地为我所用。评析者在这方面知识的积累,可以帮助其准确了解受众的审美需求,写出的作品也会更有新意,更具情感,更为灵动,更易引起受众的共鸣。

第二,着重提高自身的语言艺术素养。新闻工作者吃的是文字饭,应着重提高语言文字运用能力,尤其是古诗文的学习和使用能力。

中国的古典文学名著是中华民族文化的精华。汲取这样的文化精华,对作品评析者提高语文素养大有好处。例如,有些题材的写作可以借用古诗文,使作品文笔流畅、语言优美,读来一气呵成,大大增强文章的表现力和感染力。当然,学习和运用古诗文不能闭门造车,不能望文生义,要联系实际,科学、负责地引用诗词、名言警句,使这些引用成为整篇文字的点睛之笔。同时,对于中国近现代文学、外国文学等文学常识的学习和掌握也是不可或缺的。

第三,具备史学方面的知识。新闻是今天的事情,而这个"今天"是承接昨天和走向明天的桥梁。因为昨天的新闻是今天的历史,同时今天的新闻必将成为明天的历史,任何社会的发展都是这样一个交替变迁的过程。因此,对历史的熟识将会帮助作品评析者把握时代脉搏,从中获得对社会发展规律的客观认识。同时,掌握丰富、正确的历史知识,可以帮助评析者全方位、多角度地分析人物、事件,使主人公、主体事件更加饱满生动。

第四，尽可能多地了解最新的自然科学发展动态。当前，新能源科学、新材料科学、信息科学、空间科学、生命科学、环境科学、人工智能、元宇宙等形成了知识经济时代的支柱产业群，它们的飞速发展带动整个时代进步。众所周知，科学技术是第一生产力，有关自然科学方面的报道涉及的范围广、内容深。作品评析者如果对新技术、新领域的知识知之甚少，就不可能针对报道进行科学客观的评价和分析，正确地反映和引导社会舆论。可以说，现代科学技术在新型新闻工作者的知识框架中所占的比重与分量将会与日俱增，决不可轻视、忽略。

第五，加强法律素养。在实际工作和生活中，每一个新闻工作者都必须有足够的守法和维权意识，自觉学习宪法、刑法、民法、行政法等基本法律法规，从法律角度了解和认识什么样的报道活动是法律允许的，什么样的报道活动是法律禁止的，自觉把自身的新闻活动纳入法治轨道。

第六，具备基层工作知识、社会适应能力。在当前的新闻报道中，越来越多的作品体现和反映基层实际工作，对这类作品的分析和评价，对写作者会起到一定的指导作用。作品评析者应具备一定的基层工作知识，成为懂行的人，经常做一做基层实际工作，接触和解决一些实际矛盾，为评析者在分析全局问题时打下扎实的根基。

同时，作品评析者要有目的地扩大自己的交际面，适时、正确地处理人际关系，不断创造和开拓搜集素材的活动空间。另外，评析者要有较强的生活适应能力，因为对特殊的社会地理环境、民风民俗、宗教信仰的适应可以解除与他人之间的隔阂，有利于深入采访，挖掘有价值的背景资料。

总之，随着经济的发展、科技的进步，社会的知识体系和结构也随之发生着日新月异的变化，最终必将成为一个囊括各类学科、各种知识的整体。包括作品评析者在内的任何一个人都不可能完全掌握所有的知识，因为知识的丰富和更新是一个日积月累、循序渐进的过程，不可能一蹴而就。作品评析者作为传播新知识、新信息的专业人员，更需要不断更新知识，构建合理的知识结构，进行终身学习，从点滴积累中获得无穷的收益。

（五）价值评价能力

作品评析者因其特殊的评阅者身份，除应具备上面提及的业务能力和知识素养以外，更应当具有一些评价学的基本知识，这是作品评析的特殊要求。评价是人们日常生活中涉及较多的一个词语。可以说，每个人都会评价周围的人或事，作品评析者也不例外。他们的职责和任务就是对新闻作品进行评价判断，品评作品的优劣得失、透析作品的风格特色、预见作品的社会影响力。

从某种意义上说，作品评析归根结底是一个评价的过程，从选题到赏析，再到传达评析结果，都需要有系统的评价学理论进行指导。这一理论贯穿作品评析的全过程，如评析对象的选定、评析角度的确立、评析原则和手法的运用、表现形式和风格的选择等。① 虽然评价学的概念不一定在每位评析者的脑海里都能形成完整清晰的印象,但它的若干知识不仅能够帮助评析者摆脱评析实践中存在的盲目性和滞后性,还可以增强其文章的理性色彩,提升整个评析作品的高度。

那么作品评析者怎样才能具备良好的评价能力呢？最根本的就是要了解什么是价值,什么才算是有价值。只有充分把握价值的内涵和外延,才能对作品有无价值以及价值大小作出准确的判断,最终的评析结论才能具有说服力和导向性。

价值是客体满足主体的需要程度。当主体存在某种需要时,客体在一定程度上满足了主体的需要,这就形成了客体对于主体的价值。由此可见,离开了主体的需要,客体毫无价值可言。所以,作品的价值是由其满足受众以及国家、社会双重需要来实现的。作品评析者要做的就是将作品中满足双方需求的精髓分析提炼出来,评价作品的价值所在。这样一方面可以更好地指导采写者的实践工作,使他们写出更具价值的作品,提高新闻作品的整体水平;另一方面也可以更好地帮助读者理解新闻作品,捕捉作品的闪光点,了解国家、社会的历史、现在和未来。

作品评析者要顺应时代的要求,不断充实自己的大脑,提高自身的素质,充分释放潜能,一步一个脚印,扎实积累,稳步前进,真正成为连接记者、读者和社会的纽带与桥梁,为新闻事业的发展作出更大的贡献。

---

① 夏琼.新闻评析[M].北京:高等教育出版社,2002:59-60.

第二章　新闻作品评析方法

- 本章要点：
  了解：新闻作品分析标准；个人作品分析
  掌握：新闻作品内容分析；新闻作品形式分析

第一节　新闻作品内容评析

一、新闻作品的价值分析

（一）真实性分析

评析一篇新闻作品，内容是否真实，应该是最先要考虑的。新闻的生命在于真实，如果一篇新闻失实，那么它就失去了作为新闻应有的价值。

真实是新闻的生命，是新闻的本质要求。新闻是一种面向社会的信息传播，它向社会提供的是外部世界新近发生的变动情况。广大人民群众是新闻事业的服务对象，他们每天都要通过报纸、电视、互联网等多种渠道了解国内外新近发生的重要事件，了解世界变动的真实情况，从而使自己的行动符合实际并作出正确决策。如果新闻报道不真实，又何来价值可言？群众是新闻报道效果最权威的检验者，他们是否接受媒体的宣传，接受多少，在很大程度上取决于对媒体的信任度，而这种信任度又是以报道真实、讲真话为前提的。新闻报道招致批评，往往都出在报道不真实上。以真实为生命的新闻报道，现在不时面临虚假新闻的侵扰，虚假报道、虚假信息通过不同渠道出现在媒体上，不但损害了媒体的公信力，也给国家、社会带来危害。因此，真实性是评析一篇新闻作品优劣的首要因素。

如今，在日趋激烈的新闻竞争中，有些媒体对时效性、可读性的考虑往往超过了对真实性的重视，不太注重对事件真相的调查；一些商业机构或个人为了自我宣传或其他目的,制造新闻事件并提供给新闻媒体,进行炒作;还有的记者在强大的竞争压力下,违心编造假新闻。这些都导致假新闻大量出现。虚假新闻混淆视听,误导舆论,愚弄受众,会给当事人和有关单位造成精神上的伤害和经济上的损失,甚至会破坏社会稳定。因此,记者必须对公众利益负责,把新闻事实完整而真实地呈现给公众。新闻评析者应该擦亮眼睛,不轻信、不盲从,认真鉴别真伪,维护新闻真实。

(二)新闻价值分析

新闻价值是指事实包含的足以构成新闻的种种特殊素质的总和。新闻工作者每天面对纷纭变化的万事万物,哪些事情值得报道,哪些事情不值得报道;哪些事情应该重点报道,哪些事情只需做一般报道,这里有一个价值判断的问题。

新闻价值是衡量事实能否构成新闻的客观标准,它对新闻报道的全过程都有直接的重要作用。衡量新闻价值的标准主要有:时新性、重要性、显著性、接近性、趣味性等。在评析新闻作品时我们也要注意这几方面。

时新性指新闻事件是新近发生的,而且是社会大众不知道的。"新"应当有两层意思:一是"新近",二是"新鲜"。"新近"是指新闻报道的时间新,迅速及时是其特点。"新鲜"主要指内容新,新闻的价值往往就体现在新鲜的事实上。重要性指事关大局、影响普遍、与当前社会生活和广大群众利益有着密切的关系。重要性是新闻价值的主要因素,也是核心因素。其主要衡量尺度是看它对国家、民族、人民、社会所产生的影响。显著性指事实涉及的人物、地点或事件本身为众人所瞩目。接近性指新闻事实使受众感受到与其切身利益有直接关系或密切的关系,从而表现出一种"新闻欲"。接近性主要是地域上、心理上的接近。事情发生的地点越近,涉及受众的切身利益与思想感情越密切,受众就越关心,新闻价值就越大。趣味性指新闻事实具有的令人喜闻乐见的特质。新闻报道的内容只有使受众有兴趣,引人入胜,受众才爱看、爱传播。

新闻敏感是记者发现和判断客观事实是否具有新闻价值,编辑判断作品新闻价值大小的能力。它体现了记者善于捕捉、反映生活中的变化和潜在变化的能力,是记者、编辑政治水平和业务水平的集中表现。这种能力主要体现在以下五个方面:

- 迅速而准确地判断某一事实的政治意义;
- 及时地判断某一事实是否能引起受众的广泛兴趣;
- 及时地判断某一事实是否新鲜,是否会对全局产生积极的作用和影响;
- 及时判断同一个新闻事件中的许多事实,哪一个是最重要的,哪一个是次要的;
- 善于从纷纭复杂的事实中看出事物发展、变化的趋势,增强采访工作的计划性和新闻报道的预见性。

《天安门事件完全是革命行动》(新华社北京 1978 年 11 月 15 日电)这篇消息在新闻史上堪称经典。这篇消息篇幅不长,仅 200 余字,却是一篇非常有分量的新闻。

1976年发生在天安门广场的四五运动是正义的、革命的,然而在粉碎"四人帮"之后的一段时间里,却依旧被认定为反革命事件。1978年11月,中共北京市委召开常委扩大会议,领导同志在会议期间透露了为四五运动平反的信息。这一事件具有很高的新闻价值。新华社记者从这次扩大会议的众多信息里,提取出天安门事件完全是革命行动的重大政治新闻,单独成文,发表后,在国内外产生了强烈的反响。

从上面的例子可以看出,判断客观事实是否具有新闻价值及新闻价值的大小是新闻敏感的核心内容。记者、编辑可以通过对作品新闻价值的评判、对范例的肯定与分析,逐渐学会发现和判断什么是新闻、什么是重要新闻,从而自觉提高新闻敏感,丰富新闻实践内容,满足广大人民群众对新闻多方面的需求。

二、主题分析

(一)什么是新闻主题

一篇文章,总要告诉读者一些基本事实,表达作者对某个主要问题的看法。文学作品是通过一定的人物、事件、故事情节等形象手段来表现的,新闻则是通过对事实的表述来体现的。主题不同于"问题",它不是新闻作品提出的主要问题,而是对这些问题所持的观点及评价。新闻作品主题是作者通过内容表达的某种看法或主张,是新闻事实体现的基本观点和中心思想,体现作者的见解、意图和倾向。它来源于新闻事实,又寓于新闻事实之中,犹如一根红线贯穿作品全文。

新闻主题是贯穿一篇新闻作品的主导思想,是新闻作品的统帅和灵魂。说它是"灵魂",因为一篇稿子质量的高低、价值的大小,在很大程度上取决于它的主题是否正确、深刻,是否具有现实意义。它决定一篇新闻稿质量的高低、价值的大小。说它是"统帅",因为材料的取舍、结构的安排、形式的选择、语言的运用,甚至标题的制作,都是围绕突出主题的要求而决定的。如果一篇稿子没有主题的话,那么它的其他要素如材料、结构、语言等,也就变成了无所依附、毫无用处的废料。能够贯通首尾、统领全篇的,只有主题。

新闻主题是新闻作品的中心思想,是新闻作品内容的核心,是记者认识和提炼新闻事实的思想结晶,是新闻作品的新闻价值和宣传价值的体现。除了有的简短消息,只是报道某一简单信息,说不上有什么主题外,多数新闻作品都有主题。

(二)如何评析主题

了解了主题的含义,那么在面对具体的新闻作品时,我们应该如何评析主题,把握怎样的尺度呢?

1.明确主题是否符合新闻事实

分析新闻主题,要注意主题是寓于一定的事实之中,通过叙述事实来说明和表现主题。主题往往是作者对新闻事实传播价值的认识。要确定正确的主题,首先要弄清报道的事实中是否存在记者提炼出来的主题的依据。如果事实提炼不出记者确定的主题,那么这种主题就失去了存在的依据。主题产生于对生活的观察,产生于日常生活之中。新闻主题是在对大量的新闻事实、社会现象观察、分析、综合、筛选的基础上产生的。因此,在评析主题时,第一个要把关的就是考察主题与客观存在的实际情况是否相符,就是主题的真实性问题。

2020年7月1日《四川日报》刊发的《我国最后一个不通公路的建制村车路双通 滴滴!阿布洛哈村来车了》报道了2020年6月30日,凉山彝族自治州布拖县乌依乡阿布洛哈村通路通车一事。阿布洛哈村是全国最后一个不通公路的建制村,其通路通车,是全国打赢脱贫攻坚战的一个标志。该文以阿布洛哈村通车为切入口,丰富了中国脱贫攻坚工作的深刻内涵。报道为阿布洛哈村的通车留下了历史性的记录,也为中国脱贫答卷的完成添加了鲜活的一笔,受到党政领导、脱贫一线干部群众和广大读者的好评。

关于主题,毛泽东曾做过精辟的论述:"须不凭主观想象,不凭一时的热情,不凭死的书本,而凭客观存在的事实,详细地占有材料""从这些材料中引出正确的结论。"[①]主题不能脱离新闻事实而夸大拔高。强扭角度的失实报道,读者比较反感,容易产生逆反心理。

2. 考虑主题是否具有社会人文意义上的针对性

列宁的夫人娜·康·克鲁普斯卡娅曾介绍说:"列宁在做新闻编辑工作时,很重视选择那些政治上重要的、为大众所注意的、涉及最迫切问题的主题。"[②]

"政治上重要的",是指抓住方向性的问题,选择那些代表事物发展方向的、对全局有影响的、有一定的政治思想高度或政策思想高度的主题。它与当前的形势紧密相连,对实际工作和社会生活往往具有普遍指导意义。"为大众所注意的",是指选择和确定新闻主题,要考虑人民群众关心的问题和事物。"涉及最迫切问题",是指对全局或整体有影响的问题、群众普遍关注的热门话题、对实际工作有指导意义的问题。

第三十一届中国新闻奖文字消息一等奖作品《从"暂停"到"重启":武汉解除离汉通道管控》(新华社2020年4月8日),报道了抗击新冠肺炎疫情期间湖北省所做的努力,此消息主题立意重大,站在全局高度深刻记录了武汉"解封"这一重要的历史性时刻,充分反映了在伟大的抗疫斗争中,党中央运筹帷幄果断决策、全国人民守望相助、武汉人民识大体顾大局的牺牲精神,以及英雄城市浴火重生的波澜壮阔。该报道取得了良好的社会效果。

---

① 毛泽东.毛泽东选集(第4卷)[M].北京:人民出版社,1996:759.
② 杜荣进.中外新闻采写借鉴集成[M].杭州:浙江教育出版社,1997:365.

3. 分析主题是否鲜明、深刻、集中

主题鲜明,是指作者写人和事要有鲜明的态度,提倡什么,反对什么,爱什么,恨什么,应当清清楚楚,毫不含糊;主题深刻,表现在作品能揭示事物的本质,反映客观事物的内在规律;主题集中,是指主题要尽量单一、集中、明确,抓住要点,把中心思想写深写透。

三、角度分析

角度,即看待或考虑事物的出发点,又称为"视点""观点""观察点"等。对同一事物,站在不同的方位去观察和反映,会得出不同的结论。"横看成岭侧成峰,远近高低各不同"说的就是这个道理。文学艺术创作讲究角度,新闻写作同样重视角度。一堆新闻素材摆在记者面前,从哪个方面写,写什么,采用什么表现手法,都涉及新闻角度的问题。另外,受众在阅读新闻报道时,也有一个角度问题。受众站的角度不同,对报道的看法和反应也会不同。

(一)新闻角度的含义

新闻角度是新闻采写者在发现、挖掘和表现新闻事实时的着眼点或侧重点。事实是新闻的本源,也是选择新闻角度的基础。构成事物的各个因素和各个侧面都是新闻报道可以选择的角度。哪些因素、哪些侧面会给人以新的感觉、新的启示、新的教育、新的指导,选择哪一个侧面更鲜明、更能叩响读者的心弦,就应该选择哪个侧面作为新闻报道的角度。

当代著名记者艾丰把选择新闻角度比喻为"挖矿"。他说:"新闻价值在事实内蕴藏是不均匀的,有各种不同的矿床,选择好的角度,就是为了便于记者更迅速、更顺利地开采这些价值,更准确、更鲜明地表现这些价值。""如果说美术摄影师的角度是为了追求美的价值,那么新闻角度的选择在于追求新闻价值。"[①]新闻角度选择的好坏,直接关系到新闻报道的成败。

新闻角度选择呈多样性的特点。比如:某城市一居民楼因煤气泄漏引发火灾并造成了人员受伤。那么,在这个新闻事件里就包含多种新闻角度:一是报道产品质量问题,提醒管道生产厂家重视产品质量;二是提醒居民注意煤气使用安全;三是灭火救人的现场报道;四是救火英雄的事迹报道;五是邻里间的帮助,社会救援和保险的及时理赔;六是对受伤者的报道以及医院的救治和后续相关报道,等等。可见,同一新闻事件可表现的角度有很多方面。

(二)如何评析新闻角度

新闻角度的选择很重要,它直接关系到记者从什么方向、在哪个立足点上、用什

---

① 艾丰.新闻采访方法论[M].北京:人民日报出版社,1996:128.

么视角,或者通过什么突破口去透视、寻找、挖掘、选择和表现新闻事实,以便更充分、更鲜明地体现其新闻价值和思想性。既能深刻反映报道对象的本质,又能准确体现时代的需要,及时回答受众欲知、应知却未知的问题,这就是新闻报道的最佳新闻角度。

1. 新闻角度是否能够揭示事物的本质或说明问题

唯物辩证法强调,要透过现象看本质。当我们发现和掌握了某一新闻事实的时候,不能停留在事物的表象上,而要透过这种现象加以分析,去认识事物的本质,发现其内在规律,从最能揭示事物本质的角度去立意,这样写出的稿件才有一定的深度和思想性,才能吸引编辑和读者的眼球。

面对东、西两德统一,战后雅尔塔体制的解体和东西方冷战结束这一重大历史变化,美联社记者马克·弗里茨并没按惯例从经济、政治与国际关系的高度加以报道,而是匠心独运,选择一个较小的切口,通过东德儿童对未来新世界的看法,反映这一重大的社会政治主题。《东德儿童心目中的新世界》(美联社东柏林 1990 年 9 月 29 日)描写了儿童对即将诞生的新国家充满的担心和不安:房租上涨、父母失业、犯罪行为增多,在孩子们的心灵中投下了浓重的阴影。他们对家庭动乱、国家变革和社会行将发生的巨大变化感到震惊和困惑。记者正是紧紧扣住这一点不放,通过儿童的作文,把他们心目中的新世界展示得淋漓尽致,引发读者深度的思考。

2. 新闻角度是否对某方面工作有影响或有指导意义

我们的新闻工作必须始终将正确的舆论导向放在首位,从政治高度、从大局出发。因此,评析新闻角度,应该考虑到当前总的形势和报道思想。新闻报道只有紧扣党的路线、方针、政策,对实际工作有指导作用,对人民群众有引导作用,才会有强烈的思想性和权威的指导性。

新闻报道取得成功的关键之处在于选材和立意的角度,在于它能否发掘和表现社会热点问题。

2018 年 5 月 6 日《石家庄日报》刊载了《17 名教师同出一家 40 年培养万名山娃》的报道,获得了第二十九届中国新闻奖文字消息三等奖。文章以一个太行山深处的教师之家为范本,呈现了教师之家坚持几十年培育上万山娃的感人故事,折射出我国改革开放以来特别是党的十八大以来教育事业取得的重大成果,以一个"小家"反映一个国家,引发了社会的广泛关注。"改革开放 40 年来,老李家共出了 17 位教师,全部扎根深山,先后培育上万山里娃。""'我希望今年考上一个师范类大学。'李书亭五弟李春海的儿子李泱泱正在县里上高三,这个一脸稚气的高中生深受家人影响,希望做李家第 18 位教师,续写《李家教师谱》。"记者用事实说话,用不到 1000 字的文章将教师之家的心声、40 年教书育人的成果与党和政府的关怀一一叙述出来,角度抓取有力,文字生动感人,感染力极强。

3. 新闻角度是否适应读者心理，贴近读者

群众是新闻作品的最终检验者，因此新闻报道要贴近群众，寻找新闻事件与人们生活发生内在联系的那个侧面。《取下神像挂地图》（《中国青年报》1994年4月26日）讲的是豫南上蔡县东北部只有100多户人家的小村庄东黑河村民用地图换下全神图，走出去寻求致富之路的故事。文章从农民家里中堂位置的神像换成地图这样一个小角度切入，以东黑河村这个典型，反映了中国广大农民在摆脱贫困、奔向小康的过程中，从单纯的"土里刨食"向兼取"工商之利"的转变、从"囿于乡土"向"走向外部世界"的转变、从信奉迷信向崇尚科学的转变、从依赖他人向依靠自我的转变……在思想上、文化价值观上，经历了从保守到开明、从愚昧迷信到信仰科学的心理嬗变，反映了在社会主义市场经济条件下，原来封建保守的中国农民开始觉醒，他们不再把生财的希望寄托于神仙的保佑，而是渴望了解外面的世界，渴望改变生存环境。作者从农村的发展变动中挑选了这个全新的角度，反映了改革开放之后中国农村发生深刻变化的主题。

总之，新闻作品要想产生好的社会效果，就必须在寻找新的报道角度上下功夫。独特新颖的角度，往往能使新闻作品出奇制胜，获得意想不到的效果。

第二节　新闻作品形式分析

一、结构分析

结构是一切事物的基本属性和存在形式，是某事物用以区别它事物，保持其整体性、特殊性的有机联结和排列模式，是其内部各部分的搭配与组合。讲究结构，是写文章的基本要求。一篇文章，如果没有合理的结构，材料杂乱无章、层次混乱，主题就难以彰显；如果有合理的结构，材料就能各归其位，文章重点突出、层次清晰、过渡自然、浑然一体。

（一）新闻作品结构

写文章讲究谋篇布局，写新闻报道也要重视结构安排。新闻结构使新闻作品的各个部分成为有机的整体，它是表现新闻内容、体现新闻主题的重要手段。任何新闻作品的结构都具有一定的社会功能，功能的变化与结构的变化有着直接的对应关系。

当记者通过采访得到材料并从中提炼出主题后，就要考虑如何组织和安排这些材料了。记者对思想内容的表现形式，尤其是结构布局，必须加以周密的筹划：如何开头？怎样转接？分几部分？其先后顺序如何？哪些是要突出的"主干"？哪些是用以渲染的"枝叶"？于何处伏笔？在哪里呼应？如何点题？怎样结尾？……这些问题就

涉及我们平常所说的"谋篇布局",也就是结构。

(二)如何评析新闻作品的结构

1. 新闻作品结构应简要清晰,易于读者理解

新闻报道主要是报道新闻事实,或者是报道事实中有新闻价值的方面。新闻要求迅速及时,拖过时间就失去了新闻报道的意义。读者读新闻作品是比较匆忙的,并且新闻作品的篇幅一般较短,这就要求新闻作品的结构必须简要清晰。对于一篇文学作品,要求它的结构跌宕起伏、错综复杂,充满伏笔和悬念是可行的,然而如果用这样的方法去设计新闻作品的结构,就很可能侵害新闻事实的真实性。新闻报道是写给读者看的,读者需要报纸提供简单明了的信息,因此新闻作品的结构不能过于复杂,应当尽可能简单。著名记者穆青说过一句十分通俗而又精辟的话:"新闻是发电报,通讯是写信。"这就是要求新闻稿简洁明了、清晰流畅。曾经两次获得普利策新闻奖的美国记者唐·怀特黑德说:"新闻写作中最困难的部分是什么?清楚明了!要让读者明确无误地了解你要说的事情,这比做什么事情都更难些。""清楚明了只有在把新闻写得简明扼要时才能实现,而要做到简明扼要却并非易事。"[1]我们在评析新闻作品时,也要善于考察其结构是否简洁明了,要将"简洁明了"放在衡量新闻作品标准的一个较为重要的位置上。

2019年3月20日《海南日报》刊载的《海文大桥没路灯照明?省交建局解释:避免灯光太亮导致候鸟撞灯杆 赞!这座桥为保护越冬候鸟装矮灯》获得了第三十届中国新闻奖文字消息二等奖。该稿件用简洁明了的文字层次鲜明地叙述了整件事情的来龙去脉。首先是前来观赏大桥夜景的群众发现大桥没有安装路灯,然后文章详细介绍了原因:大桥位于冬候鸟重要的越冬地,大桥如果进行景观亮化,将对区内及周边鸟类带来严重影响。如果灯光太强、太高,建好后候鸟可能会往灯杆上撞,也会扰乱候鸟的作息。最后说明了解决措施,那就是在栏杆柱安装低矮的灯光设施,此举是为了避免灯光对东寨港的候鸟体内导航机能造成干扰。全文不到700字,却通过一件小事反映了当地政府保护候鸟与生态的理念,以小见大。报道符合人们的思维习惯,条理清晰,交代得非常清楚,起到了很好的正面宣传作用。

2. 新闻作品结构要与"最重要的事实"直接挂钩,充分表现主题

记者根据新闻价值判断来组织材料,哪些材料对反映主题起到关键作用,哪些是需要重点讲述的,哪些是需要次要讲述的,记者要心中有数,以便在组织材料时能够充分地表现事实与主题。

主题是新闻作品的"灵魂",是"内在结构"的主线。采写新闻作品时,记者要依据

---

[1] 格拉米奇. 美国名记者谈采访工作经验[M]. 魏国强,译. 北京:新华出版社,1981:9.

主题的需要选择、组织和安排材料。围绕主题理顺全部事实材料的内在逻辑关系和层次排列。层次的确定、段落的划分、叙述的先后、笔墨的浓淡，以至于怎样开头、如何结尾等，都应依据表现主题的需要来确定。魏巍在写《谁是最可爱的人》时就遭遇过材料过多，如何更紧凑、更具表现力地展现主题的问题。经过多次修改，他在结构层次上作出了调整，才使得文章结构更加紧凑，层次更加分明，紧扣主题。

　　3. 新闻作品结构要灵活多样，富有创新性

　　客观世界千变万化，现实生活丰富多彩，新闻作为客观事物的反映，其题材是多样的，内容也是千差万别的，在这样的情况下，新闻作品的结构自然就是千差万别。在新闻竞争极其激烈的今天，一篇好的新闻作品，从内容到形式都应当有它的特点，应当把事物的个性即矛盾的特殊性充分地表现出来。好的新闻结构往往是灵活自如的，不会墨守成规，因为墨守成规不可能产生真正具有创新性的作品来。新闻作品的结构可以借鉴文学、电影等的结构来提高新闻作品的可读性。

　　《金山同志追悼会在京举行》（新华社北京 1982 年 7 月 16 日）这篇消息，用散文式的结构布局，对材料的取舍穿插、场景的描写和语言的运用都有创新。开头没用"人民的艺术家金山同志追悼会今天在首都剧场举行"或"首都千余名群众今天举行追悼会，沉痛悼念人民的艺术家金山同志"这类常见写法，而是以镜头式的现场描写开头，选择会场上悬挂的一幅幅有文采的挽联和反映金山同志艺术实践的几十帧照片，形象而又概括地回顾了金山几十年的艺术成就和走过的不平凡道路，再用夏衍的悼词和阳翰笙的讲话对金山的高度评价相呼应。过渡巧妙、转折自然，一幅幅跳跃着的画面、一行行饱蘸感情的排比，处处呈现一种情感的流动。独特新颖的表现形式使"人民的艺术家"的形象更加丰满。

二、表达方法分析

　　表达方法是新闻写作中表达主题、刻画形象的重要手段。成功的表达方法有助于准确而生动地表现新闻的思想内涵，增强新闻作品的说服力、感染力。新闻作品的表现手法有很多种，常见的有叙述、描写、议论、抒情、说明等。

（一）叙述

　　叙述是新闻作品中最基本、最常见的一种表达方式。叙述，是指作者对人物、事件和环境所做的概括说明和交代，是述说人物经历和事件发展变化过程的一种表达方式。叙述的基本特征在于陈述事件的发展过程、前因后果以及来龙去脉，等等。叙述的方法比较符合人们的思维规律，容易为人们所理解和接受。其方法一般分为：顺叙、倒叙、插叙。

　　顺叙就是按照事情发生的前后经过以及人们思维发展的顺序，从头至尾、由浅入

深地介绍事实,讲究"先来后到"的原则。这种叙述方法最大的优点是:井然有序、条理清晰、脉络分明、详略得当。

倒叙是作者为了有意识地突出事情的结果,或突出精彩的情节、场面,打破从头至尾的叙述方法,把事情的结局、中间或后面发生的事情的片段提到开头来写,然后再按事件的发展顺序进行叙述。倒叙作为逆时序的表达方式之一,能够更好地吸引读者的注意力。采取倒叙的方式是表达上的需要:或为了表现主题,或为了结构的变化,或为了造成故事的波澜。

插叙是在叙述主要情节或中心事件发展的过程中,暂时中断叙述线索,插入有关的另一故事片段或事件,对主要情节或中心事件做必要的铺垫、照应、补充、说明,使情节更完整,结构更严密,内容更充实。插叙结束后,再继续原来的叙述。

从整体上来说,叙述是否准确恰当、清楚明白、有条不紊,是评析新闻作品时需要注意的。

(二)描写

描写是重要的表达方法之一,是作者用生动形象的语言,对人物、事件、景物和环境所做的具体描绘和刻画。描写和叙述是从不同的角度表现客观事物的两种不同的表达方式。叙述着眼于交代"过程",描写着眼于描摹"样子"。抓住事物的特征,进行具体的形象的描绘,可使人感到如临其境、如见其人、如闻其声,增加作品的感染力。根据对象和范围的不同,描写可分为人物描写、场景描写和细节描写。

1. 人物描写

人物描写在通讯中经常使用。通讯,特别是人物通讯,除了要叙述故事情节之外,还要着重写人。把人写活,要通过对人物的肖像、对话、行动和心理描写,把人物性格、思想反映出来。

通讯《领导干部的楷模——孔繁森》(新华社1995年4月6日)有一段描写孔繁森赴藏前向母亲告别的情景:

> 孔繁森默默地站在母亲面前,用手轻轻梳理着母亲那稀疏的白发,然后贴在老人耳朵旁,声音颤抖地说:
> "娘,儿又要出远门了,到很远很远的地方去,要翻好几座山,过好多条河。"
> "不去不行吗?"年迈的母亲抚摸着他的头舍不得地问。
> "不行啊,娘,咱是党的人。"孔繁森的声音哽咽了。
> "那就去吧,公家的事耽误了不行,多带些衣服、干粮,路上可别喝冷水……"
> 想到也许这是同年迈多病的母亲的最后一面,孔繁森再也抑制不住内心

的感情,"扑通"跪在母亲面前:"自古忠孝不能两全,娘,您要多保重!"说完,流着眼泪给母亲深深磕了一个头。

这段文字描写了孔繁森在忠孝矛盾时所做的选择——离开年迈的老母亲,离开妻女,只身赴藏。主人公的语言、动作,表现了对母亲无法尽孝的无奈,更使他"党和人民的儿子"的形象屹立在读者心中,读来感人至深。

2. 场景描写

场景描写是对事件的发生和人物活动的特定环境进行适当的、必要的描写,它可以帮助读者了解人物和事件的状况、性质、意义,起到交代背景、烘托人物、渲染气氛、加深印象的作用。精彩的场景描写可以让读者感觉仿佛置身新闻现场,耳闻目睹那里发生的新闻事件,富有感染力。《金山同志追悼会在京举行》(新华社北京1982年7月16日)在开头进行了场景描写:

鲜花、翠柏丛中,安放着中国共产党员金山同志的遗像。千余名群众今天默默走进首都剧场,悼念这位人民的艺术家。"雷电、钢铁、风暴、夜歌,传出九窍丹心,晚春蚕老丝难尽;党业、民功、讲坛、艺苑,染成三千白发,孺子牛亡汗未消",悬挂在追悼大会会场的这幅挽联,概括了金山寻求光明与真理,为人民鞠躬尽瘁的一生。

这个场景描写烘托了追悼会场肃穆的气氛,刻画了人们的心情,有景有情,情景交融。

在评析作品时需要注意,新闻作品中的场景描写必须以现场发生的具体事件为基础,用生动的事实说话,不能凭空虚构想象。

3. 细节描写

有经验的记者都很重视细节描写,因为对细节的描写可以使故事曲折动人,人物丰满扎实,主题深刻鲜明,增强报道的形象性和感染力。在分析新闻作品的表达方式时,细节描写也是不容忽视的。

评析新闻作品的细节描写时,首先,要注意细节应真实典型,能反映事物的特征,具有说服力;其次,要注意细节描写应文笔简洁,体现作品精练的特色;最后,还要考虑其与整篇作品的关系。

《索玛花儿为什么这样红》(新华社2005年6月2日)描述王顺友与马的关系时写道:

其中一匹叫青龙的马,一身雪白,跟他的时候只有5岁,一直伴他走了13年。这匹特别有灵气的马,能记得王顺友在邮路上每一处惯休息的地方。每当天色渐晚,看到主人因疲倦而放慢了脚步时,它就会用嘴咬咬他的肩头,意思是说快点走。然后便会独自快步向前走去,等王顺友赶到休息的地方时,它早已安静地等候在那里了。

让王顺友最为刻骨铭心的是,这匹马救过他的命。

2005年1月6日,王顺友在倮波乡送完邮件往回返,当他牵着马走到雅砻江边直奔吊桥时,不知怎的,青龙四个蹄子蹬地不肯走了。仅差十几米远,王顺友看到一对马帮上了吊桥,他想同他们搭个伴,便大声喊:"等一等……"可他的青龙一步不动。正当他急得又拉又扯时,一个景象让他惊呆了:吊桥一侧手臂粗的钢缆突然断裂,桥身瞬间翻成90度,走在桥上的3个人、6匹马全部掉到江中,转眼间就被打着旋涡的江水吞没了。半天,他才回过神来,抱住他的青龙哭了。

这个细节描写十分形象具体,既让读者了解到马班邮路的辛苦与危险,又渗透着主人公与他的工作伙伴的浓浓深情,震撼读者的心灵。

(三) 议论和抒情

议论,指作者对新闻报道中的人物、事件、现象和问题等表达自己的看法、意见和态度,以深入揭示事物的内在含义。抒情,指作者在新闻作品中表达、抒发思想感情。在新闻作品中,议论、抒情常常结合起来运用。新闻要求用事实说话,但适当运用议论和抒情,不仅不违背新闻报道的基本要求,而且能使主题深刻、特点鲜明,还能晓之以理,动之以情,唤起读者思想感情上的共鸣。因此,在评析新闻作品的议论和抒情时,要注意它们是否得体,是否恰到好处。

《索玛花儿为什么这样红》这篇通讯写道:

这身邮政制服给予王顺友的何止是胆?它给了他一个马班邮路乡邮员的最高品质——忠诚。这也是他作为一个共产党员对党的事业的忠诚。忠诚洒满了他邮路上的每一步。

……

"山若有情山亦老。"如果王顺友走过的邮路可以动情,那么,这里的每一座山、每一道岭、每一棵树、每一块石头,都将洒下如诗如歌的泪水,以敬仰这位人民的乡邮员,用20年虽九死而不悔的赤心,锻铸了一个共产党员对党和人民事业的最高贵的品质——"忠诚"。

配合前面的叙述描写,这些议论和抒情直接表达出对主人公王顺友的态度和感情,提升了新闻作品的内涵。

(四) 说明

说明,这种表达方式常用来对新闻报道中的事实或人物的有关背景材料进行介绍和解说,以便读者理解新闻的内容:他每走一个班要 14 天,一个月要走两班,一年 365 天,他有 330 天走在邮路上。他先要翻越海拔 5000 米、一年中有 6 个月冰雪覆盖的察尔瓦山,接着又要走进海拔 1000 米、气温高达 40 摄氏度的雅砻江河谷,中途还要穿越大大小小的原始森林和山峰沟梁……《索玛花儿为什么这样红》中的这段说明简明扼要、清楚明了、交代具体,配合后文让读者了解了马班邮路工作的辛苦,更凸显了英雄人物的精神境界。

(五)对比

对比是指在进行新闻报道时,记者有意把两个相反或相对的新闻事件放在一起加以比较;或者把一个事物的两个方面摆出来,互相映衬,突出矛盾,明确是非,表达主题思想。通过对比,人们更容易鉴别好坏、善恶、美丑,更容易认识事物的本质特性。新闻报道中运用对比,要恰当、鲜明、典型、有力。

曾获美国普利策新闻奖《奥斯维辛没有什么新闻》就是一篇运用了对比手法的优秀新闻作品。作者在开头对奥斯维辛集中营所在地进行了描述,阳光明媚温暖,白杨树婆娑起舞,还有儿童在草地上嬉戏打闹,一切都是那么美好,但在文章中间部分又写了集中营当年惨绝人寰的景象,有 400 万人死在这里。作者并没有直接将二者鲜明地对立起来,而是通过对集中营周围轻松、愉快的氛围以及明亮的景物的描述,让读者不自觉地联想到奥斯维辛曾是暗无天日的"人间炼狱",给读者带来了震撼心灵的艺术力量,同时也加深了作品的主题思想,那就是呼吁人们铭记历史,珍惜和平。

(六)设置悬念

悬念通常又被称作"扣子""关子",是受众欣赏文学作品时产生的一种心理活动,即关心故事情节发展和人物命运的紧张心情。在悬念的作用下,受众往往欲罢不能、不得不看下去。在小说、戏剧等文学体裁中,"悬念"是一种创作技巧,也是一种创作理论。在新闻作品中,由于所报道的新闻事实较为曲折或具有一定的戏剧性,作者为增加文章的可读性、趣味性,往往会设置悬念,引起读者的兴趣,然后再用事实予以解释,揭示结果,解除悬念。通讯《医药代表向"老百姓"下跪》(《浙江日报》2003 年 2 月 25 日)在文章开头就设置了一个悬念:在杭州"老百姓"大药房内,一位医药代表面对满屋的人,竟痛哭流涕地向药店采购部部长下跪,不是为了求"老百姓"大药房买他的药,而是求别再卖他的药了。对医药代表来说,药品销售越多,利润越丰厚,可他为何为了把药拿下柜而下跪呢?这样戏剧性的开头,自然吸引读者想要看个究竟。

设置悬念这种表现手法运用得好,能引人入胜,激发读者阅读全文的欲望。但要注意,所设悬念不仅要与新闻事实相关,要揭示结果,还要做到简而精。

新闻作品的表现手法多种多样,并且各有其特点与作用。但内容决定形式,形式为内容服务,表现手法是为准确、鲜明、生动地表现新闻作品的内容服务的,我们在分析时要正确认识这两者的关系。

三、语言

(一)新闻语言的含义

语言,是一种沟通交流的表达方式。语言的传播功能和舆论作用,早就为人们所认识和重视。一篇优秀的新闻报道,固然有主题深刻、信息量大、角度新颖、结构精巧等诸多因素,但无论哪个方面,最终都要表现在语言上。语言是一切文体物质外壳的表现形态。

新闻语言是表达新闻事实的手段、传播新闻信息的载体,它肩负着向受众表述新闻事实、传递新闻信息的特殊使命,是构筑新闻报道的基本元素。

新闻语言之于新闻事实,犹如衣服之于人,合体、色彩协调的衣裳能使人神采倍增,给人以美感;反之,会使人感到别扭。对语言进行审美,已不仅仅是文学的专利,报刊新闻在抢夺受众的竞争中,也日益重视对语言的锤炼,以使新闻语言更准确地阐述新闻事实,体现出较高的美学价值。

(二)评析标准

1. 准确贴切

语言的准确性是新闻作品的重要特征。一篇新闻作品的语言是否准确,常常同新闻事实是否真实可信直接联系在一起。如果新闻语言不准确,表达的情况与事实真相仅仅是差不多的程度,那么其本身就失真、失实了,这是新闻之大忌。

新闻作品语言的准确性,首先,要求符合事物和客观实际。要概念明确、判断准确,推理符合逻辑,能够恰如其分地再现事实;要不夸大、不缩小,不以"点"代"面",也不以个别代替一般。其次,要求用词贴切精当,诸如"空前绝后""世界一流"等词语在新闻中必须谨慎使用。最后,还要合乎语法逻辑,新闻作品的语言应该直陈其事(人、物),语义明确,不能歧义难解,含义模糊。

2. 简洁明快

新闻语言的简洁,就是用精练的语言表达丰富的内容,即所谓"文约而事丰"。新闻的主要功能是传播信息,要求在一张报纸有限的篇幅内刊载尽可能多的新闻和信息,而且当今读者快节奏的生活方式,决定他们不会抽出太多的时间去阅读报刊,因此要求新闻作品简洁明快、短小精悍。新闻语言要简洁,就是指语言的表达要简明扼要、言简意赅、简中求准。

3. 通俗易懂

通俗易懂是新闻语言的一个显著特点,就是用实实在在的语言去叙述、描写新闻事件,不刻意雕饰、任意渲染或追求奇巧华丽,正如苏轼诗中所云"清水出芙蓉,天然去雕饰"。新闻是对新近发生的事实的报道,要求作者客观地、忠实地、朴素地叙述所见所闻。此外,新闻报道是供成千上万的读者阅读的,受众的广泛性和复杂性也要求新闻语言是朴素的,过于玄奥、晦涩、华丽或浅陋的语言都是不符合要求的。

通俗易懂,要求新闻语言要接近生活、接近受众。新闻语言是生活化的,可以再现生活的原貌;同时新闻语言也是口语化的,为受众所熟悉。因此,新闻语言要做到通俗易懂,就应该避免用生僻字词、公文语言,在慎用古汉语的前提下,选用熟语、习语。需要注意的是,通俗并不等于平庸和浅陋,并不等于"干巴巴"和毫无生气。新闻语言在注重通俗易懂的同时,还要追求生动形象。

4. 生动形象

所谓生动形象,就是运用富有表现力的词语和恰当的修辞手段,把人物、事件、情景具体鲜明地突出出来,吸引读者深刻领会报道的内容。语言的生动形象,并不是要求多用华丽的辞藻,而是要抓住事物的特征加以描绘,做到形象鲜明,富有表现力。

新闻语言的生动形象是由大众传播的受众对信息的选择性决定的。受众面对众多的新闻报道可以任意选择去阅读,对于不能激起受众兴趣和渴求欲望的新闻报道,受众便熟视无睹。这就要求新闻语言必须生动形象,只有做到这一点,新闻对受众才具有吸引力,才有被接受的可能。

毛泽东当年写《我三十万大军胜利南渡长江》(新华社1949年4月22日),用高超的语言驾驭能力,展现了我军渡江的雄伟气势。这则消息可谓是精辟的语言和高深的思想相得益彰的典范。

我三十万大军胜利南渡长江

[新华社长江前线22日2时电]英勇的人民解放军二十一日已有大约三十万人渡过长江。渡江战斗于二十日午夜开始,地点在芜湖、安庆之间。国民党反动派经营了三个半月的长江防线,遇着人民解放军好似摧枯拉朽,军无斗志,纷纷溃退。长江风平浪静,我军万船齐放,直取对岸,不到二十四小时,三十万人民解放军即已突破敌阵,占领南岸广大地区,现正向繁昌、铜陵、青阳、荻港、鲁港诸城进击中。人民解放军正以自己的英雄式的战斗,坚决地执行毛主席朱总司令的命令。

这则消息只有140多个字,却包含了丰富的内容,将战事的进展清晰生动地表述出来,全文充满了一种动态美。消息第一句,言简意赅地概括了此文要表述的内容:我三十万大军胜利南渡长江这个重大事实。第二句是对第一句的具体说明,使读者了解这场战斗是怎样开始的。第三、四句描写了国民党军队的惨败景象,以及人民解放军以排山倒海之势勇往直前的战斗场面和成果。一连串的动词"齐放""直取""突破""占领""进击"等,紧扣心弦,一气呵成地勾勒出"百万雄师过大江"的壮丽场面。"长江风平浪静,我军万船齐放,直取对岸",读来气势雄伟,语言凝练,富有形象感。而后又以简练的语言说明这场渡江战斗取得的成果,给人以波澜起伏的效果。结尾概述了人民解放军的英雄气概,表明了必胜的信心。

分析新闻作品的语言,还需注意的是:一般说来,记叙事实要明快畅达,写人状物要生动形象,议论说理要精确严密,抒发感情要情真感人。不同的新闻体裁对语言有不同的要求。

第三节　特定层面分析

把不同的新闻作品放在特定层面进行综合分析,可以使我们从比较、分析、研究中认识它们各自的特点和异同,从而更好地把握新闻作品的内在规律,提高新闻作品的评析水平和新闻报道水平。上一节着眼于单篇新闻作品评析,本节则从同题比较、专业新闻报道以及个人作品分析这几个特定的层面对多篇新闻作品进行评析。

一、同题比较

在新闻评析中,比较常见的是同题比较,即针对同一新闻事件,把几家报纸对此报道的稿子放在一起进行比较、分析。通过比较,评析者对作品所做的判断比单篇分析更具有针对性和说服力。同题比较研究的对象,大概有这样几种:

第一,从媒体所属的地域角度看,中外媒体、异地媒体、全国性与地方媒体对同一事件的报道可以作为比较研究的对象。通过对比分析,我们可以注意到它们在舆论导向、新闻价值观以及新闻报道的策略和写作方式上存在很大不同。尤其是中外媒体,由于国家利益以及新闻价值观等方面的差异,在舆论导向上,同一事件甚至还会出现对立的新闻报道。此外,在对同一事件的报道中,异地媒体、全国性与地方媒体的报道由于利益冲突,新闻事件的重要性、接近性等原因,也会有所区别。

第二,从媒体的属性来看,党报与都市报、专业性报纸与综合性报纸或大众性报纸对同一事件的报道也会有差异。党报一般严肃、权威、政策性强,而都市报通俗、活泼、带有平民化色彩,因此对待相同事件,二者所选的角度、报道的深度以及语言表达会存在差异。专业性报纸由于面向特定人群,因此其报道的侧重点往往放在专业领域,在内容以及话语表达上可能不及综合性报纸或大众性报纸通俗。

第三,从新闻表现形式上来看,虽然各家报纸报道的都是同一事件,但是在新闻的标题处理、报道角度的选择、新闻主题的确定、结构安排、语言方式、新闻背景处理等方面也会存在差异。"不怕不识货,就怕货比货",通过比较这些操作层面上的差异,我们可以更准确地把握评析对象的相似性和差异性,品评优劣得失。下面是两篇关于"朝韩离散家属首次互访"的报道,我们可以比较一下它们的差异:

[人民日报2000年8月15日汉城电]朝鲜离散家属访问团乘朝鲜高丽航空的专机于今天上午11时抵达汉城,踏上了实现与亲人相逢梦想的南方土地。

这次朝鲜离散家属访问团是在1985年9月南北首次交换访问团后首次实现的互访。他们也是在朝鲜半岛分裂55年之后,搭乘朝鲜民航客机从平壤直飞汉城的首批客人。

以天道教青友党中央委员长柳美英为团长的访问团包括100名离散人员,另有30名随行人员和20名记者。

访问团在抵达汉城金浦机场和住宿的华克山庄旅馆时,受到了机场和旅馆服务人员的热情欢迎。今天是韩国光复55周年纪念日,汉城市区内的街道两旁太极旗迎风飘扬,朝鲜离散家属访问团的到来,为这一节日增加了喜庆的气氛。与此同时,以韩国红十字会总裁张忠植为团长的韩国离散家属访问团也于今天下午1时搭乘同一架飞机从汉城金浦机场直飞平壤。

(2000年8月16日《人民日报》)

[美联社2000年8月15日汉城电]在今天韩国电视台直播的画面中,100名朝鲜人悲喜交加,紧紧拥抱着他们半个世纪以来一直未能见面的南方亲属,他们都流下了激动的眼泪。

今天从平壤同时抵达这里的这些上了年纪的朝鲜人被人们簇拥着走进汉城的一个会议厅,他们的亲属早已等候在那里。哭声和呜咽声立即充满了整个大厅。

一个68岁的老汉对他已经95岁的母亲说:"妈妈,别伤心,你的儿子来看您了。"这位母亲情绪太激动了,一名护士马上跑过来为她量血压。

另一位情绪异常激动的男子跪在地上向他的父亲磕头。坐在轮椅上的父亲身体虚弱,已经无法作出反应。

人们相拥而泣。他们拍着对方的背互相安慰,递上手帕擦去泪水。待到激动的心情平静下来,亲人们相互讲述各家的往事,并一同翻看老照片。

此次团聚的一幕使人们看到,在封锁的、军事化的边界两边,数以百万计的朝鲜人在经历着离别的痛苦。[①]

通过比较可以发现,虽然是同一题材,但是两篇新闻报道选取的角度、报道的内容以及所要表达的主题有着很大差别。《人民日报》的这条消息五要素俱全,是对这一

[①] 曾庆香.新闻叙事学[M].北京:中国广播电视出版社,2005:133.

事件概括的叙述,偏重这一事件重大的政治意义;美联社的这篇报道则以人物的个体活动表现为主,注重细节描写,具有很强的故事色彩,两篇报道风格迥异。

需要指出的是,在新闻作品评析活动中,上述几点不是相互割裂的,而是交叉进行的。此外,进行同题比较的作品之间应该具有可比性,即不同的新闻作品在一个或多个方面应该有相互对应的关系。发现和分析这些对应的关系,是进行比较研究的重点。评析时,还应该有明确的价值尺度和标准。有了明确的价值尺度和标准,才能作出清楚的判断,得出准确的结论。

二、专业新闻报道分析

新闻报道总是与某个专业或行业相关,或者属于政治新闻,或者属于经济新闻,或者属于科技新闻,或者属于文艺新闻,等等。从这个角度看,任何新闻报道都具有专业的特点,都属于专业报道。新闻媒介内部对于社会行业、领域报道的分工,新闻记者在各个行业、领域专业性的报道要求,使报道实践活动在各个行业领域越来越细致、深入。近几年来,随着社会的不断进步、媒体竞争的加剧、受众要求的提高,新闻报道呈现出新的趋势:内容更加细化、受众日渐多元化,专栏、专版、专刊中的一些专业新闻报道异军突起,对记者的要求也越来越高。具体来说,专业新闻报道应做到以下几点。

第一,报道内容必须真实、准确。真实是新闻的生命,准确是对新闻报道的首要要求,也是保证新闻报道质量的前提和基础。这一点在专业新闻的报道中显得尤为重要。专业报道不仅仅是传达新闻事实,还承担着宣传的作用。尤其在政治新闻、经济新闻、法治新闻、外事新闻、科技新闻等对新闻准确性要求极高的报道中,一个小小的错误,往往会引来极大的麻烦甚至是不可避免的损失。

真实、准确体现在舆论导向正确以及报道内容和语言文字的表述准确上。报道涉及的有关方针、政策要准确无误;报道的内容应完全符合实际,数字运用、程度表达、意义评价等都必须表达准确,不夸大、不缩小,不与事实相悖;专业术语运用准确。

第二,专业新闻具有较强的政策性、业务性,针对性、实用性很强,能够给受众以政策、专业方面的引导或思想方面的启迪,但要注意专业新闻不是工作总结,在评析时应注意这一点。

许多专业新闻旨在对党和政府一个时期内的政策进行解释和宣传,其内容本身就带有很强的政策性。一些新闻报道的行业工作动态、各条战线的新人新事,虽然不直接阐明政策条文,但也渗透着政策精神,体现着政策。新闻报道的各方面工作的进展情况及绩效,不可避免地要涉及一些生产工艺流程、技术术语、专用名词等,这就使专业新闻带有较强的业务性。但是,新闻不同于工作总结,不像工作总结那样详尽展示工作的全过程,也不要求把业务问题说深说透,而应采取概括叙述的方法,简洁地加以介绍。其着眼点在于,通过报道业务问题,揭示其所具有的新闻价值,给受众以政策方面的引导或思想方面的启迪。也就是说,新闻性是主要的,业务性服务于新闻性。专业新闻报道作者要善于抓住有新闻价值的活动、工作或现象做文章,通过业务问题,揭示其蕴含的新闻价值。

例如,"一网通办"作为改革政务服务、优化营商环境的重要举措,由上海市于2018年率先推出。如何将上海经验报道出去,在全国各地起到推广与促进的作用,需要实际的数据、案例支持。在《推出"好差评",所有实名差评均已回访整改　上海"一网通办"迈向"一网好办"》一文中,作者敏锐地抓住"好差评"这一新做法,在叫响"找政府办事,像网购一样便利"后,通过有说服力的案例和数据,突出"群众评价要像网购用户评价一样管用"的要义,提炼出从"一网通办"迈向"一网好办"的主题。该文聚焦"一网通办"的最新成果,产生了巨大反响,获得了第三十一届中国新闻奖文字消息二等奖。

第三,贴近读者,把专业性与通俗性有机结合起来。专业新闻报道要面向人民大众,因此,选题和内容要尽量接近实际生活、贴近读者;形式和语言要尽量通俗易懂,通过对事实的传播,帮助广大受众认识科学真理,了解政策法规,提高整体素质。尤其在科技新闻、法制新闻、经济新闻、文教新闻、卫生新闻中,这样的要求更具有实际意义。

第四,注意报道程序的严肃性。报道程序的严肃性主要体现在以下几个方面:一是该报道什么内容,不该报道什么内容,该报道到什么程度,要慎重考虑,必要时还需经有关部门审查通过才能报道。二是要掌握好报道时机,如果自作主张,把不该报道的内容或不到报道时机的事情报道出来,会给其他部门正常工作带来不良影响,也会给新闻单位自身带来不良后果。

在法治新闻报道中,新闻媒体必须严格按照法律程序办事,不能草率,对案件性质的评价要符合法律程序,要依据司法部门的结论,不能自行其是。科技新闻、经济新闻也要注意这一点。

当今国际竞争日益激烈,科学技术、经济信息、军事机密等,往往涉及国家安全与利益。一些国外常驻机构大量订阅我国公开发行的报纸杂志,进行整理研究,收集各方面的情报。如果新闻处理不好,会给国家在政治、经济、军事等方面造成不可挽回的损失。1981年9月20日,我国首次运用运载火箭发射了3颗人造地球卫星。当时新华社只简明扼要地发布了一则消息,外国情报机构便闻风而动,想进一步了解这3颗卫星进入太空后能否进入不同轨道,特别是美国大使馆迫不及待地想要了解有关情况,但都一无所获。然而9月底,北京某电台播出了《太空奥秘压桂冠》的广播稿。随后,北京某报刊登了《我国第九颗人造卫星》的长篇科技新闻,同时还附发了有3颗人造卫星图样的卫星总装车间的照片。两篇文章将3颗卫星的运行轨道、无线电遥测频率等全盘托出,公之于众。结果外国情报部门费尽心机搞不到的科技情报,只需买张报纸就将我国的空间技术、火箭发射、卫星研制和发射的秘密轻易弄到了手。① 可见,新闻研究人员应站在全局的角度来考虑新闻作品的价值,认真对待报道程序,不能出差错。

上面提到的标准是就专业新闻自身的特性来谈的,在评析的过程中,还要把主题、角度、价值以及结构、语言、表现手法等综合起来加以运用,这样才能比较全面地评价新闻作品。

三、个人作品评析

所谓个人作品评析,就是对某一位有显著成就的记者某个时期内采写的新闻作品,或对其所有新闻作品进行综合分析,研究这位记者作品的特色和风格。

不同的新闻记者有不同的报道风格。我们以著名记者穆青、著名评论家米博华为研究对象,对他们的新闻作品做宏观上的分析。

(一)著名记者穆青作品特色

穆青1942年8月进入中共中央机关报《解放日报》从事新闻工作,半个多世纪以来笔耕不辍,他的作品影响了几代人,至今仍为人们广泛传诵。正如范敬宜评价的那样:"(穆青)作为一个新闻工作者,能以自己的作品对国家、民族产生如此巨大的精神力量,在我国新闻史上是罕见的。"②下面我们从五个方面分析穆青新闻作品的特点。

1. 反映多彩的农村生活

穆青在数十年的新闻工作生涯中,反映农村和农民生活的作品始终占据着非常重要的位置。他对中国的农村、中国的农民有着深沉的眷恋和浓厚的感情,对农村的事业有着深刻的理解。他在不同时期做的关于农村的报道,实际上就是一部中国农村生活的变迁史。

从20世纪50年代的土改、60年代的困难、70年代的粉碎"四人帮",到80年代的农村经济改革、90年代的农村新貌,他的报道清晰地反映了农村发展变化的痕迹和未来的趋向。1982年穆青写的六篇河南农村见闻,篇篇都有新意,都在歌颂党的十一届三中全会后农村出现的美好的社会景象。如农村经营管理站、农民养牛致富、农业夏大于秋的趋势、幸福的五保户、农民的挑战、农民抢农业科技人员,以及华西村、塘桥镇、碧溪镇和无锡县东升村发生的新现象。在他的报道中,有新人物、新思想、新事物、新动向、新成绩、新问题,但不管哪一方面,都包含着一种可喜的景象,反映了农村政策落实后的社会现实,是新与美的写照,是对党的政策的颂歌。③

---

① 程道才.专业新闻写作概论[M].北京:中国广播电视出版社,2002:161.
② 洪文军,陈二厚.穆青的遗产[N].中国新闻出版报,2004-11-8.
③ 王振亚.风雪声——王振亚新闻作品选[M].呼和浩特:远方出版社,2000:305.

纵观穆青数十年间关于农村风貌的报道,可以看出,他始终紧跟着历史发展的步伐,一步一个脚印,紧紧围绕着历史变迁、经济发展、农民富裕做文章。字里行间洋溢着引人向上、催人奋进的精神,闪动着时代的火花。

2. 表现具有时代精神的主题

一篇好的人物通讯,往往会成为人物的某一段传记、时代的某种记录。能否高瞻远瞩地提炼出能够反映时代特征的主题,并从这个高度来表现英雄人物的革命精神和思想风貌,成为人物通讯成败、优劣的关键。穆青笔下的人物,是从千万个英雄人物中选取出来的,代表着一个时代,体现着时代精神。

在《县委书记的榜样——焦裕禄》中,作者集中写焦裕禄担任河南兰考县委书记后,带领全县人民为改变这个灾害连年的贫困地区的面貌,奋斗到生命最后一息的感人事迹。通讯的几个小标题"关键在于县委领导核心的思想改变""吃别人嚼过的馍没味道""榜样的力量是无穷的""当群众最困难的时候,共产党员要出现在群众面前""县委书记要善于当'班长'""他心里装着全体人民,唯独没有他自己""活着我没有治好沙丘,死了也要看着你们把沙丘治好!""他没有死,他还活着",刻画了焦裕禄脚踏实地、艰苦创业、全心全意为人民服务的精神,感人至深,在当时的历史背景下,对广大干部起到了很大的激励和教育作用。

《为了周总理的嘱托》,写农民科学家吴吉昌不仅是位农民科学家,会运用辩证法来种棉花,解决各种难题,更难得的是不畏林彪、"四人帮"的迫害,遵照周总理的嘱托,为追求科学和真理奋不顾身、不屈不挠的精神;同时还讴歌了周总理关心科研工作、关心农民科学家的伟大情怀。文章反映了时代的本质面目,反映了社会的正义力量,激人奋进,给人以人生观、价值观的正确引导。

3. 汲取丰富的民众语言

穆青主张新闻记者要博采群众口语、增强表现力。他说过:"我们的新闻报道如果充满了群众生动活泼的语言,文章就像加了味精一样,立即透出美味来。"①穆青的新闻作品,善于直接引用农民的语言,反映重大的社会主题,反映时代精神。

在《因为分配了土地》中,他曾询问一位抗旱的女青年团员一天能挑多少水,她说:"裤腿一卷,一挑不比男的少。"一句朴实无华的话,却把这位土改后充满自豪感的女青年的精神面貌生动地表现出来了。在《为了周总理的嘱托》中,他写病危中的吴吉昌时,直接引了吴吉昌的话:"我不怕死,可我不能死……我还没有完成周总理交给我的任务……"这是对"文化大革命"的血泪控诉,读来感人至深,催人泪下。《一篇没有写完的报道》对"左"的错误,特别是"文化大革命"带来的灾难,通过主人公潘从正的话,进行了深刻的反思:"俺不怕穷,只怕乱。今后可不能再折腾了!越折腾越穷,

---

① 孙世凯. 新闻写作系列谈[M]. 北京:北京出版社,1993:229.

将来国家靠什么?只有大家齐心搞建设,国家才能富起来。"

此外,穆青还用了不少农民中流行的谚语、顺口溜来反映农民的思想变化,反映农民对不同历史时期、不同社会现象的品评。例如在写农村实行联产承包责任制以前,农村集体经济的财务制度非常混乱,农民说这是"糊涂庙、糊涂神,糊涂糨糊一大盆"。农村开始实行大包干责任制,让农民把公积金、公益金都交给农业经营管理站,农民有点不放心,他们说:"嘴是流水账,肚子是总账,口袋是小银行。"当农业经营管理站妥善地管理好了农村经济时,"农民很喜欢这个办法",认为只有这样才"不怕保管秤砣,不怕会计挪笔尖戳,队长想摸摸不着"。作者还引用农村歌谣:"夏天一坡麦,秋天一坡棉,吃的白面馍,花的棉花钱",告诉读者豫东人民充分发挥中原地区的优势,一手抓粮,一手抓钱,全都吃了白面馍,走上了"一季小麦吃全年,腾出秋田挣挣钱"的富裕道路。这些顺口溜语言诙谐幽默、含蓄活泼,既通俗易懂,富有地方特色,又寓意深刻,能说明问题,反映实质,给人一种雅俗共赏的美的享受。[①]

4.带有强烈的思想感情

穆青新闻作品中渗透的情感,既有与个人的情感需求相联系的乡情、友情等,也有和社会需要相联系的正义感、责任感、集体感和民族感等。穆青作品的审美感因新闻事实的不同而给人带不同的感受:如《一枪未放的胜利》让人心潮澎湃,《县委书记的榜样——焦裕禄》让人泪洒衣襟,《赶着黄牛奔小康》让人欣喜愉悦,《历史的审判》让人神情凝重。

穆青的人物通讯展示的往往是英雄人物在革命年代或是探求科学发展的道路上所遇到的阻力、困难、迫害甚至牺牲,以及特定的历史环境给他们造成的悲惨命运。但是他们都有着不屈不挠的革命精神和强劲的生命力,他们掺和着血和泪的斗争,使作品给人以哀而不绝、悲而不伤的悲壮审美感受,其道德力量、人格力量、情感力量也显示了他们人生价值的崇高美。这种悲剧性情节会使读者因为对主人公的同情和对消极势力的愤怒而萌生出一股悲愤、正义的强烈情感。这种情感非但不使人感到消极悲沉,反而更加激发读者对社会现实作出正确的道德判断。

5.选择典型的时代人物

每个时代都有不同的时代特征,而每一个先进典型无不是这些特征最忠实的体现者和承载者。穆青的作品总是紧扣时代脉搏,揭示重大意义,展现时代画卷,是历史的真实写照。他笔下的"典型"的榜样示范作用是具体、实在而又实用的。"红旗渠精神""焦裕禄精神"作为典型宣传的工作经验可直接为他人所借鉴,先进人物的模范行为可供他人模仿,积极向上的价值观可给人启迪。

穆青的新闻作品,尤其是人物通讯,最显著的特点就是能把握社会关注点,精心选

---

① 王振亚.风雪声——王振亚新闻作品选[M].呼和浩特:远方出版社,2000:307.

出具有高度典型性的时代人物。更关键的是,穆青不是单纯为写人而写人,而是根据时代提出的问题,通过塑造一个个典型人物,去感染人、鼓舞人,从而推动各项国策的贯彻实施和社会发展。

(二)米博华"博论"特色

米博华,曾任人民日报社副总编辑。他曾长期分管评论工作,自身亦笔耕不辍,或讴歌时代,或针砭时弊,或直抒胸臆,或辩事析理。他的评论,一贯坚持"义正词严、字正腔圆",堪称当代政论文写作的典范。

最能体现米博华政论写作特色的,当属《中国纪检监察报》为其开设的个人评论专栏"博论"。从 2015 年 8 月 6 日开张,到 2018 年 11 月 5 日收笔,米博华主笔的"博论"历时三年有余,每周一论,"评说反腐风云,献计全面从严治党",为读者献上了一篇又一篇政论佳作。

翻阅米博华的评论,诸篇诸句,字里行间,无不显示出一位评论家的挥洒自如、一位老报人的执着坚守、一位老党员的满腔热忱。这份自如,源自"几十年专注评论一件事";这份执着,源自新闻人的天职和担当;这份热忱,源自一颗矢志不渝的拳拳赤子之心。

米博华评论的意象之美、逻辑之美、语言之美,以及所形成的写作范式,值得为文者尤其是评论爱好者细细品读,学习仿效。每每读到"博论",读者的脑海中就会有意象纷至沓来。平素不少评论,读来总觉枯燥干巴,要么说理空洞,陷于说教,要么举例冗长,不胜其烦。而米博华的政论,蕴具体于凝练,语言高度概括,背后意象丛生,读来朗朗上口,宛如连续播放的电影镜头。

试举一例。《何为动,为何咎?——"动辄则咎"一解》一文开篇即讲:"有人卖官,卖到排队挂号;有人猎色,猎到悖逆人伦;有人索钱,索到搬不动、没处放;有人造宅,造到攀比金銮宝殿。"每一句皆有案例所指,说的是谁,讲的何事,瞬间浮现在读者眼前。深入一些党员干部骨髓的"腐朽之风、恶俗之气",跃然纸上。文章顺势提出观点:"再不狠'咎',队伍会烂下去。在此情势之下,动辄则咎,保持高压,实为矫枉的必须之举。"至此,完成了令读者信服的开篇。

再来说文章的逻辑之美。米博华阐明一个观点时,丝丝入扣,逻辑严谨。撰写"博论"时,米博华自我要求极严,一篇稿子改个三五遍是常事,力争出手"都具有文本学意义"。事实正是如此,他的每一篇文章都有不同的逻辑张力,有理有据,文气贯通,所说令人信服,所论无法反驳。

《没有人可以胡来——辨析"功、过、罪"》一文很典型。对于那些有本事、有成绩的官员因贪腐而沦为阶下囚,怎么看?各方见仁见智,有时针锋相对。文章巧妙地设计了两人对话场景,一个"问者"一个"答者",一问一答之间,仿佛平日里闲谈,娓娓道来,实则天衣无缝地将读者代入,"功、过、罪"的辨析悄然完成。最后一答给出结论:

古往今来,"多行不义必自毙"是一个公理。

读米博华的评论时会有一个感觉:语言清新干脆,读来流转自如。而其背后的奥妙就在于使用了大量的"流水句"。吕叔湘先生曾指出,汉语中有一类句子,"一个小句接一个小句,很多地方可断可连",可定名为"流水句"。"流水句"是中国语言的特色,历来为评论家所击赏。

"还记得,头一年,有些人并不当真,照吃照喝照拿照玩,结果'枪打出头鸟',当年就处理了一批公款吃喝的。""有人说,吃顿饭超标、开个会顺便玩玩,多大点事,有那么可怕吗?能造成什么后果?孤立地看一餐饭,好像没啥,但深思之后就感到不简单。"……类似的"流水句",在米博华的评论中俯拾皆是。没有那么多"因为、所以""虽然、但是",汉语的独特魅力自在其中,米博华一直提倡的评论美学在其写作实践中尽显。以中国话语论中国事,这就是自信——一名老报人对我们党和国家的自信!

米博华的评论,内容丰富,涵括万象,可谓博矣;文法自成,论述严谨,可谓专矣;一腔赤诚,满含热情,可谓忠矣!①

思考题

1. 分析新闻作品,为什么要了解和把握新闻作品产生的时代背景?
2. 从客观性以及表达方法角度评析以下作品。

日本签字投降

[本报9月2日电(发电地点:东京湾美国"密苏里"号战舰上)]今天上午9时05分,日本外相重光葵在无条件投降书上签字。日本终于为它在珍珠港投下的赌注付出了代价,失去了其世界强国的地位。

重光葵步履蹒跚,拖着木质假腿走到铺着粗呢台布的桌子旁,桌子上放着投降文件,等着他签字。如果人们不是对日军战俘营中的暴行记忆犹新的话,也许会不由自主地同情重光葵。

他把全身重量都押在手杖上,好不容易才坐下来。他把手杖靠在桌子旁,然而,在他签字的时候,这手杖倒在甲板上。

道格拉斯·麦克阿瑟代表对日作战的国家签字受降,乔纳森·温赖特中将和珀西瓦尔中将在他两旁肃立。温赖特中将在科雷吉多尔岛失守后被俘,长时期的战俘生活,把他折磨得憔悴不堪。珀西瓦尔中将在大战中另一个不幸的日子里放弃了新加坡,向日军投降。(编者按:科雷吉多尔岛是菲律宾领土,1942年5月失守;新加坡是1942年2月失守的。)

---

① 该部分系《中国纪检监察报》张胜军执笔。

两位中将在场,使人们不由得想起,1942年上半年,美国处在几乎无可挽回的失败的边缘。

日本代表团由11人组成,他们衣着整洁,表情悲哀。重光葵身穿早礼服大衣和带条纹的裤子,头戴丝质高帽,双手戴着黄色手套。在"密苏里"号军舰上,参加整个仪式的任何一方都没有同日本人打招呼,唯一的例外是日本外相的助手,有人同他打招呼,是因为要告诉他在哪里放日本请求无条件投降的文件。

当重光葵爬到右舷梯顶端,登上"密苏里号"甲板时,脱掉了他的高帽子。

(《纽约先驱论坛报》1945年9月3日,作者:霍墨·比加特)

3. 从新闻敏感、主题及语言方面评析以下作品。

"不仅是对自己负责,更是对家庭、对社区、对社会负责"
——北京核酸检测采样点探访见闻

[新华社北京6月16日电]连续近60天无新发本地新冠肺炎确诊病例的首都北京,近日突发反弹。北京市第一时间组织开展了全面、科学的流调溯源检测排查,加紧对5月30日以来到过新发地农贸批发市场或与市场销售人员有密切接触的人员开展核酸检测。

15日下午,记者来到北京市丰台区新村街道核酸检测采样点,在这里,每一位接到通知的新村街道社区居民都在居委会的统一安排下采样。在采样点的入口处,居民进行测温后依次进入排队等候区,地面已经画好了"一米线"。

69岁的杨先生怎么也没想到,一周前去了一次新发地市场,现在就要来做核酸检测了。杨先生说:"对于像我这样近期去过新发地的群众,做核酸检测太重要了,不仅是对自己负责,更是对家庭、对社区、对社会负责。"

在采样区入口处,杨先生仔细填写了个人信息,医护人员从材料包中取出拭子,在杨先生的咽喉处擦拭了几次,随后将样本装入专用的样本采集管中,整个采样过程不到1分钟。

"每采完一次,工作人员都会对现场进行消毒。"北京市丰台区新村社区卫生服务中心主任郭强说,14日凌晨,工作人员连夜搭起了核酸检测采样点。

脱下严密的防护服,医护人员早已汗流浃背。郭强说,近两天天气炎热,工作人员穿着防护服不到半小时,里面的衣服就湿透了,最多两个小时倒一次班,休息一个小时就得继续。

随后，记者来到北京佑安医院的核酸检测点，在医院西门看到，关于预约检测的通知及预约方式和流程做成了展板摆在入口处。不少市民拍照，向工作人员咨询或预约。工作人员告诉记者，只有凭预约码，并经工作人员进行测温后，市民才可进入医院

在医院门诊楼A楼门口，地上标记了"一米线"，工作人员正引导前来检测的20余名市民有序排队。队列一侧的桌子上有纸和笔供市民填表取用。前来检测的李女士说："前两周去过一次新发地，一直不放心，就想来测一下。"

检测前，每位待筛查人员需要填写承诺书，注明自己是否有接触史或密切接触史等信息，之后依次排队进入筛查诊室。随后，医生会开具一张"核酸检测单"，缴费后，待筛查人员即可到采集点取咽拭子。采样时间不到1分钟。

北京佑安医院医务处处长胡中杰告诉记者，从6月13日开始，前来检测的市民逐渐增多，对此，医院新开设了一个筛查点，同时加派人手，保障检测各环节顺利进行。

胡中杰说："由于近两天部分前来检测的人员有新发地活动史，排队时会有一定程度上的人员聚集，存在交叉感染的风险。为避免人员聚集，医院15日起取消现场挂号，全部改为预约检测。"目前，北京佑安医院筛查门诊每天向公众开放约800个核酸检测预约号，为了满足老年人、残疾人等特殊人群的检测需求，医院还是会为其提供现场加号服务。

记者了解到，北京市目前共有98家核酸检测机构，每天检测能力可达9万多人。北京市卫生健康委员会新闻发言人高小俊15日表示，截至6月15日6时，北京市16个区和经济技术开发区设置了193个采样点，核酸检测已超7.6万人。

（作者：侠克）

第三章　事实类作品评析(上)

- 本章要点：
  了解：消息的分类；消息的结构
  掌握：消息评析的方法与要求

第一节　消息的基础知识

随着生活节奏的加快,人们都希望能够及时地获悉这个世界的变化,媒体也需要及时地把重要的信息告诉受众。消息,无疑承担着这一重任,也因此成为新闻报道中的主角。对消息的定义、结构、作用等基本理论的界定,对于我们更好地掌握和运用消息这一新闻体裁,有着十分重要的意义。

一、什么是消息

什么是消息？在新闻学上,消息的定义有很多。如1993年出版的《新闻学大辞典》对消息的解释："以最直接、最简练的方式报道新闻事实的一种新闻文体,是最经常、最大量运用的报道体裁。狭义的'新闻'概念即指消息。消息常被称作'报纸的主体''报纸的主角'。传播媒介中,各种各样的事实主要靠消息传播。消息刊登时一般在文首加电头或'本报讯'字样。消息分为导语和主体两部分,写作时一般用'倒金字塔'式结构,把最重要、最新鲜、最精彩、最吸引人的内容放在前面……"[1]1999年出版的《广播电视辞典》对消息是这样定义的："一种简明扼要迅速及时地报道新闻事实的体裁,又称'新闻'。它广泛传播各个领域新近发生或正在发生的事实,是各种新闻媒介运用最多、最经常的新闻报道形式。"[2]

---

[1] 甘惜分.新闻学大辞典[M].郑州:河南人民出版社,1993:155.
[2] 赵玉明,王福顺.广播电视辞典[M].北京:北京广播学院出版社,1999:72.

从以上对消息的解释中我们可以看出:作为一种使用最广泛的、最主要的新闻体裁,消息能够用最简要的文字及时有效地传播新闻事实。一篇完整的消息由五部分构成:标题、导语、主体、背景、结尾。

作为新闻报道中的"主角",消息有明显的体裁特征:消息头。所谓消息头,即消息发布单位、地点、时间的说明,包括"电头""本报讯""本台消息"等。消息头的形式主要有讯与电两大类,它们只是传递手段上有所区别,其性质与作用是一样的。

电头,指电讯稿件播发的新闻单位、地点、时间的说明,用括号或不同于正文的字体标出。如报纸上常见的形式有"某报某地某月某日电"或"某社某地某月某日电";还有"据某社(报)某地某日电",其中"据"字表明报纸编辑部在使用该稿件时对内容做了一定的删减处理。

本报讯,指该消息由本报记者、通讯员采写,通常形式为"本报某地某月某日讯"或"本报某地讯"。而本报记者或通讯员在外地采写的稿件,以电义形式发往编辑部的,通常标注成"本报某地电"或"本报某地某月某日电"。

本台消息,是电视台、电台在播报由本台记者、通讯员采编的新闻时使用的消息头,都放在消息开头。

二、消息的分类

随着媒体种类的增多、传播内容的丰富、传播理念的发展,消息从内容到形式都有了明显的变化,消息的种类也由于分类方法的不同多了起来。

根据报道内容的类别,消息可以分为人物消息、事件消息、会议消息、非事件消息等;根据报道内容的属性,可以分为时政新闻、社会新闻、经济新闻、文化新闻、体育新闻等;根据写作特点,可以分为特写式消息、目击新闻、解释性报道和背景报道等;根据篇幅长短,可以分为长新闻、简讯、一句话新闻等。在不同的国家,新闻界对消息的分类也不同。例如西方新闻界将消息一般分为硬新闻、软新闻。硬新闻指题材较为严肃,着重于思想性、指导性和知识性的政治、经济、科技新闻;软新闻指那些人情味较浓,写得轻松活泼,易于引起受众感官刺激和阅读、视听兴趣,能产生"即时报酬"效应的新闻。[①]

在我国,新闻界比较通行的是根据不同的写作形式、写作特点把消息分为四大类:动态消息、经验性消息、综合消息和述评消息。

(一)动态消息

动态消息是对新近发生的新闻事实进行的迅速及时的报道,是最常用的消息种

---

① 甘惜分.新闻学大辞典[M].郑州:河南人民出版社,1993:11.

类。它篇幅短小,是反映新事物、新情况、新动向的主要的消息体裁。动态消息是最能反映新闻特性的一种消息形式,在新闻中占主体地位。例如新华社2020年1月4号播发的《美方袭击致伊朗指挥官死亡　多国敦促避免紧张局势升级》,就是一条典型的动态消息。这条消息在保证一定的时效性的情况下,尽可能详细叙述了美军空袭伊朗事件的具体情况,并且报道了多国对此事的反应与声明,引起了国际新闻界的关注。

(二)经验性消息

经验性消息属于典型报道中的一种,通过对某一个时期在某些地区、单位中产生的或某个人某一方面的典型经验或成功做法进行报道,达到传播经验、引导舆论、推广典型、指导工作的目的。在媒体上,常见的经验性消息有两种类型:一种是集中介绍某地、某事的一条经验,中心较为突出。如第十五届中国新闻奖一等奖作品《昆山31万农民刷卡看病》(2004年3月4日《苏州日报》),这是一条反映昆山农村医疗保险工作经验的消息,它在国家聚焦"三农"问题的大背景下介绍"昆山经验",颇具影响力。另一种是从某条工作战线或者某个点展开,介绍不同方面的经验或做法。

(三)综合消息

综合消息是围绕某一主题的新闻事实的综合,它报道的事实是多方面的、复杂的,思想性、指导性较强,但时效性不如动态消息。它的写作过程,是作者在掌握大量材料的基础上,做出本质的分析和综合,然后提炼出主题,根据主题的需要选取材料,设计结构。好的综合消息往往是点和面结合的佳作,用有限的篇幅报道重大题材,以揭示深刻的主题。以第二十九届中国新闻奖三等奖作品《9天,216小时,青海改写世界纪录》(2018年6月30日《西海都市报》)为例,作为一则地方新闻,这则报道的内容却能与国家的重大决策"合拍"。发展清洁能源是我国改善能源结构、保障能源安全、推进生态文明建设的重要任务。刷新世界纪录的青海"绿电9日"活动是反映国家新发展理念深入人心的真实写照,也是以新发展理念引领能源结构转型、推进生态文明建设的具体成果体现。青海省是国家首批生态文明先行示范区,随着国家对生态保护力度加大、对发展清洁能源的支持力度加大,青海省在能源结构转型方面走在全国前列,有力促进了生态文明建设。生态环境保护、绿色能源发展是全球瞩目的热点问题,青海被誉为中华水塔,如何更好地推进生态文明建设更是人们关注的焦点。因此记者对此事的报道收到了良好的社会反响。

(四)述评消息

述评消息也叫新闻述评,是一种以叙为主、边述边评、夹叙夹议的新闻文体,是介于评论和消息之间的一种新闻报道形式。述评消息的特点就是以事实为由头,对事实展开论述,有较强的时评、快评的味道。写作上要求选题有很强的针对性,观点要出自事实,并具有一定的理论色彩。在《"发展有阵痛,终究向光明"——温州企业家的甜蜜与烦恼》一文中,记者就对温州经济的发展做了叙述和评议。在中国经济发展转型升级的关键时刻,温州政府有哪些机遇又有哪些困难,记者通过走访企业与采访各类企业家取得了一手资料,并罗列了具体数据与实例,详细指出了目前温州经济发展的"阵痛"。整篇文章有理有据,没有空谈。

三、消息的结构

消息的结构分为外部结构和内部结构两种。

外部结构主要是从行文上来构建的,指的是组成一则完整的消息的各个功能部分,一般由导语、主体、背景、结尾四部分构成。

内部结构是指消息写作中表达内容和体现新闻主题的谋篇布局,实际上就是寻找组织材料的方法来更好地阐明事实、表现主题,以取得较好的报道效果。消息的内部结构大体可以分为两种:倒金字塔式结构和非倒金字塔式结构。倒金字塔式结构是按新闻价值的大小写作的一种结构;非倒金字塔式结构一般包括时间顺序结构、并列式结构、对比式结构、悬念式结构等,在具体的结构命名上,新闻界有不同的声音,但总体上都是由这些结构演变出来的。

第二节　消息评析方法与要求

所谓的消息评析方法与要求,即研究者根据不同的角度对消息提出写作的规范性标准,从而探索消息作品的价值。1988年全国好新闻评选办公室提出好新闻的标准是:"真、短、新、活、深",达到"三个统一",即形式、内容、风格的和谐统一,新闻价值、宣传价值、审美价值的和谐统一,事实、价值、效果的和谐统一。中国新闻奖在评奖办法中也指出,好的新闻作品在"讲政治"的同时,必须"内容真实,主题鲜明,时效性强,形式新颖,文字生动,制作精良,创新意识强"。

对于消息来说,我们可以从时效性、内容、结构、表现手法、语言等几个方面进行分析。

一、时效性分析

在互联网时代信息高速传播的背景下,时效性往往体现着一个通讯社、一家媒体的新闻敏感度。一般来说,事件性新闻时效较短,而非事件性新闻时效较长。消息作为一种重要的新闻体裁,在时效上有着天然的优势,这种特性也就成了评析消息的一个标准。特别是在重大事件发生时,消息的时效性往往能够让读者在第一时间了解事件最新的发展状况。同时,对新闻事实的取舍与安排也是新闻工作者在追求时效性时必须考量的重要因素之一。时效性强的消息佳作往往能够成为"历史的记录"。荣获第十届中国新闻奖消息一等奖的《北约野蛮轰炸我驻南使馆》(《人民日报》1999年5月9日)就是一篇佳作。北京时间1999年5月8日5时45分,以美国为首的北约悍然用导弹袭击我国驻南斯拉夫大使馆。事件发生后仅15分钟,亲见亲闻该事件的《人民日报》记者吕岩松就用手机向国内发回了使馆被袭的消息,随后,又书面撰写了这篇报道。全文仅有400多字,但内容翔实,要素完备,信息准确,既充分描述了事件发生的时间、地点、后果,又突出了我使馆人员临危不惧的言行以及当地华人华侨的爱国表现,还巧妙地引用了第三方的语言。整篇文章言简意赅,具有很强的感染力。消息发表之后,不仅在国内引起了巨大反响,全世界人民也因此对北约的野蛮行径有了更清醒的认识。

这则消息的作者亲身经历事件的发生,在第一时间将消息发回国内,作品的时效性极强,充分表现了记者的新闻敏感。有些突发事件是"可遇不可求"的,但必须强调的是,新闻工作者应该有争分夺秒的"抢新闻"意识,向着"快些,更快些"的目标迈进。

二、内容分析

内容真实是对一则消息最基本的要求。对一则消息进行内容评析,可从题材和角度两方面着手。

优秀的消息作品要求题材重大。从世界范围内的新闻获奖作品来看,题材重大者占据很大比例。在2001年美国普利策新闻奖获奖作品中,以"9·11"美国本土惨遭恐怖主义袭击为题材的作品占了很大比例。中国新闻奖的评选也特别注重突出重大题材、重大主题,体现党和国家的主要任务和重大事件。

新华社在1997年7月1日播发的《中国政府恢复对香港行使主权》(《人民日报》1997年7月1日)就是一篇记录历史的佳作。香港回归,举世瞩目,仪式会如何进行?祖国各地会怎样庆祝?香港市民有何种反应?实行"一国两制"的香港会是怎样一番景象?这篇消息的作者戴威国很好地完成了这个任务,点面结合、以今带古,整篇文章中有祖国各地"点"上的庆祝活动,有"面"上的华夏大地的欢歌笑语,还有香港的历史对照香港的今天。同时,作者采用白描的手法,时而挥毫泼墨,时而惜墨如金,语言运用到位,将现场惟妙惟肖地再现出来,给读者以真实感。例如描写交接仪式的"英国米字旗刚刚落下,中国的五星红旗徐徐升起",短短的一句话,刻画了香港新时代的到来。

任何一个事物,从不同的角度看会有不同的感觉。从新闻角度分析消息评论,主要比较作品能否巧妙地选择写作的角度,抓住写作的由头,以小见大、以点带面。在新闻媒体数量之多、媒体全天候工作能力之强的今天,对一件即将发生或正在发生的事情,记者们往往站在同一起跑线上,这时候考验记者的就是通过选择角度来选择事实的能力。好的消息总能让受众的接受角度、作者的表达角度和事实的切入角度达到三位一体,获得预期的传播效果。

一个独具慧眼的新闻记者,往往能够找出事物之间的内在联系,并且巧妙地、隐蔽地从诸多联系中找出最能表现事物特征的那一个。而这样的新闻作品也会因为角度的新颖引起大家的关注,在一定的社会背景下成为以小见大的精品。

我们来看下面这条消息:

"女麦客王"出陕甘宁

本报讯 6月5日中午,一台桂林2号收割机从长安县申店乡何家营村隆隆驶出,"女麦客王"何俊英登上转战陕甘宁的征途。

今年43岁的农妇何俊英,前年自筹资金3.5万元从桂林买回一台收割机。她联络户县、周至等地5家收割机户联合作业,除在本地割麦外,还转战省内和甘肃20多个县,一天割麦五六百亩。乡亲们风趣地叫她"女麦客王"。

近年"三夏"开始,何俊英又同户县、周至、咸阳等地10多家收割机户相约在眉县一带集中,上宝鸡,下甘肃,到宁夏,搞"割麦会战"。何俊英说:"我娘家姐妹5个,婆家劳力也少,尝过夏忙劳力少的苦滋味。我买收割机联合作业,想让乡亲们从繁忙的体力劳动中解放出来。"

(1991年6月6日《西安晚报》)

在今天的读者看来,何俊英这样的收割机户已经非常平常了,没有任何新闻价值。但是如果我们综合考虑这条新闻当时的社会背景,就会感叹消息作者的匠心独运。1988年4月颁布的宪法修正案明确规定"私营经济是社会主义公有制经济的补充。国家保护私营经济的合法的权利和利益"。何俊英购买收割机并且投入运营是在宪法修正案颁布一年以后的1989年,而遗憾的是这一新闻点当时并没有被抓住,两年之后的1991年,作者以何俊英"转战陕甘宁"为由头,写出了这篇新闻。这篇新闻在当时引起了较大轰动,因为它把国家政策通过一个普通劳动者的所作所为充分体现出来,给当时的广大农民很大的启发。[1]

三、结构分析

(一)外部结构分析

消息的外部结构主要是从行文上来构建的,指的是组成一则完整消息的各个功能

---

[1] 孙宜君. 新闻佳作评析[M]. 徐州:中国矿业大学出版社,2004:26.

部分,一般有导语、主体、背景、结尾,但是随着消息体裁的发展,背景或结尾部分有时会被省略。

1. 导语

要评价导语的优劣,必须对导语的定义和发展演变有所了解。许多研究者认为,导语产生于倒金字塔式新闻,由于符合新闻传播规律而被从业者奉为圭臬。关于导语的定义,较为通用的是1993年出版的《新闻学大辞典》的界定:导语是"以凝练的形式、简明的语言,表述新闻的核心、精华,揭示新闻要旨,吸引读者阅读全文的新闻开头部分"。2012年出版的《新闻传播学辞典》对导语给出了更为详细的定义:"导语是消息的开头部分,紧接在消息头的后面,导语是整个新闻中的核心环节,一般以简要的文字突出最重要、最新鲜或最具吸引力的事实,是把握和掌控新闻全片的关键环节和第一步"[1]。随着新闻学的发展,导语已经从第一代发展到第二代,以后可能还会有更多代,写法要求也从最初的"五要素俱全"发展到现在的"短而精",但无论如何,导语在消息中都发挥着重要的作用。正如《新闻学大辞典》指出的那样:"新闻导语就是要求用简明的语言反映新闻中最新鲜、最具本质特征、最有意义的内容。它应该是一篇新闻中最精彩之点,既能驾驭全文,起到提纲挈领的作用,又不与下文重复;同时还要尽力使最广泛的读者产生非往下读不可的强烈愿望。有利于突出一篇新闻的精华、要旨;有利于吸引受众的注意力,读完全篇。这便是新闻导语写作面临的双重任务。"[2]这也是评析导语好坏的标准。

导语是"寸土寸金",在这寸土寸金之地,优秀的导语往往能够展示出惊人的魅力,像一块磁铁石,牢牢地吸引读者。最初的导语往往致力于用最简短的文字将事件的要素阐述完整,如对于许海峰打破我国奥运历史"零的纪录"的新闻事件,新华社的消息就用了典型的全要素导语:

我国选手获得奥运会第一块金牌

　　[新华社洛杉矶7月29日电]中国在奥运会历史上"零的纪录"的局面在今天11时10分(北京时间30日凌晨2时10分)被中国射击选手许海峰突破。许海峰以566环的成绩获得男子自选手枪冠军,夺得了本届奥运会的第一块金牌。

这则导语用较为凝练的语言尽可能多地给读者提供了新闻要素,如关于时间的对比解释、关于成绩的说明,等等。这样的导语在全要素导语中称得上是精品,但是随着"抢新闻"意识的提高,导语也在慢慢地演变,这种将所有要素都塞进导语的做法被认

---

[1] 程曼丽,乔云霞.新闻传播学辞典[M].北京:新华出版社,2012:170.
[2] 甘惜分.新闻学大辞典[M].郑州:河南人民出版社,1993:164.

为过时了。

于是,写作者不再提供全要素,而是选择最有新闻价值的事实来表现,这样的导语更有冲击力,更有现场感。例如拳王泰森在 1989 年 7 月仅用 85 秒就击败挑战者时,新华社的消息导语是这样写的:

85 秒!拳王泰森击败挑战者。85 秒!历史上最短的拳王卫冕战。85 秒!300 万美元进入腰包。

连续三次重复同一个数字,让读者感受到如临拳击现场般的节奏感,感受到电光火石般的速度,这样的导语具有如此强的感染力,怎能不吸引读者的眼球呢?

通过对比上面两条导语,我们也能发现新华社记者在导语写作上的发展与变化。特别是一句话消息,真正做到了"短而精",用最少的字数收到最大的效果,真正符合路透社"理想的导语应该可以作为一条完整的稿子"的要求。新闻史上有很多经典导语:

[美联社 1945 年 8 月 14 日电]日本投降了!

[美联社 1969 年 7 月 20 日电]人类今天登上月球,日期是 1969 年 7 月 20 日,星期三。

相比于重点陈述事实的导语,有的导语则充满悬念,让事实"犹抱琵琶半遮面",吸引读者去揭开面纱,探个究竟。如法新社的一条消息导语是这样写的:

[法新社北京 2 月 2 日电]绝大多数气象站可以告诉你今天、明天甚至两个星期内是否下雨。然而中国一个县的气象站不仅可以做到这一切,还能相当有把握地对今后 10 年的气象变化作出预报。

导语在对比中体现出趣味性,引发读者的求知欲:到底什么样的气象站能这么神奇呢?带着这样的疑问看下去,导语也就完成了吸引读者眼球的任务。

目前,我国新闻界普遍重视导语写作,在导语写作创新等方面也取得了一定成果,但是存在的问题也不少,突出表现在以下几个方面:

第一,导语格式化趋向严重。如会议消息,通常是某某会议于某时在某地召开,相关领导某某出席,等等,这样的导语格式化现象明显,缺乏信息含量,不能引起读者的兴趣。

第二,导语冗余信息过多。作者把许多可以放在主体甚至结尾的事实一股脑儿塞进导语,导致导语臃肿,重点事实展现不明确。

第三,导语时间观念不强。经常出现"近来""最近""这些天来""自今年下半年来"等"过时"字眼,在"抢新闻"意识强烈的今天,出现这样的字眼着实令人遗憾。

第四,导语表达方式失当。有的作者为了展示自己优美的文采,经常在导语部分来几句情景交融的描写,让人哭笑不得。

导语写作中存在的这些问题是部分新闻工作者对于导语的作用和写作要求不明确导致的。导语由于地位的特殊性,既能吸引读者眼球,也能显示出作者的业务水平。同样的新闻事件,在不同的作者笔下,能够展现出不同的魅力,取得的传播效果也不同。

2. 主体

许多一线记者认为,消息的主体是消息中最重要的部分。一篇消息可以没有背景、结尾,甚至可以没有导语,但绝对不能没有主体。主体作为消息的主干部分,起进一步阐明、深化消息主题的作用,这一部分主要是运用具体的事实有层次地回答、说明、解释或补充导语中提到的问题或事件,是具体展示新闻内容,充分而有力地体现新闻主题的核心部分,也是导语的"跟随者"和"解释者"。好的主体能够很好地担负起对导语中最重要事实加以注释和补充的重任,能够避免重复,真正做到解释"为什么"和"怎么样"。

在上文导语部分关于"气象站"的例子中,导语就给读者一个大大的谜团:为什么一个县的气象站会有把握对今后10年的气象变化作出预报?而解释这个谜团的任务就落到了主体部分。在"气象站"的例子中,主体部分较好地解释了"为什么",揭示了气象站能够作出长远预报的原因。

还是在导语部分,关于拳王泰森"怎么样"在85秒钟将挑战者打败的事实,也应该由消息的主体部分作出解释,泰森是直接将对手击倒在地,使之无法继续比赛还是对手不能支撑比赛主动放弃?泰森在比赛中是用重拳将对方击倒还是勾拳?这些都在主体部分得到了较好的展开。读者也能在主体部分将这一新闻事件的来龙去脉把握得较为清楚,真正地做到"知其然并知其所以然"。

好的主体能补充导语未提及的事实。导语往往展现最重要的事实,而一条消息由若干事实构成,有的非常重要,有的一般重要,将一般重要的事实安排到主体部分往往能够成为导语的有益补充。在关于美国总统林肯遇刺的消息中,美联社的导语是"总统今晚在剧院遭到了枪击,可能受到了致命伤害"。对于读者而言,总统被刺这一事件本身就是最大的新闻,所以导语突出了总统遭到枪击并可能受到了致命伤害的事实,至于这一事件里凶手是谁、凶手的具体信息、总统的伤口在哪里、政府部门的反应如何等一系列非常重要的问题,无疑回答者就是主体部分。

好的主体都特别注意避免将其写成导语的重复,而是言之有物,真正成为导语的补充。可在日常的媒体报道中,我们经常看到一些消息的主体重复着导语。

好的主体应力求避免层次不分明、主干不突出。主体作为一个补充,应该让读者能够轻松地读完,并在读后明白其关于"为什么"或"怎么样"的解释。这就要求作者掌握叙事技巧,在表达上力求精练。

好的主体应注意内容剪裁得当。补充并不意味着录入所有事实,有些没有新闻性的细节没有必要出现在主体中。只有这样,才能突出重要事实的主干地位,从而保证消息的整体简洁。

3. 背景

在消息中,新闻背景是指新闻事实发生发展的历史条件和环境条件,新闻背景往往发挥着对比、烘托的作用。对于需要背景的消息而言,一个优秀的背景介绍往往能让整篇报道立体起来。以毛泽东撰写的《中原我军解放南阳》为例,在这篇述评式消息中,背景的使用十分出彩。

对于南阳历史背景的介绍,如"南阳为古宛县,三国时曹操与张绣曾于此城发生争夺战。后汉光武帝刘秀,曾于此地起兵,发动反对王莽王朝的战争,创立了后汉王朝。民间所传二十八宿,即刘秀的二十八个主要干部,多是出生于南阳一带"告诉了读者南阳在历史上就是兵家必争之地,同时暗示了历史发展的规律。对于为什么蒋介石重视南阳的原因,文中分析如"企图阻遏人民解放军向南发展的道路……企图打通信阳、南阳间的运输道路……",告诉了读者南阳的战略地位和意义。"在去年下半年的一个极短时间内,我们在这一区域曾经过早地执行了分配土地的政策,犯了一些策略上的'左'的错误。但是随即纠正了,普遍地利用了抗日时期的经验,执行了减租减息的社会政策……"这些背景介绍一是剖析了为什么我军能够在南阳扎根、紧密联系群众并取得最终胜利的原因;二是使整篇文章内容充实、立体、有血有肉,既有现状又有过去,还有对将来的预测。

但并不是每篇消息都需要背景。1949 年 2 月 8 日中宣部及新华总社在《中宣部及新华总社关于克服新闻迟缓的指示》中指出:"说明这件事物的轮廓和背景,并不需要太多的笔墨,只几句话就够了。说得多并不等于说得明了,并不一定能够把轮廓和背景显现出来,有时反而会使新闻的主体模糊起来。"①从中我们可以看出,背景的使用学问很大,用得不好不但不能烘托主题,反而会画蛇添足。

同时,随着消息写作的发展创新,背景在行文中的位置也并不固定。在一般的消息中,背景往往紧跟导语做背景介绍,有的也直接出现在导语中做对比、烘托之用,还有的出现在主体中作为主体的一部分,当然也可能在结尾部分出现。

总之,无论背景在什么地方出现,都应该把握使用上的"度",让背景真正起到烘托主题的作用而非喧宾夺主或画蛇添足。

4. 结尾

结尾是消息的最后一段或最后一两句话,是为了深化新闻主题、强化新闻价值而存在的收尾部分。在新闻实践中,很多消息并没有刻意的结尾,往往在消息陈述完毕

---

① 中国社会科学院新闻研究所.中国共产党新闻工作文件汇编(上)[M].北京:新华出版社,1980:302.

后戛然而止。

但对于某些消息来说,结尾是不可或缺的,不同的消息内容和结构也决定了结尾的不同。

有些结尾是总结式的,在前面的主体部分将主要事实陈述完毕后,结尾对总体进行把握。如第十五届中国新闻奖获奖作品《参演万余人不见几个兵》的最后,结尾对演习的规模和影响进行了总结:

> 据悉,"铁拳——2004"演习,是我军迄今为止规模最大的对外展示军事演习,16个国家的60余名军队领导、军事观察员在现地观摩了演习。
>
> (2004年10月1日《前卫报》,作者:张乡林、王宏林)

有些结尾是评论式的,如在《中原我军解放南阳》中,结尾是"王凌云如不再逃,康泽的命运是在等着他的"。

有些结尾是对比式的,如第二届中国新闻奖获奖作品《政治风险无人投保》,在导语和主体详细介绍了开设政治风险保险的内容和重新开办此保险的缘由,以及外商投资不断的事实后,在结尾用相关事实与政治风险的现状做了对比,深化了消息的主题:

> 与政治风险相反,其他保险业务却方兴未艾。据统计,去年广东全省承保国内外保险业务总金额达3640多亿元,保险业务收入18亿元,连续7年居全国之冠。

除此之外,还有展望式结尾、白描式结尾、抒情式结尾等其他类型。这也再一次说明"文无定法"。对于结尾,我们通常要结合消息的内容和结构进行通盘考虑,以免强加结尾导致"狗尾续貂"。

(二)内部结构分析

从体式上评析,消息作品应该能够满足所用体式的写作要求,能够最大程度地体现该体式的优势。

从体式与内容的搭配效果上评析,消息的具体内容应该能够在所用体式中很好地表达出来,达到最佳的传播效果。

以倒金字塔式结构为例:倒金字塔式结构是消息中最常用也是最基本的一种形式,以重要性或受众关心程度依次递减的顺序,先主后次地安排新闻中的各项内容。衡量一篇倒金字塔式的消息是否为佳品主要从以下方面来考虑。

1. 消息是否将最重要、最新鲜、最引人瞩目的事实放在导语中,是否根据内容的重要程度来安排行文

倒金字塔式结构要求真正将最重要、最新鲜、最引人瞩目的事实放在导语中,这种写法能够开门见山地突出事实的新闻性,引起读者的阅读欲望,使读者在尽可能短的时间内获得最重要的信息;同时有助于记者迅速地写作新闻,也便于编辑选取稿件和进行修改。优秀的倒金字塔式作品往往能够很好地满足以上要求。

2. 对具体的内容而言,倒金字塔式结构是否为传播信息的最佳结构方式

内容决定形式,并不是所有的新闻事实都适合倒金字塔式结构的叙事方式。从传播效果考虑,一定的内容需要最能体现传播效果的模式来进行传播。一般来说,倒金字塔式结构适用于动态消息。

倒金字塔式结构发展到今天,因过于标准化、模式化而导致消息显得干巴、死板。虽然存在着这样或那样的不足,但倒金字塔式结构在今天的消息写作中依然占据着重要地位。这种体式对于初学新闻者和年轻的新闻工作者都有很大帮助,只是人们在运用这种结构时要充分发挥它的长处,尽量避免它可能带来的缺憾。

非倒金字塔式结构是相对于倒金字塔式结构而言的除倒金字塔式结构之外的各种新闻结构形式的统称。在我国新闻界,目前使用较多的几种结构分别为编年体式结构(又叫"金字塔式结构")、散文式结构、悬念式结构等。

编年体式结构能够较为完整地将新闻事实以故事性的方式表达出来,读者能够较为容易地获得新闻事件的原委。在时间跨度比较短的事件中,这种结构能够集中、突出地刻画细节,生动地反映事件的发展变化。编年体式结构适用于内容较为复杂但线索较为单一的新闻事实,运用这种结构时注意不能写成流水账,而应该抓住重点事实、典型内容,选好时间段,将事实生动完整地表达出来。

散文式结构通常指在消息写作中适当地加入散文写法。这种写法比较自由,突破了消息写作中具体的条条框框,使行文富于变化;同时散文笔法的运用增加了文章的文采,能够让读者较为愉悦地欣赏作品。但我们也应该注意,对于有些突发性事件和经验性事件来说,散文式结构并不适用。

悬念式结构通常是在消息的开头设置悬念,然后在行文中将内容逐步展开,最后将谜底揭开。这样的结构能够层层递进,吸引读者往下读。这种结构适用于有一定趣味性的事件消息,并且在写作上要求较为严格,因为消息毕竟是一种新闻文体,这种结构的消息写作受篇幅所限,既不能写成情节一波三折的小说,又不能缺乏实在的内容,而应尽可能单线条、快节奏地完成"释疑"的任务。

四、表现手法分析

消息的表现手法主要指作者在客观地表现事实的同时,将自己的观点隐藏在对事实的报道之中。好的消息能够很好地运用客观表现手法,使读者在赞扬消息客观公正的同时,不知不觉受到隐藏在消息中的倾向性的影响。在这一点上,西方新闻工作者值得我们学习。1956年刘少奇在对新华社工作的指示中说:"要学习资产阶级通讯社记者的报道技巧。他们善于运用客观的笔法、巧妙的笔调,既报道了事实,又挖苦了我

们,他们的立场站得很稳。"① 从这段话中我们可以看出,客观表现手法需要这样几个因素:事实和表达方式的选择、表达口吻的把握、背景材料的灵活运用。这几个因素也是我们评析一篇新闻作品好坏的主要标准。

以消息《百家"三资"企业调查表明:在华投资大有可为》(新华社 1990 年 9 月 14 日)为例,通篇消息的字里行间没有记者的主观意见表达,只是通过调查得到的数据,将企业的态度表现出来,证明一种观点:在华投资大有可为。该篇消息中有数据调查如"这 100 家外商投资企业均已开业投产,其中 39 家已在原有注册资本的基础上追加了投资,另有 8 家也表明将于近期追加投资的意向";有借第三方之口如"日商独资的厦门埔田服装有限公司总经理佐藤忠良在接受记者采访时说,'厦门地区的基础设施已相当完备,与海外相差无几'"。这样的客观表现手法通过事实和数据证实了在华投资的好处,同时借人之口表己之言,用数据对比、时间对比、纵横对比,使文章获得了很好的传播效果。

五、语言分析

在写作中,文体不同,对于语言的运用也不同。随着各种文体体式的逐渐成熟,现代汉语逐渐将书面语言分成了几大类,其中新闻语言就是较为固定的一类,有着自己独特的含义和要求。

我们从语言的角度对消息作品进行分析,主要看消息的书面语言表达是否符合以下条件。

(一)是否准确无误

准确无误地报道新闻事实,对于消息而言能够很好地体现新闻的真实性原则。消息语言要做到准确无误,就要反映事物最本质、最确切的状况,不含糊、不笼统、不模棱两可。

看一篇消息的语言是否准确无误,一是看消息的用词是否贴切。中国语言十分复杂,同义词、近义词很多,用时需经推敲。有些近义词不仅有程度、分量上的不同,有时还有性质上的差别,比如"优秀"与"优异"、"贫贱"与"贫困"、"指责"与"谴责"、"改革"与"改变"等。在表示程度的用词上,应该特别注意尽量减少使用或者不用诸如"大概""也许""可能"等模糊的词语,新闻语言要是非分明。

看一篇消息的语言是否准确无误,二是看消息的数量词是否运用恰当。具体数字不但能够给读者传达准确的信息,还能给读者以真实、生动之感。一就是一,二就是二,尽量不要使用"许多""很多""数百""几千"等词语。在表达时间概念时尽量使用

---

① 中国社会科学院新闻研究所.中国共产党新闻工作文件汇编(下)[M].北京:新华出版社,1980:360.

具体概念,减少"近来""不久前""最近一段时间内"等笼统的词语的使用。然而如今在纸质媒体特别是某些党报上,我们经常看到这些时间概念不强的词语,这一现状应当引起重视。

看一篇消息的语言是否准确无误,三是看词语搭配是否符合逻辑。我们经常在体育报道中看到"本届运动会中有六项比赛打破了往年的最好成绩"这样的语句,其中"打破"和"成绩"不搭配。这种现象在体育赛事或其他突发事件的报道中经常出现,记者为了追求发稿速度,往往不对用词进行推敲,导致出现逻辑错误。

(二)是否简洁明了

文贵简,有生命力的文字都是简单、生动明了的,新闻也不例外。① 以法新社的《周恩来总理逝世》这篇消息为例:

> [法新社北京1976年1月9日]今日清晨北京时间5时,北京电台宣布周恩来总理逝世的消息,此时大部分中国人还不知道他们的总理已经逝世。当新华社的电传打字机于北京时间4时发出这条消息时,中国几乎所有的街道都还没有行人。
>
> 法新社所在的大楼里,记者把消息告诉开电梯的姑娘,她顿时失声痛哭。
>
> 记者对一位中国翻译表示慰问时,他眼中含着泪,嘴唇颤抖着说:"真没想到啊!我们非常爱戴他。他是一位伟大的革命家。"
>
> 可以毫不夸张地说,中国人民非常爱戴周恩来,他们感到周恩来平易近人。
>
> 估计巨大的悲痛将笼罩中国大地,人们将像今天凌晨听到这个消息的那位开电梯的少女那样表现哀伤之情。

将周恩来总理逝世这样的大事用简短的语言表现出来,这篇作品可以说非常成功。消息语言凝练,采取个案报道,有具体的事件、具体的人物,将整个中国在总理逝世后的悲痛之情通过一个个普通人的反应表现出来。文章语言尽管简练,但是对人物的刻画和描写却很到位。从这篇消息中我们可以看出,新闻应该追求短而精,这需要从业者苦练基本功。

(三)是否生动形象

生动形象的事实需要生动形象的语言来表达,多用富有活力的动词,可以使整个新闻语言充满动感,让读者感受到新闻事实的动态美。例如消息《跳水王子洛加尼斯》开头是这样的:

---

① 李大卫,石维,艾顿.法新社百年新闻佳作[M].西安:陕西师范大学出版社,2002:112.

[合众国际社印第安纳波利斯1988年8月24日电]格雷格·洛加尼斯站在跳台顶端,黝黑的身躯纹丝不动,两眼凝视着下方10米处的水面,庄重地迎接挑战。

两条粗壮有力的大腿奋力一弹,身躯高高跃入空中,转体、旋转,舒展的动作一气呵成。入水时全身形成一道直线,在几乎没有激起一丝水花的情况下没入水中……

"弹""跃""转"等动词的使用让消息动感十足,运动员跳水的情景栩栩如生地展现在读者面前。

第三节 案例评析

在本节中,我们选取了从近现代到当代时间跨度较长的一段时间内有代表性的消息作品,依照本章的评析方法进行分析。

例一

上海把最后两辆人力车送交博物馆

[新华社上海1956年2月25日电]上海市交通局今天把上海的最后两辆人力车送给了博物馆。原来的人力车工人为此自动集会庆祝,感谢政府替他们挖掉了穷根,帮助他们走上了新的生活。

人力车最初出现在日本。远在1874年,上海也有了这种交通工具。解放前夕,上海有5000多辆人力车、7000多人力车工人。解放后,政府在发展公共交通建设的同时,就有计划地帮助人力车工人分批转业。有些人力车工人已经被训练成为汽车驾驶员或技术工人,有的回到农村参加了农业生产,没有劳动力又没有依靠的老年工人进了养老院。63岁的老工人姜威群,拉了50年人力车,穷得一直不能结婚,现在他正在养老院安静地度着晚年。

评析:

简单的两段语言,陈述了一个不简单的事实。融史实、趣味性于一体,堪称佳作。

1. 视角独特,时机独特

一个社会的进步反映在日常生活的各个方面。作为一个群体,人力车夫的消失显示出他们生活状况的好转,也表明政府对他们的关心和尊重。关于人力车的取缔,上海市政府曾发过公告,但本文记者巧妙地选择时机,在"上海市交通局把最后两辆人力车送给博物馆"时,从"进博物馆"这个角度入手,把一件对于人力车夫来说具有标志性意义的事情展现出来。记者注意选取角度,把握时机,通过一个客观的事实让读者看到新中国成立后我国社会面貌的积极变化,取得了良好的社会传播效果。

2.巧用背景,对比强烈

文章的主体部分对人力车夫这个职业的历史发展和概况做了背景介绍,同时对人力车夫的新生活做了报道,像一面镜子,将旧社会和新生活进行对照,不需多言,效果自现。

3.语言简练,个性突出

整篇文章虽然不足300字,但将一个社会变化的缩影描写得新颖深刻,饶有兴致,意义深远。最后笔锋一转,以一个个体生活状况的变化结尾,首尾呼应,主题呼之欲出。

例二

枫桥兴会扶桑客　子夜钟鸣百又八

[本报苏州1月1日专电]今晨零点,专程从日本赶来中国的500多位旅游者,在香烟缭绕的苏州寒山寺里屏息聆听了新年钟声。

日本民间相传,除夕之夜敲钟108下,就能除尽人世烦恼,迎来锦绣前程。由于唐代诗人张继的诗《枫桥夜泊》在日本广为流传,"姑苏城外寒山寺,夜半钟声到客船"的诗句蜚声扶桑,许多日本人梦寐以求能在除夕聆听寒山寺钟声。从去年12月下旬开始,来自日本各地的"日本寒山寺除夕听钟声访华团"等15个旅游团体的日本朋友,就陆续来到苏州,等待聆听除夕钟声。

除夕晚10点正,日本朋友一批批来到寒山寺。午夜11点40分,寒山寺性空法师步上钟楼,撞响了新年钟声。当钟声响到第108下的时候,正是元旦(原文如此——作者)零点正。顿时,日本朋友欢呼雀跃,和在场的中国僧侣和工作人员亲切握手,互致新年问候,洋溢着中日人民的深情厚谊。

(1981年1月1日《文汇报》)

评析:

1.新鲜的新闻,诗意的标题

从读者的角度来说,他们总是愿意看到最新的新闻。凌晨的事实,早晨就与读者见面,时效性之强,难能可贵。"看书看皮,读报读题",这句俗语说明了标题的作用,好的标题总能吸引人的眼球。这样诗意的标题,怎能不引发读者读下去的欲望呢?

2.纪实手法的运用让新闻"活"了

在文章的结尾一段,作者将时间具体化,一个个具体的场景让读者仿佛目睹了在香烟缭绕的肃穆现场,古刹钟声响起后欢呼雀跃的日本客人。

3. 语言凝练,用背景传授知识

好新闻总是凝练的,这篇文章既描述了一个鲜活的场面,又介绍了一个背景知识,全文不过300多字。

日本客人为何远渡重洋来听钟声?文章在导语的下一段紧跟着进行了解释,并且介绍了日本的一个民俗,融知识性、趣味性为一体,堪称消息中的"上品"。

例三

办公室内收烟票　饭局桌上送人情
杭州萧山一案查处 19 人

9月28日,中央纪委国家监委公开曝光6起违反中央八项规定精神典型案例。其中一例,是浙江省杭州市萧山区卫生健康局原党委委员、副局长李侃违规收受可能影响公正执行公务的礼品和消费卡、接受管理服务对象宴请等问题。

通报显示,李侃违规收礼的时间为2015年至2020年1月,且集中在中秋、国庆等节日期间,对象为该局及下属单位工作人员6人,形式为礼品、消费卡、"烟票"等财物。在纠治"四风"持续保持高压态势、执纪越来越严的情况下,李侃何以依然不收敛不收手、敢于顶风违纪?这一案例带来哪些警示和思考?当地纪检监察机关是如何查办并开展以案促改的?带着这些问题,记者近日赶赴萧山区进行了实地采访。

所有参与违规吃喝包括连带查出收送礼的人,都受到了严肃处理

2019年9月,萧山区纪委监委信访室收到了一封落款为"机关人员"的举报信,反映时任区卫健局副局长的李侃在人事调动中收受当事人钱物等问题。随后,区委巡察组、区纪委监委主要负责人也陆续收到多封举报信,反映问题均指向李侃。

9月29日,萧山区纪委监委决定成立案件核查组对李侃违纪问题进行初核。经过前期多方调查,核查组逐渐摸清了有关违纪事实。

2020年1月8日下午,核查组对李侃和相关人员开展谈话,并进行党纪党规教育,让他放下心理包袱。很快,李侃交代了违规接受吃请、违规收受礼品等违纪事实。

"李侃案持续时间较长,牵涉人员也比较多。掌握主要事实后,我们决定迅速对相关涉案人员开展谈话,避免不必要的干扰,防止给办案工作带来阻力。"核查组负责人向记者介绍。从1月8日开始,核查组加班加点,用8天时间对所有人员进行了谈话,并经本人认可签字后做了笔录。

1月16日,萧山区纪委常委会研究决定,对李侃违纪一案正式立案审查。

经查,李侃违反中央八项规定精神,接受可能影响公正执行公务的宴请,违规收受可能影响公正执行公务的礼品、消费卡,且在十八大后不收敛不收手,情节严重,影响恶劣。李侃还存在其他违纪行为,受到留党察看一年、政务撤职处分,并被收缴违纪所得。

包括李侃在内,此案共涉及萧山区卫健系统19人。从涉及的单位看,区卫健局机关工作人员4人;区级医院7人,其中院级领导3人;社区卫生服务中心7人,其中主任6人;民营医院工作人员1人。

"八项规定出台已近8年,到2020年了还敢顶风违纪,一定要严肃处理。除了李侃,其他参与违规吃喝的,包括连带查出来的收送礼的人,我们都作出了相应的处分。"萧山区委常委、区纪委书记、区监委主任蒋金娥表示,要坚持"严"的主基调长期不变,通过有力惩治,形成强有力的警示和震慑。

最终,萧山区纪委监委对19名涉案人员中的8人给予纪律处分,除李侃外,另有党内严重警告1人,党内警告1人,政务记过1人,政务警告4人;给予组织处理11人,其中,诫勉4人,责令检查2人,批评教育3人,提醒谈话2人。

把吃吃喝喝等同于同事友谊,敬畏之心让位于"人情往来"

采访李侃和多名涉案人员时,很多人都说道:大家都是多年的老同事老朋友,彼此比较熟悉,一起吃个饭没觉得有什么不妥;逢年过节有个人情往来,大家都是这样。

最典型的是2019年9月份李侃组织的一个饭局。

李侃是区卫健局分管人事工作的副局长。当时,区第一人民医院公共卫生科的一名工作人员为在职务晋升上得到关照,找到李侃,希望他联系与其工作有关联的人员聚聚。

近30年的系统内工作经历,加上是局领导,李侃出面组个饭局"很容易"。他很快联系了局机关一名科长、区第一人民医院人事科科长、区第一人民医院纪委书记等5人参加。

席间,一桌人天南海北地闲聊。在餐前、中途打电话时,李侃喊来的5个人,每个人的口袋里被放入了2张价值2000元的超市消费卡。

第二天,第一人民医院纪委书记通过医院纪检监察室将2张超市卡退给了当事人,"作为纪委书记,尽管退还了超市卡,但不懂得拒绝,接受吃请,实属不应该"。同去的人事科科长则表示:"以后一定要谨慎,和谁吃饭、吃什么饭要问清楚,不该吃的坚决不吃。"

"生活在人情社会,有些事多关心一下,大家高兴聚一聚,收点小礼品不算什么。"李侃自我剖析时讲道,他甚至把吃吃喝喝等同于同事友谊,视之为无伤大雅的"小事"。

从核查的情况看，李侃违纪有三个特点：一是从人员上讲，请吃请喝的多是关系比较密切的，送礼给他的大多是熟悉的；二是从时间上看，最近几年连续不断，节假日前居多；三是上下不分，对管理服务对象丝毫没有忌讳。

正因为此，李侃收受的消费卡、"烟票"等很多都是在办公室内完成的。"我一个人一间办公室，一般也不会有人进来，他们放下就走了，"李侃说，自以为很隐蔽，没有第三个人知道，"说到底，还是存有侥幸心理。"

先后多次到李侃办公室送礼的一名卫生院院长，也有着近30多年的卫生系统工作经历，和李侃相识多年。"俩人就像是亲戚一样，中秋节、春节前萧山人都会相互走动，自己就跑去办公室给他表示一下。但私心也是有的，归根到底还是自我要求不够严格。"

萧山区纪委监委派驻第八纪检监察组组长方红认为："亲而不清，没守住纪律底线，缺乏敬畏心，是李侃最大的问题。"

李侃自己也坦承，对纪律条规的学习入眼入耳，却没有入脑入心，敬畏之心渐渐让位于人情往来，逐步放松了对自己的要求，对一些不正之风眼见之、心随之，慢慢习以为常，以致走上错误道路。

"认识错误，及时止损。"这是记者在采访违纪人员时，听到的共同心声。

在接受组织处理和教育后，李侃等人正视自身问题，放下思想包袱。在今年新冠肺炎疫情来袭时，他们认真履行职责，奋战在防控疫情一线。

以创建清廉医院为载体，推动以案促改、正本清源

5月28日上午，萧山区会议中心一楼萧然厅，全区卫健系统党风廉政工作暨清廉医院建设推进会召开。

"经历了疫情防控，医务人员的形象树立起来了。我们要维护好这个形象，不能犯这种错误，影响社会上对医生的尊重。"结合对李侃案例的剖析，蒋金娥为在场的150余名卫健系统领导干部上了一堂生动的廉政党课。

李侃一案在当地引起了不小震动，也暴露出萧山区卫健系统监督中的一些短板和漏洞。"比如，对党员干部8小时外的监督手段还需进一步探索和创新，在强化群众监督意识、重视社会监督力量方面也有提升空间。"萧山区纪委常委高海飞认为。

按照"一案一建议"的要求，区纪委监委派驻第八纪检监察组向区卫健局党委下发纪律检查建议书，督促加强队伍建设、强化制度落地、抓实责任追究。"李侃案带给我们一个警示，即一个领导干部不能在一个岗位待得太久。"区卫健局主要负责同志表示，下一步将落实重点岗位轮岗交流、约谈提醒等制度，管牢"关键少数"，发挥示范带动作用。

以剖析李侃案深刻教训为契机,以创建清廉医院为载体,以强化监督促清风为目标,萧山区卫健系统开始了一场正本清源的整改行动。

今年年初,区卫健局开展了"压实责任、纠治四风"集中教育整顿活动。活动聚焦违规收送礼卡礼品礼金"烟票"、违规吃喝及违规收受红包回扣等问题,加强自查自纠,集中进行整改。春节前后,共有8人次主动上交礼金礼卡,共计14,300元。

据区卫健局副局长毛建勋介绍,为强化对医院公职人员的监督管理,及时发现倾向性、苗头性问题,该区建立了蜂巢式监督运行机制。该机制将廉情监督员、监管责任区、党组织比喻为"蜜蜂""蜂孔"和"蜂巢",按照全员覆盖、分级负责、责任到人的要求,重点监督中层以上干部、医风医德考评、公权力使用等。"这是监督触角的延伸,有利于及时发现问题、进行提醒。"

7月初,区纪委监委派驻第八纪检监察组组织卫健系统干部旁听浙江省人民医院麻醉科原主任胡双飞涉嫌受贿罪案件庭审。

"胡双飞案反映出,少数医务人员在专注业务的同时,忽视了学习,缺乏对纪法的敬畏。我要引以为戒,严以律己;同时要履行好监督责任,抓早抓小,加强对医院干部职工的纪律教育和监督。"区第一人民医院纪委书记金海港表示。

记者了解到,区卫健局已经制定了清廉医院建设三年行动计划,正在有序推进各项任务落实,朝着"政治清明、干部清正、院风清朗、医风清新"的目标努力。

(2020年9月29日《中国纪检监察报》,作者:张胜军)

评析:

1. 以小见大,以具体事件彰显时代主题

本文敏锐地抓住中央纪委通报的一起违反中央八项规定精神典型案例,从一名顶风违纪的区卫健局副局长入手,从一个充满利益纠葛的饭局写起,彰显了纪检监察机关零容忍执纪的态度和决心,也反映出"四风"问题树倒根存、稍有不慎就可能反弹回潮的严峻形势。中央八项规定改变中国,已经成效卓著,却也任重道远,这是本文带给读者的深刻启示。

2. 扎实的采访、深入的调查

真正的新闻应沾满泥土气息,而这离不开记者扎实的采访、深入的调查。从行文不难看出,本文作者前往案发单位,直接采访多位当事人,还原了新闻事件本身,交代了很多令人信服的细节。在快餐新闻当道的今天,这是难能可贵的,也是需要大力倡扬的。

例四

美国提案被击败　中国将进入联合国

[路透社联合国1971年10月25日电]联合国的代表们今晚击败了美国为保住台湾在联合国的席位所做的努力,从而为北京进入联合国铺平了道路。

代表们在走廊里大声发笑,他们唱歌、欢笑、喊叫,拍桌子,有人甚至跳起舞来。

这次投票使美国及其主要盟国——包括英国和法国——分道扬镳。尽管美国大使布什为阻止台湾被驱逐作出了巨大的努力,但仍出现了这个表决结果。

布什立即提出了动议,要求已递交给大会的关于给北京以席位并驱逐"蒋介石集团"的阿尔巴尼亚提案中撤掉驱逐这一条款。

大会主席、印度尼西亚外长马利克裁定这个动议不合议事规程。

在早些时候,大会否决了沙特阿拉伯和菲律宾提出的要把所有表决推迟到明天的要求。

观察家认为,这个要求反映了美国的愿望。

当代表们点名应答时,大厅中气氛紧张。

电子统计牌上终于显示出结果,表明美国的建议被击败。这时,大厅里沸腾起来了。

当代表们在阿尔巴尼亚方面获胜后于今晚在表决程序方面进行斗争时,一些人士预测,北京获得席位的提案将以2/3的压倒性多数得到通过。

评析:

分析这篇消息之前,我们首先要知晓当时的新闻背景:从1949年新中国成立到1971年,中华人民共和国在联合国的合法席位一直被蒋介石非法占据,我国以及世界上对中友好国家对此进行了长期艰苦的斗争。1971年,第26届联合国大会召开。在这届会议上,美国抛出荒谬的"双重代表权",企图制造"两个中国"的局面,在这种背景下,有了这样的新闻。

这篇新闻有以下几个特点。

1. 客观性手法

路透社记者对于这一事件的报道恪守"客观性原则",通过对会议氛围的描写、对场面的描写、对与会代表动作和情绪的描写,以及"观察家"之口,将一个事件的原貌真实、客观地还原出来。

2. 现场感强

记者在营造现场感上花了不少功夫,结果出来以后,代表们的反应、布什的反应都用白描的手法展现出来,对比之下,大厅的紧张气氛一目了然。这篇稿件在主体中用倒叙方式展开事实,这样的表现手法如电影片段,让读者好好地过了一把瘾。

3. 多用短句、短段,衬托现场气氛

不足400字的新闻分成了10段,段落之间层次分明,短语之间的层次转换更是衬托出现场紧张、激烈的气氛。在作者的笔下,代表两种利益的双方如同高手过招,招招切中要害。

例五

长江上游仍在砍树

[新华社攀枝花1998年8月19日]长江上游地区大片森林仍在遭受数千把斧头和电锯的砍伐。记者近日随世界银行组织的14名生态、环保和人类学专家考察雅砻江下游的二滩水电站库区生态环境时,见到江面漂浮着上游漂运下来的上万根三四米长、脸盆般粗的木头,小舟左冲右突一个多小时才驶离码头。行出不到1000米,数万根粗木密密麻麻地塞满了几百米宽的江面。

攀枝花市一位林业干部告诉记者,这仅是雅砻江沿岸近期所砍伐树木的很少一部分。由于二滩水电站关闸蓄水拦住了漂木的去路,大量木头被上面几个水运站捞上岸运走了,漂下来的只是"漏网之鱼"。他说,仅沿江国有森林工业企业今年就至少砍伐了30万立方米的木材,相当于砍光了5万亩原始森林,而流域各县乡伐木企业的砍伐量更大。

世行专家组成员、四川省林业科学院研究员刘仕俊说,四川省宜宾市以上的长江三大干支流中,金沙江、大渡河两岸的森林早已所剩无几。雅砻江主要流经人烟稀少、交通闭塞的横断山脉,但现在,这条江两岸的森林资源也遭到了十分严重的破坏。

全长1517公里的雅砻江主要流经四川省甘孜、凉山、攀枝花等地市州。因水急谷深,沿江所伐树木主要以顺江漂流的形式运往下游,然后再装上火车经成昆铁路运出。

记者在几天的采访中看到,雅砻江下游两岸目前仅存些残次林木,水土流失严重。当地老乡说:"每一场暴雨都造成洪水、滑坡和塌方,以前江水一年四季都是清的,现在变成'黄河'了。"

评析：

1998年长江的滔天洪水，又一次敲响了保护生态的警钟，它从更为深远的层面上警示我们：人类只有与大自然保持和谐的关系，才能更好地在地球上生存与发展。作者正是在这样的认识与思考的前提下，抓住抗洪时机，到长江上游的雅砻江、金沙江等主要干支流进行了深入的专题调查，在掌握大量第一手材料的基础上，以现场见闻的形式报道了长江上游仍存在大量砍伐原始森林的事实。

1. 高超的客观手法的运用——让事实说话

全文600余字，分为5个自然段，每一段都是具体的、扎扎实实的事实。作者在导语中首先描写了客观的场面，紧接着不露声色地引述几位不同身份人物的看法，对新闻事实展开叙述和评论，而这些也正是作者要发表的无形意见。尤其值得称道的是，作者没有忽视向读者交代重要事实的准确来源，如"攀枝花市一位林业干部告诉记者""世行专家组成员、四川省林业科学院研究员刘仕俊说"，等等，都有力地增强了报道的可信度与权威性。

2. 画面感强

消息的作者像一位摄影师，在导语中运用特写，将一幅幅触目惊心的画面展现给读者。如描写江面上木材的密度，作者匠心独具，用了"小舟左冲右突一个多小时才驶离码头"这样的参照物，让读者有了更直观的感受。

3. 舆论监督报道的新思路

舆论监督报道怎样才能让人信服、取得理想的效果？这篇报道给我们提供了一个思路：将想表达的意见蕴藏在客观的笔法之中，既让读者看到事实，又让读者明白什么样才是对的，以事实示人，以事实服人，这样的监督才是有效的监督。

例六

两家子公社干部开始睡上安稳觉
夜无电话声，早无堵门人

本报讯 3月3日、4日，记者夜宿康平县两家子公社秘书办公室，发现从就寝到次日早晨，没有来过一次电话，也没有一个社员来报案、告状或要钱要粮，公社干部睡得安安稳稳。据当过六年秘书的公社干部赵福权说，前几年状况大不一样，经常刚刚睡下，电话铃又响了，不是下达播指示，就是追生产进度。冬天只好把电话机搬到枕头旁边。随着领导作风的转变，上面这种靠电话指挥工作和搞形式主义的现象大大减少了。

一年前，两家子公社还是全县最穷的公社之一，一年到头，生产队干部和社员来公社要农贷和救济粮、救济款的推不开门。现在已经看不到这种情景了。去年他们实行了包干到户责任制,全社人均收入由历年六七十元增加到165元,有的历史"三靠"队达到了四五百元。社员生活好转了,不但不再向国家伸手,由于"穷泡、穷靠、穷打、穷闹"造成的民事纠纷和家庭纠纷也越来越少。

4日深夜,记者步出敞开的公社大门,遥望沐浴在银白色月光下的远近村庄,感觉分外安谧,不仅遐想联翩,成诗一首:

> 劫后灾痕何处寻?
> 月光如水照新村。
> 只因仓廪渐丰实,
> 夜半不闻犬吠声。

(1982年3月15日《辽宁日报》,作者:范敬宜)

评析:

一个新闻工作者,如果对自己负责的行业没有全面的了解,是写不出好新闻的。这篇新闻写出了新鲜感,写出了历史厚重感,与作者对农村工作全局的把握有很大关系。

1. 对于变化的记录

党的十一届三中全会以后,农村实行生产责任制,农民的生产积极性迅速提高,农村干部的作风也大有改变,形式主义的现象大为减少。在这样的背景下,"夜无电话声,早无堵门人"意味着新的变化,这样一个事实不正是整个农村工作的新开端吗?记者对于这个变化的发现,不正好说明其专业的新闻敏感吗?

2. 真性情的流露

文无定体,这篇作品一气呵成。在文章的结尾,作者并没有墨守成规,非要总结或者展望,而是破格写了一首小诗,整个行文立即轻松从容了很多,颇有陆游田园诗的风格。读者读起来也不免被这样真性情的流露所感染,为祖国的大好形势喝彩!

例七

23年圆梦,福建晋江水流进金门

"来水了! 来水了!"5日上午,随着来自福建晋江、穿越约28公里陆海输水管道的碧水,在金门田埔水库喷涌而入,3000多名围观的当地民众欢呼雀跃。

"金门缺水的历史一去不复返了,这是金门发展史上的一件大喜事!"专程赶到晋江龙湖观摩通水现场会的台中市金门同乡会理事长蔡少雄,兴奋之情溢于言表。

上午10点,晋江龙湖岸边的通水现场。随着与会领导、嘉宾共同按下启动按钮,一股股源自泉州母亲河晋江的清澈水流,经过龙湖南岸晋金供水公司泵站机组加压抽水,源源不断流向通往金门岛的陆海输水管道。2分钟后,这股清水流入金门田埔水库,宣告晋江水成功直供金门。

这是一个历史性的时刻!

金门与晋江,隔围头湾相望,最近处仅5.6海里。长期受困于资源性缺水的金门民众,深怀从大陆引水入岛的梦想。对此,习近平总书记在福建省委、省政府工作时,就十分牵挂金门同胞的饮水用水问题,对福建向金门供水工作,从提出论证到具体措施,多次部署、亲自推动,体现了为台湾同胞谋福祉、办实事的真挚情怀。1995年,两岸提出从福建向金门供水的构想。两岸相关部门和专家曾提出了从厦门、泉州等地向金门供水等多个方案。最后,由晋江向金门供水的方案获得各方认可。

23年来,经双方多次商谈协作,金门供水工程持续推进:2015年7月,福建与金门签署供水合同;2015年10月,大陆段率先开工;2017年11月,海底管道全线贯通;2018年5月,双方进行联合测试,具备通水条件。

为让金门同胞早日喝上家乡水,从国台办、水利部到福建省、泉州市、晋江市各相关部门和群众,均全力支持。晋江龙湖镇党委副书记施纯玺表示,龙湖是金门供水工程的取水口,工程建设从征迁起,群众就积极保护水源地,龙湖水质常年达到Ⅱ类标准。

供水工程日设计流量3.4万立方米,远期可达到5.5万立方米。福建水投集团副总经理朱金良表示,我们将继续做好工程的维护管理工作,确保24小时实时监测水质水量,让金门同胞喝上安全优质的家乡水。

"盼了23年,终于迎来大陆的清水!"在金门接水仪式现场,金门自来水厂厂长许正芳表示,通水后该工程可满足金门未来30年中长期发展用水需求,并间接改善地下水枯竭与湖库水质不佳等问题,不仅造福民生,更有助于金门产业发展。

金门县民意机构负责人洪丽萍表示,通水完成了两岸民众的历史心愿,金门人感恩大陆实实在在的善举,将继续与大陆手牵手、心连心,希望今后两岸交流之路越走越宽。

(2018年8月6日《福建日报》,作者:刘益清、吴洪、刘深魁)

评析:

新闻事件意义重大,影响深远。从1995年两岸提出从福建向金门供水的构想,到2018年福建正式向金门供水,前后历时23年,历经重重波折。通水实现了两岸同胞的夙愿,凸显了"两岸一家亲,闽台亲上亲"。

1. 还原现场的报道

作品以现场描写的方式,还原了通水当天的盛况。

2. 立体感强

虽然当时参与报道的媒体众多,但文章并没有简单停留在通水事件上,而是剖析了福建向金门供水的原因、意义、历程和影响,用精练的文字让读者对供水工程有了立体、全面的了解。文章生动具体,可读性强。

思考题

试从文体、语言、结构、内容等几个方面对下面的消息进行评析。

神舟十三号载人飞船发射成功

新华社北京10月16日电 10月16日零时23分,神舟十三号载人飞船在酒泉卫星发射中心发射升空,零时33分载人飞船与火箭成功分离,进入预定轨道,顺利将3名航天员送入太空,飞行乘组状态良好,发射取得圆满成功。中共中央政治局常委、国务院副总理韩正在北京航天飞行控制中心观看实况,并向全体参研参试人员表示热烈祝贺和诚挚慰问。

张又侠代表党中央、国务院和中央军委,代表习近平总书记,在酒泉卫星发射中心出席航天员出征仪式,为执行飞行任务的翟志刚、王亚平、叶光富出征壮行。

在北京航天飞行控制中心观看飞船发射的还有:刘鹤、许其亮、魏凤和,中央军委委员李作成、苗华、张升民。

这是我国载人航天工程立项实施以来的第21次飞行任务,是空间站阶段的第2次载人飞行任务。飞船入轨后,经约6.5小时飞行,于6时56分与天和核心舱和天舟二号、天舟三号组合体完成自主快速交会对接。9时58分,3位航天员先后进入天和核心舱,开启为期6个月的在轨驻留,其间将开展机械臂操作、出舱活动、舱段转位及空间科学实验与技术试验等工作,进一步验证航天员长期在轨驻留、再生生保等一系列关键技术。

(2021年10月17日《人民日报》)

第四章 事实类作品评析(下)

• 本章要点：
  了解：通讯的概念、特点和种类；深度报道的概念、特点
  掌握：通讯作品的评析方法；深度报道作品评析方法

第一节 通讯的基础知识

一、什么是通讯

通讯是运用多种表现方法比较深入而又详细地报道真实的客观事物的新闻文体，主要报道范围包括新闻事件的发展过程、新闻人物的成长经过、某项工作的详细情况及某地风貌的概况特色等，是最常用的报道形式之一。通讯一般可按如下方式分类：按报道内容分，分为人物通讯、事件通讯、工作通讯和风貌通讯；按写作形式分，分为一般通讯、小故事(小通讯)、特写、巡礼、速写、侧记、散记、采访札记等。如今，新闻文体正在不断分化和融合，通讯的分类似乎没有也不必固定下来。目前已经产生了一些融合性的通讯形式，如政论性通讯、杂文式通讯等。

中国早期报纸的通讯脱胎于描写性消息及古代记叙性散文，篇幅较短，事件要素交代不全，表现手法也较简单。早期报纸称通讯为"通信"，或以"记""录"等字样区别于其他文章，后逐渐发展成为独立的新闻文体，出现了纪实性的事件通讯、战地通讯、日记体的纪实性通讯、游记体通讯等种类。20世纪初，远生通讯的出现，使通讯这一文体的地位得到承认并日趋巩固，逐渐成为最吸引人的新闻体裁之一。此后，通讯在新闻文体中一直占有重要地位，形式日趋完备，技巧日趋成熟，出现了很多有影响的通讯名篇。

早期的新闻报道没有文体的区别。较短的新闻报道因为用电报传递，所以叫"电讯"。而外勤记者写回的报道，因为走邮路，以书信方式传递，所以被冠以"通信"。一

般来说,"通信"比"电讯"详细、具体。后来,由于电信技术的进步,"通信"也可以电传。为了与"电讯"相区别,"通信"又改称为"通讯"。到辛亥革命前后,"通讯"已发展成为用文学笔法和政论色彩书写,融记者主体意识与客观报道为一体的新闻体裁。

20世纪40年代延安整风时代进行的新闻改革,加强了党对新闻工作的领导,加强了新闻报道对社会生活的指导性。以"新闻故事"形式出现的新闻通讯,如《西瓜兄弟》《桌上的表》等,以典型事例、典型的先进人物为依托,将通讯逐步定位为融宣传价值与新闻价值于一体的典型报道体裁。

改革开放以来,社会生活发生了巨变,新闻观念也随之发生变革:信息观念的确立打破了长期以来只把新闻媒介当作宣传工具的局面。一直作为典型报道范式的通讯在选题、采写模式、报道理念和表述方式上都在不断发生改变,以适应现实的需要,各种深度报道的新文体也在不断出现。因此,目前我们所称的"通讯",其实已经逐步演变为一种集合概念、一种广义的名称,是指报纸、刊物中除消息以外包括各类通讯、特写、专访等所有详报型(或曰深度型)新闻体裁的总称。

和消息一样,通讯也是一种常见的新闻报道文体。它在素材、结构和表现手法上与消息有较大差异,它比消息的容量更大,写作更灵活,表现力更强。尽管它在时效性上稍逊于消息,但是它与消息有一个共同点,即同属于"新闻报道体裁"。也就是说,通讯报道的内容都是真人真事。尽管通讯材料的丰富和文笔的优美与文学作品有相似之处,但人们阅读通讯时,很明白自己在读新闻而非文学作品,相信它的内容是真实的而不是虚构的。在这里,"真实存在""真人真事"是通讯的立身根本。

二、通讯的特点和种类

通讯的主题是通讯的灵魂。通讯主题的写作要求是正确、鲜明、集中、深刻。写作时应围绕主题精选典型材料(人物、事件、风貌、经验、情节等)。通讯常用的表现手法有叙述、描写、议论、抒情等,可根据具体内容灵活运用。

通讯按照最惯常的分类方法可分为人物通讯、事件通讯、工作通讯、风貌通讯和特写等。

(一)人物通讯

人物通讯是用来报道特定人物的一种通讯体裁。在中国,人物通讯以报道先进人物的先进思想、典型事例为主。人物报道中,人物通讯有着突出的地位,一些优秀的人物通讯作品往往能产生较为深远的影响。人物通讯的报道对象可以是一个人,也可以是一个群体。西方没有"人物通讯"之说,与此意义相近的是"人物特写"。采写人物通讯,应注意选取有代表性的人物作为报道对象,注意写出人物的鲜明特点,选取反映人物言行举止特征的材料,遵循实事求是的原则,不能添枝加叶,浮夸拔高。人物通讯有多种表现手法,如"以事写人""以言见人""以景见人""以论写人""细节表现""夹叙夹议"等,应防止"见事不见人"的缺陷。人物通讯最基本的结构方式有两种:一是按时间顺序,写人物的主要经历、成长过程;二是按逻辑顺序,将人物的事迹按质归类,分层表现。在写人物事迹的同时,应注意展现人物的性格特征,使人物在通讯中"活"起来。我们耳熟能详的《县委书记的好榜样——焦裕禄》《为了周总理的嘱托》《一篇没有写完的报道》等,都是人物通讯名篇,从这些通讯的字里行间我们看到的是一座座崇高的精神丰碑、一个个鲜活的人物形象,而这些形象也因此被千千万万的后来人所仰慕,他们的献身精神、他们的高尚品质,成为鼓舞人们前进的巨大精神力量。①

(二)事件通讯

事件通讯是指报道有意义的新闻事件的通讯体裁。事件通讯注重报道有强烈新闻性的典型事件,较为详细地介绍事件的来龙去脉与发展过程及作用、影响。报道形式一般分为三种:一为记叙单项事件的始末;二为将几个有联系的事件有机结合在一起;三为叙述篇幅短小、活泼生动的新闻小故事。事件通讯属叙事文体,写作时应以叙事体现一定的观点,力求生动、详略得当、语言简洁,也应注意写好人物,但需简笔勾勒,不宜着墨太多。一般的叙事方式有四种:一是以事件的发展顺序为叙事线索,即"顺序法";二是"倒序法",先写结局,然后叙述事件的发展过程;三是在集纳式事件通讯中,逐一介绍有关事件,再揭示事件之间的内在联系;四是西方新闻界常用的一种双线并进的叙事方式,叙事与交代背景交叉进行,时断时续,相辅相成。典型的事件通讯像曾在社会上引起强烈反响的《小崔寻诊记》(1981年9月15日《哈尔滨日报》),反映一位急患连夜到本市7家医院就诊,均被拒之门外的遭遇,批评了部分医务人员的医德医风问题。

(三)工作通讯

工作通讯是通过报道分析当前实际工作中的经验、问题、教训以指导、推动工作进展的通讯形式,一般认为工作通讯的功能有三:一为介绍、推广先进经验;二为发现工作中的问题,提出批评和建议;三为探讨新动向、新课题。工作通讯写作要求记者抓住具有普遍意义的新经验,选择同人民生活息息相关的题材,敏感地发现孕育在实践中的新动向,正确、慎重地提出问题。工作通讯要求选取典型、生动的第一手材料,叙述活泼生动,并允许做一定程度的评述。记者应多在针对性、普遍性、典型性、指导性、预见性上下功夫。工作通讯的形式有多种,除常见的较为典型的工作通讯外,还有"工作研究""采访札记""记者来信""新闻述评""问题调查""热点透视"等。工作通讯可以算是深度报道的一种,因它不只满足于报道事实,还需运用分析、综合、归纳、预测

---

① 康文久.实用新闻写作[M].北京:新华出版社,1996:209.

等方法。第三十届中国新闻奖获奖通讯《关于猪肉的通讯——"稳猪价"背后的农业供给侧改革》(2019年11月29日《经济参考报》),透过2019年猪价持续上涨现象,揭示了背后的深层次矛盾,为加快农业供给侧结构性改革和助推经济高质量发展提供了参考借鉴。

(四)风貌通讯

风貌通讯是报道某一区域、某一地点、某一单位的新风尚、新面貌、新气象的通讯,也称"概貌通讯"。某些旅途通讯也常被看作风貌通讯的一种。风貌通讯的题材广泛丰富,举凡社会变迁、风土人情、单位新貌、建筑风光、名胜古迹等均可写成风貌通讯。风貌通讯可以有较大的时空跨度,并有多种表现形式。风貌通讯写作要求记者着力反映新貌,并抓住特色,点面结合,纵横着笔,博采素材,缘物寄情,给读者以多方面的教益。作品应有美感及现场感。写作方法上可以鸟瞰全景,可以分类描写,也可以撷取片段,小中见大。风貌通讯还可与访问记、特写等文体有机结合,以求写作形式丰富多样。我国著名新闻工作者范长江的《中国的西北角》《塞上行》、邹韬奋的《萍踪寄语》《萍踪忆语》等,都是出色的风貌通讯。读这些作品时,读者会感到有一种扑面而来的地方风土气息和时代气息。

(五)特写

特写是指以形象化手法,将新闻事件、人物、场景、动作等具体、生动地再现出来的报道。特写写作要求生动而集中地再现人物、现场、画面及新闻事件的精彩片段,以近似文学的手法精心描绘,使人如临其境、如闻其声、如见其人,从而更形象、集中、突出地传播特定的信息。在西方,特写更多地是指一种趣味性报道,旨在给读者带来"精神享受"。在更广泛的意义上,西方新闻特写是指除消息、广告、社论之外的所有文章,其内涵比中国的要博杂得多。

第二节 通讯作品的评析方法

一、分析作品形式

(一)结构分析

通讯结构,就是通讯的表现形式,也被称为"通讯的骨架"。评价一篇通讯作品,结构在其中起着非常大的作用。常见的通讯结构有纵式、横式和纵横式三种。

1. 纵式结构

按时间顺序、事物发展的顺序,或作者对报道对象的认知顺序安排材料,称为纵式结构。

例如,第三十届中国新闻奖获奖通讯《36 小时,一切为了 11 名矿工兄弟!——山东能源肥矿集团梁宝寺能源公司"11·19"火灾事故救援纪实》(2019 年 11 月 30 日《大众日报》):

> 时间回到 19 日 20 时 46 分。
>
> 生产调度中心内,电话铃声大作。安监员刘德华大声报告:"距掘进作业面 200 米处的高冒点有烟雾!"调度员立即通知人员下井查看。
>
> 21 时 17 分,调度员通知立即撤离。但浓烟已将他们"锁"在里面。
>
> 20 日 6 时 30 分许,正在晨练的淄矿救护大队大队长李刚业接到电话:"紧急命令,火速驰援,目的地梁宝寺煤矿。"17 名队员带上设备,立即登车出发。
>
> 20 日,生产调度中心,大屏幕的电子表分秒不停。
>
> 救援,正争分夺秒。
>
> 21 日早,生产调度中心,人头攒动,大家心都揪着。电子大屏幕上的时钟,已过 8 时 50 分。
>
> 8 时 56 分,调度中心,一部号码为 6000 的白色电话陡然响起。
>
> 9 时 12 分,被困矿工全部从风筒里出来。救护队员送上压缩氧自救器,迅速护送他们穿过巷道,只用 15 分钟被困矿工就进入了安全区域。

记者用具体的时间"19 日 20 时 46 分""21 时 17 分""20 日 6 时 30 分""8 时 56 分""9 时 12 分"将整篇文章串联起来,细致、准确地描述了救援过程,具有紧张、生动的现场感,层次清楚,使人一目了然。

2. 横式结构

以空间转换或事物性质层次安排材料,称为横式结构。

例如,第十三届中国新闻奖获奖通讯《百姓心中的丰碑——追记公安局长的楷模任长霞》(2004 年 6 月 3 日《人民日报》)采用横式结构,围绕任长霞立警为公、执法为民、亲民爱民的主题,组合她"破案保平安""真心爱百姓""亲情也深沉"的事实,表现了任长霞崇高的人格魅力。

20 世纪 60 年代在社会上引起巨大反响的通讯《"一厘钱"精神》(1963 年 3 月 24 日《人民日报》)写了三件事情,它们发生在三个不同的单位,互相之间没有直接的联系:一是北京墨水厂"每件包装降低一厘钱";二是北京市制药二厂赵玉珍包装组的"领导者用一分钟这个时间概念去组织生产";三是北京火柴厂"每盒火柴里减少一根废火柴"。这篇通讯将发生在三个独立空间的故事联结起来,不但不凌乱,而且很完整,表达了这样的主题:要建设社会主义,就要有这种"一厘钱"精神,从节省一厘钱做起,从提高每一分钟的劳动效率做起,从提高每一件产品、每一项工作的质量做起。

3. 纵横式结构

这是将上述两种结构结合起来运用的结构。时间为"经",空间为"纬",采用"纵横交叉"的方式来安排层次。

我们下面分析通讯名篇《为了六十一个阶级弟兄》(1960年2月28日《北京青年报》),看看该文是怎样运用这种结构的。作品开头描写的1960年2月3日,农历正月初七下午4点钟,山西平陆61名民工食物中毒的求救声,传到北京王府井北口八面槽路东的特种药品商店的时候出现的情形;接着,从2月2日"平陆事件"的发生讲起,叙述到原来的时间仅仅是通讯的一半,后边还有找药、运药、空投、抢救、慰问等一系列的情节才结束全文。同时,这篇通讯又以空间作为"纬线",从横向划分层次,把同一时间不同地点发生的种种事情,十分巧妙而紧凑地交织到通讯中,报告给受众。它既注意到时间的连贯性,又照顾了空间的平列性,穿插自然,跌宕起伏,次序分明,变而不乱。这篇通讯报道的事件由于涉及的场面大、地区广、单位多,特别是时间短促,许多情节齐头并进,发展异常迅速,因而记者选择这种纵横式结构,使整篇文章趋向场景化和故事化,将一个个场景、一幅幅画面、一桩桩故事展现在读者面前。与很多通讯作品不同的是,它每一小段的前面没有近似内容提要的小标题,而是运用记者抒情的旁白和时针进展的标记,使场面层次分明,紧扣读者心弦。这样的结构方法在很大程度上给这篇通讯增添了色彩。

(二)表现手法

1. 通过细节表现

细节是通讯的血肉,一篇通讯是否有特色,很大程度上取决于细节是否有特色。通讯虽然是新闻报道中的"重武器",但重要的事件和人物往往可以通过十分微小的事实反映出来。这样就可以采取以小见大的手法,充分发挥微小事实的折射作用。对于读者来说,微小的事实较宏观的事实显得更真实、更贴近、更丰富,它符合读者认识客观事物的规律,比较容易为读者所接受和喜爱。[①]

细节生动,就会具有感人的力量。一篇优秀的通讯是靠若干细小而具体的事实组成的,没有细节,没有具体描写,就没有生动的形象,也没有感人的力量。

来看第二十六届中国新闻奖获奖通讯《女环卫工6年拽回5名轻生者》(2015年12月15日《楚天都市报》)节选:

"当时正在附近清扫路面的环卫工周锦秀发现后,冲上前把他拉了回来。……男子摆脱周锦秀,再次抓住护栏。周锦秀只得一手紧紧抓着男子的衣服,一手掏出手机

---

① 沈敏.构建吸引受众的"召唤结构"——人物通讯与时间通讯的可读性探悉[J].零陵学院学报,2004(4).

向涂晓珍求援。"

面对陌生人的轻生，环卫工周锦秀不顾危险，"冲上前"将其拉了回来，一手紧紧抓着男子的衣服，一手掏出手机求援。细节的描写展示出周锦秀对陌生人生命的珍视，让这个普通人的形象瞬间高大了起来。

"轻生男子的态度不像开始时那么激烈，顺着护栏来回走动，周锦秀紧紧跟在后面劝说着。当涂晓珍走近，他突然又准备翻越护栏，被涂晓珍和周锦秀拽回。"这里的细节描写，写出了女环卫工对陌生人的善意。

埃德加·斯诺在一篇关于中国陕北地区农村变化的报道中写道："透过一个通向隔壁窑洞的门，我能看见几双儿童的雨鞋和一双球鞋……一只柏木桌子和几把椅子，桌上放着一把茶壶和一些瓷碗。我蓦地想到，在过去，这样一些东西只能在一个地主的家中看见……"[①]斯诺以细致入微的观察力，捕捉到一个农民家庭有典型意义的细节，向读者具体展现了陕北农民家庭生活的变化。同时，这也正好说明了细节描写对于通讯写作的重要性。

细节虽小，但它绝不是通讯作品可有可无的细枝末节。它是通讯报道事实、表现主题的重要手段，也是衡量通讯作品好坏的重要因素。优秀的通讯尽管创作手法不同、表现风格各异，却都能在受众心中再现客观事实的生动景象，其中的时代面貌、社会背景、风土人情、生活场景、人物性格，无不具体鲜明，拨动受众心弦。这种效果的取得，在很大程度上要归功于细节描写的力量。所以有人说，细节是通讯的生命，失去了真实恰当的细节，通讯就失去了生命。这话不无道理。因为人的认识过程，都是从感性发展到理性，由具体上升到抽象的。不给受众具体的、感性的东西，就等于让受众从远处看山看人，只见轮廓虚影，不见真景实貌。

有时一个细节，比千言万语生动得多、深刻得多、有力得多。这些细节性材料，以表现事件的具体过程或人物的音容笑貌、内心世界，而成为通讯的血肉。往往有这种情况：一篇通讯，读过多年，其中的故事梗概早已淡忘了，可是一些动人的细节，还能长久地烙印在我们心中，有时偶有触动，还会重新涌现到脑海里。细节描写的魅力之大，令人惊异。

2. 通过引语表现

引语，是通讯用来表现主题的另一手法，引语的巧妙使用，也是评价一篇优秀的通讯作品的重要因素。

第二十九届中国新闻奖获奖通讯《基础口译"抢跑"年龄越来越小，二年级考出证书已不稀罕，专家呼吁对考证年龄设限　8岁孩子死记硬背考"基口"，合适吗？》（2018年12月24日《解放日报》）是一个成功运用引语的案例。

---

① 沈世纬.从宏观微观两方面提高观察力[J].新闻纵横,1985(6).

"基础口译曾经是我大学时考的证书,很多考题是用中文或者英文翻译一段眼下热门的经济或者政治新闻,现在小学生都能考出'基口'证书,真的不是我们能比得了。"卢女士的女儿在读四年级,她准备让孩子在这个寒假试一试,"女儿班级刚升三年级的时候就有2个同学考出'基口',今年4月那次又考出5个,还有在读中级口译的'牛娃'。"

……

卢女士也说:"我早就开始关注'基口'考试了,以前觉得五年级能考出来就很厉害。现在发现,二年级过'基口'的孩子也不在少数。我听说还有幼儿园大班的孩子已经在读了。"

……

"过程真的很虐心,但周围的人都在读、在考。"张晓燕自己是英语专业毕业生,她承认"基口"考试对于小学生而言"太枯燥了",但周围人都告诉她,这张证书是敲开一线民办初中的"敲门砖",所以也就硬着头皮上了。

……

卢女士说:"基础口译对于孩子的英语听说能力虽有提高,但属于短期内强化突击,并不是正常的成长方式,而且基础口译中翻译部分有许多中式英语。但为了小升初,还是要尝试一下,如今也只剩这个证书可以考了。"

……

"其实孩子对于'商品倾销''夹心阶层'的中文意思也不了解,又怎么会理解它的英文含义呢?所以考试基本都是靠死记硬背强化训练,"张晓燕也无奈,"我们今年4月过了基础口译,如今再问她,好多内容都已经忘记了。"

她坦言,考过基础口译之后不练习,完全可能倒退回没考前的状态:"个人认为这种年龄阶段的孩子读基础口译,纯粹就是拼证书,对自身能力提高没有帮助。"

以上引语的使用,增强了新闻的真实感,让读者真切地看到了家长面对层出不穷的基础口译培训班时的焦虑和无奈,揭露了背后的焦虑营销。此外,引语的使用也增强了这则新闻的深度,因为引语往往特点鲜明,有助于揭示问题的核心和事物的本质。

(三)语言特色

通讯语言与消息语言的主要区别有二:其一,消息是对新闻事实的概括,而通讯是对新闻事物的展现,因此通讯语言应当给人一种开放感,而不像消息语言那样给人一种紧缩感。其二,消息语言给人一种动态感,而通讯语言应当给人一种静态感。因此,在评析一篇通讯时,要注意它有没有把与消息不同的地方都展现出来。

通讯语言首先表现在丰满性上。通讯语言是在事实的"筋骨"上巧饰装点,从而显得血肉丰满。这种报道语言的丰满性,不仅表现在别具匠心的作品构思上,也表现在以叙述为主,更多地采用描写、议论和抒情等文学技法和修辞手段的运用上。通过多种手段的巧用,通讯语言显示出如下特性。

1. 思辨性

通讯不只是报道生活,还要通过报道,使读者认识生活。特别是深度报道、经验性报道和重大的综述性报道,不仅引导读者认识具体的生活内容,而且夹叙夹议地引导读者在认识生活现象的同时进行思考,从而发挥强有力的导向功能。

2. 抒情性

情感渗透是通讯语言感染人心的重要原因。好的通讯作品的语言都充溢着一种明快优雅的情调和动人心曲的情感。

3. 描摹性

传真写实是消息和通讯的共有特性。但通讯在具体展现中会更多地使用描摹,这种描摹使语言文字释放出有声有色的形象性、流动感,使人产生身临其境的感觉。当然,通讯语言的描写不是文学作品的精雕细描,而是画龙点睛的传神点化。它不是刻画人物,描绘一个虚构的世界,而是抓住最鲜明的特征几笔带过。素描和简洁勾勒是通讯语言的基本特征。① 相对灵活的结构、活泼清新的语言、准确贴切的修辞手段,都使通讯的语言显得灵动而不呆滞。行文从容不迫、娓娓描述,沉静而婉约,使读者感到通讯篇章布局的神奇和语感的魅力,给读者以享受。

二、分析作品主题

主题是文章的中心思想。通讯的主题就是通讯的"灵魂"。一篇好的通讯稿,必有一个好的主题。因此,在评析一篇通讯作品的时候,主题的提炼就成为非常关键的因素。

第三十届中国新闻奖获奖作品《农村清洁取暖之痛:层层任务重,"宜"字难落实》(2019年5月11日《农民日报》)揭露了一些地方在推进农村清洁取暖过程中,由于时间紧、任务重,"宜电则电、宜气则气、宜煤则煤、宜热则热"的"宜"字难落实,导致出现部分农户取暖难的问题,农户的意见很大。该报道直面农村清洁取暖的难点、痛点,客观报道政府、企业以及农民的诉求,通过深入分析,明确了"宜"字当头是推进农村清洁取暖的基本原则这一主题。做好北方农村清洁取暖工作,既是贯彻落实习近平总书记生态文明理念的具体实践,也是广大农民群众对小康生活幸福感、获得感的具体体现。作品见报后,被人民网、新华网等几十家网站转载,引起了较大的社会反响。

---

① 曹书林.报刊新闻语言初探[J].内蒙古社会科学,1998(6).

同样的题材,对主题的把握角度也可以是多样的。如同样是写领导干部的榜样,歌颂心中装着百姓的好干部,中国新闻奖获奖作品《百姓心中的丰碑——追记公安局长的楷模任长霞》(2004年6月3日《人民日报》)与《县委书记的好榜样——焦裕禄》(1966年2月7日《人民日报》)、《领导干部的楷模——孔繁森》(1995年4月6日新华社)的不同之处,就在于它的主题角度不同:不是单纯提炼主人公的公仆精神,而是将这种公仆精神与人心向背结合起来。公安部门是党的重要执法部门之一,与老百姓联系紧密,它的一举一动代表的不仅仅是一个部门,还代表着党的形象。

过去总说警民鱼水情,但是随着一些消极出警、以权谋私、行刑逼供等违背人民利益甚至损害人民利益的情况被曝光,部分百姓对公安系统产生了种种不信任感,也在相当大的程度上削弱了党的凝聚力和战斗力。我们党的根基在人民,血脉在人民,力量在人民,如果失去了人民的支持和信任,也就失去了立党之本、执政之基、力量之源。在这个时候,记者敏锐地抓住了任长霞这位公安局长典型:任长霞用自己的实际行动重振公安雄风,重塑公安形象,实现了立警为公、执法为民的工作准则,维护了百姓的利益,体现出与百姓的血肉联系,因此受到了百姓的爱戴。百姓的支持和拥护,正是我们党存在和发展的力量源泉。它以"百姓心中的丰碑"为题,点出了人们心中的"好公安局长""好官"与百姓的血肉联系。老百姓的评价是最具有分量的,也是最公正的,老百姓之所以"把泪洒给她,把心掏给她,用口为她铸碑",就是因为她的心里装着百姓,"谁心里装着百姓,百姓就把你刻上心碑""乐民之乐者,民亦乐其乐;忧民之忧者,民亦忧其忧"。对于那些不是诚心诚意为群众谋利益,而热衷于做表面文章,搞"形象工程""政绩工程"的党员干部来说,即使树立金碑银碑,也是永远得不到民心的。这就是历史的公道。这一主题角度,不仅显示出它的现实迫切性,而且蕴涵着我们的时代精神。

第三节　通讯作品评析实例

例一

外交部之厨子

民国元年(一九一二年)七月初十日黄远生自前清恭王管理总理衙门时代至于今日之国民外交部,其间易若干管部亲王,易若干尚书侍郎,易若干司员至于今日又将易若干总长,而始终未脱关系者,则余厨子其人也而已。此厨子之声势浩大,家产宏富,亦在奕劻涛洵之间。其所管家产,有民政部街之高大洋房一幢,有万牲园中之宴春园,有石头胡同中之天和玉,皆京中之巨观也。此厨子在满清时代,连结官禁,交通豪贵,几另成厨子社会中之大总统。

庚子变后,西太后及光绪回銮时,西太后研究媚外主义,乃大宴各国公使夫人及在京东西洋贵妇人,耗资巨万,人所共知也。其时议和大使李鸿章,以世界外交之雄才,参与樽俎之事,已为西太后雇一著名西洋厨夫,以备供奉。既已得面许可次日入御,至于次日,西太后忽谓李鸿章曰:"我看明日请客,还是用外务部的厨子罢。"此厨子运动力之大,乃至能力迴西太后之意,与中外赫赫之李鸿章对抗,其他可知。厨子以此,亦所赢不资矣。

余厨子自前清恭王时代,已入外部,凡各亲贵及外部尚侍,有宴会喜庆诸事,厨子无不极力供奉。此诸王公者,亦待厨子以殊礼,以平等主义待之。故诸公家有大庆典时,厨子亦公服掌招待之职,与王公贵人及其时缙绅先生之流,分庭抗坐。此厨子虽号称厨子,其所隶部下,固不止一标一营,厨子固不躬亲七鬯。而其身则以其家产之千分一,捐取得前清候补道花翎二品衔也。此等王公贵人,既屡受厨子馈进,固也待以友礼。厨子之公子,一赫赫捐纳之外部司官也。以厨子之力,得本部管库差事,全部财政出纳之权,实在其手,而厨子实间接以供刀俎上之鱼肉,又稍以其馀沥沾溉司员中之有势力者而为之垫款焉,或小借款焉。司员中或预支薪水,厨子之子秉承父命,无不为之周转。故各司员中之无耻者,则待厨子以丈人之礼,称为老伯。见厨子则鞠躬如也。汪大燮氏自外部司员力跻侍郎,未尝受此厨子分文馈进,故厨子稍惮子。一日汪赴贺庆王之宴,方及门,遥见厨子方辉煌翎顶,与众客跄济于一堂,愕然不能举步。厨子见汪大人来,则亦面发而口嗫嚅,仓卒中避入侧室。汪亦未遑之留,退而告人,谓今日余厨子尚是给我面子,可为荣幸。北京旧官官场中传以为笑也。

奕劻管部数年,为余厨最得意之时代。顾其人亦颇能谦守分,不敢为十分高居之状。于本部司员,则竭力笼络之。其时外部衙门,最称阔绰。司员日在署一饭,而额定饭银每人八钱,故外部恒食一席之费,盖六两四钱,司官既贵倨已甚,辄聱虀谓衙门饭不能吃。故常家食而后上署,于是此等饭银为厨子中饱一半。以此故,则司员需索极多,或临时换菜,或全席都换,或饭不吃而另索点心,厨子无不一一供应。盖厨子之能有今日,其处世哲学固亦有不易学者在也。

外务部之厨,暴殄既多,酒肉皆臭。于是厨子乃畜大狗数十匹于外务部中豢养之,部外之狗,乃群由大院出入,纵横满道,狺狺不绝。而大堂廊署之间,遂为群狗交合之地。故京人常语谓外务部为"狗窑子","窑子",京中语谓妓院也。

余厨子历史甚多,记者居京未久,所得特其大事记中之一节耳。自民国成立以后,终胡总长之任,人惟求旧,故厨子之盘踞于民国外交部也,如其在满清时代之外务部时,暨最近陆徵祥君到任。厨子谨遵常例,送一份绝大礼物于此新到任之陆总长，其礼单未之见，要之绝非寻常火腿海参之类。在厨子之意，以为今昔之国体虽异，而官长之爱财物未必不同。匪今斯今，未尝开罪也。不料此欧洲政治家派之陆子欣君，见所未见，震怒异常，次日到部，乃司令官查明昨日送礼某人，系本部何等人物。此系新总长之一种政治手段。及司官回复，系此光禄寺大人余君，陆君大怒，痛词申斥，即立意开除。厨子震恐，以此项饭碗非寻常饭碗可比，乃遍奔走运动于各司官，求其援颊。但凡稍有声势者之家，皆有厨子之车辙马迹，其中固有受者有不受者，卒以陆总长之毅然决然与诸司官之全体一致赞成开除，于是此二十年内盘踞外交部中之厨子声势与王公大人比隆者，也随其旧日恩主之名字以俱去。虽然，以厨子之力，犹可辇致巨金储之外国银行，遨游青岛天津上海之间也。厨子之姓名待考，北京人但称为余厨，故余亦余厨之而已。（《远生遗著》卷二）

评析：

《外交部之厨子》是清末民初著名记者黄远生风靡一时的人物通讯代表作。这篇通讯抓住了典型人物，从一个神通广大的厨子入笔，扩而大之，写出了清朝官场的腐败，情节曲折，层次清晰，引人入胜，"污浊宦海之波浪，穷形尽态，毕现纸上"。

文章一开头，先做了总的叙述。前清至民国外交部屡换官员而厨子始终"未脱关系"，烘托出这个厨子的不简单。几个"易"字的使用反衬出厨子之"不易"，很有气势，文章一开头就给人不同凡响的感觉。接着直接写其"家产宏富"，点出厨子"连结宫禁，交通豪贵，几另成厨子社会中之大总统"。后又以西太后宴请一事，从侧面写出厨子"乃至能力迥西太后之意，与中外赫赫之李鸿章对抗，其他可知"。由此，就点出了此厨子的新闻价值所在。

接下来的第二段，具体介绍余厨子其人。"其身则以其家产之千分一，捐取得前清候补道花翎二品衔也""此等王公贵人，既屡受厨子馈进，固也待以友礼""故各司员中之无耻者，则待厨子以丈人之礼，称为老伯。见厨子则鞠躬如也"。这三句话概括而形象地写出了厨子在官场中的地位。接下来又以汪大燮赴宴，"方及门，遥见厨子方辉煌翎顶，与众客跄济于一堂，愕然不能举步"，而厨子看见汪大人，"则亦面发而口嗫嚅"，寥寥数笔，生动地勾画了他们见面时的尴尬情形，而后厨子"仓卒中避入侧室"，汪大人"亦未遑之留，退而告人"，进一步描绘了双方的微妙心理，极富戏剧性。作者善于运用富有表现力的细节刻画人物的外貌和心理，增加了读者的阅读趣味。

一个厨子，居然能周旋于朝廷王公大臣之间而立于不败之地，这篇文章不仅写出其然，更写出其所以然。第三段简要交代了厨子的本领和手腕。末一句"盖厨子之能有今日，其处世哲学固亦有不易学者在也"，是对厨子之所以能有今天的地位的说明。这种叙述中带有分析，不只停留在表面现象，而力求进一步深入，给人以说明和解释，使人豁然开朗的写作手法，值得我们学习。

写足了厨子其人其事,文章跳开厨子一人,写外交部酒肉皆臭、畜狗众多、大堂廊署之间成为群狗交合之地,把堂堂外交部变成了"狗窑子""妓院"。作者在这里痛快淋漓地揭露了当时官场的腐败,语句风趣有力。

黄远生是现代通讯写作的奠基人,他写的通讯注重写实、写象,善于用事实说话,将事实本身蕴含的力量展示在读者面前,具体、真实、感人。

例二

惊心动魄 35 分钟

今年 7 月 1 日 13 时 40 分,成都某机场被紧张气氛所笼罩。塔台上、机场边,飞机设计单位领导、空军某试飞大队领导、飞机总设计师、科研技术人员……数百人一齐把焦灼的目光投向骄阳似火的万里晴空。

此刻,一架失去动力的战机在万米高空正以极大的俯角高速向机场滑降而来!

这不是一架普通的飞机。它是我国正在研制的一种新型战机的科研样机,价值上亿元人民币。

这不是一次普通的飞行。它是该型飞机在定型关键阶段的一次试飞,结论对飞机改进意义重大。

这更不是一次普通的降落。飞机在 12,000 米高空试飞,因意外情况燃油漏光,飞机发动机停车。为保全科研样机,试飞员决定从距机场 20 多公里远的地方空滑迫降。

下落航线与跑道呈 70 度夹角,下落速度 400 公里/小时左右,一旦失误,飞机就可能冲出跑道坠毁。

惊天一落,危险空前。驾驶战鹰迫降的,就是空军某试飞大队副大队长、特级试飞员梁万俊。

"近了,近了……"转眼间,梁万俊驾驶战机俯冲直下。地面上,所有的人一齐屏住了呼吸。

13 时 44 分,战鹰陡然降落,在进跑道 450 米处接地。在接近跑道的一刹那,机头一昂,"嗤!"轮子在水泥跑道剧烈摩擦,划出两条刺眼的火龙!

500 米、800 米、1000 米……飞机一气冲出 1700 米,在距离跑道尽头 300 米处戛然停住。

"成功了!"欢呼声震动机场。梁万俊走下座舱,飞机总设计师与他紧紧拥抱,激动地说:"你创造了世界航空史上的奇迹!"

惊天一落救新鹰!

这一落,挽救了价值上亿元的科研样机;这一落,为试飞员处理类似险情创造了成功先例;这一落,飞出了新机优异的空滑性能。

让我们把时钟倒拨35分钟。

这一天13时09分,梁万俊驾驶着该型国产科研样机跃升到12,000米高空。当他按照预定的科研试飞计划刚刚做完一个规定动作后,突然发现油泵指示灯急剧闪烁。紧接着,油量表指针一路下跌。两分钟之内,指针指向"0"刻度。

梁万俊报告:"发动机空中停车!"

一级空中特情!空军相关条例规定:此时,作为试飞员,梁万俊可以视情作出不同选择——跳伞或迫降。

面对这种极为罕见的危险情况,跳伞无可指责,只需0.01秒,便能远离危险。但是,凝聚科研人员无数心血的战鹰就会坠毁,故障原因就难以准确查找,新机型的改进就缺乏依据……没有任何犹豫,梁万俊便作出抉择:危险再大,也要尽一切可能把科研样机保住。

决心下定,梁万俊很快镇定下来,他娴熟而机敏地调整飞机的位置和高度,以争取每一秒的时间。

飞机像大铁砣似的向机场上空逼近。机场上,所有应急车辆全部到位,所有人的心都吊到了嗓子眼。指挥塔台里静得让人窒息,只听见指挥员下达指令的声音:"保持好飞机状态,控制高度、速度,做好迫降准备。"

梁万俊心里很明白,要想将飞机空滑回去,必须准确地通过高度来换取速度,用势能来换取动能。他根据地面指挥员的命令,随时判断飞机状态,修正速度和高度偏差。

飞机滑到机场1100米上空。梁万俊下降飞机高度加入航线,在跑道头3公里,放起落架,操纵飞机对正跑道,100米、50米……

"准备迫降!""明白!"天地间,惊人地默契。

于是,机场上出现了惊心动魄的成功一落!

英雄壮举绝非偶然。仰望蓝天,人们看到了梁万俊出生入死、挑战试飞极限的一道道闪光航迹。

1998年,拥有丰富飞行经验的梁万俊,从成空某飞行团副团长的岗位上来到空军某试飞大队。

这是一个英雄辈出的群体,承担着我国自行研制的新型战机科研试飞重任,曾有多名试飞员壮烈牺牲。梁万俊自觉学习老一辈试飞员迎难克险的大无畏战斗精神,每次执行高难度高风险试飞、参加飞行表演等重大任务,都主动请缨。几年来,他先后自学了飞行力学、空气动力学、航空发动机、自动控制、航空电子等多个学科专业,成为熟练驾驶多种机型的高素质试飞员。在试飞中,他先后遇到惯导故障、航电故障、供氧故障等险情数十次,都以过硬的心理素质和精湛的飞行技术化险为夷,圆满完成了国产最新型战机火控系统定型、某型系列战机鉴定、国产某新机首飞等数十项重大科研试飞任务,先后荣立二等功2次、三等功4次。

此次,梁万俊成功处置国产某新型科研样机重大特情,成都军区空军党委为他报请一等功,并作出向他学习的决定。军委首长称赞他是"一个思想、技术双过硬的优秀试飞员"。

(2004年11月8日《解放军报》,作者:卢锋、郭凯、谭洁、张金玉)

评析:

这篇通讯是第十五届中国新闻奖一等奖获奖作品,是一篇非常出色的事件通讯。本文以现场纪实笔调,在全国新闻媒体中首次独家披露了空军特级试飞员梁万俊成功迫降某新型国产科研样机(即后来公开的中巴合作研制的枭龙战机)的英雄壮举,真实记录了梁万俊在战机发生油料漏光的重大险情时临危不惧、镇定果敢,驾驶失去动力的战机空滑迫降成功,创造我国空军新型科研样机首次无动力滑翔着陆先例的全过程。事件惊心动魄,描写细腻生动,展现了我军试飞勇士大无畏的英雄气概和勇于献身的牺牲精神。

这篇文章整体上采用倒叙,先把最惊险的瞬间展示出来,吸引读者的目光,而后再回过头来,细细描写事情发展的整个过程,最后集中交代背景材料。全文不足2000字,却细致生动地将事情完整记叙下来,可见作者的用心和驾驭文字的能力。

开头的叙述就非常吸引读者的注意力:"此刻,一架失去动力的战机在万米高空正以极大的俯角高速向机场滑降而来!"接着又细致刻画了迫降最后4分钟的精彩场面,"俯冲直下""陡然降落""在接近跑道的一刹那,机头一昂,'哧!'轮子在水泥跑道剧烈摩擦,划出两条刺眼的火龙!""500米、800米、1000米……飞机一气冲出1700米,在距离跑道尽头300米处戛然停住。"作者在其中还不忘介绍事情的起因——飞机在12,000米高空试飞,因意外情况燃油漏光,飞机发动机停车。为保全科研样机,试飞员决定从距机场20多公里远的地方空滑迫降,读者虽感惊险却也看得明白。这四分钟的描述是全文最出彩的地方,堪称细节描写的典范。"油泵指示灯急剧闪烁",灯的急剧闪烁,就意味着情况危急,这比单纯地叙述"情况危急"要生动得多;再看"在接近跑道一刹那,机头一昂,'哧!'轮子在水泥跑道剧烈摩擦,划出两条刺眼的火龙!"一个"昂"字,具体而生动地刻画了飞机着地的姿势,以及由此产生的巨大惯性,也暗含了对试飞员高超技艺的赞扬。如此高难度、高风险的迫降,人、机均毫发无损;如此"桀骜不驯"的战机,在我军胆大心细、技术高超的试飞员手下,也只能"昂"而已。一个"哧"字,使读者"听"到了战机着地时巨大的摩擦声,不由自主地伸手捂耳朵。还有"戛然停住"中的"戛然"一词,与"哧"字有异曲同工之妙。最后是比喻的应用:"飞机像大铁砣似的向机场上空逼近。"战机被喻为"大铁砣",暗示了战机在沉甸甸地快速下落。

对惊险的 4 分钟做了细致描述后,作者"把时钟倒拨 35 分钟",自然地过渡到对整个事件过程的叙述,依然是用最洗练的语言和最精彩的叙述,将鲜活的画面和被现场激发出的强烈感受一同传达给读者。读到这些文字,相信人们真的会屏住呼吸,心脏和现场的节奏一起跳动。这种精巧的构思,是这篇通讯最大的成功之处。虽然时间顺序上有变化,内容上有跳跃,却没有给人突兀之感,而是感觉整篇文章一气呵成,紧密连接,不露痕迹。本文的语言也有鲜明的特色,开头巧用排比,铿锵有力;中间叙述富有激情,容易引发共鸣;结尾陈述背景,升华主题。

此文见报后,迅速在国内外引起强烈反响,梁万俊被荣记一等功,并被评为 2004 年度"感动中国"人物之一,制造"枭龙"的成都飞机制造公司也引起国际航空界高度重视。可见此文获得了绝佳的社会效果。

例三

欧美黑杨砍掉之后

从汉寿县岩汪湖镇上船,船行 20 多分钟,就来到了西洞庭湖国家级自然保护区半边湖监测站。这里属于西洞庭湖保护区的核心区。

"那边就是沅江,以前都是欧美黑杨,根本看不到边。"7 月 17 日上午,站在监测站 3 层小楼楼顶,西洞庭湖国家级自然保护区管理局副局长李跃飞手指东南方向说。

耳边不时传来啾啾鸟鸣。举目四望,水域开阔。洲滩上,一丛丛芦苇争先恐后地往上长,葱葱郁郁,湖区曾经的"常客"——欧美黑杨已难见踪影。

2017 年,欧美黑杨身上的"标签",从"造纸原材料"变为"生态破坏者",一场铲除欧美黑杨的攻坚战在洞庭湖区打响。

在西洞庭湖,这场攻坚战的战况如何?欧美黑杨砍掉之后,湿地生态恢复得怎样,曾经的种植者们经历了哪些变化?

湿地生态逐步修复,候鸟数量翻了两番

欧美黑杨,源自欧美,是一种造纸经济林,20 世纪 70 年代为发展湖区经济而引进栽种,但是大面积种植欧美黑杨严重影响了洞庭湖生态系统。

"白天鹅降落,像飞机一样需要滑翔一段距离,湖里到处都是黑杨,哪落得下。"西洞庭湖湿地保护协会会长刘克欢,十分清楚欧美黑杨对鸟类的影响。

经专家论证,欧美黑杨生命力强,根系发达,有湿地"抽水机"之称,加速湿地陆地化;密集生长,破坏了鱼类繁育场,让候鸟无处安栖;加之有的承包者为经济利益随意改变洲滩原貌、砍伐原生芦苇、直接排水种树,损害生态,也影响行洪。

2017年7月,中央环保督察组反馈我省意见中要求,当年12月底前,洞庭湖湿地保护区核心区9.05万亩欧美黑杨需彻底清理。其中,西洞庭湖保护区核心区有5.1万亩。

2017年11月19日,西洞庭湖湿地保护区核心区内的欧美黑杨,仅用10天即全部被砍倒;12月6日,残枝清运完毕。

"砍掉的黑杨树兜,会再发芽,反复三四次,需要人工清理干净。"李跃飞介绍。

平时,管理局会安排人员在保护区内巡查,同时派出5台无人机每月在湖区内飞一次,查看哪些地方有黑杨萌发新芽,然后安排劳力"定点除萌"。

细看之下,湖中有一些四周高、中间略低的"水窝子",李跃飞告诉记者,那些是清理欧美黑杨之后进行生态修复的地方。

为恢复湿地生态,当地邀请北京林业大学、省林科院的专家团队,对黑杨砍伐地进行实地考察,最终确定哪些地方可以实现自然恢复,哪些地方需要人工修复。

"比如,有的地方为了种植黑杨,开沟抬垄,人为抬高地面;有的地方因为旱化,失去了湿地功能,这些都需要人工修复。"李跃飞说,这样的伐迹地,需要封沟育洲,就是挖出碟形洼地,可以蓄水,待到秋冬季节,洼地里就有小鱼小虾、螺蛳水草,可供候鸟栖息觅食。

"以前天鹅少,去年冬天,天鹅湖水域附近来了两三千只天鹅。"4年来,刘克欢经常带领协会成员开船打捞湖面垃圾,湖区环境的点滴变化,他都看在眼里。

西洞庭湖保护区管理局观测发现,前几年湖区遍布欧美黑杨的时候,保护区内的候鸟不到1万只;2018年,保护区内候鸟达3万多只,其中就有5种国家一级保护鸟类。

欧美黑杨将彻底告别,湖区百姓期待转型新生

乘船从保护区的核心区往外围走,依次进入缓冲区、实验区。一路上可以看到,连日降雨带来湖水高涨,洲滩上的欧美黑杨浸泡在水中,目测已有齐腰深。

"缓冲区和实验区有7.1万亩欧美黑杨,按整改要求,分3年清理,2018年清理了2.3万亩,今明两年再分别清理2.8万亩、2万亩,届时保护区范围内将彻底告别欧美黑杨。"西洞庭湖国家级自然保护区管理局副局长李跃飞说,虽然今年上半年只清理了2000亩,但等到下半年水落下去,砍起来很快的。

目前,西洞庭湖保护区内、涉及周边11个乡镇的220份湿地外租合同都已解除。其中,就包括汉寿当地最大的欧美黑杨种植户余青山。

余青山从2001年起在西洞庭湖河滩荒洲上种植欧美黑杨,曾是远近闻名的"绿化明星""经济明星"。2017年底,他组织5000多名劳力,动用数十台电锯机械,花了10天时间,带头砍光了自己在核心区范围内种植的约2.5万亩欧美黑杨。

去年,他又砍掉自己在缓冲区种植的1万亩黑杨,如今还剩下实验区种植的1万亩。

虽说"想起来心里还是很酸",但余青山爽朗地说:"当然还得砍,新时代的'绿水青山'不同于以前理解的'绿水青山',保护生态最重要。"

欧美黑杨砍掉了,余青山寻求转型。

汉寿是农业大县,有着丰富的农林资源。北京一家大型集团公司正在与余青山成立的公司对接,有意开展林产品精深加工,从林木的根、茎中提取植物纤维,制成纺织材料。

当年响应号召种,如今响应号召砍。为了保护湿地,湖区百姓种得下、砍得掉,未来也必将"转"得了、走得好。

(2019年7月19日《湖南日报》,作者:曹娴)

评析:

洞庭湖是我国第二大淡水湖泊、全球不可多得的物种基因宝库,也是长江经济带的重要节点,在保障长江流域生态安全方面具有重要作用。2017年中央环保督察组指出欧美黑杨破坏洞庭湖湿地生态环境这一问题。当年11月19日,西洞庭湖国家级自然保护区核心区5万余亩欧美黑杨全部被迅速清理。

近两年过去了,湿地保护区核心区之外的缓冲区、实验区的欧美黑杨清理得如何?湿地生态恢复得怎样?曾经的种植者们经历了哪些变化?记者敏锐地提出了这些疑问,并进行了调查。

这篇文章反映的是一个重大主题——生态文明建设。外来物种欧美黑杨在20世纪70年代被洞庭湖地区引进作为造纸经济林,用来发展湖区经济,但它的疯长却对鸟类、鱼类、湿地生态等造成了破坏性的影响。作者抓住了其中的矛盾,并用这样一个典型案例,尽力消除公众疑虑,推动形成环保共识。

作者先以砍掉欧美黑杨后,洞庭湖现在的生态改善情况切入,"耳边不时传来啾啾鸟鸣。举目四望,水域开阔。洲滩上,一丛丛芦苇争先恐后地往上长,葱葱郁郁",生动可感的画面,写出了洞庭湖的今昔之变。随后,作者提出问题——在西洞庭湖,这场攻坚战的战况如何?欧美黑杨砍掉之后,湿地生态恢复得怎样?曾经的种植者们经历了哪些变化?紧接着,正文小标题的两部分分别从生态变化、生活变化两个角度,解答了开头提出的疑问——"湿地生态逐步修复,候鸟数量翻了两番""欧美黑杨将彻底告别,湖区百姓期待转型新生"。两部分内容的素材复杂琐碎,但作者用精练的事实、翔实的报道步步推进,把事实本身的内在逻辑条理清晰地用文字呈现出来。

从提出疑问到解答疑问，这篇文章结构清楚，思路清晰。此外，深入的分析和故事性手法的并行更增添了文章的洞察性和可读性。

例四

"见字如面"23 年

"全忠,2月14日,咱们一家三口站台上见。"这是一本普通家庭日记本上的留言。这样的日记一写就是23年,用掉了12本日记本,留下6820多条只言片语,长达24万余字。

写下这段留言的妻子叫任亚娟,是兰州铁路局兰州客运段武威南车队队长。丈夫李全忠,是兰州客运段宁波车队副队长。虽然同在一个单位上班,但因为从事不同车次的客运管理工作,夫妻两人在家碰面的机会少之又少。1995年,两人步入婚姻殿堂不久,甜蜜的家庭生活就被忙碌的工作带走了——夫妻二人一个值乘北京列车,一个值乘乌鲁木齐列车,每隔3周才能相聚一次。

"那时候哪有手机、微信这么方便的沟通平台？我们就把家里需要办的事情都记在日记本上交代给对方,一来二去,日记本就成了我们两人之间最主要的沟通纽带。"任亚娟回忆说,他们出乘回家后的第一件事,就是看看日记本有没有留言。"看到了熟悉的文字,就像见到了本人一样。"丈夫李全忠这样形容。

翻开一本本泛黄的日记本,上面密密麻麻记录着夫妻二人23年来的点点滴滴。如今,这些留在家庭日记上的"微记录",被同事们翻出来,赞为"最美留言"。

"亚娟,昨晚在列车上没合眼吧？一回来就趴在沙发上睡着了,看着好心疼。你最喜欢的冬果梨汤熬好了,在茶几上,醒来记得喝,我先出乘去了。"

"亲爱的,这两天武威温度下降得厉害,你的毛衣毛裤我洗好放在卧室第一个衣柜里了。记得穿上,保重！"

"全忠,女儿说什么时候咱们一家三口能坐在一起吃上你做的臊子面？我都不知道哪一天,心凉！"

"亚娟,你荣获全局十大'最美贤内助',真替你高兴。但我觉得这个奖,颁给我也合适呢,哈哈！"

……

"现在翻一下,23年的心酸与牵挂历历在目。"李全忠说。

23年,经历了传呼机、手机短信、微博微信等不同的通信工具,但是所有的一切似乎都比不上"见字如面"的纯情与质朴。随手写下的留言,笔笔写出的爱意,期待与牵挂,相知与守候,与子偕老的"家庭心灵史"尽在其中。

每到春运、暑运和黄金周,正是家家团圆或是休闲度假的时候,但对于这对夫妻来说,却是最繁忙的时候。女儿李卓蔚,已经21岁了,在她的记忆里,一家人却没有一起过过一次春节。

任亚娟的父母去世得早,公婆也在客运段上班,李卓蔚很小就没人带,平时只能将女儿寄放在邻居家,到了春节就送到陕西姨姥姥家。"别人家的小姑娘都是捧在手心里养,我们却是'散养',真是觉得对不住她。"一提到女儿,任亚娟的眼里总是泛起泪花。

懂事的女儿不仅没有埋怨过父母,还做起了他们情感的"联络员"。她在家庭日记本上识字、认字、写字,渐渐地也开始留字。

高三那年,学校开家长会,夫妻俩都在列车上值乘检查。李卓蔚既没打电话也没发短信,只是在家庭日记本上写下了一条留言:"爸妈,后天要开家长会,我英语竞赛考了全校第2名,想着让你们看看我的成绩!"

3天后,出乘回家的妻子任亚娟一进家门就发现这条留言。"觉得自己这父母当得太失职,孩子都长这么大了,可我们参加家长会的次数却屈指可数。"任亚娟低头抚摸着家庭日记本,心里泛上一阵酸楚。

忙碌的工作依旧,但今年新年以来,家庭日记本上的内容更多了。

"爸,我跟着电视学,做了一盘您喜欢吃的红烧肉!您回来尝尝!"

"爸妈,我在网上给你们定了一款对戒,样子暂时保密,不过保证你们喜欢!"

……

2月14日,李全忠乘坐K1040从宁波返回兰州,妻子却要乘坐T6601次列车前往武威。女儿带上精心挑选的对戒,一家三口相聚在了兰州火车站站台上,而这次相聚只有短短的37分钟……

在聚少离多的日子里,一家三口仍旧在用"见字如面"的方式守护着纯情家风。浸润在字里行间的牵肠挂肚,还将在家庭日记本上延续。

(2017年3月18日《工人日报》,作者:康劲)

评析:

12本家庭日记、6820多条留言、24万余字,记者用朴实无华的文字,记录了一对夫妻23年里聚少离多、牵肠挂肚的平凡故事。文章语言简练,娓娓道来,通过一个个小小的细节、一句句质朴的话语,带领读者在不知不觉中体会到这世上最普通也最触动人心的亲情之美、家庭之美、人性之美,并深深为劳动者的温暖情怀所感染。这一最能代表普通中国人的家庭故事、展现平凡职工情感的"最美留言",通过记者的文字,恰到好处地得以呈现,不虚浮、不煽情,很好地传递了社会正能量。

报道刊发后,引发了读者的强烈反响,工人日报微信、微博和客户端几天内的阅读量突破百万,在此后数月的时间里,网络上的阅读、转发、评论持续不断,读者的留言超千条。2017年7月,面对千万读者的转发与留言,女儿李卓蔚深受感动,最终在大学毕业后接过了父母的接力棒,成为沪兰高铁列车上的一名"美丽动姐"。2018年初,多部门又以《24万字,写就"最美情书"》为题,将这个故事推荐为"新春走基层"采访活动的重点选题,全国超百家主流媒体和网络媒体、20多家卫视频道、广播电台和地方电视台在重要版面、重点时段追踪报道,让这个"见字如面"的新闻故事家喻户晓。

第四节 深度报道作品评析

一、深度报道基础知识

深度报道是"涉及重大题材,系统提供新闻事件背景,用客观形式进行解释分析从而延伸和拓展新闻内涵的报道形式"[1]。深度报道拓展了新闻报道的宽度,延伸了新闻报道的深度。新闻不再只是客观地报道一个事件,而是带领读者用更全面的视角去了解一则新闻的深层内涵。

深度报道因媒体手段的不同有不同的表达样态。报纸的深度报道用文字的形式展示,广播的深度报道用声音去传达,电视的深度报道综合了声音、图像、文字等多种手段,而互联网的深度报道则实现了文字、声音、图片、视频等手段的融合。

在新媒体时代,各种新兴媒体技术不断出现,给深度报道的内容和分发等新闻生产环节带来了全新的挑战和变化,其中包括思维模式、选题意识、传播方式和网络用户阅读习惯的改变。因此,善于运用数据、熟悉社交媒体、实现选题突破是深度报道应对新媒体环境改变的重要措施。

二、深度报道评析方法

(一)选题是否适合

深度报道的选题是其能否吸引受众的重要因素之一。不是所有的新闻都适合做深度报道,哪些新闻热点值得作为深度报道的选题需要制作团队认真考量。"深度报道的选题首先需要具有社会价值和公共意义,以促进社会发展和进步为目的,着眼于社会生活和公共议题,为公共利益服务。深度报道的选题要求主题集中、有头有尾、有开掘的余地,并且视角不陈旧、不反复。"[2]

---

[1] 童兵,陈绚.新闻传播学大辞典[M].北京:中国大百科全书出版社,2014:308.
[2] 唐铮.深度报道[M].北京:中国人民大学出版社,2021:28.

(二)逻辑是否正确

无论是报纸的深度报道,还是广播电视的深度报道,都无一例外地需要有正确的逻辑贯穿其中。记者探究新闻背后的真相如同警察侦破案件,当事人与旁观者的每一句话都有可能成为最接近事实的节点,而如何根据采访内容挖掘深度报道的内涵,如何合理地制造悬念,决定了一则深度报道精彩与否。

(三)结构是否明确

深度报道通常比普通新闻的字数多、篇幅长,因此更需要一个清晰明确的结构,才能让受众轻松地看明白,进而理解深度报道的意义。深度报道的结构如同骨架,起到支撑整则报道的作用。如果结构不明确,会给受众带来困惑。

(四)报道是否深入

深度报道试图超越事实表象,更多地探寻事实背后的原因、事实可能导致的影响以及不为人知的潜在事实。因此,好的深度报道需要尽可能全面、深入地呈现事实之间的关系,挖掘事件背后的意义,帮助受众加深对社会的认知和理解。

三、深度报道评析实例

例一

没有风挡玻璃的飞行——川航3U8633航班紧急备降记

2018年5月14日,本是平常的一天。

可是,一件不寻常的事情却让这一天牵动着全国人民的心。

四川航空公司一架编号为B6419的空客A319飞机执行重庆—拉萨的3U8633航班任务时,驾驶舱右座前风挡玻璃意外破裂脱落,机组实施紧急备降。

34分钟惊心动魄的全手动备降过程,让这段飞行注定成为中国民航史上一次"史诗级"的飞行。

"砰"一声 驾驶舱右边玻璃碎了

5月14日,川航3U8633航班在执行重庆—拉萨飞行任务时,于6时26分,由重庆江北机场起飞。西南空管部门的信息记录显示,6时42分,该机进入成都区域,管制员雷达识别并建立双向通信,当时飞机的飞行高度为9800米。

北京时间7时08分,"砰"的一声,坐在驾驶舱左侧的责任机长刘传健和副驾驶徐瑞辰同时发现驾驶舱右边玻璃碎了。这时候,驾驶舱的仪表盘上开始闪烁着各种各样的预警信息。

刘传健来不及与徐瑞辰沟通,抓起话筒向地面管制部门发出"风挡裂了,我们决定备降成都"的信息。同时,刘传健弯曲右手食指,给徐瑞辰做了一个"7"的手势,意思是让他发出一个A7700遇险的信号。话音未落,一秒钟不到,驾驶舱的玻璃就被全部吸出窗外。

破碎的玻璃向外四散,徐瑞辰不幸被玻璃碎片划伤面部和手。因为舱内外的压力差,系紧了安全带的徐瑞辰的半个身体依然被吸出舱外。这时,外面的风瞬间灌入驾驶舱,控制着自动驾驶的FCU(飞行控制组件)面板也被吹翻,导致许多飞行仪表不能正常使用,整架飞机开始剧烈抖动,情况十分危急。

刘传健用左手努力握着操纵杆,尽力维持飞机的姿态,右手别扭地去拿位于左侧的氧气面罩。那一瞬间,他觉得全世界都安静了,感觉不到寒冷,听不见风声,来不及意识到缺氧窒息,就好像世界都静止了。刘传健被一种压力推着,整个人靠在座位上。

刘传健说:"这条航线我飞了上百次,对不同时间飞机所处的位置和情况是非常有把控的。出现这样的特情,我没有别的选择,只能备降。风挡玻璃破裂后,我发现操纵杆还能用,就立刻作出备降的决定,对结果我是很有信心的。"

这时候,西南空管局的管制员从雷达屏幕上看到,飞机已经进入青藏高原山区。当班管制员罗天宇当即指挥该机右转先下降到8400米保持,避免撞山。

指令发出后,罗天宇一直没有听到机组复诵指令,仅从波道里听到噪声。罗天宇意识到情况不对,再次发指令让飞机右转,但是仍未收到回复,罗天宇开始有些紧张。

随即,雷达监控显示,飞机已经开始左转,进而突破8400米指令高度继续下降。管制员不间断地在所有频率呼叫该机,仍无应答,随即迅速作出四种推测:飞机通信故障、机上出现非法干扰、座舱释压、机组错误操作。

部分仪表还能用　靠手动飞行艰难下降

风挡玻璃破裂后不到一分钟,第二机长梁鹏立刻进入驾驶舱,坐在刘传健和徐瑞辰身后,第一时间接管了副驾驶的全部工作。由于无法自动驾驶,参考着仅有的PFD(主飞行显示)数据和ND(导航显示)数据,依靠备用仪表的数据,机组开始了艰难的手动驾驶。刘传健负责驾驶飞机,梁鹏则担负起副驾驶的职责,一边为他导航,一边不停地跟地面进行各种通话信息的盲发。7时24分,梁鹏不断向地面管制部门发出"MAYDAY,我在崇州盘旋"和"MAYDAY,座舱释压"的遇险信息。但由于设备损坏再加上风噪,他们从耳机里听不到任何声音,无法与地面建立正常双向联系。

刘传健说:"整个下降过程最困难的环节是当我们面临缺氧、寒冷的极端环境时,一方面希望这架飞机尽快下降到更低的高度,另一方面又担心过程中飞机前进速度的增加导致飞机所承受的冲击力太大,机组安全无法保障。"在没有风挡玻璃的情况下,为了保障机组安全,刘传健选择了一个适中的速度,忍受着寒冷、座舱释压等恶劣的条件,艰难地下降。

这时候,驾驶舱的温度只有零下40摄氏度左右。飞行员穿着短袖艰难地驾驶着飞机。冻僵的身体让刘传健对飞机的操控变得更加艰难,梁鹏在后排一边为刘传健和徐瑞辰按摩,帮助他们缓解身体的寒冷,一边不时拍拍他们的肩膀,用手势鼓励他们。客舱内,由于客舱释压,位于旅客座位上方的氧气面罩全部脱落。乘务长毕楠带领全体乘务人员一边安抚旅客情绪,一边向大家喊着:"不要惊慌,相信机组,我们一定能带大家安全着陆。"毕楠说,那个时候,她来不及害怕,一心只想着专业流程。

从9800米下降到6600米,再下降到3900米,直到最后落地,这短短的34分钟,整个机组经历了人生中最漫长、最艰难的时刻。刘传健说:"当我们飞到崇州上空时,就能看见地面了,虽然当时的飞行速度依然很快,大概保持在400公里~500公里/小时左右,整个人的面部感觉都被风吹变形了,但这时候我的心里就踏实多了。到接近地面开始建立02R盲降、准备落地的时候,我就感觉更加自信了。当时的飞行速度在300公里/小时左右,温度升高了,飞机也不怎么抖了。慢慢地看见了跑道,我就更加确定,一定能安全驾驶飞机着陆。"

各部门通力协作　为飞机成功备降做好支撑

7时10分,西南空管局雷达显示3U8633航班出现航空器遇险代码(A7700),全体值班管制员立即进入紧急工作状态。塔台当日带班主任徐智文告诉记者,A7700意味着飞机遇险,情况紧急,急需空管的帮助和服务,提供一切所必需的支援,满足机上人员安全及安全落地的需求。

面对如此紧急的情况,值班管制员立即指挥空中6架飞机紧急避让,同时协调军方配合特情处置,为3U8633航班提供最优的空域环境。

在成都双流机场,跑道外的8架飞机在空管的指挥下立即停止起飞,停机坪上的15架飞机停止推出。

7时42分,3U8633在02R跑道安全落地。

7时45分,塔台与机组建立联系,及时了解飞机受损和人员受伤情况,迅速通知有关部门实施救援,有序保障地面救援车辆运行。

在民航各保障单位的密切配合下,机组正确处置,飞机安全备降成都双流机场,所有旅客有序下机并得到妥善安排。备降期间,右座副驾驶面部划伤、腰部扭伤，一名乘务员在下降过程中受轻伤。随后，川航立即协助旅客安排后续出行，并开展相关后续保障工作。

接到该航班紧急备降信息后，民航西南地区管理局领导立即带领相关部门赶赴现场，会同民航四川监管局开展现场勘查、证据固定、当事人访谈等一系列调查工作，并将初步情况速报民航局。当日下午民航局调查组到达后，再次进行了现场勘查，根据初步掌握的情况，研究制定了调查工作方案。

民航西南局及时向辖区民航单位发出通知，通报事件情况，提出了针对性工作要求。当晚，西南局局长蒋文学前往医院看望慰问了受伤机组成员，向机组转达了民航局领导对这次突发事件成功处置的高度肯定。

5月15日，民航局在对此次事件的通报中，再一次对当事机组给予高度评价，认为在这次重大突发事件中，机组临危不乱、果断应对、正确处置，避免了一场灾难的发生，反映出高超的技术水平和职业素养，弘扬了忠诚担当的政治品格、严谨科学的专业精神、团结协作的工作作风、敬业奉献的职业操守这一当代民航精神，是对民航局近年来抓基层、打基础、苦练基本功和提升应急能力建设成效的一次重大检验。

目前，本着全面、深入、独立的调查原则，民航局调查组正在对这次事件，分综合安全、飞行运行、适航、空管、客舱安全和应急生存等专业进行调查。

(2018年5月18日《中国民航报》、中国民航网，作者：郝蒙)

评析：

1. 迅速反应、强势报道、把握舆论主动权

在紧急事件发生时，官方媒体应该第一时间去了解事实真相，掌握一手资料，向受众提供全方位的权威信息，取得话语的主动权，承担起引导舆论的社会责任。3U8633航班的成功紧急备降受到全国人民的关注，被中国乃至世界媒体进行广泛报道。事件发生的时间是2018年5月14日，中国民航网记者在第一时间专访了包括责任机长、第二机长在内的整个机组人员，并马上针对此次突发事件做了独家、全面的报道，专业、权威地传播了热点事件的真相，在媒体上第一次准确还原了新闻事件的全部过程，粉碎了关于这一事件的种种不实猜测和谣言。

2. 弘扬主旋律，传播正能量

一个有希望的民族，不能没有英雄；一个有前途的国家，不能没有先锋。英雄是国之瑰宝、民之精锐，英雄精神是激励我们前行的强大精神力量。2018年9月30日，习近平主席在人民大会堂亲切会见了机组全体成员，赞扬他们在处理险情时的英雄行为。该作品的采写和编发，时效性强，感染力强，取得了正面的社会效果，这就是非凡英雄精神在平凡工作岗位上的体现，也为新时代劳动工作者在平凡岗位上弘扬非凡英雄精神作出了榜样。

例二

谁是"老李"

大别山下,信阳市郊,改造中的豫南古镇——平桥区中山铺,如展开半卷的山水画。

4月25日,一处豫南风情浓郁的小院里,各类花卉开得正好,一朵怒放的月季被主人家细心地用一根竹竿撑着。住进新居,80岁的陈金芝老人哪儿都满意,只对一个老物件耿耿于怀——前屋房顶那根黑漆漆的木梁。

"这根梁都50多年了,我想扔,老李就是不让,说有啥子历史价值。"她说。

1967年,陈金芝一家还在邻近的刘洼村生活,一场大火烧掉了茅草屋,就剩下一根房梁。第二年开春,乡亲们支援物料,还用这梁为他们建了新房。1982年,陈家迁回中山铺,老房梁延续使命,"撑起"三间砖瓦房。2018年,老街整体改造,这根梁刷漆之后留存下来。"房梁在,家就在"的故事跨越半世纪,引来不少人看"风景"。

"别家院子都有名儿,好听着哩,就我这没有。这个老李,我还得找他去!"送记者往外走着,老太太口中嘟囔着,嗔怪中透着亲昵。

这种"亲昵",在记者随后的采访中频繁遇到,人们聊起"老李",就打开了话匣子。比如那棵高出屋檐,有"专属天窗"的玉兰树;比如那面带着残荷,加了玻璃的土坯墙;比如曾家小院的水杉围墙、旧自行车花盆架;比如吴家小院的狗头门楼、石槽小瀑布……似乎每一处景致、每一个院落,大家都说是"老李"叫弄的。

人人说"老李",到底谁是老李?大伙又为啥对他如此信服?

几经周折,我们终于见到了"老李"本尊——64岁的"乡村规划师"李开良。中等身材、头发稀疏,身穿长夹克,脚蹬土布鞋,如果扛把锄头下田,就是标准的"农民伯伯"。单凭第一印象,很难相信眼前的老汉,竟是"最美郝堂"的主要建设者。

"我本来就是个农民。"李开良哈哈一笑,拉着记者在一张用旧摩托车做成的长椅上坐下,说起他的故事。

老李原本是泥瓦匠,平生就爱琢磨房子。2010年,在外打拼多年的李开良放下泥瓦刀,在平桥区肖店乡高寨村租了几亩地,一边品茶一边"品"房子。2011年4月,因为一杯茶的缘分,老李与主持郝堂村设计方案的画家孙君相见恨晚,被后者力邀参加郝堂村建设。"孙老师负责把村庄搬到画纸上,我负责把画上的村庄搬到地上。"老李回忆。

建了改,改了建,带着一支20人的工程队在郝堂干了三年,实诚的李开良"没赚到啥钱",但结识了不少来参观考察的行家里手,见识和技艺突飞猛进。2014年,从画卷上走出来的郝堂村艳惊天下,老李也随之名扬四方。2017年,中山铺古镇改造计划启动,老李当上了"总设计师"。

为啥人们都信老李?"老李把'郝堂经验'带过来,不扒房、不砍树、不挖山、不填塘,改造之后老百姓照样生活,既留住了乡愁,又改善了条件,还多了机会增加收入,大家咋能不信服?!"平桥区委书记李灵敏这样解读。

"我没别的爱好,就是喜欢研究房子。去外地参观,别人看风景,我只爱看房子构造。"老李自称"没啥文化",一口豫南土话里却不时冒出些"历史价值""乡村肌理"之类的时髦词儿。说到豫南民居的代表和特色,诸如新县丁李湾的马头墙、光山王大湾的火焰墙……他更是如数家珍、眼中泛光。"美丽乡村没有模板,适宜群众居住的,适宜本地风貌的,就是最好的。"他说。

至于说服乡亲们"听他的",老李更是有一套。"想把工作'做到家',就必须到老乡'家里坐'。"李开良笑着说,遇见岁数大的,他就劝"这是给孙辈们留的";见了年轻人,他就讲"老人们想家不得有个窝?"碰上不那么熟的,他就厚着脸皮,跟人家在马路上打招呼、坐门槛上拉家常。

两年多时间一晃而过,中山铺的百姓都跟老李熟络起来,也在他的影响下逐渐有了审美需求——陈老太不但留下了老房梁,还把原准备在空地上再盖间房的小院扮成了小花园;老汤家的挂面坊新修了门楼,入选了非物质文化遗产;"易宁小院"两姐妹贴出的对联让人叫绝:"易"润万物无大雅,"宁"静致远有小节。

采访临近结束,我们走进一处被老李改成工作室的小院落,但见几个"90后"忙着用电脑设计图纸。"我年纪大了,在纸上画画还行,电脑搞不了,就带上年轻人一起干。"李开良说,"未来是年轻人的,乡村规划早晚要交到他们手里。"

"你为啥还不给陈奶奶家的小院起个名呢?"面对记者的疑问,老李认真地回答:"主要是她家孩子还没想好小院将来要发展啥样的业态,名字不是随便起的。"

夕阳下,我们与老李挥手作别。他的身影与古镇相融,原本就是画卷的一部分。

记者手记

美丽乡村,规划先行,谁来设计至关重要。是不是一定要拿出"海量"的设计经费,请来"高大上"的设计机构?恐怕未必。

狗头墙、青石巷、房前屋后小池塘……中山铺老街改造让外来游客看到乡愁,也让本地居民住得舒心,背后出了大力的却是一位"农民规划师"李开良。

与人们印象里"洋气"的设计师相比,老李文化程度不高,甚至有些"土气",但他"生于斯、长于斯、悟于斯、成于斯",对乡村的历史文化、建筑风格、风土人情有着深刻的理解和热爱,而这,恰恰是乡村规划师们最该具备的"硬核"。

我省有4万多个村庄,千差万别、各有曲线,规划设计也应该百花齐放、千姿百态,与其寄望于"外来的和尚",不如多发掘一些本地的人才"李开良"。

(2020年4月28日《河南日报》,作者:刘雅鸣、胡巨成、归欣)

从泥瓦匠到设计师,从设计个人房子到设计整个村落,老李追求的正是我们乡村振兴中新农村建设的方向。老李不仅会设计,还会做群众工作,接地气,能落地,可持续,赢得了乡亲们的信任,使他的设计顺利地从纸上落到地上。这正是我们乡村振兴中不可缺少的人才。老李的理论和实践对我们眼下农村从脱贫攻坚到乡村振兴的无缝衔接有非常重要的现实意义,这也是这篇通讯的深刻内涵。通篇文章都在讲故事,和颜悦色,娓娓道来,没有太多华丽的辞藻,于朴素中见真情。因此这是一篇有思想、有品质、有力度、有温度的新闻佳作。

乡村振兴是习近平总书记亲自谋划的重大国家战略,也是脱贫攻坚战收官之后"三农"工作的重心。这篇通讯围绕这一重大宣传报道主题,着眼"乡村规划师"独特视角,用精当的语言和巧妙的构思,展现出河南以乡村建设行动为抓手,改变人居环境、改善群众生活,推动乡村振兴全面振兴的生动实践,是一篇体现"四力"践行,读来回味悠长的佳作。

文章见报并经过新媒体传播后,引发社会强烈反响,河南省自然资源厅等职能部门专题研究乡村规划师等工作,有力推动乡村振兴工作。文章中的平桥区中山铺古镇名声大噪,吸引了大量游客和参访者,成为继郝堂村之后,信阳乃至全省美丽农村的一张新名片。

思考题

1. 通讯作品可以从哪些方面评析?
2. 以通讯文体的变化为例,谈谈文体变化与时代需求的关系。
3. 评析通讯《1个人和27个人生死对话》(2019年4月4日《华西都市报》)

第五章 言论类作品评析

- **本章要点：**
  了解：言论类作品的定义、特性和分类
  掌握：言论类作品的评析方法；对读者来论的评析

经济全球化、信息多元化，促使新闻体例随着社会生活和文化发展而呈现出新的发展趋势。当前中国与世界交往日趋频繁，广大公民的民主意识、参与意识也越来越强，大量涌现在媒体之上的言论类作品，作为人们直接表达意见的有效形式，越来越受到人们的重视。那么何为言论类作品？言论类作品具有哪些特性？我们需要运用哪些方法对其进行评析？本章将围绕这些问题分别展开讲解。

第一节 言论类作品基础知识

一、言论类作品的定义

言论类作品主要是指大众传播媒介上的新闻评论类作品。关于新闻评论的定义有很多种，笔者在这里列出三种比较有代表性的定义。

第一，新闻评论是"现代各种新闻媒介普遍运用的、面向广大受众的政论性新闻体裁。它以说理为主要表现手段，着重从思想、政治或伦理的角度分析具有普遍意义的新闻事实或社会现象、社会问题，旗帜鲜明地表明态度，阐述自己的见解和主张，借以指导当前的社会实践，影响和引导社会舆论"[1]。

第二，"新闻评论：新闻工作基本的新闻手段之一。它是结合新近发生的重要的新闻事实，针对当前人们普遍关注和存在的实际问题和思想问题，通过新闻媒介所发表的一种具有政治倾向的、以广大读者为对象的论说文体。"[2]

---

[1] 赵玉明,王福顺.广播电视辞典[M].北京:北京广播学院出版社,1999:107.
[2] 甘惜分.新闻学大辞典[M].郑州:河南人民出版社,1993:206.

第三,新闻评论是"媒体或个人就新近发生的重要事件或当前具普遍意义的问题发表的论说性文体,是社论、评论员文章、短评、编者按、专栏评论及述评等评论文体的总称"①。

从上述诸种关于新闻评论的定义中可以归纳出这样几点:(1)新闻评论是论说文;(2)新闻评论以当前的重大问题和典型新闻事件为评论对象;(3)新闻评论的载体是大众媒介;(4)新闻评论是社论、评论员文章、短评、编者按、专栏评论和述评的总称;(5)新闻评论具有"评"(批评、评价)和"论"(分析说理)两种功能。

随着时代的不断发展,新闻评论的内涵、外延也发生了变化,本书对上述各种定义进行总结,将言论类作品定义为:传者通过对新近发生的新闻或引人关注的事实、问题、现象,表达主观意见的一种有思想、有知识、有意义的论说体裁形式。言论类作品是与新闻报道相"分立"的另一大类新闻体裁家族。新闻报道体裁,是报道新闻事件或新闻事实的,而言论类作品则是对新闻事件或新闻事实发表看法的。受众期望在新闻报道中看到新闻事实,在言论类作品中获得作者的思想或观点。

我们对言论类作品的定义可以从以下几个方面理解。

第一,对于言论类作品发表主体的理解。言论类作品的作者是以观点传播者的身份出现在受众面前的。作为观点的传播者,他不可能"两耳不闻窗外事,一心只读圣贤书",而是需要学习和接收广博的知识与信息,同时还要掌握和了解大众传播的一般规律。只有这样,他的作品才能实现思想的传播、知识的传播、意义的传播。

第二,言论是一种传者意见的表达,传者既可能代表编辑部,也可能代表传者个人,每一言每一论,都是一种意见的表达。与消息、通讯相比,它更深刻、更具理性、更有说服力,这也正是言论类作品的本质特征。

第三,言论类作品以新近发生或众人关注的事实、问题或现象作为论说对象。新近发生或众人关注的事实、问题和现象是第一性的,言论是第二性的,后者是对前者的一种思想反映。言论类作品的写作不同于文艺创作,它既不能杜撰事实,也不能夸大或缩小事实,事实是言论的基础和前提,切忌弄虚作假;同时,它也不是纯粹的逻辑演绎及推理,它需要理论支撑,必须反映事实、反映时代,以社会活动为依托,具有强烈的时代性和针对性。这是新闻评论有别于文学创作和一般说理文章的地方。

第四,言论是一种说理新闻的表现形式,在现代传媒体系的发展与变革中,它的表现形式也日趋丰富多样、生动活泼。随着时代的变化,言论类作品已经成为一种传者和受众相互交流思想、传播知识、沟通有无的论说形式了,有的受众已经开始向传者转变,成为传者和受众的二元结合体,也就是说二者不再有明显的界限,具体表现为"读者来论"这一形式。②

---

① 童兵,陈绚.新闻传播学大辞典[M].北京:中国大百科全书出版社,2014:325.
② 赵振宇.论新闻评论的根本特性[J].新闻大学,2006(1).

二、言论类作品的特性

言论类作品的特性大致可归纳为五点,分别是:依赖事实的新闻性、言论传播的时效性、言论论说的理论性、言论内涵的思想性和传播知识的有益性。

(一)依赖事实的新闻性

言论类作品主要以报纸为表达平台,其中涉及的事实或多或少都会具有新闻性,这也是言论类作品区别于文学创作的根本属性。我们所说的言论类作品不包括杂文,我们将杂文放入副刊的文学体裁中去考察,这里需要将言论类作品与杂文进行一下区别。

通常人们容易将言论类作品同杂文相混淆,主要是因为二者同属议论性文体,它们往往都是由新闻事实展开议论的。但是二者在功能、选材和表现手法上都存在明显区别。

首先,功能不同。言论类作品必须以概念、判断、推理这样的认识形式明确地表达、有效地传播对新闻事件的认识结果,而杂文不需要承担这样的功能,杂文更多是带给人们美感、启迪、思考和联想,突破形式逻辑对认识路径的约束,启迪人们以普遍联系的观点更加深刻地认识事物。

其次,选材不同。言论类作品是对时事、时政的评论,这就决定了它要紧跟形势,围绕中心,对比较有分量的政治、社会问题及时进行评论,因此具有较强的新闻性、时效性。而杂文多从受众的主观角度出发,选材不一定是最新最近的大事要闻。

最后,表现手法不同。言论类作品主要靠逻辑思维结构文章,理论色彩相对较浓;而杂文可以谈天说地,只要涉笔成趣,让人看得有滋有味,就会受到人们喜爱,常常靠形象思维取胜,文学色彩颇浓。

(二)言论传播的时效性

传播的时效性,是指新闻事实与言论写作之间的时间愈短愈好。也就是说,当新闻事实出现后,评论写作者要在尽量短的时间里完成写作。大千世界,社会现象纷纭复杂,变幻多端,其中有很多事件、现象和问题是可以和需要评论的。但是,只有那些最近发生的事实才是新闻评论的对象。只要条件允许,新闻评论都要追求这种最快的新闻事实。

(三)言论论说的理论性

言论类作品在各类报刊体裁中始终占有重要地位,被称为"新闻报道中的旗帜"。言论类作品如此重要,根本原因在于它能根据现实中出现的问题,运用一定的理论知识,采取论理、分析的方法反映作者的主观意见(通过对事实的分析、说明、论证,揭示事物本质,直接表达作者的思想观点,提出希望、意见和要求),达到明辨是非、释疑解惑、相互交流、为读者服务的目的。而各种新闻报道则是依靠事实,运用客观叙述,将作者的倾向含蓄地寓于事实叙述当中。相比之下,新闻评论文章的理论性和深刻性要强于一般的新闻报道。

言论类作品使用的理论,不仅包括革命导师、经典著作中的科学理论,也包括经过人类社会的实践检验被认为是正确的自然科学理论、社会科学理论和人类思维科学理论。新闻评论论说的理论性,不仅是对党报言论类作品提出的要求,也是对各类报刊当中此类作品的基本要求。

(四)言论内涵的思想性

言论类作品反映的是思想,而思想是在一篇文章、一块版面、一张报纸中起决定性作用的东西。一篇新闻评论,哪怕它的新闻性再强,时效性再快,再有文采,如果空洞无物,枯燥平淡,没有思想或思想观念错误,也是没有意义的。言论类作品就是要敢说别人不敢说的话,会说别人不会说的话,善于说别人说不好的话。言论的力量就在于字里行间渗透出的思想性和这种思想的深刻性。

(五)传播知识的有益性

言论类作品以理论、以思想凸现它的特性,这是它与消息、通讯报道的一大区别。与此同时,在当今信息传播迅猛发展的时代,传媒有责任和义务在自己的工作中传播有益的知识。在这个以信息为核心动力的时代,各种信息、知识蜂拥而至,对于传媒来说,这既是机遇也是挑战。传媒应该将一些现代的或过去的、自然的或社会的、人类的或思维的知识信息有选择地传播给大众。尤其是在言论类作品中,我们常说"事实胜于雄辩",这些事实有很多都是于生活有益的知识。

三、报刊言论类作品的分类

报刊言论类作品按照不同的分类标准可以分成不同的类型。根据体裁、规格的不同,可以分为社论、评论员文章、短评、按语、专栏评论和述评等;根据论证性质的不同,可分为立论性评论和驳论性评论;根据评论主体的不同,可分为代表编辑部的评论、代表读者的评论;根据评论对象的不同,可分为政治评论、经济评论、体育评论和文娱评论等;以是否署名为依据,可分为署名评论和不署名评论。

评论的分类见表5.1。

表 5.1　新闻评论作品类别

分类标准	类　别
体裁、规格	社论、评论员文章、短评、按语、专栏评论、述评
论证性质	立论性评论、驳论性评论
评论主体	代表编辑部的评论、代表读者的评论
评论对象	政治评论、经济评论、体育评论、文娱评论
是否署名	署名评论、不署名评论

第二节　言论类作品的评析方法

一、选题评析

（一）选题的定义

选题是选择所要评价的事物或所要论述的问题，以确定评论对象和论述范围，它是言论类作品写作的首要环节。就一篇言论类作品来看，选题主要是指它提出的是什么问题，是针对什么问题发言的。概言之，选题就是选择、确定论题。如果说言论类作品是各类新闻作品的旗帜，那么选题就是这面旗帜的"旗帜"。

（二）怎样评析选题

言论类作品对选题的具体要求是在选择评论对象和论述范围时，要选择当前具有迫切意义的、极具针对性的、有较强思想性的问题。根据这些基本要求，我们在评析言论类作品的时候，也要从这几点入手。

1. 选题是否具有现实性

一篇优秀的言论类作品应该顺应时代潮流，从实际出发，对当时当地的新闻事件或者重大事件进行评论，即选题具有现实性。因此我们在评析时要考虑选题是否能够与社会现实生活、与现实生活中的人们紧密相连，能否起到"拨开云雾见天日"的作用。在言论类作品发展史上，这样的作品很多。

如毛泽东为新华社写的社论《别了，司徒雷登》，就是一篇极具现实性的言论类作品。1949年8月5日，当时正值中国人民革命在全国取得基本胜利的关键时刻，美国国务院发表了题为《美国与中国的关系》的白皮书，书中详细地叙述了1944年到1949年这五年间美国实行扶蒋反共政策，干涉中国内政，结果遭到失败的经过。这在客观上成为美国侵华行为的自供状，变成了对中国人民很有教育意义的一份难得的反面教材。另外，当时在中国人民中，还有一部分人如资产阶级知识分子，对美帝国主义抱有幻想，他们容易被美帝国主义的甜言蜜语所欺骗，对中国革命的认识不正确，对美国的侵略本质认识不清。面对这一现实状况，毛泽东将美国白皮书的发表作为选题，写了《别了，司徒雷登》。"美国的白皮书，选择在司徒雷登业已离开南京、快到华盛顿，但是尚未到达的日子——八月五日发表，是可以理解的，因为他是美国侵略政策彻底失败的象征。"文章开篇便提出了总论点，接下来层层剥笋，将众多评论对象（美国侵略政策的罪恶目的、手段和实质，对美国认识不清、抱有幻想的知识分子，广大的中国人民）分层、分段进行论述。结尾再次点题："司徒雷登走了，白皮书来了，很好，很好。这两件事都是值得庆祝的。"又一次把白皮书发表的事实凸现出来。这篇社论之所以为后人津津乐道，除了毛泽东那严密的逻辑和生花妙笔之外，最重要的还是选题的现实性发挥了不可磨灭的作用。这篇作品选题的确立，为当时的中国人民拨开了挡在面前的"云雾"，让人们看到了中国的未来。

又如《人民日报》1984年发表的社论《就是要彻底否定"文革"》，也是一篇极具现实性的评论佳作。1983年党的十二届二中全会决定整党，系统地肃清"文革"的影响，从党的组织路线、作风、纪律等方面，加速推进改革开放和现代化建设事业。如何评价"文化大革命"，在噩梦初醒的20世纪80年代，牵动着太多中国人的情感波澜。《人民日报》的这篇社论，为当时的思想界指明了方向。

就是要彻底否定"文革"

在我们国家的政治大舞台上，"文化大革命"这出闹剧已经谢幕多年了。但是，在生活的一些旮旮晃晃里，少数人有时还要掀起一点"文革"的余波微澜。

十多年前，杭州大学地理系曾搞过侮辱人格的"活人展览"。七位老教师被打扮成"地主""资产阶级太太""反动学术权威""'牛鬼蛇神'保护人"，受辱于大庭广众之前。这种践踏斯文、戏弄正义的政治恶作剧，令人发指。尤其不能容忍的是，当年进驻杭州大学地理系，参与策划这一事件的个别人，至今仍然认为这种摧残知识分子的做法是正确的，是"严格按照党的方针政策，实事求是做耐心过细的思想工作，以政策开道，严禁逼供信，启发帮助他们讲清自己的问题"的。

这散发着"文革"霉味的语言，不正反映出"文革"在这些人的心目中并没有推倒吗？党的十一届六中全会通过的《关于建国以来党的若干历史问题的决议》明确指出："'文化大革命'不是也不可能是任何意义上的革命或社会进步。"

这个结论，反映了全党、全国人民的共同认识。对"文革"就是要彻底否定。不彻底否定"文革"的那一套"理论"、做法，就不可能有三中全会以来的路线、方针、政策,就不可能有政治上安定团结、经济上欣欣向荣的新局面。这是人所共知的。

但是,在这次整党中,一接触到"文革"中的某些问题,有人就"剪不断,理还乱"了。他们拐弯抹角,千方百计,肯定当时的所作所为,甚至为搞"活人展览"以及比这更丑的恶行辩护。尽管做这种"表演"的只是极少数人,仍然值得引起我们的高度注意。

粉碎"四人帮"以后,对参与搞"活人展览"之类恶行的人,除了打砸抢分子外,一般都未予查处(有些地方打砸抢分子也未查处)。这是考虑到"文革"的历史背景,不过多地去追究个人责任,也是为了给这些犯错误的人一个认识错误、改正错误的时间。如果他们至今仍然坚持错误,有的甚至身居要职,被当作"接班人"加以培养,人们就有理由责问,这还有什么是非呢?这样的人究竟会是谁家的"接班人"?

这次整党,《关于建国以来党的若干历史问题的决议》是列为必读文件的。认真阅读这个文件,对每个党员都是必要的。尤其是那些在"文革"中犯有严重错误,至今尚无正确认识的同志,更要认真学习,严肃地对照检查,这一课必须补,来不得半点含糊。

(1984年4月23日《人民日报》)

这篇发表在《人民日报》头版"报眼"位置的评论,在党内外迅速引起极大的震动。此后,《人民日报》以《就是要彻底否定"文革"》为开篇,发表了一系列措辞尖锐的评论,从不同的角度和侧面深化了肃清"文革"遗风流毒的主题,在党内外引发了强烈的共鸣。在1984年全国好新闻奖评选中,这篇评论众望所归摘取了特等奖。

选题具有现实性,就是要求在言论类作品的写作中,选题在时代、读者之间找到结合点。这就说明言论类作品的选题不可随意捏造,而是要经过作者的深思熟虑。在选择选题的过程中,要选择具有现实性的评论对象,如果选择没有现实性的评论对象,作品就会沦为没有意义的言论。

2. 选题是否具有针对性

每个时代都有自己的发展主题,每个时代都有自己特定的问题,一篇好的言论类作品必须有一个顺应时代的选题,而这个选题一定要有鲜明的针对性。打个比方,选题好比是箭靶,言论类作品好比是待发之箭,只有箭靶摆正了,才能找准射击的方向。

《中国教育报》的评论员文章《让爱国主义成为每一个青少年的精神依靠》就是一篇极具针对性的佳作。在澳门回归20周年之际,习近平主席来到澳门濠江中学附属英才学校观摩了一堂公开课。他表示,这堂课意义非凡、有的放矢,抓住了历史的要点和教育的要害。回顾即将过去的2019年,中国经历了很多事情,评论员对此发出追问:为什么有的青少年会迷失方向?

针对性决定了言论类作品不能无的放矢,而作为"力量型"言论的评论员文章则必须能够针砭时弊,激浊扬清。一篇好言论不能只局限在揭露问题上面,还应该针对问题提出有益的建议,这样才有表达的价值。《让爱国主义成为每一个青少年的精神依靠》提出,真正危险的是大方向上的迷失,犹如人生失速。在这种失速状态下的人,对中国文化和历史缺乏认同,失去了家国情怀,甚至背离了我们民族复兴的方向。因此,我们要用爱国主义的"代码"筑牢青少年的"底层操作系统"。反映在具体行动上,便是加强爱国主义教育。这篇文章有的放矢,能够针对具体情况提出一些解决问题的思路,发挥了指导性作用。

3. 选题是否具有思想性

评析一篇言论类作品是否优秀,还要看它的选题是否具有思想性,这是由言论类作品的五大特性之一——思想性决定的。选题是言论类作品写作的第一个环节,只有选题具备思想性,整个作品才能具备思想性。我们来看一篇思想性比较突出的言论节选:

科学议题欢迎君子之争

科学昌盛进步的前提是交流。人的观点不可能一致,在良好的讨论环境里各抒己见,互通有无,修正立场,可以臻于至善。而讨论环境恶劣,一说话就陷入口水战,科学之争就不再可能。

对事不对人是很难的。瞧不惯对方自信满满的表述,反驳时难免语带讥刺;有时急于下结论说对方"水平有限""利益驱动",这些不甚礼貌的言辞实际上是"扣帽子"。还记得几年前,争论某天文学装置的建设问题时,就从吵科学架发展到人身攻击和"揭老底",有些德高望重的科学家在面对不同观点时,跟普通的"愤怒网民"也差不多。让人感叹:理性争鸣真不容易。

在近日的大对撞机之争中,大多数科学家没有因为意见和利益相左就"恶评",一些主流媒体也能客观平衡地、不设立场地叙述是非理直。这令人欣慰。

科学家应该以其学识服务公众。具备专业知识的人,在公众关心的科学论争中最应发声。但遗憾的是过去科学家往往不敢出头,甚至万马齐喑。而在大对撞机争论中,一些明星科学家主动解疑释惑,敢于担当,我们为之点赞。

应该说,围绕大对撞机的讨论能够理性展开,杨振宁起到了至关重要的作用。杨振宁公认的学术声誉,使对立方的科学家更愿意积极回应,而且保持着措辞的尊重。同时一些秉持公心的论者,也帮助营造了"只论理不论腕"的氛围,让学术争论并不因为杨振宁的威望或者王贻芳的资历,而有所偏差。

我们提倡学界争鸣。学术争论应该是平等的、互相尊重的。和而不同的君子之争,为科学界注入了精气神,引发精彩的观点交锋和优良的学风。我们期待更多的"大对撞机之争"。

(2019年12月10日《科技日报》)

关于"中国要不要建大对撞机"的论争近年来已从科技界走进公众视野。2019年12月,某自媒体发表网文《杨振宁的最后一战》再度引发热议,随后多位科学家在新媒体平台上发声,就建大对撞机议题各抒己见,理性争鸣。本文抓住这一现象,结合当前国家狠抓作风和学风建设、弘扬科学家精神的背景,在赞赏科学家就事论事围绕科学问题"吵架"的同时,提出这样的纯学理性论争有助于科普,以及科学精神、科学家精神的弘扬,正是当下所需,甚至比建不建大对撞机的结果更为重要,并期待往后的科学议题中多一些类似的君子之争。

二、立论评析

(一)立论的定义

立论就是一篇评论所形成和提出的主要论断或结论,是作者对所提出的论题的主要见解,是选择论据和分析事物的指导思想,是整篇文章纲领性的内容,担负着统帅全文所有观点和材料的任务。立论是对论题的深化和升华,是写作过程中的关键性环节。一般来说都是选题在前,立论在后,选题为立论提供基础,立论赋予选题鲜明的思想观点,二者相辅相成,缺一不可。立论和选题往往决定了言论类作品的质量优劣。立论成功,方能将作品包含的思想内容和知识凸显出来,发挥出言论类作品的最大效用。

(二)从立论入手对作品进行评析

一篇优秀的言论类作品,就其理论而言,应该符合这些基本要求:准确性、预见性、有新意。我们对例文的评析也将从这几个方面着手。

1. 立论要遵循准确性原则

准确性是立论的基础前提。如果违背了准确性,立论就不会为人们所信服,同时也失去了表达的意义。立论最忌在理解上给人造成误差。

我们来看一篇通讯员作品《无"官"一身轻》:

去年,宁津县选派干部633名进驻乡村开展工作,受到了群众的广泛称道。问及原因,驻村工作负责同志说:"关键是贴近了群众生活,与老百姓住在一起,干在一起,所谓无'官'一身轻嘛!"

> 为无"官"一身轻叫好！无官一身轻就是不打官腔,不摆官架,从群众的利益出发,办什么事首先设身处地地把自己想作是群众中的一员。与此相反,报载某县驻村干部被拒之门外,遭到群众冷遇,究其原因,就是没有放下"官"字。或动辄"以市场的眼光看待和解决问题",不是切实解决问题,而是摆出一种高姿态,让群众难以理解;或指手画脚,干一些脱离实际的事,让群众难以信任。或高高在上,官架十足,让群众难以接近。①

这篇稿件存在立论不清晰的问题。该文的立论应该是提倡干部放下架子投入驻村工作,但是"无官一身轻"的本意是官员在不担任官职以后,身上就没有负担了。文章虽然给"官"字加了引号,但还是很难让人明白作者的真正意图,立论跟实际写出来的文章发生偏差,容易造成思想混乱。所以从立论上来讲,这不是一篇合格的作品。

下面我们来看一篇立论准确的例文——《党员毕福剑必须讲规矩》(作者贾亮),这是刊发于《中国纪检监察报》的一篇评论员文章,也是一篇中国新闻奖获奖评论。2015年4月6日,网络上流传着一段视频,中央电视台原主持人毕福剑在饭桌上唱评《智取威虎山》中《我们是工农子弟兵》选段,并且边唱边戏谑。该视频引发极大争议。文章从毕福剑是党员的角度入手,指出他不仅是一个公众人物,更是一名党员。党员要遵守党章规定,对党忠诚,反对阳奉阴违两面派,毕福剑的行为显然突破了党员的底线。这次事件给了党员警示,让每名党员再次明确:党员必须讲规矩。文章指出:言论自由不等于自由言论,更不能无原则、无底线。尤其是作为一名党员,要时刻用党的纪律和规矩这把尺子去量量自己的言行。遵守党的纪律是无条件的,现在就是要严明纪律。文章准确的立论,在复杂的舆论环境当中,为读者辨明了思想。

2. 立论要有预见性

预见性是指言论的作者能够及时洞察矛盾和预见可能出现的矛盾,及时探寻事物的内在规律和发展趋势,设想出解决矛盾的办法和途径,以便用发展的眼光看待问题,进而发挥言论类作品的作用。

以河北小镇白沟箱包市场为例。这个市场以仿冒他人品牌起家,它生产的假名牌皮包,在北京豪华商厦里却能以几百元的高价售出,这说明其自身的手艺并不差。然而,这里的产品却屡屡被当作"打假重点",在消费者中口碑变差,最终走向萧条。白沟人为了摘掉"假冒者"的帽子,走上了创立自主品牌之路。对此,《中国质量报》于1996年5月3日发表了署名评论《勇敢地打出自己的旗帜》(作者余方),肯定了白沟的这一新举措,预见了此举可能带来的效益。作者运用富有洞察力的分析,得出了这样的结论:在市场经济日益发展的现代社会,在全球普遍注重知识产权和经济一体化的今天,靠假冒他人品牌求发展,只能是死路一条。只有亮出自己的旗帜,才能真正有

---

① 陈力丹.谈谈评论立论的正确确立[J].新闻与写作,2002(7).

前途。前有温州、后有白沟,向我们昭示着某种规律性的东西……

从短期看,停止生产假冒名牌产品可能使白沟市场损失一部分利益,而且新品牌的树立须假以时日,白沟市场可能要经历一段相对困难的时期。但以长远眼光看,从勇敢地亮出自己的旗帜那天起,白沟人已站在更高的境界上规划自己的未来,超越自我,便是成功的开始。这种带有预见性、富有洞察力的立论,是严肃性大报言论类作品及时引导舆论的一种关键武器。

3. 立论要富有新意

立论要富有新意,因为言论类作品本来就是以阐述观点为主要表达方式的一种体裁,如果没有新意,仅仅是说理,作品就会失去活力与吸引力。新意具体体现在,它既可以是新思想、新观点,也可以是新经验、新做法;既可以是新情况、新发展,也可以是新角度、新侧面;既可以是新苗头、新倾向,也可以是新由头、新材料。

2020年2月,武汉抗疫期间,日本医疗支援物资抵达中国,包装箱上的古诗在社交媒体上引发热议。从"山川异域,风月同天"到"青山一道同云雨,明月何曾是两乡",都引发了网络上的激烈讨论。光明网及时关注到疫情下的这一文化现象和网络争论,并从思维模式与文明感这一全新视角出发进行分析论证,指出这一现象是对文明社会价值回归的呼吁。

> 这并不是说"青山一道同云雨,明月何曾是两乡"就一定比"武汉加油"高级,后者的简洁明快、易背好懂,可以在短时间起到凝聚人心的效果。只是一句唐诗,让不少人在铺天盖地的所谓"硬核"的口号中,看到了一种文明感。这种文明感,在乎语言的体面、情感的深刻、行为的得体;这种文明感,又恰是疫情发展到当下,急需强调之事。
>
> 从疫情发生之初的"围堵"湖北人、泄漏个人信息、家门被封闭,到现在网友爆料武汉牌照车被砸、租房户不能进小区、业主持房产证出入……种种行为实在刺目。无视法律、契约,制造歧视链条,实在不是文明社会该有的景观。语言与行为,就是思维的同构之物,有的地方能挂出"出门打断腿,还嘴打掉牙"的横幅,有的人行为过激也不令人意外。
>
> 诗终究是诗,标语也终究是标语,只是背后的思维模式与文明感,更发人深省。这种文明感,是对法治的信仰,与同胞的共情,对个体权利的尊重。文明是精致的,不能在防疫的旗号下,对复杂的社会活动以"一刀切"的办法粗糙应付。文明自有它的体面,就像在刻不容缓的援助中,并不妨碍写上一句"青山一道同云雨,明月何曾是两乡",事态紧急,但善意、体谅、同情也不是就无处安放了。

(2020年2月12日光明网《疫情当前,怎么火了一句唐诗?》)

面对这一现象,文章没有将目光停留在表面进行论述,也没有参与网络舆论场上关于文化或爱国的论争,而是从一个更高的层次进行剖析,论证事件背后的思维模式与文明感,立意新颖且深刻。

三、作品要素评析

按照言论类作品的写作程序,在选题、立论完成之后,就要进入安排论点、选择论据和组织论证等环节。我们对言论类作品的评析,也要随之深入这三个要素中。从整体上讲,我们评析言论类作品,常常以论点是否完备、论据是否充分、论证是否精当作为基本准则,但在具体分析过程中,还应当注意其他一些事项。

(一)从论点上进行评析

言论类作品的论点就是传者通过大众传播媒介,对新近发生的新闻或众人关注的事实、问题、现象表达出来的主要观点。论点虽然是传者的一种主观意识,但并不是人们头脑的自然分泌物,而是从一定的立场、世界观出发,对评论对象发表的言论。正确的论点,是以主观与客观统一、理论与实践统一为根本特征的。一般而言,论点按照所处地位的不同可分为总论点和分论点。总论点在作品中处于主导、支配的地位,又叫作中心论点;分论点是对总论点的补充和完善,起到支持总论点的作用。

言论类作品要求论点正确科学、富有新意、鲜明全面。我们评析言论类作品也要遵循这几条原则。

1.论点要正确科学

论点要正确科学,论点的提出必须尊重客观、直面现实,不能把那些荒谬、悖理和歪曲事实的东西作为论点。

违背现实的论点是失败的论点,因为它既经不起事实考验,也难以让人认同。1958年我国一家报纸在国庆社论中提出了这样的论点:"一年来我国社会主义建设事业所取得的伟大成就,使人们有充分的理由相信,把我国建设成为具有现代工业、现代农业、现代科学文化的伟大的社会主义国家,并由社会主义逐步向共产主义过渡,已经不是很遥远的事情了。"[①]这个观点是不合实际的,主要原因是当时党的指导思想发生了失误,而且,由社会主义实践可以知道,实现向共产主义过渡的目标需要我们几代人甚至几十代人的不懈努力,绝非一日之功。所以这个论点是一个经不起考验的错误论点。

要保证论点的准确科学,还必须在发表言论时准确使用概念及判断。邵华泽在《同研究生谈新闻评论》中提出:"任何事物都有它特定的内涵,随意转换、改动,必将影响论点的科学性。"书中举例,1986年一家全国性大报发表了一篇社论,其论点正如

---

① 张扬.当代领导与软科学[M].长沙:湖南人民出版社,1987:48.

社论的标题——《每位公民都要为儿童做文明表率》，但是，这个论点在科学性上失分了，因为它存在两个判断上的错误：第一，并不是每位公民都能做文明表率。上海辞书出版社出版的《法律小辞典》对"公民"的解释是"凡是有我国国籍的人都是我国的公民；未成年人、被剥夺了政治权利的人，也是我国公民的组成部分。"这就说明一部分公民是不能做"文明表率"的，如婴幼儿、被判刑、被剥夺了政治权利的人等；第二，按法律上的规定，儿童甚至刚出生的婴儿，也是公民。可是，"每位公民都要为儿童做文明表率"这个论点就将儿童摒弃于"公民"之外了，所以这样的论点是不准确的。在评析言论类作品的论点时，首先一定要判断它是否准确、科学。

来看一篇优秀例文：

"平等"很重要

亚运会的文莱代表团团长对人民日报记者说，这次派团参加亚运会是文莱体育史上第一次，我们感到很荣幸，"更为高兴的是，你们虽是大国，但平等待人"。这话讲得朴素、实在，也包含着一个重要真理。

参加这次亚运会的37个国家和地区，大的国家人口数以亿计，小的国家只是几万人；大的代表团800多人，小的代表团只数人。各代表团的实力更是参差不齐。但是，大家都是为友谊而来，为提高亚洲体育运动水平而赛。因而，只要是参与了，就是为亚运会的成功作出了贡献，就应当平等相待，受到尊重。亚运会的宗旨是"团结、友谊、进步"，这里自然就包含着平等。试想，如果没有平等，何来团结？友谊、进步又从何谈起？

中国一贯主张，在国际事务中，国家无论大小，一律平等，反对以大欺小，以强凌弱。与此同理，在运动会上，各个代表队，无论人数多少、实力强弱，也都是平等的，平等地参与，平等地竞赛，平等地交往。这样，才能激发热情，激发干劲，才能赛出水平，赛出风格，增进友谊，共同进步。

（1990年9月29日《人民日报·今日谈》，作者：华愈）

这是邵华泽同志在人民日报社工作时，以"华愈"为笔名给"今日谈"专栏写的一篇评论。时值1990年亚运会在北京举行，作者在各国代表队实力参差不齐的问题上，提出"平等"相待的论点，由中国"一贯主张，在国际事务中，国家无论大小，一律平等"，论述到体育赛事中，我国依然遵循平等原则，判断准确，论证充分。文章虽然短小，但论点却十分准确精当。

2. 论点要富有新意

言论类作品的特性之一就是要求新，论点作为言论类作品的"眼睛"，应当富有新意，如果论点不蕴含新思想、新见解，由此派生出的言论必然充斥着老话和套话，难以打开读者的心扉。怎样才是有新意呢？"只要新闻评论的作者及时反映新理论、新观念、新信息、新事物、新经验、新矛盾,回答千百万群众所关心瞩目的新问题和他们思想上的新热点、认识上的新疑点、理解上的新难点,新闻评论的论点也就随之有新意。"①

论点需要经过数次提炼才能形成,一个有新意的论点更是要经过反复提炼方能显示出与众不同的特色。《人民日报》评论部编辑陈嘉星在一篇文章中说,他的一篇刊登于2005年6月7日的评论《新经济呼唤"游戏规则"》,"经历过五易其稿的蜕变,集纳了各方智慧,才得以羽化成蝶"。根据5月30日《人民日报》的一则新闻《网络游戏开发运营将有强制性标准》,作者写了这篇评论的第一稿《网络游戏:净化助推繁荣》,针对网络游戏本身从方方面面展开评论。从评析论点的规则上看,这个论点是正确的,但是人皆能谈,出新意很难。二稿便站在新技术文化产品、产业面临管理难题的角度展开评论,三稿的题目是《新技术文化的"游戏规则"》,被认为有进步,但有一个观点没表达出来,这就是"管理应适应并推动新技术的发展,而不是让新技术的发展适应传统管理"。后来经过修改的见报稿,主要表达了这样几个观点:新经济发展锐不可当,管理职能要适应这个新形式,在新经济发展之初就应有"游戏规则",这个规则不仅是制定行业标准,还应有对内容的管理,等等。经过五次修改,论点超出了一般的议论范畴,整个文章因为论点的新鲜而更加富有新意。

3. 论点要鲜明全面

论点要鲜明全面,意为立意明确,赞成什么,反对什么,提倡什么,防止什么,都要清清楚楚,不模棱两可,不做片面、绝对、偏激的论断。

1984年10月12日,《人民日报》发表评论员文章《重视生活方式的变革》,把"省吃俭用""新三年旧三年,缝缝补补又三年"列入需要改掉的陈言旧语,提倡"能挣会花",在读者中引起了强烈的反感。原因是这篇评论的论点过于片面,作者只看到一部分先富起来的人有钱不敢花、不愿花、舍不得花,棉布商品库存大量积压,而没有看到先富起来的毕竟只是极少数人,绝大多数人不是有钱舍不得花,而是没有很多钱可以花。因此评析言论类作品的论点时一定要谨守全面的原则,对这种片面化、绝对化的论点要有辨识的能力。

进入21世纪以后,随着我国改革开放的不断深入,关于户籍限制的问题引起全社会的广泛关注。农民要进城,人才要进大城、进好城,可现行政策限制了户籍的流动。对此,《确保"迁徙自由权"》(2002年4月10日《中国改革报·改革时评》)的时评提出自己的论点:"有人担心户籍限制取消后,会诱发大量优秀人才向发达地区流动,不利于欠发达地区的发展,事实上,人才的流动完全是市场在起作用,而不是行政权力该管的事,现在限制不取消,人才不照样在往发达地区流动吗?户籍的二元结构才是造成城市单极发展的罪魁祸首。相反,如果户籍实现了一元化,城市和发达地区反而会

---

① 邵华泽. 同研究生谈新闻评论[M]. 北京:人民日报出版社,1999:83.

带动农村和落后地区的发展,从而实现共同发展。"作者从宏观角度出发,敏锐地指出人才流动是大势所趋,观点鲜明而全面。

(二)从论据上进行评析

从表达的角度说,新闻评论的论据是用来证明或说明论点的理由和事实的总称。在学术论文中,论据主要用于证明论点的真理性,而在言论类作品里,论据还要承担启迪读者、交流思想和传承知识的任务,这就使得论据要兼具证明论点、支撑论点的功能。

论据的功能决定了其必须做到三点:第一,真实而准确;第二,典型而充分;第三,论据和论点之间要有内在的逻辑联系。我们以第二十九届中国新闻奖一等奖评论作品《向着更加壮阔的航程——致敬改革开放 40 周年》为例进行评析。文章打通了历史与现实、国际与国内、理论与实践,文风清新,文采飞扬,言之有物,兼具思想性和可读性,其中丰富的论据更是极大地增添了评论的力量。

向着更加壮阔的航程——致敬改革开放 40 周年(节选)

(一)

"太快了!"

2018 年 11 月,上海,首届中国国际进口博览会上,习近平主席邀请外国领导人登上复兴号高铁的模拟驾驶台。当时速达到了 350 公里,俄罗斯总理梅德韦杰夫不由得连声赞叹。

40 年前,也曾有类似的一幕——

"就感觉到快,有催人跑的意思……"1978 年 10 月,正在日本访问的邓小平,这样生动地形容乘坐新干线的感受。

同样一个"快"字,不同的时空,不同的意味。

在中国共产党的带领下,中国人民历经"站起来"的上下求索、"富起来"的左右突围,开启"强起来"的时代新篇,虽充满艰难曲折,更令人刮目相看。

"快",也许是对过去 40 年发展变化最直观的概括——

1978 年,中国人均国民总收入只有 200 美元。无数家庭,最大的烦恼,是能不能解决温饱;整个国家,最大的忧虑,是会不会被"开除球籍"。

40 年后,中国已是全球第二大经济体、第一大工业国、第一大货物贸易国、第一大外汇储备国,农村贫困人口减少了 7.4 亿,居民人均可支配收入增长超过 22 倍,由低收入国家跨入中等偏上收入国家行列。

从近代以来沦落"下降通道",到经济社会发展实现"惊人一跃";

从与发达国家触目惊心的"巨大差距",到让西方任何一派学者都无法

否认的"发展奇迹";

从隐藏在每个人心头的"生存焦虑",到浮现在无数人脸上的"幸福指数"……

通过历史深处的一个个闪光记忆,也许更能体味这部时代变奏曲的力量和深度——

难以忘怀惊雷般的"发展才是硬道理";

难以忘怀让人热血沸腾的"团结起来,振兴中华";

难以忘怀豪气干云的"冲出亚洲,走向世界";

难以忘怀激荡寰宇的"同一个世界,同一个梦想"……

恩格斯曾经说,社会主义社会是"经常变化和改革的社会"。

大河奔流开新路,层峦竦峙争高峰。

40年的深刻变革,重塑了中国人民的面貌,重塑了中华民族的面貌,重塑了社会主义中国的面貌,重塑了中国共产党的面貌,让科学社会主义在二十一世纪的中国焕发出强大生机活力,让发展中国家走向现代化有了更多的路径选择。

正如习近平总书记指出的:"改革开放是决定当代中国命运的关键抉择,是党和人民事业大踏步赶上时代的重要法宝。"

(二)

"我站起来了,站在广阔的地平线上,再没有人,没有任何手段,能把我重新推下去……"

1980年,一位年轻的诗人,写下这样的诗句。

这一年,四川广汉向阳镇,在全国率先摘下"人民公社"的牌子。

"大锅饭"的桎梏一打破,农业生产立刻有了惊人变化。当时只有10岁的钟敏至今记忆犹新:一年后,她生来第一次吃上了油炸馍馍。

38年后的今天,向阳镇不远处的三水镇友谊村,一场打破制度"藩篱"的改革正在进行——

全村集体资产量化为股份,村民变身为"股民"。盘活集体资源后,昔日的烂河滩摇身一变,成为四邻八乡的"最美渔村"。

一部中国改革开放史,就是一部党带领人民不懈创造求索的思想解放史。

挣脱"两个凡是"的束缚,廓清"姓资姓社"的迷雾,摆正"计划与市场"的关系,打破"先污染后治理"的发展怪圈……

多少次举旗定向,多少次拨云见日,中国共产党引领改革开放航船,始终沿着正确方向行稳致远。

多少次观念裂变,多少次探索突破,改革开放刷新着中国人的思想理念,镌刻下敢闯敢试、敢为天下先的前进轨迹。

最根本的解放,是思想的解放。

最核心的解放,是人的解放。

小岗村"大包干"带头人严宏昌,难以忘记分田到户后那热腾腾的一幕——

"村民一窝蜂冲向牛棚抢粪做肥料,把墙都挤破了!"

第一位"农民工全国人大代表"胡小燕,难以忘记24岁时挤上的那列"命运"号绿皮火车——

从每天累弯了腰为吃饱肚子发愁,到只身"闯"广东、成为一名"打工妹",再到走进国家的最高议政殿堂:"改革开放改变了我的命运!"

毛泽东曾经说过,中国的命运一经操在人民自己的手里,中国就将如太阳升起在东方那样,以自己的辉煌的光焰普照大地。

改革开放,正是让中国的命运,牢牢掌握在了人民自己的手中。

40年间,一处处边陲小镇、荒滩渔村,崛起为高楼林立、人流如织的繁华都市;一个个普通人凭着双手打拼,创造了"几乎不可能"的创业传奇……一串串"超乎想象"的奇迹横空出世,辉耀星空,全民族的想象力和创造潜能得到极大激发。

每一滴水珠,都蕴藏着奔腾的力量;每一个梦想,都融汇于创造的时代。

40年间,亿万人民从精神上由被动转为主动。在社会飞速发展中积淀的定力和勇气,在市场经济大潮洗礼下练就的眼界与胆识,在对外开放的博大视野里养成的胸怀与气度……自信,越来越成为当今中国人共有的精神气质。

滔滔江水,滋润广袤的华夏大地,万物生长,生机勃发。

每个人都在这场伟大革命中"发现"了自己。中国的今天,就是这样,由中国人自己干出来的!

(三)

英国纪录片导演柯文思曾感慨:走遍世界,才能读懂中国崛起。

1979年春,一场由法国服装设计师皮尔·卡丹组织的模特时装秀,在北京民族文化宫上演,在当时满大街的"蓝绿灰"服饰中,投射下一抹艳丽的色彩。

39年后的今天,已有超过11,000列中欧班列开往欧洲15个国家44个城市,五颜六色、各式各样的中国商品,源源不断"飞"入各国寻常百姓家。

国门打开了,活力迸发了!

曾参与入世谈判的龙永图,这样对比中国加入世贸组织前后的变化:过去只有一二百家能做进出口的企业,一下变成十几万、几十万家在做!中国入世后十年,每年进出口量以百分之二十、三十的速度增长,"这是历史上从来没有的!"

如果说,40年的大改革,成功使中国从高度集中的计划经济体制转向充满活力的社会主义市场经济体制;那么,40年的大开放,则使中国实现从封闭半封闭到全方位开放的成功跨越——

40年来,中国货物进出口总额增长198倍,服务贸易进出口总额增长超过147倍,对外投资实现从零到千亿美元的飞跃,中国已成为130多个国家的主要贸易伙伴。

进入新时代,中国开放的大门越开越大。作为世界第二大经济体,中国张开更大怀抱,欢迎各国搭乘中国发展的"快车""便车",用实际行动支持经济全球化,捍卫多边贸易体制,推动建设开放型世界经济。

大幅降低关税总水平,进一步放宽市场准入,稳步扩大金融业开放,持续推进服务业开放,举办世界上第一个以进口为主题的国家级展会,"一带一路"成为广受欢迎的全球公共产品……仅仅2018年这一年,世界就收获了一个又一个中国开放的"重大利好"。

因为开放,中国大踏步赶上了时代。

因为开放,世界分享了中国发展的机遇——

在肯尼亚,大学毕业的万吉库被承建蒙内铁路的中国企业录用,赢得了梦寐以求的工作机会;

在塞尔维亚,斯梅代雷沃钢厂工人伊利奇,津津乐道地讲起中国河钢集团在当地"救活一座厂、带动一座城"的故事;

在阿根廷,休斯镇出产的优质牛肉主要出口中国,万里之外的旺盛"舌尖"需求为小镇发展注入活力……

正是有感于中国如江河奔腾的发展大势,著名经济学家罗纳德·科斯预言:一个开放、宽容、自信和创新的中国,将会在不久的未来给世界带来更大的惊奇。

……

(九)

"历史的道路,不全是坦平的,有时走到艰难险阻的境界。这是全靠雄健的精神才能冲过去的。"

人间正道是沧桑。推进新时代的改革开放,重温李大钊的这句名言,让人有了更多感悟。

"雄健的精神",是开拓创新的闯劲。

摁在小岗村包产到户"生死契约"上的10多个红手印,深圳蛇口开山填海的隆隆炮声,早已为改革开放注入了敢闯敢试的血性。只有坚持"大胆试、大胆闯、自主改",方能突破陈旧的禁区,跨越问题的雷区,走出"小富即安"的舒适区,开辟全面深化改革的新境界。

"雄健的精神",是真抓实干的拼劲。

从当年"三天建一层楼"的"深圳速度",到今天破旧立新的自贸区探索,都是"一个汗珠摔八瓣"拼出来的。不做光说不练的"假把式",争当脚踏实地的"实干家","撸起袖子加油干"就是成就改革事业的"硬道理"。

"雄健的精神",是滴水穿石的韧劲。

无论是打赢"三大攻坚战",还是深化经济、政治、文化、社会、生态、党建等各领域改革,都不可能毕其功于一役,必须锲而不舍、久久为功。看清楚时和势,保持定力和耐心,不为任何风险所惧,不为任何干扰所惑,方能坚如磐石、行稳致远。

"雄健的精神",是勇于担当的干劲。

形势任务在变,铁肩担当不改。以不怕丢"乌纱帽"的无私无畏、"功成不必在我"的宽广胸襟、"功成必定有我"的使命自觉,练就干事的真本领,拿出担当的硬举措,才能接好改革的接力棒,创造出无愧于前人的新光荣!

……

(2018年12月17日新华社通稿)

首先,从真实准确性上分析,此文的事实性论据既有详细可查的史料,也有新闻报道过的真实事件。如第一位"农民工全国人大代表"胡小燕,踏上火车只身"闯"广东,成为一名"打工妹",最后走进国家的最高议政殿堂。又如2018年11月,俄罗斯总理梅德韦杰夫在中国国际进口博览会上对复兴号高铁发出连声赞叹。这些事件不仅真实可查,而且契合纪念改革开放40周年的主题。在分析论据的时候,我们强调一定要真实而准确。有些论断或事例虽然是真实存在的,但实践证明它不正确、不科学,那就不能做论据。

其次,论据具有典型性。作者在论述过程中不仅选取了邓小平访问日本乘坐新干线、习近平邀请外国领导人感受复兴号高铁等领导人的事例,还选取了四川广汉向阳镇率先摘下"人民公社"的牌子、小岗村分田到户、深圳蛇口工业区开山填海等标志性的历史事件,更有许多产业发展、生活水平提高、向世界分享中国发展机遇的具体案例。从宏观到个体、从历史到现在,文章的论据不仅丰富多样,而且各具典型性,全方位地展现了改革开放带来的巨大变化。

最后,来看这篇言论的论据与论点之间的内在逻辑联系。第一部分,文章用邓小平访问日本乘坐新干线与习近平邀请外国领导人感受复兴号高铁的事例进行对比,用高铁的"快",呼应和突显改革开放以来社会变迁之"快",紧扣第一部分论点。第二部分,用四川广汉向阳镇打破"大锅饭"桎梏、三水镇友谊村集体资产量化为股份、第一位"农民工全国人大代表"胡小燕只身"闯"广东等事例作为论据,佐证"改革开放的成果是由人民群众自己奋斗出来的"这一观点。同样的,第三部分,肯尼亚、塞尔维亚、阿根廷的论据,有力且全面地说明,因为改革开放,中国向世界分享了发展的机遇。可以看到,文章的论据选择紧密贴合各部分的论点,为论点提供了丰富、典型且有力的佐证。

(三)从论证上进行评析

从表达角度讲,论证是联结论点与论据的桥梁和纽带,把材料和观点统一起来,组成一个完整而严密的说理体系的过程;从逻辑角度讲,论证是运用、组织论据说明和证实论点的过程和方法。在评价三要素的作用时,人们常把论点比作灵魂,把论据比作血肉,把论证比作骨骼。

论证主要有六种基本方法,分别是:例证法、引证法、比较法、喻证法、反证法、归谬法。这些方法既可单独使用,也可根据需要交叉使用。

对言论类作品论证的评析,有一个基本的评析原则:论证要准确阐明论点和论据之间的内在联系,能够将观点和材料有机地统一起来,使评论具有逻辑力量。简而言之,评析时要看论证是否具有逻辑性。

以1983年1月27日《人民日报》社论《"大锅饭"养懒汉》为例,我们来看邵华泽同志在《与研究生谈新闻评论》中对该文的点评。从形式逻辑讲,论证表现为这样一个三段论:

大前提:懒人靠勤劳之人养活,势必挫伤勤劳之人的生产热情。

小前提:不少工商企业缺乏活力的沉闷局面,其根源在于"大锅饭"。

结论:所以,要使懒人变勤,企业办活,就要从体制上进行改革,不再吃"大锅饭"。

由此我们可以看到,这是一篇逻辑性很强的作品,分别由大前提、小前提推出结论,而且每个前提都有自己的论据,论证十分充分。

四、结构分析

前面几节分别从立论、选题及评论要素三个方面对言论类作品做了分析,这三个方面都属于对作品内容的分析。我们评析言论类作品,除了对内容加以评析外,还要对形式进行评析。就言论类作品的形式而言,我们主要从结构上展开评析。

前人写文章讲究"言之有物""言之有序",其中"物"是就文章内容而言的,"序"就是指结构顺序。言论类作品的选题内容再好,如果没有合理清晰的结构,就没办法将思想表达得清楚到位,甚至会对观点的传播产生负面影响。

一般的文章结构分为开头、中间、结尾三部分,在言论类作品中相应地分为引论、本论和结论。言论类作品多以新闻事实为由头,又担负着分析、议论、评价、说理的任务,因此在结构上要注意两个基本原则:一是要考虑文章评论的内容,根据作品计划分析的事物或论述问题的实际情况、内在逻辑和发展变化规律,围绕论题和中心论点组织安排评论的观点、材料和先后顺序。二是要考虑读者的接受水平,根据他们的文化水平、认识规律和心理需求安排结构。我们也将此两点作为评析言论类作品的基本原则。

来看一篇文字评论:

把调查研究的"桌子"摆到群众中去

调查研究不仅是一种工作方法,而且是关系党和人民事业得失成败的大问题。

习近平总书记20世纪80年代在正定工作期间,骑自行车下乡跑遍了全县的每一个村庄,深入到群众当中拉家常、问寒暖。他还时常在街头"摆桌子",真真切切地听民声、察民情。那个时期,正定出台的许多文件和重大决策,都跟这些调研有直接关系。回忆起习近平总书记在正定工作的往事,许多人都有这样一个印象——"习书记从不在办公室闲坐"。

轻车简从深入一线、认真调研掌握第一手资料,始终是习近平总书记的优良工作作风。在正定,他跑遍了全县所有村;在宁德,他到任3个月就走遍了9个县,后来又跑遍了绝大部分乡镇;到浙江后,用一年多时间跑遍了全省90个县市区;在上海,他跑遍了全市19个区县;到中央工作后,他的足迹更是遍及大江南北。习近平总书记在调查研究上的亲力亲为,为广大党员干部树立了光辉榜样。

"没有调查,就没有发言权,更没有决策权。"深入实际、调查研究,就像一座桥梁,连着真知与行动,连着信息与决策,连着党心与民心。想不想、能不能把调查研究的"桌子"摆到群众中去,是计量工作水平的"温度计",也是检验为民初心的"试金石"。20世纪二三十年代,毛泽东同志亲自深入到广大农村,用心用情用功调查研究,写出了《湖南农民运动考察报告》《中国社会各阶级的分析》等经典调查报告,为探求中国革命的正确道路奠定了重要基础。我们党的历史表明,只有迈开双腿到群众中去,才能了解真问题、掌握真情况;才能做到社情民意在胸、百姓冷暖不忘,时刻保持同人民群众的血肉联系;才能从实际出发,提高认识的科学性、决策的针对性、工作的有效性。

把调查研究的"桌子"摆到群众中去,要"身入"更要"心至"。放下架子、扑下身子,面对面交流,心与心碰撞,听到的是群众心声,看到的是实际问题,收获的是真知灼见。高高在上、打打官腔、走马观花、浅尝辄止,群众就会敬而远之,真心话不和你说,实际情况不跟你讲。1964 年,周恩来同志到邯郸调研纺织女工福利待遇问题,看到大家非常拘谨不肯讲困难,便同两年前见过面的劳动模范李秀芹拉起家常,从婚姻谈到"菜篮子",再到她的工资……春风化雨般打消了大家的顾虑,听到了实话、掌握了实情。

调查研究的过程是一个向群众学习的过程,也是一个发现问题、解决问题的过程。把调查研究的"桌子"摆到群众中去,不是为了听而听,更不是"闭着眼睛捉麻雀",而是着眼于解决实际问题。倘若仅仅为了调查研究而调查研究,不去了解和解决实际问题,那就偏离了调查研究的目的。1981 年,"农业学大寨"先进县的锦旗高悬在正定县委的会议室里,而全县老百姓却连温饱都得不到保障。面对"高产穷县"这个怪状,习近平的心情十分沉重。他通过调研发现,一个重要原因就在于高征购造成正定农业结构比例失调。随后,他跑省进京,向上级部门反映困难,要求减少征购任务,为"正定人民立了一大功"。

"调查研究是谋事之基、成事之道。"把调查研究的"桌子"摆到群众中去,通过深入调查听真话、察实情、发现问题,通过深入研究找症结、谋实招、解决问题,广大党员干部就一定能更好正确认识客观世界、改造主观世界、转变工作作风、增进同人民群众的感情,更好担负起时代和人民赋予的光荣使命。

(2019 年 7 月 4 日《河北日报》,作者:张博)

这是一篇思想性和可读性俱佳的评论精品。从结构上来看,这篇评论采用的是一种纵向结构。在选择材料、提出观点的时候,文章的各个层次之间存在着深度上的差别,这使得论述由此及彼、由表及里层层展开。文章从习近平总书记在正定工作期间在街头摆桌子听意见的往事巧妙切入话题,层层剖析、深入论述,对调查研究的重要现实意义进行了详细阐释。本文的层次是这样安排的:为什么要调查研究?——如何调查研究?——调查研究的落点在哪里?文章首先提出,只有深入群众调查研究,才能了解真问题、掌握真情况;然后,文章提出调查研究要放下架子、扑下身子,倾听群众心声;最后,文章认为不能为了听而听,而应着眼于解决实际问题。这种纵向深入的结构,是根据认识的逐渐深入和事物的变化来划定段落的,使得议论具有逻辑性和时间感,将事实延伸到过去和将来。同时,每段都有特定的内容和意义,各段之间环环相扣、首尾衔接。这篇作品站位高远、结构严谨、逻辑清晰、段落合理、深入浅出、语言鲜活,令人读来大有清晰之感。

上面分析了层进式的纵向结构,我们再来看一种横向结构。

横向结构一般是在文章有数个分论点并且各分论点之间呈现并列关系时使用的。《人民日报·人民论坛》专栏发表的艾丰的评论《名牌是民牌》(1995 年 10 月 9 日),

对"名牌热"提出了一些看法。

在文章开头,作者用精练的语句表明自己的态度——"名牌热"起来了,叫人高兴,也叫人担心。随后,作者写出自己的高兴与担心之处,还借一位企业家的话点出问题的实质——"名牌是民牌"。在随后的四个自然段中,作者把这个大观点分解为四个分论点,即名牌是"民定""民创""民护""民享"的,使读者对评论的中心论点有了更加丰富而深入的理解,全文也按照这一顺序横向展开。

名牌是"民定"的。谁是名牌,谁不是名牌,谁说了算?没有别人,只有民众——广大消费者说了算。一句话,名牌是在长期的市场竞争中,由消费者的"金钱选票"选出来的。

名牌是"民创"的。从根本来说,名牌不是评出来的,甚至也不是靠宣传"吹"出来的,名牌是创出来的。

名牌是"民护"的。"民护"有两个方面,一个是保护,一个是爱护。名牌的生命之根必须扎在无限广阔的市场之中。

名牌是"民享"的。"名牌是国宝",名牌给企业带来效益,名牌也会带动整个国民经济向高水平发展。名牌将会丰富我们中国的文化,中国名牌是中华民族的骄傲。

四个分论点并列存在,相互之间又彼此联系,只有对这四个方面有清楚的认识,才能对"名牌是民牌"有真正全面深入的理解。四个分论点构成了并列结构,从四个方面分别进行论证,将总论点论述得细致到位,精准透彻,使得这篇本来理论色彩很浓的评论,既好理解,又容易赢得读者的认同。

另外,在安排结构时,作者要考虑到读者的接受心理。言论类作品不似一般的评论性文章,它多以新闻事件为评论对象,因而把论点放在开头是这类作品常用的一种结构。这也是言论类作品与古代论说文和当代副刊杂文的一个区别,在后两种文体中,它们常常从较远的地方说起,然后慢慢提出论点。

五、语言文风评析

言论类作品的写作是一种说理性质的写作,在内容上要注意选题立论必须正确有益,在写作方式上要讲究形式美,具体地说就是讲究修辞和说理的艺术。

"文风是一种社会现象,是时代风貌和社会风气在文章中的反映。对作者来说,文风也是一个人的立场、观点、写作态度和思想作风的反映……文风要通过语言文字表现出来,但它又不局限于语言表达和文字技巧的问题。"[①]

根据言论类作品的定义我们知道,它是一种表达观点和思想的体裁,因此,我们在评析言论类作品的语言及文风问题时,一定要以观点的正确有效传达为前提,再来研

---

① 胡文龙,秦珪,涂光晋.新闻评论教程[M].北京:中国人民大学出版社,1998:168.

究作品的语言。因为一篇文章如果思想上有问题,或者是歪理邪说,即使语言表达再优美,对于言论类作品来说都是没有意义的,我们必须保证报刊上的作品是于人、于社会、于国家没有损害的,是有益的。

在语言表达的评析上,没有统一的标准,只要是有助于观点有效传达的语言都是我们所欣赏的。由于作者的个人素养不同、写作风格不同,言论类作品的语言可以呈现多种风格,可以朴素自然,也可以激情豪放,可以幽默诙谐,也可以严正谨慎。

(一)朴素自然,平易近人

言论类作品要把思想传达给读者,它的语言就要通俗一些、大众一些,能够心平气和地表达自己的观点,容易让人读得懂、理解得透彻。言论类作品的语言之美首先体现在朴素自然上,美的语言并不完全是华丽的辞藻。朴素自然、平易近人、通俗易懂的文字,也是一种美的传达。《微笑,并保持微笑》就是这样一篇言论。例如文中三个小标题"医生的微笑是一种坚定""患者的微笑是一种信心""大家的微笑是一种平静",连续使用三个简短的判断句式,表意形象,简洁明快。这样一来,作品的影响力也就得到加强。

当然,质朴自然不是说语言枯燥、内容空洞,而是说不故作高雅、不故作斯文,要求作品用质朴的语言将道理讲明白。请看例文:

民生实事莫沉迷于"数字突破"

"近半居民已有家庭医生""重点人群家庭医生签约率已达70%"……最近,不少省市有关家庭医生的好消息让人倍感振奋。然而,有人也发出质疑之声:为何家庭医生签约率如此之高,自己却没享受到家庭医生服务?南京一家媒体23日的报道解开了这个谜团:一个医生往往要完成几千个居民的签约,目前所谓签约率只是一个数字概念,实质内容非常有限。

推进家庭医生签约服务,是一件惠民实事。去年6月,国务院医改办、国家卫生计生委等6部门就此联合制定指导意见,提出了具体要求。随后,全国各地闻令而行,努力推进,这项工作已经取得不少成效,很多地方取得"突破性"进展。不过,在肯定成绩的同时,听听公众的切身感受,看看媒体的深入调查,我们也要警醒——有些"突破"恐怕只是"数字突破"。如果数字失准、失真,一些关于民生实事的"数字突破"即使看起来再美,也难以给群众带来实实在在的获得感。

这个问题,很有普遍性。近年来,从就业率到人均年收入,从房价指数到空气质量优良天数……不少地方政府公布的民生数字,与老百姓的切身感受有着较大落差。因此,有人开玩笑自己"被就业",也有人感慨自己"收入拉了大家后腿"。诚然,数据统计的天然缺陷,比如统计方法、统计口径的问题,平均数掩盖大多数、抽象数字难以反映具体诉求的问题,使"数字突破"难免有"误差"。但公众对民生实事上的"数字突破"缺少认同,绝不是"误差"造成的。对客观因素导致的"误差",公众可以接受。公众反感和忧虑的,是人为制造的"数字突破",以及对"数字突破"的自娱自乐。

失真失准、缺少认同的"数字突破",是"造"出来的,也是"逼"出来的。造,因为数字就是成绩,就是亮点。"人有多大胆地有多大产",注了水的数字更加光鲜,更加引人关注。逼,因为数字就是指标,就是考核。一些部门习惯于"年初简单压指标、年末向下要数字",在乎的是数字的"大与小",而不是"真与假"。

关乎民生实事的每个数字,都应是沉甸甸的。须知,数字是干出来的,不是造出来的,也不是规划出来的。数字会说话。它说出的,不仅是工作成绩,也是工作作风。看"数字突破",我们既关注它的"量",也关注它的"质";既听提供者的"一家之言",也听参与者的"众家之言"。以现实为基、因实干而成的"数字突破",尊重规律、经得起检验的"数字突破",才是更真实可信、真切可感的成绩,才是更有含金量、更造福群众的成绩。尤其是民生领域的一些新探索、新改革,要循序渐进做"加法",切不可患上"数字焦躁症",追求所谓"乘数效应""几何级增长"。

做好民生实事,切莫追求掺水的所谓"数字突破"。对此,省领导提出了明确要求。在部署脱贫攻坚任务时,省委书记李强就强调,要防止"两种倾向":一种是数字脱贫。不能搞"垒大户""堆盆景",更不能在数字上"注水",贫困户"假脱贫""被脱贫"。一种是超越实际。要从实际出发,不要层层加码,不要搞到力所不及、力不从心。唯有坚持这样的"数字观""政绩观","突破"才能不只停留在统计报表上,各项民生实事才能真正落在地上,办在群众的心上。

(2017年2月24日《新华日报》,作者:翟慎良)

言论以媒体前一天"还原真相"的报道为切入点,亮出核心观点——民生实事不能沉迷于"数字突破"。文章并没有太多的修辞,语言质朴,文风朴素大方,道理讲得也很实在,作者发出了源自内心的感慨:失真、失准的"数字突破"即使看起来再美,也难以给群众带来实实在在的获得感。而关乎民生实事的每个数字,都应是沉甸甸的,切不可患上"数字焦躁症",追求所谓"乘数效应""几何级增长"。

(二)恰如其分地运用修辞

言论类作品能否感染人,很大程度上由作品的选题及内容决定。但是如果能在行文过程中加入恰如其分的修辞,将说理与修辞相融合,令思想之美和文字之美相辉映,势必增强作品的感情色彩,达到情理交融的效果。

在文章中运用排比、比喻等修辞,往往能够以作者的激情唤起读者的认同感。第十四届中国新闻奖获奖言论《筑起我们新的长城》(2003年5月15日《人民日报》),满怀激情地歌颂了中国人在抗击"非典"中展现的伟大民族精神,展示了中国人民战胜"非典"的坚定信心。文章分为16个小标题,篇幅很长,但是读起来令人情绪高涨,丝毫无冗赘之感,原因就是它多处运用了修辞。

如文中写道:"'把我们的血肉筑成我们新的长城……'这是以民族魂魄铺就的雄壮旋律。越是遇到艰难险阻,这旋律就越发激扬高亢。""一场没有硝烟的特殊战斗,进入攻坚阶段;一座抗击'非典'的伟大长城,巍然矗立起来。""每一场特殊战斗,都需要一批特殊战士;每一次生死搏斗,都会涌现一批英雄。"文章将"非典"这场灾难形象地比喻为"没有硝烟的特殊战斗",说明当时的"非典"疫情正进入攻坚阶段,将人们团结起来抗击"非典"的精神比作"伟大长城",为人们战胜"非典"增强了信心。

文中还多处运用排比,如"心连心,情相拥,爱相通。不论是首都北京还是偏远乡村,哪里有疫情,哪里困难多,哪里就有四面援助、八方支持""你的心,我的心,万众一心;你的力,我的力,千钧之力""从中,我们深切感受着以胡锦涛同志为总书记的党中央心系人民,坚定成熟,驾驭复杂局面,应对严峻挑战的能力和魄力……从中,我们深切感受着中国共产党人崇高的精神境界……从中,我们深切感受着中华民族伟大的凝聚力……从中,我们深切感受着国民素质的迅速提高……从中,我们深切感受着伟大祖国综合国力的大大增强"。一连五个"从中",文字激昂,气势雄伟,寄激情于说理,环环相扣,一气呵成,文章读来让人顿觉热血沸腾,十分具有感染力。文章发表后,引起读者感情上的强烈共鸣,收到了很好的传播效果。

要使言论类作品避免枯燥乏味,可以运用各种修辞。引用经典的论述或者民谚,都是很好的方法。请看下面这段文字:

> "清明不明,没有好收成""清明晒干柳,馒头撑死狗"是我们家乡的两句农谚,意思是说,清明节的气象是预测当年夏季收成好坏的先兆。
>
> 由自然气象想到"人文气象"。近年来,清明节的"人文气象"有些阴多晴少——封建迷信的乌烟瘴气、腐败堕落的胡作非为,搅得人透不过气来。广大干部群众企盼清明节的净化,能有一个清正廉洁的"艳阳天"。
>
> (《愿今年清明"艳阳天"》,载2002年3月28日《人民日报》)

这段议论引用了两句十分通俗的农谚,并用"自然气象"类比"人文气象",将深刻的道理寓于浅显的事理中,语言生动朴实,贴近人民实际生活,提出在新时期反迷信、反腐败的老话题,使读者在会心一笑的同时感受到严肃的主题。

(三)语言充满真情实感

语言只有充满感情,才能与读者形成平等交流的氛围,不会让读者被动地接受作品所要表达的思想。《中国主权不容侵犯》(2001年4月6日《解放军报》)在说理时就注意到了这一点。在全文的结尾处,作者饱含深情地发出议论:"中国人民的感情不可侮,中国的主权不容侵犯。西方侵略者几百年来只要在东方的一个海岸上架起几尊大炮,就可以霸占一个国家的时代,已经一去不复返了。中国领土绝不是哪家军队随便溜达的'后花园',中国领海绝不是哪家舰船随便游弋的'游泳池',中国领空绝不是哪家军用飞机随便进出的'空中走廊'。"如此一来,文章的观点论述得独到精彩,凝聚起全文的思想,语言表达处处饱含着真情实感。

当然,一篇言论类作品的语言风格往往不局限于一种,它可能既幽默又富有文采,既朴素自然又生动活泼,我们在评析例文的过程中只是选取了作品的一个比较突出的方面进行评析。

第三节 对读者来论的评析

随着中国经济的发展、传媒技术的进步,人们对信息的需求越来越大。经过长时期的酝酿与发展,20世纪90年代后期兴起了第三次时评热,这一次热潮与1896年《时务报》、20世纪40年代《大公报》"星期社评"掀起的两次"时评热潮"存在很大不同,出现了读者言论大发展的局面。这一局面的出现,具体原因有三:一是随着媒体之间新闻同源化的增多,新闻竞争已逐渐由独家新闻之争进入独家观点或独家视角之争,言论已经成为提升媒体品位、打造传媒竞争力的着力点之一,一些市场化报纸如《南方都市报》《新京报》等能在短期内成功,时评版功不可没;二是近年来党和国家顺应时代潮流,积极稳妥地推进政治民主化进程,为新闻时评的中兴创造了发展条件;三是由于如今社会现象的复杂性和价值观的多元化,人们迫切需要了解新闻背后的缘由和复杂因素,迫切需要传媒去伪存真,帮助梳理与解析,迫切希望媒体提供一个公众和专家参与并发言的阵地。人们渴望拥有话语的平等权,在大众传媒上表达自己的观点和看法。①

在这次的时评浪潮中,读者来论体现出自身的独特之处。

一、选题的生活化与多领域化

读者来论的选题首先以新近发生的重大新闻为主,但是日益呈现出生活化的趋势。读者来论常常把与现实生活比较接近的新闻当作新闻由头,对于关系国计民生的社会现象、舆论焦点十分看重,并由此发表个人的看法和观点。由于读者的水平层次存在差距,所发议论的水平也就有所不同。但是,从报刊发表的来论上看,只要是有益

---

① 韩炼. 新世纪报刊新闻评论的创新[J]. 新闻大学,2006(1).

的、不危害国家社会的言论都可以刊登，并不像从前对言论的要求那样严格，一定要对新闻事件的发生和影响进行定性的分析。现在，只要读者能够清晰表达自己的思想，报刊就可以给读者一个发表个人言论的机会。

生活化的选题大多以读者身边的新闻或者大事小情作为评论的对象，既可以对生活小区的环境建设提出意见，也可以对某些不讲社会道德的人进行批评；既可以对中国社会的点滴进步抒发赞美之情，也可以对丑恶的社会现象表达嘲讽与不屑。

我们来看一则选题生活化的读者来论：

小小井盖问题多　依规严管责任大

据报道，有北京市民向媒体反映，一个月前在四惠立交桥下的绿化带里，发现一口井盖丢失的深井，井下黑乎乎的不知深浅，井盖周围也无任何提示标识。待其前些天再次路过时，发现井口虽有了井盖，却是用轻薄塑料做成的，无法载重，如有不知情的路人踩上去，很可能落入井中，后果不堪设想。

事实上，就在今年 10 月，北京针对井盖问题，率先出台专门治理要求，包括与网格化城市管理、12345 热线等联系机制，落实井盖管理维护责任。要求也特别对井盖缺失等问题以及修复标准做了详细界定。但这次市民的反映表明，相关措施仍未完全落实。为此，应及早完善相关数据库，用新技术手段实时反馈相关情况，及时督促责任单位维护、更换问题井盖。这种以塑料替代井盖的不负责任做法，如系管理单位所为，更应严肃处理。总之，小小井盖也需依规严管，才能确保安全。

(2020 年 12 月 1 日《新京报·来信》，作者：韦依)

这是一则以提建议为主的读者来论，围绕北京四惠立交桥下一口深井井盖丢失展开论述。这位读者提出，尽管北京市已出台相关规定，对井盖缺失等问题以及修复标准做了详细界定，但事实上相关措施仍未完全落实，甚至出现用塑料井盖搪塞的情况。就此，这位读者提出建议："应及早完善相关数据库，用新技术手段实时反馈相关情况，及时督促责任单位维护、更换问题井盖。这种以塑料替代井盖的不负责任做法，如系管理单位所为，更应严肃处理。"从言论类作品的角度看，这是一篇议多于论的读者来论。选题贴近普通读者的生活，论述的内容不仅生活化，而且具有很强的典型性。

选题的多领域化是指选题范围横跨多个领域，包括时政、经济、文化、体育等。只要读者对某一方面感兴趣，觉得有话想说、有话要说、有话值得说，他们便会就自己感兴趣的方面作出自己的判断，发表自己的看法。读者的视野愈加开阔，读者来论涉及的领域也就愈加广泛，因而逐步形成了读者来论的多领域化格局。

二、当代读者来论的新特点

当代读者来论顺应时代发展要求，因彰显现代人的多元价值观念和各种生活观点而呈现出与以往不同的特点。总结各种读者来论,我们归纳出三个新特点,即接近性、交流性和灵活性。

(一)接近性

接近性包括两个方面:一个是空间的接近性,一个是时间的接近性。空间的接近性是指读者来论的作者发表的言论逐渐以身边发生的新闻作为评论对象,而不像从前那样常把国家发生的时政要事当作评论对象。时间的接近性是指新闻发生与读者发表言论之间的时间差越来越小。现在多是在新闻发生的当天,读者就将自己的观点写出来,并通过电子邮件、微信公众号、微博、客户端等渠道发给报社,在新闻发生的第二天即可见诸报端,反应相当迅速。

像《北京青年报》的"身边小议"、《新京报》的"社论·来论",刊登的读者来论大多以读者身边发生的新闻作为评论对象,既有关于房价上涨的评论,也有对公交车无人让座的批评;既有呼唤人间真情的感言,也有解决各种社会矛盾的建议。例如,前面所选的例文《小小井盖问题多 依规严管责任大》就是一则以提建议为主的来论,十分接近老百姓的生活。

(二)交流性

面对纷繁复杂的社会环境,读者已经不满足于坐看时事变幻,加之新闻媒介本身逐渐从宣传本位向受众本位的转变,更刺激了读者来论的大发展。读者渴望在报刊中占有一席之地,渴望在舆论中寻求"盟友"和"知己",渴望在交流中碰撞出思想的火花与激情。读者来论恰恰在这个时候满足了读者的需求,大多数读者来论是希望得到支持或者肯定的,因此交流性成为读者来论的又一个新特点。这种交流,既有报社编辑部和读者之间的互动,也有读者之间的交流。

例如《新京报》2020 年 9 月 30 日的评论《中科院博士后当"辅警",不必大惊小怪》介绍了四川省成都市公安局高新分局辅警缪元颖,不仅是香港大学分子生物学博士,还是中科院成都生物研究所和省医院联合培养的博士后。媒体报道后,网络上掀起了对此事的讨论。

> 在公众的常识中,辅警多属于"临时工",有部分执法权但没有编制。虽然报道中没有提及缪元颖是否有编制,但显然"此辅警非彼辅警",作为专家型人才被引入的缪元颖不同于普通招聘的辅警。
>
> 实际上,缪元颖作为辅警有无编制,也并非话题的焦点。真正催发网友表达欲的还是他这种"高学低就"的境况。这类境况,也很容易引来"人才浪费""学习不值钱"的争论。
>
> 按理说,都上到了博士后,绝大多数人会选择进入科研机构,深入某细分

领域。选择进入公安系统,做辅警从事法医检验工作,在多数人眼里的确是剑走偏锋。

然而,这种剑走偏锋是不是人才浪费,还得多角度来看待。至少对当事人而言,实际情形并非如此。对于为什么会选择当辅警,缪元颖本人回应:"能够发挥所长、整治犯罪,会很有成就感。"缪元颖透露,干辅警的工资收入并不高,"真的是出于爱好干这项工作"。

缪元颖在采访中强调,自己所学的是分子生物学专业,对于DNA的检验,本就在专业领域之内。从报道中看,缪元颖在成都高新分局还成立了"缪元颖博士工作室",能带领自己的团队,从事法医检验工作,并因工作业绩而获得了表彰。虽然收入不高,但这份职业显然也让他收获了足够"荣誉感"和"价值感"。

一份职业能够既出于热爱,又发挥所长,还能有不错的成绩;无论怎么看,这至少都算得上一份好工作。回头想想,小时候很多男孩子恐怕都有一个当"神探"的梦——抽丝剥茧,寻找真凶,打击犯罪,匡扶正义。只是随着时间流逝,很多梦想褪色了,而缪元颖真真正正地为此付出了实践。

回过头看,公众大可不必被"中科院博士后当辅警"的标签牵着走,更不必因此笃定"学历不值钱"。虽然他名义上是个"辅警",但他却扎扎实实地做着"高大上"的法医工作,而且还是带头人。学历和专业能力给了缪元颖自由选择生活的权利,这也是高等教育的重要目的。

说到底,别一看到"中科院博士后当辅警"就认定"学历不值钱",那样很可能失之偏颇。

(2020年9月30日《新京报》,作者:狄宣亚)

评论先澄清了此事件中的关键,"此辅警非彼辅警",随后从当事人的意愿出发,指出"一份职业能够既出于热爱,又发挥所长,还能有不错的成绩;无论怎么看,这至少都算得上一份好工作",最终点明"学历和专业能力给了缪元颖自由选择生活的权利,这也是高等教育的重要目的"的观点。

针对此事,《新京报》的另一篇来论《拜托,"大材小用论"已经过时了》则从"大材小用"这一观念出发,提出了不同的观点:

在大学毕业生进行市场化就业已经20多年后,所谓"大材小用论"真的已经过时了。这已经不是"计划就业"的时代,没有什么"包分配"的概念了,而充分的市场化就业会实现人才的最优化配置。在此背景下,还用"计划就业"的视角去评价"市场化就业"的选择结果,只是旁观者以此"借他人酒杯,浇自己块垒"。

首先,高学历者就是"大材"吗?学历只是评价人才的一方面因素,与高学历是"大材"对应，低学历不就变为了"小材"吗？用学历来评价人才，本就有失公允。

至于"小用"，谁说从事普通工作，就是"小用"？只要没有他人强迫，选择一项工作是综合个体因素和市场因素决定的，那就是人尽其用。

本质上，认为所谓的"大材"就得有所谓的"大用"，就是"计划就业观"，可这样的"计划就业"观点，早已被实践证明并不能形成人才的最优化配置。

在高等教育普及化时代，评价"材"，不能只看学历，而必须综合评价人才的能力；而评价"用"，不能再用传统的世俗观念，要看人才自身的自主选择。只要是根据自己的兴趣、能力选择的职业，就谈不上"大材小用"。

(2020年10月1日《新京报》，作者：熊丙奇)

又如《新京报》2020年10月10日和11日的两篇来论，二者都针对2020年10月7日《医院门前出车祸 医生见危不救》的新闻发表议论，并且两篇来论的作者职业都是医生。双方就同一事件从不同角度发表意见：《医院门前出车祸见危不救，值班医护别太教条》认为"无论是医生处理太机械教条，还是疑似存在的管理漏洞，都应给涉事医院带来某些警示"，而《"医院门前见危不救"，道德之外还需"技术求解"》则提出"如何更加明确地划分院前和院内的责任，避免类似问题再次发生才是更应该探讨的"。二者的讨论，充分体现了读者来论的交流性。

医院门前出车祸见危不救，值班医护别太教条

10月7日晚，吉林某医院外发生交通事故，伤者急需救治，其亲属三次入院求助无果，理由是值班医生不能脱岗。10月8日，该院负责人回应称，医院确有此规定，且当日急诊只有一名医生值班。而对于"无护士和保安帮忙"，该负责人称，"原则上不会出现这样的情况，但在疫情且假期期间，一人一岗，也请当事人理解"。

的确，医生若在值班时随意四处走动，一旦患者出现病情突然加重等紧急情况，就可能导致贻误急救等后果。因此，值班医生不能脱岗，确属基本行业规范。但这也不能一概而论，不能成为见危不救的理由。

因为，这条规范强调的是医生不能"擅自"脱岗。也就是说，因特殊情况，只要做好安排，并非绝对不许医生脱岗。而且，此次车祸地点与医院近在咫尺，"不能脱岗"的理由，更像是推脱责任的借口。

救死扶伤本是医者天职，相比其他职业，民众对医生往往有更高的道德期待。面对三次入院求助的患者家属，涉事值班医护始终无动于衷，只一味让"把人拉进来"，甚至用"我在这值岗，不在大门口！"来回怼对方，其冷漠和职业精神的缺失让人心寒。就连该院总值班医生都坦承，值班医生黄某"确

实责任心不强"。

实际上，除了职业道德，此事也反映出涉事医院的一些管理漏洞。

现实中，无论病房还是门诊，值班医生都难免会有需要临时离开的时候。例如，其他科室抢救危重患者，请求本科室紧急会诊或技术支援时，值班医生可能就要去参与急救。为了应对这种局面，科室往往设定一线班、二线班，甚至三线班。二、三线班既是一线班的技术后盾，也是岗位增补。此外，门诊和医院还有总值班，其主要职责就是为了应对紧急情况。

涉事医院是2019年5月才建成开业的一所三甲综合医院，其急诊科仅有一名医生值班，这本身就不符合常理。即便是假期的特殊原因导致"一人一岗"，如果没有建立必要的应急处置规则，也说明医院管理制度还不够完善。

此事曝光后，对涉事医院和医生形象，都有不小伤害。无论是医生处理太机械教条，把医院规定看得高于患者的生命健康，还是疑似存在的管理漏洞，显然都应给涉事医院带来某些警示。

涉事医院不妨借由个案进一步反思、整治，提高医生的职业道德水平和随机应变能力，补上管理漏洞。毕竟，一家先进医院，不仅体现在技术和设备上，更体现在管理上，最根本的则是保持"医者仁心"——这里面，融嵌了生命至上伦理的"仁"，绝不可弃。

(2020年10月10日《新京报》，作者：罗志华)

"医院门前见危不救"，道德之外还需"技术求解"

近日，《医院门前出车祸 医生见危不救》的新闻引发热议。

关于这件事情的议论，舆论接近一边倒地持批评态度，主流观点也基本落在了无节操、无医德这样的着力点上。

这样的观点本身没什么问题，但客观来讲，单单道义上的批判，能推动事情产生多大改变呢？道德之外，或许还需要"技术求解"。

关于急救，分为院前急救和院内急救。通俗的理解就是，医院大门外的属于院前急救，大门里面的才属于院内急救。院内急救是医院的责任，院前急救是救护车的责任，这是社会化分工的结果。铁路警察各管一段，有其缺点所在，但也可理解为各司其职的责任意识。

医院大门口，从一般描述看，伤者还没有进医院。此时，其可以自己进入医院就诊，也可以叫救护车就诊。这应该是规范的流程。医生推着板车或抱着担架来提前介入，是一种变通，是否实施，需要看当事人对规则和责任的理解。因为，如果大门口可以去，大门外300米去不去？如果300米可以去，那500米去不去？如果把变通作为规则，规则的可操作性就会大打折扣。

当然，如果是一家管理规范的医院，对这种较为特殊的情况应该是上报医院总值班(临时的医院事务总负责)，总值班根据当时医院的人员情况，在保证安全的情况下妥善处置，而不是单纯把这类事情的把控留给值班的医务人员。

就本文讨论的这个事情，还涉及一点，就是急救指征问题。出现了意外情况上医院是对的，但是不是就属于需要急救却要进一步探讨。对于一个没有意识损害、没有大出血的伤情，或许并不适合用急需救治的心态来对待。

另外，这个事情之所以发酵，还有一个问题就是救护车的响应问题，让伤者足足等候40分钟，对于真正的急救患者很可能会误事。

所以，相对道德的拷问，对于医院门口得不到救治这事更应该思考这样几个问题：

第一，对于院前急救和院内救治的衔接，应该更加明确一些。对于医院大门口这样的敏感地带，就诊责任应该明确给医院，医院要为此制定相应的流程，避免因为力量不足，耽误救治。

第二，院前急救体系还应该不断完善，40分钟的到达时间，应该极力避免。

第三，民众的急救观念要明确，可以自己就诊的，尽量不占用急救资源，让急救定位更加明确，不在一些小意外上打圈子。

(2020年10月11日《新京报》，作者：郑山海)

(三) 灵活性

灵活性主要是指读者来论的语言风格。语言作为思想的载体，对于思想的传达具有重要作用。而且语言是随着时代的发展而不断发展的，现代社会快速的生活节奏需要灵活有效的语言表达，读者来论的语言就体现了这种趋势。

灵活性表现为语言的形象生动、不呆板。"当前新闻评论语言的改革走向是逐渐由严肃抽象型的说教式向平易形象型的谈心式方向转化，由以往形象思维与逻辑思维互相割裂向相结合的方向发展。"[①]形象的语言更容易被现代人接受，而且能够增加读者之间的亲近感，跟早期那些"板起脸孔教训人"的言论类作品相比，更加具有亲和力。我们来看一篇读者来论：

给农民评职称需做好三篇文章

对大多数农民来说，评职称还只是雾里看花，因而对评职称这件事并没

---

① 胡文龙.我国新时期新闻评论改革与走向[J].新闻界,1998(5).

有表现出有关部门所期待的热情。笔者认为，要使农民评职称叫好又叫座，必须结合农村实际，共同做好以下三篇文章：一是资质认定文章。也就是说，"英雄不问出身"，有资格就有资质。二是如何操作文章。最好的办法就是请专家们对评职称的农民当面验"货"，看是不是货真价实；当场查"绝招"，看是不是花拳绣腿；当面提问，看是不是有冒牌货，并即时予以判别评定。甚至还可请参评的农民将瓜、菜、鱼等都摆出来，现场展示自己的"成果"。这样，才能杜绝幕后交易、暗箱操作，让农民职称实至名归。三是待遇激励文章。在目前情况下，要把重视农村人才的战略做实，仅靠给农民评职称、发个小本本那是远远不够的，还要将其纳入国家人才管理范围，让他们享受相应的待遇。如此，农民评职称才更有意义。

(2006年12月10日《北京青年报》，作者：王艳)

这篇读者小言论，是就《中国青年报》上的一则报道所写的。报道说，山西省人事厅与农业厅联合公布的《山西省农村技术人才职称评定工作意见》规定，凡在农村、农业生产第一线从事农业相关专业的农村实用人才，都可以参加农村技术人才职称评定。获得职称的农村技术人才，可在生产、技术培训等方面获得经济扶持。对此，这位作者写了自己的看法，文章不长，但是语言灵活形象，诸如"英雄不问出身""绝招""花拳绣腿"之类有意思的词语，"冒牌货""小本本"之类的通俗用语，让人读起来感觉轻松愉快，作者的观点也更加容易获得认可。

思考题

1. 阅读第二十九届中国新闻奖获奖作品，从语言和论证两方面分别进行评析。

坚持"房子是用来住的，不是用来炒的"定位

"安得广厦千万间，大庇天下寒士俱欢颜。"杜甫这句1000多年以前心系苍生的锥心之问，也是今天很多老百姓最牵肠挂肚的事，理应成为一个地方念兹在兹的执政追求。

住有所居是安居乐业的起点，是维护社会和谐稳定的基石，也是中国特色社会主义的内在要求。

改革开放后特别是20世纪90年代以来，我国房地产市场快速持续发展，改善了千万家庭的住房条件，有力促进了经济社会发展。但随着时间的推移，问题也开始显现，尤其伴随房地产的高歌猛进，一些一线城市和沿海城市的房价飙升不止，工薪阶层只能"望房兴叹"。高房价的出现，"宁炒一座楼、不开一家厂"的盛行，在导致大量资金"脱实向虚"加剧泡沫的同时，助长了浮躁的社会心态。

多年来,长沙的房地产市场一直保持稳定发展,房价总体理性可控,提升了长沙的幸福指数。但近来,长沙房地产市场出现了不正常的现象:房价特别是二手房价格上涨过快,炒房客来势汹汹,出现了开发商捂盘惜售、中介投机违规等市场乱象,真正的刚需者排队难、中签难、买房难……

"房子是用来住的,不是用来炒的。"习近平总书记用这样一句再通俗不过的话,道出了住房的根本属性,道出了广大老百姓的心声,也为我国房地产市场平稳健康发展指明了方向。住房既具有商品属性和经济功能,更具有民生属性和社会功能。如果过分强调前者,房地产正常的供需关系就会被扭曲,进而偏离解决人民居住需求和改善民生这一根本方向。贯彻落实新发展理念,推动高质量发展,就要牢牢坚持习近平总书记提出的这个定位,防止经济发展过度依赖房地产业,让住房真正回归居住本性。

山水洲城,宜居宜业。长沙作为中部城市,既不沿边,又不靠海,近年来为何各类青年才俊竞相涌入、新兴产业相继落户、新业态新模式不断涌现?一位企业家给出的答案简单直白:因为在长沙"买得起房子、娶得到妻子、养得好孩子"。

城市竞争,归根结底是人才的竞争。目前,国内人才争夺战狼烟四起,很多地方纷纷推出优先落户、提供创业资金支持、放宽职称评定条件等"人才新政"。而一个地方要想真正留住人才,必须保持房地产的健康发展,实现房价的基本稳定。一座被房价绑架的城市,四处"抢人"又有何用?万千优秀人才,如果居不易、望房愁,又怎能把心留住?

通过房价洼地,打造人才高地。"人才新政"问题,我们不去赶热闹,也不去图花哨,很重要的就是要保持定力,扎扎实实做好稳房价、优安居的工作,让人才真正触摸到长沙这座城市的温度、感受到来长沙发展的温暖。在这个问题上,有些党员干部还存在模糊认识,或认为高房价是刚需过旺的正常表现,或认为房价应完全由市场调节,或认为房价不高与城市的综合实力不相匹配,等等。真正实现城市的健康发展,就要解开这些思想认识上的"结"。长沙的房价稳住了,社会和谐、城市宜居,就会产生吸引人才的"磁场"。

长沙要成为安居乐业的家园,不能成为投机者的乐园;要成为创业者的乐土,不能成为投机者的福地。我们一定要从关心百姓福祉、关乎长远发展的高度,认真落实习近平总书记提出的"房子是用来住的,不是用来炒的"这个定位,对故意捂盘惜售、妄图浑水摸鱼混淆视听、制造恐慌情绪的,要采取法律的、经济的、行政的手段予以坚决整治,确保长沙房地产市场平稳健康发展,确保房价稳定在合理区间。只有这样,长沙市民才会有持久的、稳稳的幸福感,富饶美丽幸福新湖南才会如约而至。

(2018年6月19日《湖南日报》,作者:晨风)

2. 分别从立论、论证和结构的角度对下面这篇评论进行评析。

真正的强者之路是走自己的路

又一场酣畅淋漓的3比0。在本届女排世界杯的第十轮比赛中,中国女排战胜了塞尔维亚女排,以十连胜的骄人战绩,提前一轮卫冕。这是中国女排赢得的第十个世界大赛冠军,也是她们为新中国70华诞送上的最美生日礼物。

作为唯一一个在世界上拿过集体项目冠军,而且曾经实现过世界大赛五连冠霸业的运动队,中国女排不只是中国体育的骄傲,是其他运动队学习的对象,更是一个激励国人自强的精神符号。在"中国人玩不来大球""中国人集体意识差"等观点直到现在还甚嚣尘上的大背景下,重新审视中国女排站上世界之巅的成功之路,是一件有意义的事情。

集体体育项目的胜利原因,主观上包括个体的能力、整体的实力、求胜的欲望、教练的水平,客观上包括其他球队的水平、场内场外的干扰因素甚至运气的成分。但这只足以解释一场比赛顶多一届大赛上的表现,若用来解释一支球队几十年处于世界前列,即便低潮期也没有哪支球队可以低估,就显得牵强了。

技战术层面的东西只适合技术性的分析,战略层面的东西则需要以战略眼光来分析。中国女排胜在战术,但更胜在战略,这个战略,就是走自己的路。方向决定前途,道路决定命运,真正的强者之路无不是走自己的路。几十年来,中国女排教练队员轮番更迭,世界排球的发展趋势也几经变幻,然而中国女排没有被他人带乱节奏,更没有丧失以我为主的自信和自觉,走出了一条适合中国女子排球发展的道路。

走自己的路,绝不是守着老东西骄傲自满、因袭不变,更不是关起门来向壁虚构、闭门造车。恰恰相反,在中国女排的起步阶段,我们就虚心向其他国家的主教练和队员请教技战术、体能训练等各个方面的先进经验。直到现在,学习意识和学习精神仍是中国女排赖以不断进步的源源动力,中国队的教练和队员经常说的"向对手学习",绝非面子上的客套话,也不是故意释放"烟幕弹",因为就算是手下败将依然有值得学习的地方。

只是我们没有把先进经验看作僵死的教条,没有陷入对先进经验的盲目崇拜,所以不是什么都学,没有今天学欧洲明天学美洲,更绝非照抄照搬。真理再往前迈出一步,就有可能变成谬误,别人的成功经验硬生生地套在自己身上就可能是枷锁。没有人家的身体,也没有人家的技术,却非要打人家的战术;要成为另一个谁,却忘了自己是谁,如此削足适履,焉有成功可期?中国女排在几代人的努力下，结合中国人独特的历史文化基因、独特的身体条件以及一支队伍人员构成上的长处和短板，磨合打造出中国女排自己的强者之路。

中国女排从小到大、从弱到强，从冲出亚洲到到站在世界之巅，虽然每个时代、每一届大赛、每一场比赛的特点都各不相同，但有一点相同却自始至终，那就是鲜明的中国特色。去年，郎平荣膺改革开放40周年杰出贡献人物，这是对郎平也是对中国女排的高度褒奖。从改革开放之初中国女排的擎天柱，到现在中国女排的主教练，郎平和中国女排一起阔步走在改革开放的大路上，女排精神已超越了体育本身，对各行各业起到激励、感召和促进作用，让中国人感受到自尊、自强、自豪，让大家看到了希望。

鲁迅先生说过："什么是路？就是从没路的地方践踏出来的，从只有荆棘的地方开辟出来的。"中国的事情要按照中国的情况来办，要依靠中国人自己的力量来办，不论过去、现在和将来，都要坚定不移走自己的路。中国女排的强者之路走得并不容易，越是这样，越要坚定自信地走下去，在自己开辟的路上继续演绎强者恒强的道理。

(2019年9月28日《中国纪检监察报》，作者：贾亮)

第六章 西方新闻作品评析

- 本章要点：
  了解：西方新闻作品的形式、写作特点；普利策新闻奖
  掌握：西方新闻作品内容分析；西方新闻作品形式分析

第一节 西方新闻作品的形式

一、消息

（一）由来和定义

西方近代的报纸产生于 17 世纪初叶。世界上第一份真正的报纸《法兰克福新闻》1615 年在德国诞生，揭开了西方近代新闻事业的序幕。1621 年，英国的《每周新闻》创刊，成为英国第一张印刷报纸。1631 年，法国的《公报》也正式出版发行。这些早期的西方报纸，由于没有现成的新闻文体可资借鉴，往往采用文学的写法写作。在这个时期，西方报纸尽管发展速度快，但在新闻文体的运用上仍处于原始阶段。这种状况一直持续了 250 多年，直到美国南北战争时期才有所改观。

这一时期的新闻写作具有以下几个特点：第一，按事件发生、发展的时间顺序来叙述事实，重要事实湮没在一般材料的叙述中；第二，不注意交代时间要素，新闻的时效性不强；第三，文字过于修饰，文学色彩过浓。早期的西方报纸在编排上极为粗糙，从版面上看，各类新闻混杂地排在一起，没有标题，不设栏目，缺乏必要的章法。①

20 世纪 60 年代以来，西方的消息写作进一步向自由活泼的散文化方向发展，出现了许多结构新颖、语言生动的消息。不少西方记者在写作中刻意求新，在导语写作、

---

① 程道才.西方新闻写作概论[M].北京:新华出版社,2004:52.

结构安排和结尾等方面努力开拓,力求把消息中最精彩的内容放在最后,献给那些忠实地读完全篇消息的读者。在导语写作中,出现了延缓导语、多因素导语、复合导语等形式;在结构形式方面,出现了散文式结构等新样式。

媒体最主要的功能之一就是沟通信息,沟通信息就是传递或者传播消息。消息通常又被人们称为新闻。现代新闻事业起源于报纸,因此报纸又被称为新闻纸。在长期的新闻传播过程中,消息的写作形成了一定的模式。消息是新闻报道中最常用的基本体裁,这种体裁写作简明扼要,报道迅速及时,以沟通信息为主要任务。消息一般配有醒目标题,配有"电头"或"本报讯",在结构上往往"头重脚轻",经常采用"倒金字塔"形式,即按重要性递减的顺序安排事实。当然,也不排除根据内容需要而灵活采用其他结构形式。消息写作以叙述为主,但不排除必要的描写和议论。

(二)消息的类型

1. 解释性报道

(1)定义

解释性报道,也称分析性报道,是深度报道的主要表现形式,也是深度报道家族中的代表性成员。在西方新闻报道中,尤其是在印刷媒体的报道中,解释性报道占有重要地位,[1]美国的新闻学家把解释性报道的产生和发展称之为新闻写作的第三次革命。[2] 概括起来,解释性报道是一种背景性新闻,是通过大量使用背景材料,揭示新闻事件来龙去脉和深层意义的分析性报道。

(2)特点

第一,解释性报道以揭示原因为基本特征。传统的客观报道要求说明5个W和1个H,即说明 when(何时)、where(何地)、who(何人)、what(何事)、why(为何)以及 how(如何)。在这种消息中,何时、何地、何人以及为何这几个新闻要素,都是用来说明"何事"的。"为何""如何"两个要素,一般只做简单的交代,解释直接的或者部分的原因,用来补充新闻中的"何事"这一要素。而解释性报道的基本特征是揭示"何事"的原因,即"新闻背后的新闻"。

第二,解释性报道有别于评论,它始终是对新闻事实的报道。特点在于提供背景性事实,用事实来解释新闻事件。

任何报道都要表达记者对事物的看法和态度。传统的客观报道采用的是客观手法,用事实去表达;解释性报道要对事实作出分析解释,所以带有主观评论的成分。但是作为一种报道,它要把议论隐藏于叙事之中,使其与评论划清界限。《纽约时报》原星期日版主编莱斯特·马克尔说:"解释是以充分的背景为依据的客观的加工过程,

---

[1] 刘明华.西方新闻采访与写作[M].北京:中国人民大学出版社,1996:81.
[2] 李良荣.西方新闻事业概论[M].上海:复旦大学出版社,2007:194.

其中有一部分是评论。而发议论是一种受论点和感情影响的主观加工过程。解释是新闻的组成部分,而发议论则几乎应该严格地限于社论文章。"① 解释性报道追求背景事实,将意见寓于背景的叙述中,而不直接说话。

第三,解释性报道有别于新闻资料。新闻资料是新闻报道的配发性材料,它不是新闻,其任务不是直接从总体上说明新闻事件的来龙去脉,只是孤立地、客观地介绍新闻事件中的人或事,对新闻事件起一种场外配合、局部注释的作用。

一位美国报人曾借助例证来阐述客观报道、解释性报道、评论三者的区别:"罗斯福总统没有与戴高乐将军会晤是新闻,解释他们为什么没有会晤是背景,而指出他们应该会晤则是评论。"②

综上所述,解释性报道既非评论,也不是新闻资料,它是一种客观的新闻报道;运用背景事实揭示新闻事件产生与发展的必然性,运用背景事实表明对事物的哲理性认识,给读者以启迪。

2. 调查性报道

(1)定义

调查性报道,在西方新闻界很受重视。一般认为,对现代新闻来说,调查性报道是一种出色的、有效的报道方式和方法。调查性报道是一种专门的揭露性报道,有时也称揭丑性报道,它是深度报道的一个重要类型。关于调查性报道,西方新闻学论著中有各种不同的解释,从不同的角度揭示了它的特征。

(2)特点

第一,调查性报道具有自主性,新闻界自主选择揭露目标,自主进行调查活动。记者的主体意识在这里得到了充分体现。

第二,调查性报道具有新闻性,它揭露的对象是现实生活中正在发生的,而且是读者最为关心的问题。

第三,调查性报道具有科学性,调查性报道依靠的是客观、准确、深入、细致的调查与研究。

第四,调查性报道是巨型报道,同时也是风险性很大的报道。

3. 预测性报道

(1)定义

所谓预测性报道,就是依据过去和现在已经发生的事实,对新闻事件、某一重要问题或重要领域的未来发展前景进行的分析性报道。预测性报道涉及的领域是未来将要发生的事件或社会现象,因此它带有很强的前瞻性和预见性。

---

① 海敦. 怎样当好新闻记者[M]. 伍任,译. 北京:新华出版社,1980:212.
② 赵浩生. 漫话美国新闻界[J]. 北京:北京出版社,1980:61.

(2) 特点

第一,报道内容方面,预测性报道涉及的是今后将要发生的新闻事件或社会现象,是一种对未来的预测,因此区别于以报道正在发生的新闻事实为对象的动态性报道。

第二,表达方式方面,预测性报道与纯新闻、解释性新闻和特写的表达方式有很大不同,预测性报道使用的是推论。① 一般而言,纯新闻、解释性新闻和特写使用的基本表达方式是陈述(叙述),即忠实地叙述已经发生的事实。预测性报道采用的表达方式则是推论(带推测性的议论),即运用评论对事件未来的结果和趋势进行预测。

第三,报道结果方面,预测性报道预测的结果具有不确性的特点,这与其他新闻报道也有明显差别。预测性报道既然是一种预测,就难以做到像动态性报道那样准确。人们只能根据现时掌握的情况对某一新闻事件进行预测,而新闻事物本身的发展状况与发展趋势往往受到许多客观条件和主观条件的影响和制约,一旦其中的某些条件发生变化或出现意外,预测的结果就会发生偏差。

4. 服务性报道

(1) 定义

服务性报道指为社会公共事务或人们工作、生活中急需解决的非商务活动问题无偿提供信息的新闻。服务性报道又称实用性新闻,它对消费者具有直接的使用价值,故也被称为"供消费者阅读的新闻"。

(2) 特点

第一,实用性。这是服务性报道区别于其他报道的根本标志。服务性报道总是研究读者的具体需要,尽可能地为读者排忧解难。

第二,新闻性。服务性报道有广义和狭义之分。广义的服务性报道,包括服务性专栏中的服务性文章。这种服务性文章虽然不是新闻,但是,它们往往出自行家之手,对某些问题可以提供权威性知识,是对记者采写的服务性报道的补充,对于读者来说也是不可缺少的。狭义的服务性报道,应当是由记者采写的新闻,它们应当具备必要的新闻要素。

第三,读者立场。服务性报道应是为读者着想、替读者谋利益的报道,它的立足点应在读者一方。

二、特写

(一) 定义

在美国,特写主要发表于报刊类媒体,有两种基本类型:消息特写(news feature)

---

① 刘明华. 西方新闻采访与写作[M]. 北京:中国人民大学出版社,1996:123.

和非限时性特写(timeless feature)。消息特写通常跟随着突发新闻事件,被安排在与突发新闻一样显著的位置(报纸版面),但有交稿期限的压力,即使不安排在当天重大新闻的后面,也会在第二天发表,所以又称为"伴随特稿"(sidebar)和"翌日特稿"(second-day feature)。非限时性特写阐述的事实或现象,自身时效性较差。

(二)新闻特写的种类

西方的特写与我国的通讯一样,是一系列具有相同特征的新闻报道体裁的统称。如果按照不同的标准对它加以细分,又可以分为不同的种类。

1. 按新闻价值标准划分的特写形式

(1)新闻性特写

所谓新闻性特写,指报道刚刚发生的、公众感兴趣的新闻事件的特写样式。新闻性特写旨在把刚刚发生的新闻事件用带有人情味的故事和语言加以报道,使读者对这一事件产生感情上的联系。新闻性特写具有很强的新闻性和时效性,但它不像纯新闻那样就事论事地进行报道,而是把重点放在写人的活动和感受上,从而有很强的人情味和故事性。新闻性特写依据不同的写法,可分为侧记、花絮、时令性特写、后果特写、分析性特写、连载文章等类型。① 新闻性特写具有以下特点:

第一,报道的内容都是刚刚发生的新闻事件。

第二,具有较强的时效性,常与反映该新闻事件的动态消息同时发表。

第三,有故事性和人情味。

(2)趣味性特写

趣味性特写以满足读者对他人、动物、奇人怪事或反常现象的好奇心为目的,不以新近发生的新闻事件为报道内容,而以寻常人感兴趣的奇闻轶事、生活经历、风土人情等为报道内容。趣味性特写一般不强调报道对象的新闻价值,不是报道公众关心的热点新闻,时效性要求不高,但充满情趣和故事性②。趣味性特写的报道内容比较广泛,凡是人们感兴趣的内容,都可以成为它的题材。

趣味性特写在采写中要注意以下几点:

第一,报道的题材要有趣,有新奇性和反常性,能激起受众的兴趣;

第二,结构安排要紧凑,要围绕趣味性强的那个事实来安排,以突出报道的趣味性;

第三,报道的语言文字要俏皮幽默,富有轻松感。

(3)实用性特写

实用性特写又被称为服务性特写。它和服务性新闻一起,被称为服务性报道。这

---

① 程道才.西方新闻写作概论[M].北京:新华出版社,2004:221-222.
② 李良荣.西方新闻事业概论[M].上海:复旦大学出版社,2007:220.

类特写的价值不在于新闻性,而在于实用性,即向人们提供具体有用的工作、学习、生活信息,如怎样求职、怎样读书、怎样处理家庭关系、怎样选购物美价廉的衣服,等等。

实用性新闻的写法与纯新闻一样,有开头、导语和主体,采取的是客观报道手法,并要求有较强的时效性。实用性特写则写得比较灵活,有较强的故事性,结构安排富于变化,语言也较活泼有趣。

2. 按报道题材划分的特写形式

(1) 人物特写

人物特写是报道人物经历、性格特征的特写性文章,是一种描绘人物的新闻形式。

人物特写重在写人,写人的成长经历、性格特征和他的不平凡之处。人物特写由于报道的是真人真事,必须真实可信。为了增强报道的可读性,人物特写应充分运用描写手法,对人物进行形象刻画和细节描写,使人物生动起来。此外,为了使人物的经历和事迹更丰满、更有立体感,恰当地运用背景材料是必要的。

(2) 风貌特写

风貌特写是以记叙某个地方的风土人情、名胜古迹、地方风貌为内容的特写,其报道内容和写作要求与我国的风貌通讯相近。

风貌特写重在刻画地方风貌。它是用细致入微的文字刻画风貌的特征,写出大地的貌象,给受众以美感和享受。许多西方报刊定期开辟专版或栏目刊登这类报道,介绍异地或异国风情,使读者足不出户便可浏览他乡风光。

(3) 事件特写

事件特写是以报道重要的、受众感兴趣的新闻事件为内容的特写。事件特写具有较强的时效性和重要性。它是抓住新闻事件本身做文章,把事件的起因、发端、发展、高潮和结局详尽而生动地展现出来。事件特写和以报道新闻事件为题材的纯新闻有共同之处,如都以报道事件为内容,都要求真实、及时。但事件特写对新闻事件的报道更为深入、细致、形象、生动。它不仅告诉人们发生了什么事,而且要向受众说明,这一事件是怎样发生的,发生的详细过程是怎样的,人们对事件的反应如何。

事件特写的写作重点是新闻事件,但事件往往与人的活动相关联,因此也应该注意描写事件中人的活动和心理感受。特写属于人情味浓的文章,更应把写事与写人的活动和情感有机结合起来。

3. 按表达特点划分的特写形式

(1) 综合性报道

综合性报道即从多侧面、多角度对新闻事件所做的报道。它是一种深入的报道,具有较强的立体感和现场感。这类特写的报道题材多关于政治、军事、外交等问题,具有重要性;报道内容比较丰富,消息来源众多;情节曲折复杂,并往往具有多空间、多时间的交叉性。

(2) 观察性报道

观察性报道亦被称为非参加性观察报道，是记者以第三人称客观地叙述新闻现场情形的报道。这类特写对新闻事件的发展变化过程报道详尽，现场感强；记者以第三人称写作，以突出其客观性；对现场的刻画比较具体，较多地运用描写手法；往往通过渲染铺排的手法，借助场面、气氛的描绘来寄托记者的写作意图；记者不直接发表议论，只是客观地叙述与描绘新闻事件。

(3) 印象性报道

印象性报道是记者抓取现实生活中印象较为深刻的一些场面、片段，围绕同一主题进行报道与刻画的特写。这类特写往往以第一人称写作，以增强报道的真实感和接近性。这种报道类似于我国新闻界通行的散记、鸟瞰、览胜、掠影、一瞥、杂记，等等。印象性报道对新闻事实有着较强的选择性，可选择见闻中印象深刻的只鳞片爪进行报道，不要求交代全过程，因此含有"浮光掠影""惊鸿一瞥"之意；可以采取描写、议论、抒情相结合的手法，夹叙夹议，把观感与记者观察到的新闻事物结合起来写。

(4) 个人经历报道

个人经历报道即记者以参加者的身份，以第一人称写成的观察报道。这类报道一般写记者的个人经历或个人所见所闻，因此具有真实感和现场感强的特点，感情色彩较浓烈。

(5) 人物访问记

人物访问记是记者对采访对象言行的记录，其中穿插着对人物的描写、介绍和访问过程。这类报道与我国新闻界通用的访问记、专访相近。

西方的人物访问记主要有两种形式：

一种是综合访问记，即介绍访问过程和见闻的报道。这种访问记既介绍访问过程中的氛围（对访问环境、气氛的描写）和访问的经过，又介绍访问中对话的内容，两者穿插交代，融为一体。

另一种是谈话录，即将访问中的对话内容全文发表。这类访问记主要由访问对话组成，只是在报道开头以简要的文字交代访问的由头。

意大利著名女记者奥里西娜·法拉奇是写人物访问记的高手。她先后访问过多位国家元首和政府首脑，写出的报道名扬世界。她写的访问记通常分为三个部分：(1) 前言（人物特点 + 人物评论）；(2) 访问谈话实录（问答或争辩式谈话录音的全文）；(3) 后记（备忘录、某种声明或补充）。

人物访问记写起来比较灵活，具有较强的人情味、现场感和接近性，是介绍新闻人物的理想的报道形式。

第二节　西方新闻作品写作特点

在不同的文化背景中,新闻的写作模式往往体现出不同的特点。中西方新闻写作模式的差异:一是表现在不同的思维方式上,中国记者比较偏重于抽象思维,而西方记者更善于形象思维。二是西方记者较少采用陈述的表达方式,而注重对新闻事实的表现。他们在写作中多采用细节描写来增强新闻的可读性,善于通过形象化的比喻使新闻富有情趣,善于通过一系列动词的运用,把新闻人物、新闻事件写活,从而塑造鲜明生动的形象。借鉴、吸收西方新闻写作技巧,有利于我们突破固有的写作模式,进一步提高新闻的传播效果,充分实现新闻的价值和功能。

一、西方消息的写作特点

(一)言简意赅

西方消息篇幅一般都不长,可以用"短小精悍"来概括。这样的特点是市场竞争的结果,是适应受众需要的产物。西方社会是资本主义商品经济高度发达的社会,新闻信息激增,社会竞争激烈。为了适应广大受众的需求,西方记者在新闻实践中力求把新闻写得短而精。

(二)重视新闻来源和背景

西方记者在写作消息和特写时,十分注意使用引语。西方新闻界认为,使用引语是一种重要的写作技巧,可以增强报道的客观性、感染力、深刻性。《美联社新闻写作指南》一书指出:"即便是初出茅庐的记者也会很快地认识到,引语是不可缺少的。它使新闻具有真实感。引语能在力所能及的范围内使读者同人物发生直接联系。没有引语的新闻,不论篇幅长短,都像月球的表面一样贫瘠荒芜。"[①]

西方新闻界对新闻背景重要性的认识主要体现在以下几个方面:

第一,新闻背景可以从历史、环境等方面对新闻事实进行补充和阐述,使新闻事实更为清楚。

第二,交代新闻背景可以巧妙地表现作者对新闻事件的看法与评价,表明作者的倾向性。

第三,新闻背景材料具有交代事件起因、说明事件发生和发展的具体条件、揭示新闻事件与周围事物的联系、阐明事件的实质及意义、传播新鲜知识的功效,恰当地交代

[①] 卡彭.美联社新闻写作指南[M].刘其中,译.北京:新华出版社,1988:140.

新闻背景,可使报道的新闻价值倍增。

(三)具体生动

西方新闻学强调,新闻用语一定要具体、言之有物,绝不能做空洞无物的空泛描述。生动要求新闻用语具有较强的形象感和动感,使受众可感可触,产生较强的视觉效果,比如多用动词,同时风趣幽默,充满情趣。

二、特写与通讯的区别

西方的特写与我国的通讯,都是十分重要的新闻体裁。国内不少学者在论及西方特写时,往往说它"相当于"我国的通讯。这表明,西方的特写与我国的通讯只是"类似",不是"等同"。事实上,两者有明显差异,颇有可比性。我国的通讯写作可以借鉴西方特写的长处。

通讯在写作中也要求有情节、有细节、有形象,但通讯常常要求叙述一个或数个较为完整的情节。在表现手法上,通讯虽然运用描写、议论、抒情等多种手法,但它的最主要表现手法仍然是叙述。通讯很少精雕细刻,线条一般较粗。特写要求比通讯更为集中、更为细腻、更富有动感。它以细腻、生动、绘声绘色的笔触,描绘出典型事物的横断面。在表现手法上,特写也是用白描,但对最精彩的部分,往往调动一切表现手法进行烘托、渲染、刻画,以求达到传形、传声、传情、传神的目的。因此,我国的通讯与西方特写的主要区别有:

(一)倾向诉求

西方的特写与我国的通讯,作为新闻文体,都属于文化现象,分别植根于中西方两种不同的哲学思想体系。这两种不同的哲学思想体系影响和制约着特写和通讯的写作,影响它们的思想定位、主题表达和倾向诉求的方式。

在实用性原则的指导下,西方的特写往往将可读性放在第一位,力求给读者一种享受,而不是向他们宣传、灌输某种观点和思想。美国新闻学家丹尼尔·威廉森指出:"特写是一种带有创造性的,有时也带有主观性的文章,旨在给读者以精神享受,并使他们对某件事、某种情况或生活中的某个侧面有所了解。"[1]西方记者的新闻实践证明,丹尼尔·威廉森的上述话语有一定道理。

西方记者在写作特写时,遵循他们一贯标榜的"客观真实地报道事实"的原则,注意以事实说话,像讲故事般地把所要报道的事件或人物娓娓道来。在他们的人物特写中,读者既可以看到报道对象光明的一面,也可以了解到其内心深处的弱点,很难区分

---

[1] 威廉森.特写写作技巧[M].陈章鸿,于尊成,康家林,译.北京:新华出版社,1986:3.

他是正面角色还是反面角色。例如：写一个经验丰富、处理过不少棘手案件的大警官，在枪战发生的一刹那，眼神中流露出恐惧；写一个连续打死十几名无辜百姓的杀人凶手，在家里却是个孝顺的好儿子；写善良的牧师，也写他自私自利的一面；写凶恶的歹徒，也写他流露出父爱的美好瞬间；等等。在西方记者的笔下，很少有体现某种至高无上境界的"完人""超人"，很少为表现某一重大主题而刻意报道"典型人物"。当然，这并不是说西方的特写就没有主题思想了。事实上，许多特写仍然有着深刻的主题。他们的高明之处在于，善于通过报道新闻事实，隐蔽地、含蓄地表现主题。换句话说，读者只能从报道的字里行间、从人物的引语中，去领会和理解报道的主题，不知不觉地接受作者的观点和倾向。

在西方特写中，记者的主体性究竟有多大，主观与客观描述如何融合呢？记者的这种"我"的参与程度是在长期的思维中形成的，犹如"华尔街日报体"等思维样式，一种职业素养使记者能够把握分寸。这就是为何我们在读普利策新闻奖获奖作品时，有大开眼界感觉的原因。① 在西方许多新闻作品中，"我"字经常出现在记者的笔下，是"我"在目睹，在倾听，此刻又是"我"在写作。这种直观渗透，或者是为了强调记者的新闻个性，或者是为了提高新闻的真实性。

我国的通讯是运用叙述、描写、议论、抒情等多种手段，具体、生动、形象地反映新闻事件和新闻人物的一种报道形式，属记叙文体，继承了我国古代纪实文学的实录精神和表现手法。但是，早期"通讯"基本是详细的消息，文学色彩、政治色彩都不浓。中西新闻写作最初驱动力上的一些不同，正是源于两种不同的思维方式，进而使其呈现出迥异的风格。

（二）选材标准

西方的特写与我国的通讯在选择报道题材和材料问题上，也存在着明显的差异：前者偏重于题材和材料的趣味性，后者则偏重于它们的重要性和思想性。究其原因，最根本的还是由中西方不同的哲学思想决定的：前者强调报道的实用性，要求记者写的每一篇特写都能吸引读者，以便扩大报纸的发行量、增加报社的收入；后者强调报道的教育功能和思想启迪作用，要求记者写的通讯有较强的指导性、针对性和思想性，以便教育和启迪广大读者，高扬社会新风，鞭笞社会丑恶现象。而题材与材料的选择，正是实现上述目的的有效手段。

与西方的特写不同，我国通讯的选材标准是：重要性和思想性。只有那些政策性或思想性比较强的、具有一定重要性的题材和材料才有可能被选用。人物通讯的题材往往是时代感强、富有献身精神、思想内涵丰富的先进模范人物。即使报道一些反面典型，也往往从上述标准出发，让他们当反面教材，对人们进行警示和启迪。

---

① 西祠报人.什么才是真正的华尔街日报体[J].青年记者,2004(11).

(三) 结构意识

从结构特点看,西方的特写灵活自如,无一定之规。西方新闻界认为,"特写文章就是讲故事""怎样能使读者对你讲的故事感兴趣就怎样写"①。用"文无定法"来形容西方特写在结构上的特点是非常恰当的。西方记者在写作特写时,行文追求自然流畅、不受束缚,怎样写能够把故事讲得生动有趣、引人入胜就怎样写。西方的新闻写作教科书在介绍特写的结构形式时,也会讲倒金字塔式、时间金字塔式、华尔街日报写法、连续对话式等类型,但在实际写作中,记者并不受这些形式的束缚,往往根据需要自由发挥。

我国的通讯在结构安排方面比西方的特写要严谨得多。我们的美学观追求内容与形式的完美结合。表现在通讯写作上,要求将有新闻价值的报道内容与恰当的结构形式、生动流畅的语言有机地结合起来,做到内容美与形式美的统一。在通讯写作实践中,我国记者总结出纵式结构、横式结构、纵横结合式结构、对比式结构等几种结构形式,并写出了一大批有强大震撼力的通讯作品。但是,与西方特写相比,我国的通讯结构安排尚存在过于严谨、缺少变化等不足。

(四) 写作风格

西方的特写大体分为两类:新闻性特写和趣味性特写。不管是哪种特写,在写作风格上,都要求风趣幽默,令读者兴趣倍增,读之有味。西方特写的幽默,主要表现在以下两个方面:一是选材时注意挖掘幽默有趣的素材;二是表达幽默,把一些严肃的题材写得妙趣横生。

在幽默性方面,我国的通讯比西方特写要逊色。我国通讯的写作风格偏于严肃:严肃的新闻素材、严肃的语言、严肃的表达方法。为了追求报道的思想性和教育作用,通讯的主题和选材都有较严格的要求,即必须反映时代精神、反映报道对象的本质特征。与此无关或关系不密切的主题和材料很难被选用,更不必说那些俏皮的、富于幽默感的主题和材料了。

(五) 表现手法

从表现手法上看,西方特写与我国通讯的明显区别,莫过于对议论的不同运用了。在客观报道手法的影响下,西方新闻界在特写写作中主张用事实说话,主张通过叙述与描绘客观事实来报道事物,而不主张记者使用过多议论。重描绘、轻议论,这是西方特写最明显的特点。重描绘、轻议论的表现方法,使西方特写更注重以事实说话,更注重事实的表达,力求把记者的观点和倾向性深藏在对事实的描绘之中。读者读这样的

---

① 威廉森.特写写作技巧[M].陈章鸿,于尊成,康家林,译.北京:新华出版社,1986:10.

报道,接触的是事实而不是观点,就会在欣赏动人的故事中不知不觉地受到影响与感染。

我国古代的史家和散文家都主张在记事过程中对事件或人物进行评价。受其影响,我国的通讯写作一贯主张记者在记叙事件和人物的同时,可以进行议论,直抒胸臆,鲜明地表达自己的爱憎,并以此影响读者。

第三节　西方新闻作品评析方法与要求

一篇新闻作品作为整体系统,是研究的中心和主体,而新闻作品本身又是内容与形式的统一体。它的内容与形式、局部与整体、局部与局部,是互相依存、互相联系、互相制约、互相作用的。研究新闻作品,既要胸怀全局,从作品的整体上考察它的思想内容和倾向,又要深入剖析各个局部,揭示它们是如何为表现整体主旨服务的。这就是研究新闻作品过程中的宏观和微观把握的问题,我们只有将这两者有机结合起来,才能准确而又深刻地把握其整体功能和社会效果,评判其得失优劣。

一、西方新闻作品内容分析

(一) 报道题材

在西方,媒体是私有的,媒体的首要任务是获得经济利益,因此获得更多市场份额就成了首要目标。媒体希望建立广泛的读者群,以此吸引各方面的广告客户。负面报道的新闻主题大多数是由"不寻常"和"冲突"构成的,这正是新闻价值中的重要因素。一个负面的新闻报道往往比正面的新闻报道具有更大的吸引力和轰动效应,更能吸引受众,因此更加受到西方媒体的青睐。负面报道集中于那些与现行社会秩序和道德标准相冲突的行为,以及像犯罪、丑闻性攻击和自然灾害等。它的目的不在于歌颂光明或倡导正义,而在于暴露社会敏感灰暗的一面。在政治上,它往往站在和当局相反的一面来挑剔批评当局的政策,强调"变动""反常"和"冲突"。

美国新闻界向来有"揭丑"的传统,获得普利策新闻奖的作品主要是揭露性新闻。它们揭露的情况往往是某些政党,尤其是执政党所不愿意公开的。

(二) 报道角度

在西方国家,新闻媒介刊播的内容常被当作满足社会需求的商品。新闻媒介的编辑方针都把满足读者需要作为重要的指导原则和评价新闻传播效果的重要标准。作品多以个体为视点,聚焦于人的生存环境和生存状态,对个体之重要便是新闻价值之重要。西方记者较少抽象地概括新闻事件,而是通过具体的感性材料给读者留下一个直观的印象。他们通过周密的调查形成精致的细节描写,反映出深刻的现象和事实。没有夸夸其谈,没有刻意造作,用朴实无华的文字和娓娓道来的手法挖掘事实真相,这种报道角度与写作方式为西方新闻界所极力推崇。

2003年普利策新闻奖揭晓,其中特稿写作奖给了《洛杉矶时报》记者索尼娅·纳扎里奥写的长篇报道《恩瑞克的旅行》。该报道描写了洪都拉斯少年恩瑞克寻找移居美国的妈妈的危险旅程,整个报道"动人""详尽"(普利策奖评委语)。该报道选取众多偷渡客中一个具体人物作为报道的切入点,并且关注报道对象的家庭、朋友以及他的偷渡经历。这样选取报道角度,加强了报道的故事性,但是它又明显区别于文学创作中的"讲故事",因为前者讲的是真实的故事,不容许丝毫的虚构和想象,而文学创作中的"讲故事"则离不开虚构。①

(三)报道新闻事实的选取和挖掘

新闻既不是政治宣言,也不是纯粹的艺术品。新闻把客观世界的真相告诉受众,再现事实的微妙和评价事实的机敏,构成新闻作品意蕴的两个因素。无论是观察新闻内容还是记者的言行,它们都处于一种报道体制的发展中,把新闻永久性的价值和现实的追求统一起来,就变为人们头脑中永存的记忆。好新闻总是具有这种深刻的意蕴。

实际上,西方新闻界也担负信息传播和宣传意识形态的双重功能,只不过后一种职能以更加隐性的形式出现。为了实现信息的传播效果,西方新闻从业人员比较注重受众的主观能动作用,注意如何把政治意图与受众的需要相结合。表现在写作中,他们多采用直面事实的写实方法,通过事实本身向受众传递社会信息,作者的态度和观点往往隐含在报道之中。

二、西方新闻作品形式分析

(一)结构

1. 钻石式报道结构

西方政治报道以钻石式报道结构为主。《今日美国》的深度报道基本上采取的都是钻石式报道结构。所谓钻石式报道结构,就是从个人的经历、具体的事件出发展开报道的新闻结构。这种报道结构在《今日美国》中占主导地位,也是美国新闻媒介常用的深度新闻报道形式。这是由美国新闻界强调新闻价值在于对人的关注这一点所决定的。② 美国新闻讲求生动有趣,尤其讲求对人的关注。在美国新闻中,占绝对优

---

① 符冰.它何以获得普利策特别报道奖?——解析《恩瑞克的旅行》的成功因素[J].新闻爱好者,2003(8).
② 赵莉.从《今日美国》看美国的新闻价值观[J].青年记者,2004(4).

势的是单个的人,即美国新闻界在承认人的社会性的前提下,强调个性的人,或者说人的个性,所以新闻往往把注意力放在单个的人身上。但在政治深度报道中要讲究代表性和分析性,因此记者不得不把个人放在大的整体的社会背景、制度下来分析。可以说,美国的深度报道大多采用钻石式报道,以个人作为报道的起点和终点,既剖析了问题的根源,又突出了人的个性。

如 2002 年 6 月 27 日《今日美国》头版深度报道《大批囚犯释放可能引发美国社会问题》,从一个被释放囚犯入手:"华什,2 年前因偷窃、流氓罪被捕,现在被释放,他在家中又继续重操旧业。像华什这样的 1999 年被释放的囚犯在美国大约有 2000 多人。"由此展开对美国囚犯制度的介绍,描绘了美国近年来社会环境的变化,列出了 1980 年到 2000 年被释放囚犯人数列表,指出被释放的许多人又再次犯罪引起社会混乱,并采访了多个专家、家庭的看法,报道最后又回到华什身上,"华什再度入狱,将在监狱中度过 6 年的时光"。

2. 华尔街日报体

华尔街日报体,指的是美国《华尔街日报》惯用的一种新闻写作方法。其行文特点是:从某一具体的事例(或人物、场景、细节)写起,经过过渡段落,进入新闻主体部分,写完以后又回到开头的事例(或人物、场景、细节),有时也用总结、悬念等方式结尾。这种写法有利于从小处落笔、向大处开拓,引导读者从个别到一般、从感性到理性了解新闻事实,所以颇受读者欢迎。现在这种体裁也常为其他西方报刊所采用。下面列举华尔街日报体的经典范例:

> 克劳斯最近失业了,这导致他一家三口面临着严重的生活压力……(这一导语引出与新闻主题有关的人物故事)
> 导致克劳斯失业的原因是:美国经济持续的萎靡……(过渡)
> 美国经济最近几个月以来,由于……(集中而有层次地阐述新闻主题)
> 克劳斯能否渡过难关,在下个季度找到工作,一方面要看上帝给他的机会,一方面也要看美国政府如何应对……(重新将人物引入新闻,留悬念结尾)

报道从克劳斯失业这一具有阅读冲击力的小故事来引出新闻主题,引起读者兴趣,在故事结尾又留下悬念,与新闻主题切合。从这一经典范例可以看出,华尔街日报体在结构上一般由四部分组成:第一部分,人性化的开头,即与新闻主题有关的人物故事;第二部分,过渡,即从人物与新闻主题的交叉点切入,将真正的新闻内容推到读者眼前;第三部分,展开,即集中而有层次地阐述新闻主题;第四部分,回归人物,即重新将人物引入新闻,交代此人与新闻主题的深层关系。[①]

[①] 刘虹辰.浅谈如何借鉴华尔街日报体[J].新闻知识,2009(8).

3. 跳跃式报道结构

近年来,西方报刊上出现了一种新颖的特写写作结构——跳跃式报道结构。它是一种与传统的以时间为序、以一个人或一件事为主的平铺直叙的写作方式不同的新颖的写作结构。这种结构的特点是采用双线交叉并进或多镜头组合——有的是新闻事实主体和新闻背景交叉并进,有的是虚与实两条线交叉并进,有的呈多镜头组合。这种蒙太奇式的写作方式移植到新闻特写的写作中,使得特写的写作时空秩序被打乱了,但它却给特定的内容表达增加了自由度。

双线交叉结构是两条线索在特写中穿插和展开叙述,它的表现形式受一定的内在规律的制约。一条相对独立的线索,虽然不时被另一条相对独立的线索穿插,但穿插的两段必须是能够自然衔接的,段与段之间穿插推进,围绕着主题交叉发展。

美国《读者文摘》的一篇题为《冰河英雄》的特写就是一个典型的例子。特写报道的是美国一架飞机失控坠入冰河时,一位中年人阿兰德舍己救人的故事。作者不仅报道了阿兰德救人的英雄事迹,还用一半的篇幅介绍他生前平日的言行,目的在于使这个人物的形象更加高大、丰满。作者采用了人物和事件双线交叉并进的手法来表现这个主题,报道他关键时刻的表现与介绍他生前的言行穿插展开。下面摘录两段原文:

> "下午四时零一分,90号班机撞到第14街的桥,那声音,响极了,"一个目击者说,"我连自己尖叫的声音都听不见了。"喷气客机削去了几辆汽车的车顶,然后裂成两半,坠入结冰的波多玛河中,接着是一阵恐怖得令人心脏停止跳动的寂静,然后是一片混乱——垂死的人和伤者的呻吟声、叫喊声,警车、消防车、救护车的警告声。许多人束手无措地看着机舱困住一排排扣着安全带的乘客在冰河中沉下。
>
> 威廉斯(阿兰德的姓)是1950年在伊利诺伊州的麦通镇出生的。那里有一望无边的耕地。有一次,他带女友佩吉去参加学校的舞会,把车停在湖边,等待其他人一起去参加舞会后的晚餐。佩吉旁的车窗开着,突然她觉得有个陌生人抓住了她的手臂。一个身材魁梧,显然是喝醉酒的人叫她下车。"别动",威廉斯说,他打开车门,向那男人走过去。"抽烟吗?"他镇定地问,接着他平静地说了几句话,很快就把那男人打发走了。"威廉斯很谦虚",佩吉回答记者说,但他知道在紧急情况下应该怎么办。

这样一种交叉叙述,不是材料的简单堆积,而是相呼应的材料构成浑然的一体,作者穿插阿兰德青年时代勇于保护女友的故事,揭示了其英勇的性格,为介绍他舍己救人的事迹打下基础。[①] 随着坠机事件的发展,作者不断地穿插阿兰德生平的言行。就这样,故事的发展一环扣一环,最后达到高潮:阿兰德把直升机送来的救命绳索让给了

---

① 谢明.西方特稿的结构美[J].广西大学学报(哲学社会科学版),1999(8).

别人,自己则被滚滚的冰河水吞没了。作者采用这种双线交叉的写作手法,使人物和事件的叙述齐头并进,既真实生动地记叙了飞机失事的经过,又从容不迫地穿插了大量介绍英雄形象的背景材料,使阿兰德舍己救人的行为更打动人心。

(二)表现手法

西方记者较少采用陈述的表达方式,而注重对新闻事实的表现。他们在写作中多采用细节描写来增强新闻的可读性,善于通过形象化的比喻使新闻富有情趣,善于通过一系列动词的运用,把新闻人物、新闻事件写活,从而塑造鲜明生动的形象。同时,大量背景材料、直接引语的使用,既增强了新闻的真实性,又能给读者留下深刻印象。

常见的基本表现手法有叙述、描写、议论、抒情、说明、设置悬念等。叙述包括顺叙、倒叙、插叙;描写包括现场描写、人物描写(白描手法)、细节描写;议论、抒情不可滥用,要掌握得恰到好处。

《生还者爬出碎石堆》是2012年普利策突发新闻奖获奖作品《飓风袭城》报道中的一篇文章,该文经翻译后约有4000字,其中引语约为1400字。经统计,有16位亲历飓风的生还者接受了采访,他们的性别、职业、年龄以及在危机中的遭遇大有不同,但身份都是普通的市民,例如有牛排馆的经理、刚刚经历卡特里娜风的司机、努力保护顾客的饭店女服务员、躲进浴缸的母亲、照顾卧病在床父亲的女儿、坚信爱邻如己到处寻找伤者的基督徒、共同经历灾难的室友、飓风来袭时依然在熟睡的73岁老人,等等。

这些普通人描述了他们在飓风中的经历,他们的描述在危机报道中变成了鲜活、清晰的场面,带给读者直观真实的感受。例如:"树根被拔起,每个物体都在移动,房子被破坏了,我们不得不从窗户爬出去""我转过来看见一团黑云落下并贴近地面,其余两个烟筒在旁边出现""我看见它正朝我们飞来并且将碎片吐到各处""我往窗外看去,发现它在湖上盘旋""它特别巨大,你能看见的只是黑色的,而它将树木和物品吐到各处"。这些言语从不同的角度对飓风来临时的可怕景象进行了描述,呈现出危机的客观现象和细节,使读者获得了直观真实的体验。[1]

好新闻往往给人以震惊或愉悦,这种震惊或愉悦是特定时代、特定现实生活的反映,也是历史的折射。在写作中,如何恰当地赋予新闻报道更多的文学性,让特写融可读性、趣味性和知识性于一体,使之更有吸引力和感染力,既是特写记者努力的方向,也是一篇特写能否被称为佳作的标志。记者在撰写特写时往往会借鉴小说、散文等文学作品的创作手法,让故事中的人物或事情的发展更富文学性,在形式上倾向虚构小说和其他纪实风格的文体。

特写对篇幅没有限制,且以连续报道居多,有的长篇报道达数万字,发表时分几次连载,这为作者详尽地叙述和描绘事实的发生、发展,从容地塑造人物形象和抒发自己

---

[1] 苏蕾.普利策新闻奖案例库及话语分析[M].长春:长春出版社,2020:35.

的情感提供了充分的空间。这是特写的文学性产生的温床。西方新闻作品中的文学性和创造性,给受众以热切的精神象征,作品的语言美、结构美,激活了事物的鲜明性,超出司空见惯的模式而使受众进入深思的过程。受众在事实和想象的观照中,发挥心智探求,得到一种寻思领悟的认识,意味隽永。

从受众的角度来思考,由于20世纪广播、电视等电子媒介的兴起,报纸已经逐渐失去了社会最主要的大众新闻传播媒介的地位,受众对报纸的期望也不再仅仅是提供基本的新闻信息这么简单了。他们进一步要求新闻报道必须生动形象,使他们在阅读过程中除了获知信息外,还能获得一种审美的愉悦和阅读的快感。可读性因此成为读者评价报纸新闻价值的重要标准。而要增强新闻报道的可读性,从技术上来讲,广泛地采用文学描写手法应该是一条极为重要的思路。

因此,把文学性这条标准放在重要而恰当的位置上,将会使我们在阅读、判断和分析新闻作品时拥有一个非常有价值的视角,同时,也会为我们丰富新闻文体风格、锤炼新闻写作技巧提供有益的帮助。

第四节 普利策新闻奖及其作品分析

一、普利策新闻奖介绍

普利策奖由约瑟夫·普利策设置,自1917年开始,每年4月中旬公布,5月下旬颁奖。授奖对象包括:小说、戏剧、诗歌、音乐、历史、传记、非小说类纪实文学著作以及新闻。新闻奖是普利策奖中最重要的奖项,被世界公认为美国新闻最高奖。

(一)普利策新闻奖的特点

普利策新闻奖不仅代表美国新闻报道的最高水平,更代表了美国"最负责任的写作"。

美国新闻界一向有以负面报道进行揭丑的"优良"传统。新闻记者曾对"水门事件""五角大楼事件""克林顿性丑闻"等穷追不舍,他们掘地三尺般地挖掘这些新闻"富矿",并连篇累牍地予以报道,以至于总统们在媒体的"监视"之下都如坐针毡。罗斯福总统将这些专门揭丑的记者比喻为著名宗教小说《天路历程》中的"扒粪者"(muckrakers)。

在普利策百年历史上,负面监督一直是主流选题方向,特别是公共服务奖、调查性报道奖、地方报道奖这3个奖项,负面监督选题更是绝对的主流。2007年至2016年的10年中,这3个奖项的获奖报道共35组,负面监督选题达33个;从全部7个奖项共74组报道来说,负面选题共46个,占比也达到62%。① 普利策新闻奖作品集中体现了美国主流的新闻价值观,反映了普利策和美国主流新闻界的理想和追求,代表了美国新闻事业的最高水准。

(二)评选制度与分类

普利策新闻奖的获奖者可以是任何国籍,但是获奖文本必须在美国媒体发表。每年1月份,大约有1100个新闻参赛作品被提交到普利策官网。参赛作品必须是上一年在美国报纸、杂志和新闻网站上发表的作品。提交的作品数量是有限制的,比如公共服务和摄影类别可以提交20个作品,其他类目限制为10个。2月下旬,70多名编辑、出版家、作家和教育工作者在一起评判15个新闻奖项中的所有作品,他们会在各个奖项中提名3个作品。这些作品最终被提交给普利策奖董事会,董事会成员再决定获奖者名单,5月由哥伦比亚大学校长正式颁发奖项。普利策新闻奖自设立以来,就保持和美国新闻业的发展同步。比如在1942年设立了摄影奖,2020年设立了音频报道奖。截至2020年,普利策新闻奖已经发展出15个奖项,具体如下②:

- 普利策公共服务奖
- 普利策突发新闻奖
- 普利策调查性报道奖
- 普利策解释性报道奖
- 普利策地方报道奖
- 普利策国家报道奖
- 普利策国际报道奖
- 普利策特稿写作奖
- 普利策评论奖
- 普利策批评奖
- 普利策社论奖
- 普利策社会性漫画奖(1922年开始)
- 普利策突发新闻摄影奖(1942年开始,1968年分为现场新闻和特写)
- 普利策特写摄影奖(1942年开始,1968年分为现场新闻和特写)
- 普利策音频报道奖(2020年开始)

(三)普利策新闻奖的评奖要求

普利策新闻奖每年都会对参选作品做详细要求。比较历年各类奖项的分类定义,

---

① 窦锋昌.普利策奖深度报道奖项的"选题常规"——基于10年间7项普利策奖获奖报道的全样本分析[J].新闻大学,2016(5).
② 普利策官网:https://www.pulitzer.org

改动并不是很大,以下是 2005 年普利策新闻奖的分类定义:
- 报纸通过利用其新闻资源,如社论、漫画和摄影以及报道而提供的值得赞许的杰出公众服务;
- 杰出的突发性地方新闻报道;
- 由个人或团体以单篇或系列报道方式所做的杰出调查性报道;
- 阐明一个有意义并复杂的主题,展示了对主题的上佳把握,文笔流畅、表述清楚的杰出解释性报道;
- 对特定主题或活动进行持续、富有知识性的杰出专题报道;
- 全国性事务杰出报道;
- 包括联合国在内的国际事务杰出报道;
- 特别关注文学的高质量和独创性的杰出特写报道;
- 杰出的评论文章;
- 杰出的文艺批评文章;
- 风格清晰、有道德目的、推理扎实,在作者认为导向无误时,能够影响公众舆论的杰出社论;
- 本年度出版的、有独创性和评论效应,绘画水平高,具有形象化效果的杰出漫画或漫画选辑;
- 黑白或彩色,单张或多张,相关组照组成的杰出突发性新闻摄影;
- 黑白或彩色,单张或多张,相关组照组成的杰出特写摄影。

评奖具体要求:

1. 新闻主题深远

普利策新闻奖的佳作,几乎篇篇都震撼人心。有的是关于重大的事件,有的是具有反映时代潮流趋向特点的人和事。即使是娱乐类作品,关注的也是全国乃至全世界注目的事件及其影响。

普利策新闻奖的评选标准显示了美国社会主流价值观,即自由意志、社会责任感、民众知情权、信用、监督权、社会正义与同情心等。它是美国主流政治文化和新闻精神的产物,它维护政府的内政外交政策,宣扬美国社会的文化传统与道德、价值观念。

2. 站在受众角度

普利策特稿写作奖获奖作品似乎更加贴近普通受众,关注的领域涉及社会生活的方方面面。如关于暴力的、关于信仰的、关于情感的、关于道德的。西方传媒更关注的是个体,认为"重大"的新闻应该聚焦于个人的生存环境和生存状态,对个人重要的就是对国家社会重要的,就是有新闻价值的。他们更习惯深入社会去发现问题,然后通过个例来反映社会问题。

3. 追求文学性和创造性

普利策新闻奖在评选过程中，与题材相比更重视作品的个性特征。综观一些获奖、提名作品的评语，有的"扣人心弦"，有的"令人信服"，有的"有知识性"，有的"有纪念性"，有的"仁慈"，有的"感人"……，其中，特稿写作奖、社会性漫画奖、特写摄影奖更重视文学色彩和原创程度，这是报纸应对电视立体化、形象化传播的有效方式。如对特稿的评奖规定：一篇杰出的特稿首先关注的应该是高度的文学性和创造性。① 要增强新闻报道的可读性，从技术上来讲，广泛地采用文学描写手法应该是一条极为重要的思路。

4. 突出本土化

重国内、轻国际，这个特点与美国新闻界重视新闻的接近性的观点密切相关。美国新闻学者和业界一再强调新闻的接近性，即事件发生的地点离读者越近，新闻价值就越大。新闻价值观是新闻工作者对新闻进行取舍的标准，由于美国大多数新闻界人士把接近性列为新闻价值要素的第二位，仅次于趣味性，这就决定了美国报纸格外关注"家门口的事"，对与美国无关的人和事很少有兴趣。除非是他们认为一些灾难性、负面性的报道由于具有趣味性，可能引起受众的兴趣，才会加以报道。

二、普利策新闻奖获奖作品案例评析

普利策新闻奖获奖作品之所以成功，很大程度上是因为作者在写作时发挥了自身的创造力，以敏锐的眼光去发现那些隐藏在新闻事件背后、真正让人有兴奋感、富于戏剧性的矛盾与冲突，把具有深刻审美内涵的对象以生动形象的外在形式完美地表现出来。这是让新闻作品在人类创造的所有精神产品中放射出独有光芒的重要原因。我们来看一下普利策新闻奖获奖作品《面对枪口》中关于现场的报道内容：

> 1997年1月18号，星期六。底特律进入了深冬。肮脏的灰色天空，刻骨铭心的冷，地面上落满了刚下的雪。格雷尔和珍妮弗在值班。珍妮弗是一位33岁的非洲裔美国人，在雷福福德做助理已经有5年了。和平常的周六一样，格雷尔在街边外卖店买了一份墨西哥鸡蛋卷早餐，这一天开始了。
>
> 这一天稍微有点忙，但也一直平静无事——直到下午一点半的时候。一个身形偏瘦的男性黑人穿着绿色的风衣、蓝色的牛仔裤和白色的运动鞋，悄悄穿过前门。他靠近珍妮弗，后者当时正走到L形柜台的右边来等他。这个黑人张口就喊道："婊子，把钱交给我！"
>
> 他晃了晃卷在衬衣下面的枪。

---

① 加洛克. 普利策新闻奖(特稿卷)[M]. 多人, 译. 北京: 新华出版社, 1999: 4.

珍妮弗有点害怕但还不恐慌,她走到附近的收银机,开始拿出一些纸币,一些一块的和五块的,然后把它们放在地上。

　　她想引起格雷尔的注意,格雷尔正在柜台的另一头,跟一个顾客打电话。

　　……

　　随后这个男的冲向了收银机,大叫:"我要那些,更多的钱!"

　　格雷尔想:这不能发生,不能再次发生。

　　于是他没有犹豫。

　　他放下电话,走向前,拿出枪。

　　这个劫犯,站在离收银机两步的地方,转过身面向他。

　　在四英尺之外,他们的双眼迅速地对视着。这个劫犯掏出枪,开始举起来。

　　格雷尔迅速用枪瞄准他,开了火。

　　几秒之后,托尼脸朝下倒地,紧挨着一堆尘封的黄页书刊和一个放着补品与止咳糖浆的架子。

　　他就这样死了,被一枪爆头。

　　普利策特稿写作奖作品在再现现场时,通常是一气呵成的。这样的现场描写,记者像是亲眼所见一样,但实际情况是记者根本不可能在事发现场,他们通过长时间调查获取到充足的证据后才开始写作。记者借用影视制作中的情景再现手法,用文字还原现场。需要指出的是,这种情景再现在新闻叙事中的使用应该十分慎重,如果没有足够的采访证据,对现场的还原有可能造成事实失真。

　　记者在报道中没有将心理描写视为禁忌,还试图还原当事人的心理活动和行为动作。如"格雷尔想:这不能发生,不能再次发生。于是他没有犹豫。他放下电话,走向前,拿出枪"。虽然这些心理和动作可以通过后期采访获得,但在新闻文本中这样直接陈述,显然会让读者觉得记者在随意发挥主观臆想。读者在无法获知记者采访是否有所保障的前提下,很容易怀疑记者在这个环节上造假,最终影响新闻的真实性。

思考题

1. 简要阐述西方新闻作品评析的方法与要求。
2. 试析普利策新闻奖的评奖要求。
3. 请评析下例新闻作品。

救救威斯康星的河流吧!

　　1966年4月24日《密尔瓦基画报》奔流不息的威斯康星河部分已经发臭了。河里的鱼有一股硫黄的味儿。大量的淤泥倾泻在被污染的福克斯河,使得绿湾河滩为此封闭了25年。

南密尔瓦基的大量污物如瀑布一样,从几百英尺的高处倾泻到一个地形复杂的溪谷中,穿过一片沙地,流进密西根河。现在,这些污物得到处理的大概不超过三分之一。

在一个夏季,在这个国家的旅游胜地威斯康星幽谷,人们打算利用一个1939年建造的可处理35万加仑污物的工厂将87万加仑污物排掉。

令人窒息的粮食和煤的尘雾飞越中西部最繁忙的苏必略港。世界各地的船只在大湖上行驶,吐出几百吨的含油的废料和污水。

庄严的密西西比河流经明尼苏达州的埃尔斯沃思,河水中滋生着各种细菌。污物比标准量高出三倍,可以使一个海滨浴场因污染而危害人们的健康。

去年夏天,一家罐头工厂堆的葡萄渗出的带有苦味的水竟使哥伦比亚城一条河流的27,000条鱼死亡。

储污物的水槽过满,污水流到地上,而土地却无法吸收。一个水槽流出的污水可污染一条半里长的小河。

威斯康星正在破坏自己的水源。从郊区的污物槽流出的水使阿普林顿附近的一条小河的水发黑。一个小孩将一个小木片扔到小河里,然后说他不能涉水过河,因为这条小河已经被污染了。

他只有八岁,然而,即使他年龄幼小,也明白许多小河发生了什么变化。

一个男人沿着历史上著名的波特奇运河漫步,他看见浮渣如绿色的毡,冲刷着锁着的水闸,他摇头叹息着:"这条河只是让人们用来扔东西的,他们甚至还往河里倒垃圾。"

那么威斯康星州的整个河流情况是怎样的呢?从去年秋天开始直到今年,作者对威斯康星州进行了广泛的调查。所到之处,都发现河流受到了污染,并且情况日益严重,污染蔓延着,没有哪一条河和一个湖能够逃脱威胁。

记者的调查同州卫生委员会和水源污染委员会的调查是一致的。由于人力不足,这两个委员会只能每隔7年对威斯康星州的28个排水区进行一次调查。

有时候,河流和湖泊的污染十分严重。一位渔民称:河水全部被污染了,因为鲈鱼已被适于在酸水中生长的鲤鱼代替了。

"真脏呀!"一位船工说,因为密尔瓦基河的污物几天之内就在他的船底结成块块污垢。

一位水质专家警告说:"程度轻的污染合起来足以使河水发酸发黑,因而使这条河的娱乐价值降低了。"威斯康星河面上,娱乐是一项收入过亿的生意。

在威斯康星河面上,燃烧着被融化的氧,只有从茵兰德到卡斯特洛克大坝之间 170 里中几里的河面除外。但是这种措施仍然不能杜绝造纸厂和下水道中的污物。

没有氧气鱼活不了。木质纤维、已死的藻类和下水道的污物覆盖着河底。为了解决饮水问题,阿普林顿市准备开发温尼贝各湖。即使这个湖有厚厚的藻丝,但仍比福克斯河干净五倍。目前,阿普林顿市正在努力为开发工作做准备。

如何测定水域的污染程度呢?最好的方法是用几磅的物质对河里溶解的氧做一个生物化验,以测定有机物的含量。

1960 年,造纸工厂排出的废料中含有 120 万磅生化物质,处理后清除了 329,000 磅,还剩 871,000 磅。

大量的污染物使威斯康星、福克斯、弗兰博、奇普瓦和梅诺米尼等最大的河流都遭受灾害。福克斯河是这个州受污染最严重的河流,90% 的污染物都是工业废料。

但总的来说,工业污染只是问题的一半。1961 年,通过污物处理后,所有城市和工业设施排放出来的污物中的生化物质只减少了 53%,即由 2,400,000 磅减到 1,132,710 磅。

480 个污物处理系统直通威斯康星州的 420 家污物处理工厂,其中有 1/3 的污物处理系统只能进行初步净化,即把 35% 的固体物质滤掉,并且加入氧气以杀死细菌。

……

岩石和暗礁有时会起一些净化作用。然而,由于人口日益增长,纸张、干酪和罐装蔬菜的消耗量也大大增加了。对于污染来说,稀释已不再是合适的解决办法了。因为即使有处理厨房垃圾的机器,也可以使流入下水道的家庭废料增加一倍。

因此,保守主义者称一些河流为"天然下水道"也就不足为怪了。

(作者:理查德 C·基尼茨)

第七章 中外新闻作品特色比较

- 本章要点：
  了解：中外新闻作品的不同生态环境；新闻价值的不同标准；新闻主题判断的差异
  掌握：中外新闻作品人物报道的差别；新华体的特点；中国新闻作品的新形式探索

第一节 政治意识形态比较

一、中外新闻作品不同的生态环境

（一）新闻作品与政治有着密不可分的联系

自国人办报兴起以来，以康有为、梁启超为代表的维新派人士开了"政治家办报"的先河，提高了报人、报业在社会中的地位。中国共产党成立以来，更是继承了"政治家办报"的传统，使新闻事业成为党、政府和人民的耳目喉舌。社会主义新闻事业党性原则要求新闻作品体现无产阶级的思想意志、政治要求、组织原则和行为准则。2016年2月19日，习近平总书记在党的新闻舆论工作座谈会上指出："党的新闻舆论工作是党的一项重要工作，是治国理政、定国安邦的大事。做好党的新闻舆论工作，事关旗帜和道路，事关贯彻落实党的理论和路线方针政策，事关顺利推进党和国家各项事业，事关全党全国各族人民凝聚力和向心力，事关党和国家前途命运。"①新闻事业隶属于一定阶级，就不可避免地受到一定阶级、政党或社会集团的制约，从新闻的选择开始，新闻作品就不可避免地具有政治性。

2021年9月至10月，在联合国人权理事会第48届会议上，一些西方国家基于虚假信息和谣言谎言，就涉疆问题对中国进行无端指责攻击，以"新疆人权"为借口粗暴干涉中国内政。10月11日，新华社发布《用事实真相戳穿涉疆谬论——涉疆问题新

---

① 中共中央宣传部.习近平新时代中国特色社会主义思想三十讲[M].北京：学习出版社,2018:200-201.

闻发布会见闻》一文,通过新疆有关群众代表讲述亲身经历,有力地驳斥了西方反华势力的涉疆谬论,引发了很大反响,这充分体现了我国媒体在这一问题上的政治倾向性。

2021年5月14日《人民日报》发表《外交部回应外媒渲染"中国人口危机":欢迎一起迎接并见证中国梦的实现》一文,读者仅从标题即可看出中国媒体在政治上的严谨性和鲜明立场。文章指出,针对西方媒体渲染"中国面临人口危机",并称人口危机甚至会影响中国梦的实现,外交部发言人华春莹12日表示,中国人口总量持续增长,仍然是世界第一人口大国;国家将推动高质量发展,有针对性地制定人口相关战略和政策,希望热衷于炮制各种涉华论调的人,能和中国人民共同迎接并见证中国梦的实现。中国媒体的这篇言论,有力地反驳了西方的"中国威胁论",旗帜鲜明地表达了自己的立场,体现出鲜明的政治倾向性。

西方传媒大多是私营的。它们在经济上不受政府的直接控制,在法律上又受到宪法第一修正案的保护,享有相当的新闻自由。因此,一直以来,美国新闻媒体往往自认为是独立于美国三大权力(行政、立法和司法)体系之外的第四权力体系。但事实并非如此简单,两次世界大战中,美国媒体不遗余力地配合美国政府,积极接受新闻检查,报道战事进程,可以说,是美国世界大战中一个重要的"方面军"。①

美国《国际先驱论坛报》2004年5月30日发表的一篇文章披露:"9·11"事件后,美国报界作出一个集体决定——为了国家团结,必须压制对总司令的批评意见。为了表示"不偏不倚",一些温和的自由派新闻从业人员(有记者、评论员等)经常要为保守派讲几句好话。这就更增加了保守派、激进派等在美国公众中的误导、欺骗作用。由此看来,美国的主流新闻媒体有形无形地充当了政府的传声筒,政治倾向性不言而喻。

(二)新闻作品与经济密切联系

在中国社会的转型期,新闻媒体正在进行有效的整合,新闻作品也开始从单一的宣传向社会认知、交流、娱乐等多方面共存的方向发展。随着改革开放和社会主义市场经济的发展,中国新闻媒体进入了营销时代,新闻作品开始越来越注重市场和受众的需求,进行传媒化运作。一些经营好的地方报纸,每年广告收入都在数亿元以上。

在市场经济时代,报刊竞争更加激烈,呈现多元化的发展态势。1981年之前,全国报刊基本上是以宣传为主的党报,并且形式比较单一,基本上都是4开4版的小报。1981年1月4日,《中国青年报》创办《星期刊》,开中国新闻界星期刊、周末版之先河。1993年1月5日,《中国青年报》实行第一次改版,推出《经济蓝讯》等。1999年,《中国青年报》实行第二次改版,提出"回归新闻",扩大新闻版面的信息。

《南方周末》作为广东省委机关报主办的系列报,从创办的第一天开始,就自觉意

---

① 明安香.美国传媒与政府关系的角色转变[J].国际新闻界,2005(4).

识到"作为党报的补充"的使命。它的创办者把这种"补充"准确定位在"启蒙"上——做沟通知识分子和大众的桥梁,对读者进行科学与民主的启蒙。这一定位契合了改革开放的需要,满足了读者的阅读需求,使其在报业竞争中领先一步。独家的深度报道和新颖的版面风格很快吸引了受众的目光,形成了"反映社会,服务改革,贴近生活,激浊扬清"的独特风格,成为立足广东、覆盖全国的大型综合性周报。《南方周末》从1984年创刊时的对开4版,发展到对开8版、对开16版、对开20版;从1984年发行7000份,到突破40万、突破80万、突破100万、突破130万;从实行二级核算第一年(1993年)上交290万元,到第六年即1998年就上交2540万元。这无一不表现了《南方周末》跳跃式的发展轨迹。各地报刊纷纷以"特色牌"提升自己的市场占有份额,提高营销战略。报业集团在经济发达的广东率先组建,更表明了经济对传媒的巨大影响力。

(三)新闻作品与各国的文化密不可分

传媒对社会的影响力与各国的文化密不可分,正如一位著名学者指出的:"没有无文化的传播,也没有无传播的文化。"因此,对于媒介、传播、文化的研究应该是融为一体的。新闻作品本身就是一种文化的传承。各国文化传统也是其新闻价值观形成的历史渊源,中西方在文化传统和新闻政策上的差异势必造成新闻价值观的差别,对伦理与社会环境等的不同侧重使各国新闻作品风格迥异。中华民族几千年以来形成的传统和道德观念已经在中国人心灵的土壤里扎根。

随着改革开放的深入,中国新闻信息传播的文化观越来越具有科学性、严谨性,主要体现在有中国特色的社会主义文化上,包括认真严谨的批判态度、丰富多彩的大众文化和市场经济下多元的文化观等。2020年7月25日《人民日报》发表《充分认识仰韶文化的丰富内涵》一文,详细地介绍了仰韶文化的考古成果和重大价值,满怀热情地颂扬了中国古代文明。

在历届中国新闻奖一等奖获奖作品中,弘扬社会主义主旋律的典型作品占据了绝对优势,这一方面与"以正面报道为主"的新闻政策有关,一方面与中国社会的历史与现实相关。党的十八大以来,习近平总书记对加强和改进新闻舆论工作提出一系列富有创见的新观点、新论断、新要求,反映到新闻作品中就是唱响主旋律,传播正能量。如第三十届中国新闻奖特等奖作品《初心铸就千秋伟业——为庆祝新中国成立70周年而作》,将新中国的70年放在中国共产党近百年的奋斗历程中来写,既知所从来也明所将往,既回溯中国梦的历史景深,又展望新时代的美好图景,论证"实现民族复兴的伟大梦想,必须进行伟大斗争、建设伟大工程、推进伟大事业",激励亿万人民一起"永久奋斗"、携手"艰苦创业"、共同"努力奔跑"。文章既是献给新中国70华诞的礼物,更竖立起一面建设新时代、共同创未来的精神旗帜,在全社会引发强烈反响。

二、中外新闻作品的指导性与宣传导向性的差异

在中国,新闻宣传工作是党的工作的一个重要组成部分,因此强调把新闻作品的导向性和新闻宣传的艺术性结合起来。在中国大的新闻环境下,新闻作品旨在对客观事物进行报道,体现马克思列宁主义、毛泽东思想、邓小平理论、"三个代表"重要思想、科学发展观和习近平新时代中国特色社会主义思想,给广大群众指明方向、提供经验,推动和指引他们为更好地实现建设有中国特色的社会主义服务,更积极乐观地面对学习、工作和生活。新闻虽然不等于宣传,但我们并不否认办报纸、办广播电视的一个重要目的就是宣传和引导,宣传工作者利用报纸、广播、电视、网络等不同的传媒手段,将内容传播给受众,达到"以正确的舆论引导人"的目的。新闻与宣传上的这种相互交叉渗透在各级党委机关报和其他主流媒体的新闻性节目中表现得最为普遍。以党委机关报而言,目前在一版或要闻版,"纯新闻"的稿件很少,绝大部分都与宣传结合在一起。之所以出现这种情况,是因为从目的来看,新闻报道虽然是传递信息,满足受众的新闻需求,但宣传党的路线、方针、政策,同样是主要的工作任务。即使是学理意义上的纯新闻,如科技信息、社会写真、事件报道等,单篇虽然看不出有什么样的思想观点,但总体上仍然有明确的思想倾向。如 2002 年 5 月 8 日《文汇报》上的文章《敦煌也曾山清水秀》,从表面来看,它只是一篇以新闻背景为主的评论文章,从出土的 35 万余枚简牍说起,证明当地曾经有大量胡杨和红柳的存在,同时也指出了当时简牍制作对生态环境的破坏。与当今敦煌的环境对比,体现了作者的环保意识。可见新闻存在客观性的同时也有一定的倾向性。新闻的倾向性含蓄地表达着一定的观点,这种含蓄表达内在地包含着宣传引导。

2020 年新型冠状病毒肺炎席卷全球,成为各家新闻机构的重要报道对象。《北京青年报》的"北青深一度"在 2020 年 1 月 9 日至 3 月 12 日期间共发表 40 多篇关于疫情的报道。多篇文章阅读量达到 10 万 +,引发热烈讨论,其中传播最广的报道阅读量超过百万。报道对研究团体、政府决策产生了重要影响,尤其是介绍疫情研究进展类的报道广受好评,不仅为读者进行了通俗易懂的科普,也为新冠肺炎病理解剖发挥了良好的舆论推动作用。[①]

在国外,有些新闻媒体虽然一向以客观公正标榜自己,但还是掩饰不住自己的倾向性。以伊拉克战争为例,当时,世界上多家媒体面对同一战事,却做出了迥然相异的报道,就是有力的说明。这种立场迥异的报道在法国、意大利、德国等多家媒体上都可以清楚地见到。

这一事实,甚至在一些美国传媒的文章中也不讳言。美国的新闻媒体为了给攻打

---

① 杨宝璐. 突发事件报道如何兼顾深度与速度——以"北青深一度"新冠肺炎疫情系列报道为例[J]. 新闻与写作,2020(4).

伊拉克制造舆论攻势,整天鼓吹萨达姆是如何残暴的。经伊拉克全民公决,萨达姆以100%的支持率连任总统。就在伊拉克人民欢呼庆祝的时候,美国的记者们跳出来说,100%的支持率是拿枪逼出来的,谁敢不投萨达姆的票谁就别想回家。100%的支持率反而成了萨达姆独裁统治的证据,其中的倾向性不言而喻。究其原因,就是各家媒体立场不同、利益不同、价值观不同。

三、新闻作品是新闻政策和新闻价值相结合的产物

新闻政策是国家和政党依据特定社会制度、政治纲领及其任务而制定的新闻宣传的准则和新闻工作的规范。世界各国都根据当时当地的现实环境分别制定了具有针对性、阶段性的新闻政策。我国的新闻政策以党和人民的利益为依据,是中国共产党领导中国革命和建设长期经验的结晶。新闻政策与法规的价值标准体现出党和政府在新闻领域的价值取向。即使再有价值的新闻,如果不符合新闻政策与法规,或涉及国家机密,都是坚决不能报道的。

事实上,新闻政策和新闻价值是相辅相成的,二者互为制约,缺一不可。面对新近发生的事物,记者首先要看其是否具有新闻价值,然后看其是否符合新闻政策与法规,二者兼备才有进行大众传播的条件,否则当三思而后行。中国的新闻作品既反对只偏重新闻政策,不顾新闻价值的情况,也不赞成只注重新闻价值,而违反政策的情况。

第二节 写作方法比较

一、新闻主题判断的差异

中国的新闻经过长期摸索,已经形成了自己的特色。一篇好的新闻作品往往主题挖掘得十分深刻,事实展现得非常充分,作品显得很厚实、有深度。写好新闻的关键在于主题的选择和提炼。

一般来说,主题重大、内容丰富,容易体现出作品的价值。比如第十五届中国新闻奖消息类一等奖作品《中国国家主席与艾滋病人握手》,通过人物的显著和主题的重大体现出独特的新闻价值,准确传达了党和政府在这一事件上的态度。中国国家领导人在世界艾滋病日前夕做出这样的举动,体现了亲民执政的理念,具有重大的历史和现实意义。但这样重大的题材并非随处可见。一些平凡的事件,由于作者站得高,看得远,立意不一般,并且作者通过独到的思考,能够深刻地揭示作品之外更深层次的内涵,同样使作品显得十分有深度和厚度。

2018年12月12日新华社刊发通讯《关键抉择,必由之路——献给中国改革开放

40周年》。记者通过长达9个月的案头调研、实地采访,把改革开放40年辉煌成就与探索社会主义道路的关系、党的引领与人民创造的关系、中国与世界的关系、40年探索历程与新时代接续奋斗的关系勾连成篇。文章紧扣"改革开放是决定当代中国命运的关键抉择,是发展中国特色社会主义事业、实现中华民族伟大复兴的必由之路"的主题,实地采访不同阶段的改革地标,深入对话改革人物。全文有30多个有名有姓的人物、60多处地点、30多组数据,既大气磅礴,又深入浅出,生动展示了40年恢宏历程,揭示了将改革开放进行到底的深刻时代意义。

地方记者由于地域条件等多方面的原因,亲临现场采访重大问题、重大事件的机会很少,想在激烈的竞争中站住脚,就要将立足点放在本地,多在地方发生的新闻事件上下功夫。要从大局出发,小处着眼,集中问题,深入现场,扎实采访,掌握生动感人的典型材料、细节材料,达到出奇制胜的效果。一般来讲,切口要小,小中见大,最忌大而全,面面俱到。如2016年吉林日报社刊发的文字消息《农民租飞机给农田喷药》,获得了第二十六届中国新闻奖二等奖。航化作业是农业机械化的一个高端标志,一直以来主要由政府主导,免费为农民提供服务。因此,种粮大户个人出资为托管土地用飞机喷药的做法是极具开创意义和示范效应的,在全国也极为少见。文章通过记录吉林省种粮大户个人出资开展航化作业这一农业现代化的标志性事件,反映出吉林省现代农业的整体面貌和发展氛围。报道叙事视角转换自如,故事层层递进,话题步步深入,情节推动能力、话题代入能力极强,是一篇小切口、大主题,短实新、接地气的好作品。

中国和西方新闻报道的主题不同。从总体上来说,中国的新闻传播重视道德教化,善于将事物的认识上升到一个新的理论高度。其新闻作品总是力图通过报道新闻来宣传一定的思想,表达一种意见,达到给人以启迪的目的。中国新闻价值的重要性表现在对关系国计民生、国富民强等事物的判断中。而在西方国家,新闻媒介刊播的内容常被当作满足社会需求的商品。西方新闻媒介的编辑方针把满足读者需要作为重要的指导原则和评价新闻传播效益的重要标志。西方媒体的"重大"多以个体为视点,聚焦于人的生存环境和生存状态,对个体之重要便是新闻价值之重要。如法新社1995年9月3日的消息《战火中的婚礼》开头写道:"星期天,趁着战斗的间隙,五六个波黑塞族军人同他们身披婚纱的未婚妻一起在教堂里举行了结婚仪式,而此时,北约的飞机正在这个城市的上空低空飞行。"生动的对比,表现了波黑塞族人在北约袭击下的生存状态,使整个消息与文章的主题相得益彰。

二、关于新闻价值的不同标准

上一章提过,基于中国的国情,中国新闻的特殊性在于更多地强调政治属性和社会效益。自王韬在1874年创办第一份以政论为灵魂的报纸——《循环日报》开始,我国的报刊无论以政论为主,还是以新闻报道为主,或是二者兼而有之,都体现出较强的政治属性,即具有较明确的政治立场、政治主张和政治倾向性。

现在,我国新闻事业的最高宗旨仍然是坚持党性原则,把社会效益放在第一位,目的是加强中国共产党的领导,促进现代化建设。新闻事业是党和政府的耳目喉舌,也是人民的耳目喉舌。党始终坚持人民至上的执政理念,强调同人民群众想在一起、干在一起、风雨同舟、同甘共苦。例如新华社的《新时代改革引领者习近平》《中国反贫困斗争的伟大决战》《新华时评:止暴制乱,香港需要穿云破雾再出发》等报道,既传达了党和政府的声音,也代表了人民的根本利益,体现出中国新闻事业对新闻价值判断的特殊性。

目前我国优秀新闻作品的评选,将注意力更多地放在作品的宣传价值和社会效益上。据统计,第十六届中国新闻奖获奖的30件特等奖和一等奖作品中,正面报道和舆论监督报道的比例达到26:4。其中的两篇特别奖,一篇是《人民日报》的评论《在全面建设小康社会中充分发挥先锋模范作用——论保持共产党员先进性》,一篇是《经济日报》的评论《提高自主创新能力 推进经济结构调整》,无不是为社会主义鼓与呼,宣传性和倾向性显而易见。

西方的新闻价值观同中国的迥然不同。正所谓"狗咬人不是新闻,人咬狗才是新闻。"这种新闻价值观把追求异事趣闻作为新闻的本质特征和新闻传播的终极目的。西方新闻观以"好奇本能论"为理论基础,以最大限度地追求商业利益作为根本的动力机制,导致猎奇新闻、负面新闻和揭丑新闻等层出不穷。它们一直被西方媒体供奉为打开市场的敲门砖。[①] 产生于20世纪30年代的"黄色新闻",极力追求猎奇,渲染凶杀、灾祸、犯罪、色情等刺激性内容,将煽情新闻看作最有价值的新闻。负面新闻在西方新闻价值评判中一直占据着十分重要的位置。在世界著名的普利策新闻奖中,也是负面新闻占主要地位。获奖作品涉及凶杀暴力、经济危机、选举丑闻、政府腐败等有关社会环境的各个方面。

根据道格拉斯·贝茨在《美国普利策奖金内幕》一书中的估计,1917年到1990年的普利策奖中,约有40%属于揭露性报道,另有40%是对战争、犯罪、公民自由、种族关系、自然灾害和国际方面的报道。[②] 这一推断反映了美国主流媒体一直是以揭露性和灾难性事件为报道主体的,反映了一种西方新闻报道的基本理念。以第92届普利策奖为例,11项获新闻报道奖的作品中有8项明显是以负面揭丑为题材的报道。《华盛顿邮报》所获6项大奖中有伊拉克与阿富汗战争中美国陆军"王牌医院"虐待退伍伤员、副总统切尼私用权力、伊拉克私人保安公司鱼龙混杂、弗吉尼亚理工学院校园枪击案等一系列揭丑性报道;《纽约时报》则是以一篇关于中国出口医药中有假药和有

---

① 张威.中西比较:正面报道和负面报道[J].国际新闻界,1999(1).
② 贝茨.美国普利策奖金内幕[M].贾宗谊,译.北京:新华出版社,1993:110-111.

毒性原料的报道获调查性报道奖;《芝加哥论坛报》获得调查性报道奖的文章曝光了美国政府有关玩具、汽车座椅和婴儿床的规定的过失。①

三、独特的叙事模式:中国的新华体

所谓"新华体",具有代表性的解释是:"新华通讯社长期报道国内外新闻形成的一种写作体式。"其特点为:"消息简洁,文字精练,篇幅短小,善于用事实解释新闻,很少空发议论;层次清晰,尽量做到一个事实一段,消息中段落过渡自然;文件中见权威,注重通稿的信誉;善于抓大问题,抓关键问题,重大事件的报道多有让人耳目一新的报道,主题开掘深刻。"②

新华社原社长穆青对"新华体"做过如下总结:其一,内容是大家普遍关心的重要的新闻;其二,事实是大家信得过的,真实、准确、可靠;其三,政治观点是正确的,是和党中央保持一致的,提倡什么,反对什么,态度非常鲜明;其四,文字精练生动;其五,时效上是及时的、最快的,不落在报纸电台后面。③

"新华体"源自新华通讯社的文体实践与推广,历经多个历史时期,在多重因素的影响下,逐渐发展成为"宣传范式"基座上的典范性文体形态。党在不同历史时期的宣传需求和现实条件,规约了"新华体"的文体类型和报道风格。毛泽东同志的"身体力行"奠定了"新华体"的文体理念与文体技巧,新华社"国家通讯社"地位的确立、"通稿制度"的形成以及新中国成立之初宣传社会主义成就的需要,推动了"新华体"全国性地位的确立与巩固。④ 较为典型的新华体报道,一般是"导语—主体—结尾"三段式,这种写法有利有弊,特点是严谨权威有余,生动形象不足。

当然,类似于初期的"新华体",如毛泽东写的《中原我军解放南阳》《人民解放军百万大军横渡长江》那样大气磅礴的作品有,但毕竟是少数。"一般新闻写作上的最大毛病是枯燥和平铺直叙,其原因在于写作实践的功夫不够,以及平素缺乏研究,以致没有感情,没有波浪,也没有变化。"⑤此后,在文体和文风改革的潮流中,涌现出一批"新华体"写作的范例,比较典型的如1977年10月23日新华社发表的文章《"飞蝗蔽日"的时代一去不返》、1964年4月20日《人民日报》发表的通讯《大庆精神大庆人》、1981年3月22日《人民日报》发表的文章《团结起来,振兴中华!》等就鲜明地体现出新华体的特征。

如今,随着改革开放的深入和读者水平的不断提高,"新华体"也在不断改革之

---

① 朱清河.美国负面新闻报道的社会价值及其启示——以近年来普利策新闻奖评奖为例[J].郑州大学学报(哲学社会科学版),2008(41).
② 刘建明.宣传舆论学大词典[M].北京:经济日报出版社,1993:247.
③ 穆青.新闻工作散论[M].北京:新华出版社,1983:308-309.
④ 刘勇.作为"宣传范式"典范的"新华体":历史变迁与内涵建构[J].南京师大学报(社会科学版),2021(4).
⑤ 新华总社在给各地总分社及分社的指示信[N].解放日报,1946-1-1.

中。在新闻写作方面,"新华体"开始强调更有现场感、新鲜感的新闻,于是视觉新闻、散文化新闻、日记式新闻等多种样式随之兴起,对整个新闻文体的改革起到强有力的推动作用。今日的"新华体"已经不再要求三段式的固定模式,报道角度和采写语言也开始异彩纷呈。它们或者语言生动形象,或者主题借背景生辉,或者故事真实感人,与此前平铺直叙的传统"新华体"有很大差别。请看1997年7月1日新华社关于香港回归的报道《别了,不列颠尼亚》。

在香港飘扬了150多年的英国米字旗最后一次在这里降落后,接载查尔斯王子和离任港督彭定康回国的英国皇家游轮"不列颠尼亚"号驶离维多利亚港湾——这是英国撤离香港的最后时刻。

英国的告别仪式是30日下午在港岛半山上的港督府(香港礼宾府)拉开序幕的。在蒙蒙细雨中,末任港督告别了这个曾居住了二十五任港督的庭院。

4时30分,面色凝重的彭定康注视着港督旗帜在"日落余音"的号角声中降下旗杆。根据传统,每一位港督离任时,都要举行降旗仪式。但这一次不同:永远都不会再有港督旗帜从这里升起了。4时40分,代表英国女王统治了香港五年的彭定康登上带有皇家标记的黑色劳斯莱斯,最后一次离开了港督府。

掩映在绿树丛中的港督府于1885年建成,在以后的近一个半世纪中,包括彭定康在内的许多港督曾对其进行过大规模改建、扩建和装修。随着末代港督的离去,这座古典风格的白色建筑成为历史的陈迹。

晚6时15分,象征英国管治结束的告别仪式在距离驻港英军总部不远的添马舰军营东面举行。停泊在港湾中的皇家游轮"不列颠尼亚"号和临近大厦上悬挂的巨幅紫荆花图案,恰好构成这个"日落仪式"的背景。

此时,雨越下越大。查尔斯王子在雨中宣读英国女王赠言说:"英国国旗就要降下,中国国旗将飘扬于香港上空。一百五十多年的英国管治即将告终。"

7时45分,广场上灯火渐暗,开始了当天港岛上的第二次降旗仪式。一百五十六年前,一个叫爱德华·贝尔彻的英国舰长带领士兵占领了港岛,在这里升起了英国国旗;今天,另一名英国海军士兵在"威尔士亲王"军营旁的这个地方降下了米字旗。

当然,最为世人瞩目的是子夜时分中英香港交接仪式上的易帜。在1997年6月30日的最后一分钟,米字旗在香港最后一次降下,英国对香港长达一个半世纪的统治宣告终结。

在新的一天来临的第一分钟,五星红旗伴着《义勇军进行曲》冉冉升起,中国从此恢复对香港行使主权。与此同时,五星红旗在英军添马舰营区升起,两分钟前,"威尔士亲王"军营移交给中国人民解放军,解放军开始接管香港防务。

0时40分,刚刚参加了交接仪式的查尔斯王子和第28任港督彭定康登上"不列颠尼亚"号的甲板。在英国军舰"漆咸"号及悬挂中国国旗和香港特别行政区区旗的香港水警汽艇护卫下,将于1997年年底退役的"不列颠尼亚"号很快消失在南海的夜幕中。

从1841年1月26日英国远征军第一次将米字旗插上海岛,至1997年7月1日五星红旗在香港升起,一共过去了一百五十六年五个月零四天。大英帝国从海上来,又从海上去。

本篇报道主题重大,基调庄重,概述式导语总括全文,"这是英国撤离香港的最后时刻"为整篇报道定调。第二段是一个"支持性段落",既承接导语,又开启下文。主体部分按照时间顺序展开,通过记者的现场目击,着力描述了四个场景:港督府告别仪式、添马舰东广场告别仪式、中英香港交接仪式、查尔斯王子和彭定康登上"不列颠尼亚"号离开香港。文中巧妙穿插了多段新闻背景,诸如"面色凝重""带有皇家标记的黑色劳斯莱斯""巨幅紫荆花图案"等细节的刻画丝丝入扣,尤其是结尾部分"大英帝国从海上来,又从海上去",一语双关,画龙点睛,达到了首尾呼应的效果。

2000年左右,随着新闻专业性的不断加深,新闻文体"专业范式"逐渐成形,"新华体"开始采用客观报道手法,用专业的方式进行"宣传"。2010年以来,随着微博、微信等社交媒介的崛起,视频化、社交化、碎片化等逐渐成为新的新闻呈现方式和话语体式,传统新闻的叙事逻辑和文体结构面临转型与变革。2016年2月19日,习近平总书记在党的新闻舆论工作座谈会上明确提出:"新闻舆论工作者要转作风、改文风,俯下身、沉下心,察实情、说实话、动真情,努力推出有思想、有温度、有品质的作品。"由此,"有思想、有温度、有品质"遂成为新的历史时期"新华体"改革的方向。①

四、中西新闻作品审美

一篇好的新闻作品,并不局限于篇幅的长短和形式的差别,只要能写出美感来,一样能如文学作品流传千古,经久不衰。新闻审美对于提升作品的价值起着至关重要的作用。其中,新闻作品的主题、语言、结构等各个方面,都能体现出新闻的美感。在不同背景下发展起来的中西新闻写作,有着自己不同的特色。下面仅从主题和语言层面做简要分析。

中国的新闻写作主张主题应体现某种思想观点。在当今的新闻写作中,人们在重

---

① 刘勇.作为"宣传范式"典范的"新华体":历史变迁与内涵建构[J].南京师大学报(社会科学版),2021(4).

视信息含量的同时,仍然非常重视新闻的思想性,甚至有人提出"新闻的本质在于传递思想""思想的价值决定新闻的价值"等观点。例如穆青的新闻作品主题都能催发出一种上进的力量,体现出时代的主旋律,给人一种时代的快感和美感。他笔下的焦裕禄、王进喜、吴吉昌、赵占魁,都体现出强烈的生命力和感召力。西方的新闻人物报道,往往是塑造人的鲜明的个性特点,表现人的常态生活,以个性作为把握人物的起点和终点,以细节、冲突、动作来表现人物性格,塑造人物形象。

请看下例:

现代舞蹈创始人格雷厄姆逝世

[美联社纽约1991年4月1日电]现代舞蹈的创始人之———玛莎·格雷厄姆今天在她的曼哈顿的家里去世,享年96岁。

格雷厄姆女士在21岁时开始跳舞,直到76岁才结束她的表演生涯。舞蹈界人士认为,她为20世纪现代舞蹈艺术的发展作出了巨大的贡献。

她的学生们虽然凭着他们的天赋在舞蹈界获得了一席之地,但就对美国摆脱19世纪古典主义桎梏的独特艺术形式所作的贡献而言,没有哪一个能超过她。她的早期作品被比作毕加索的绘画和斯特拉温斯基的音乐。她的后期作品使她赢得了芭蕾舞蹈动作设计家的声誉。

格雷厄姆女士体态娇小,她那弯如新月的眉毛以及紧束的发髻,都使她扮演的舞台形象具有很强的艺术效果。她的舞蹈淋漓尽致地表现了人类的肉欲、贪婪、嫉妒、欢乐和爱恋之情;她的表演扣人心弦,入木三分;她的舞蹈吸收了多方面的素材,比如希腊神话、美洲的开拓者,其中还包括她对自己清教徒传统的叛逆因素。

……

这则讣闻写得极美,通篇渗透着艺术的美感。通过对格雷厄姆的舞姿极具鲜明个性色彩的描写:简陋的舞台上,一个娇小玲珑,有着弯月眉毛、紧束发髻的女人,光着脚在极不和谐的音乐节奏中疯狂地旋转、跳跃,配以各种夸张的动作和有节律的呼吸,爆发出人类情感中被压抑的、最原始的激情,表现出人类与大自然的抗争、对生存的迷惘、对人性的叛逆,以及对美好生活的向往……文章以激情的笔调刻画了格雷厄姆极度张扬的个性特点以及强烈的舞蹈表现方式。字里行间流露出对她淡淡的哀思和真诚的缅怀之情,成为西方新闻作品的典范。

中西方在新闻语言的运用上遵循准确、具体、生动等共同原则,但也有一定的区别。如中国的新闻语言要求准确严谨,主张新闻报道是对新闻事件、人物等的客观报道,要用事实说话,尽量不加个人的主观观点。请看载于2021年6月26日新华网的一篇报道:

河南柘城武术馆火灾：伤亡人员身份确认　事故原因仍在调查中

[新华社郑州6月25日电]6月25日凌晨3时许，河南省商丘市柘城县远襄镇北街一家武术馆发生火灾，已造成18人死亡、4人重伤、12人轻伤。目前，受伤人员正在商丘市和柘城县医疗机构接受救治。

记者25日从应急管理部获悉，目前，共搜救出34人，其中18人死亡、4人重伤、12人轻伤。接报后，应急管理部部长黄明立即到部指挥中心视频调度指导救援处置工作，并派出由应急管理部副部长宋元明带队的工作组赶赴现场指导处置工作。记者从多个渠道证实，18名遇难人员为该武术馆学员。

柘城县市场监管局提供情况说明称，该武术馆名为柘城县震兴国际搏击俱乐部，创始人陈某，2017年8月30日在柘城县市场监管局牛城所设立登记，经营范围是武术培训。

柘城县消防救援大队大队长詹合义介绍，该场所作为武术培训机构，应当主动办理消防设计、验收或备案手续，但机构所在建筑为村民自建房，建设时性质并非培训机构，目前并未办理审核、验收或消防备案手续，相关情况还需进一步核实。

截至目前，事故原因仍在调查中。

文章用语严谨，恰如其分地报道了新闻事件。

相较而言，西方新闻作品更讲究篇幅短小、文约意丰。能用简洁的文字把价值大的信息报道出去的新闻，便是好新闻。来看下面一则消息：

肯尼迪遇刺丧命　约翰逊继任美国总统

[路透社达拉斯1963年11月22日电]急电：肯尼迪总统今天在这里遭刺客枪击身亡。

总统和夫人同乘一辆车中，刺客连发三弹，命中总统头部。

总统被紧急送往医院，并输血，但不久身死。

官方消息说，总统下午1时逝世。

副总统约翰逊将继任总统。

整篇文章只有5句话，就把肯尼迪总统遇刺的来龙去脉和约翰逊将继任美国总统的消息表达得清清楚楚。全文语言干净利索，字数少，信息量大，体现了西方新闻作品的特色。另外，西方新闻作品的语言讲究具体、实在、言之有物，不做空泛的描述。《美联社日志》上的话很能说明问题，代表了西方新闻界对作品语言美的要求：不要说"教堂集会的气氛很热烈"，而要说"大家拍手，脸上发光，人们的衬衫和外衣的胳膊下面和背上的部分由于出汗而颜色变深,脉搏跳动,脚趾和脚跟轻轻地敲着地板"。① 此种写作方式体现出西方新闻媒体对语言美的不同理解。随着中西方文化交流的推进、全球化趋势的加强,中西方的文化趋向融合,我们应在保持自己传统风格的同时,互相借鉴,取长补短,从而丰富新闻语言,丰富我们的传统文化。

五、中外新闻作品人物报道的差别

典型塑造是中国新闻特有的一种写作方式,这与中国国情密切相关。对于一个单位、一个部门、一个人或者工作中具有普遍意义的经验和教训,新闻报道以解剖麻雀的方式进行详细的叙述和深入的分析,可以充分发挥典型的作用,便于引导和借鉴。

"新闻作品中的典型写作是从文学中引进过来的,但是与文学作品中的典型写作有明显的不同。新闻作品的典型写作必须完全真实,真实地反映历史环境和现实的内在逻辑,不容许有任何哪怕是微小的合理想象。"②从中国新闻史上看,典型报道可以说是中国共产党主办的报纸的一种独创。在此以前,中国的报界虽然也有类似先进人物的报道,但毕竟偶尔为之,并不是报纸上的经常性内容。真正把典型报道当作报纸的重要内容,是从延安整风运动开始的,它给新闻工作来了新气象。在延安整风运动期间,中共中央强调要把反映根据地军民艰苦卓绝的斗争的报道放在报纸最重要的位置。《解放日报》率先改版,在1942年4月30日头版头条刊登《模范农村劳动英雄吴满有》,介绍了吴满有响应中共中央号召多开荒、多打粮的先进事迹;1942年9月7日发表长篇通讯《人们在谈论赵占魁》,盛赞赵占魁是"中国艰苦奋斗的产业工人的典型"。这两个典型立时轰动陕甘宁边区和各抗日根据地,掀起学习热潮,演绎成持续七年之久的劳动竞赛运动。从这以后,典型报道成为中国报纸上的经常性内容,也成为党报的一大特色和传统。

相反,西方的人物报道侧重反映新闻人物在特定历史条件下的人生经历和性格特点。1980年获普利策新闻奖的马德琳·布莱斯说,她总是"对那些常常游离于社会生活边缘或难以捉摸的人的故事"感兴趣。1991年获得该奖的谢里尔·詹姆斯说:"我喜欢表现普通人在特定的情况下怎样作出反应。"西方新闻报道中的人物,一般都是未有什么光辉事迹的普通人,作品也未试图通过人物描写表现他们的高尚品质和崇高追求。他们经常处于艰难的生存环境或社会底层,有的人甚至违反法律,违背道德,颇具矛盾色彩和争议性。③ 如1982年10月14日美联社发表的文章《总统儿子也失业》,报道了美国总统里根宣布"美国经济正在走向复苏"时其子的生活状况,利用一种诙谐幽默的表达方式巧妙地反映了美国当时真实的经济状况。

---

① 程道才.西方新闻写作概论[M].北京:新华出版社,2004:157.
② 李良荣.典型和典型报道[J].新闻战线,1981(3).
③ 王倩.中西新闻选择的差异比较[J].青年记者,2006(9).

经过改革开放和社会主义市场经济的发展，人们的价值观和生活方式越来越多元化，一味地拔高和夸大典型形象已经不能满足人们的需求，于是"一种标准、一种模式、一种思维"的局面开始被打破。张海迪的事迹曾经感动了很多人，正是因为报道展现了她平常人的特点和心理：在升学、就业、理想、前途等方面面临着各种困难和矛盾，使她的人物形象十分丰满，与读者贴得很近。关于人民的好公安任长霞的典型宣传报道，与以往不同，中央有关部门组织了包括新华社在内的几十家媒体一起采访报道，各媒体互相竞争，尽出新招。这样一来，有关任长霞的报道变得特别丰富多彩，一时在社会上掀起了学习人民好公安任长霞的热潮，形成一股巨大的声势。2004年《人民日报》刊出的纪念任长霞的文章《百姓心中的丰碑》和《北京晚报》的典型报道《情系民心霞映长天》，以及2004年新华社的报道《霞映警花别样红》等，无一不体现了典型报道给人带来的巨大精神鼓舞，使人读来感到亲切、震撼。以上关于任长霞先进事迹的报道，引发了人们对典型报道的新思考。深入实际、深入生活、深入群众，用第一手材料说话，用生动的情节和细节说话，讲述英雄人物的普通故事，这既是新形势下典型宣传的创新，又是老一辈新闻工作者优良传统的回归和发扬。让典型走下"神坛"，成为典型报道的最高呼声。这需要改变以往刻意塑造人物的写法，"天然去雕饰"，用淡淡的白描还原一个人物的本色，用真实可信的故事展示一个普通人的劳模形象，用平视的目光写典型，注意寻找典型人物的个性化语言，注意把握典型人物的成长环境，注意写平常人的平常事。既写他的苦与累，也写他的幸福与快乐；既写他的理想与追求，也写他这样那样的人性弱点，使典型人物变得立体而丰满。

第三节 探索中国新闻作品的新形式

一、强化散文笔法、视觉新闻等新方式的运用

早在1963年，穆青同志就提出"尝试用散文笔法写新闻"，用一种散文化的方式来表现新闻。新闻作品散文化，或者说使用散文写作的某些手法写作新闻作品，不仅可以把新闻写活，更重要的是，这样写可以把新闻事件中的新闻价值充分体现出来，从而达到期望的传播效果。而这一点，正是新闻界提倡新闻作品散文化的目的。当然，对于用散文笔法写新闻也要具体分析，一些新闻仍然需要用传统方式写，将重要的事实放在新闻的最前面；而对于一些故事性强、趣味性浓的社会新闻，或提供大量新闻背景的解释性新闻等，则可以大胆运用散文笔法，增强可读性，吸引读者。

如1985年1月16日的新华社稿件《古城南京的城墙变矮了》，就是一篇风格清新、形式活泼的新闻作品。消息对高墙的描写形象生动："墙的上半截大都还砌着各种镂空图案、花纹，一眼望去，一条街上花墙蔓延，宛如苏州园林。一家大医院用低低

的铁栅围成院墙,又以绿色油漆涂饰,院内葱郁的花草树木与街上的绿意连成一片,生机盎然。"如此描写,与南京高墙的背景相联系,生动地反映了南京人民社会生活的显著变化,体现出普通新闻的散文化特色。

  1983 年新华社在讨论新闻改革时,社长穆青基于文字新闻同电视新闻互相竞争、互为补充的需要,提出文字记者要学会写视觉新闻。"视觉新闻"即指电视、手机视频等传播媒介,运用视觉艺术的表现手法,迅速、及时地传播新闻。它具有形象化、立体化、动态化和直观化的特点,是新闻内容和形式的完美结合,能收到形式多样化、事件故事化、人物个性化、情节形象化、场面情景化的效果,从而提高新闻的可信度。① 随着"视觉传播时代"的来临,人们开始习惯选择最直接的视觉方式来报道新闻和呈现生活。在有线电视、卫星直播和网络媒体等多种媒体的冲击下,新闻报道对文字的要求日益提高,新闻只有可读性强、现场性强、吸引人,才能在竞争中取胜,因此现场视觉性的描写显得尤为重要。记者通过描写视觉场景,使文字在读者头脑里产生一幅幅生动鲜活的画面。如 2018 年 11 月 26 日《宁夏日报》刊发的文章《彭阳:悠然见青山》中的部分报道:

  尽管已是初冬时节,树叶尽落,野草枯黄,但梯田里山桃林、山杏林黑乎乎的,一条一带地在山腰间缠绕。今秋新栽植的松树,一株株穿插在桃杏林里,给单调的冬季平添了许多绿。梯田地埂下的积雪还没有完全融化,一条条像二毛围巾飘在山的脖子上,在阳光下泛着淡蓝色。

  ……

  40 年前,瘦羊多山草少,羊为了吃饱肚子满山刨草根吃。山上连最耐旱耐瘠的榆树都没几棵,更别说桃杏树了,每年都是红茹河川道亲戚给祁维杰送几筐山桃、山杏尝个鲜。夏季,每逢暴雨,山洪把田冲得更陡,把沟拉得更深,高崖倒塌的声音至今还让祁维杰心有余悸。冬季,为了热炕,庄里人扫枯草把山扫得黄秃秃的。

  这种文字给读者印象深刻,它给读者带来的是有声有色的鲜活场面。

二、故事化和语言风格的探索

  故事性新闻报道是西方报纸、杂志常见的一种报道方式。"故事模式"在西方新闻事件报道初期被认为是以社会新闻为主的庸俗小报采用的报道方式,区别于严肃高级报纸的"信息模式"。然而这种具有贴近性、趣味性、娱乐性,符合大众心理需求的新闻写作模式日益得到重视和发展,成为眼下常见的一种新闻写作手法。如《海上对话》开头记录了 1995 年 10 月 10 日在加拿大纽芬兰岛附近海域,一艘美国军舰的舰长

---

① 陶涵. 新闻学传播学新名词辞典[M]. 北京:经济日报出版社,1997:130.

和加拿大人的对话：

> 美方：为了避免相撞，请将你们的航向向北调整 15 度。完毕。
>
> 加方：为了避免相撞，我们要求你们将航向向南调整 15 度。完毕。
>
> 美方：这是一艘美国战舰的舰长在和你们通话。我再说一遍，请你们调整航向！
>
> 加方：重复，请你们调整航向。完毕。
>
> 美方：这里是航空母舰"林肯号"，美国大西洋舰队的第二大舰只。另有三艘巡洋舰、三艘驱逐舰和若干支援舰护航。请你们将航向向北调整 15 度，否则我们将采取必要的手段，以保证"林肯号"的安全！
>
> 加方：这里是一座灯塔。完毕。

报道直接引用具体人物的鲜活语言使读者产生真实感，增强了新闻事件中人物的人情味。通过新闻人物之口来表达对问题、现象的一种态度或意见，让读者作出自己独立的判断，于是就有了一篇比较标准的故事性新闻。①

所谓故事性新闻，是在遵循新闻写作基本原则的前提下，将故事的创作技巧用于新闻写作，使新闻作品具有通俗的语言、曲折的情节、严密的结构、鲜活的描写等故事性的特点。② 故事性新闻更加贴近生活，使新闻报道更加具体、详尽。

如 2004 年印度洋发生海啸后，《环球时报》推出"海啸中的动物"专版，讲述了许多类似狗救小主人的故事。新闻从侧面向读者展示了海啸发生后的悲惨景象，远胜过记者煞费苦心的数字积累。自古以来，故事就是一种受人欢迎的文体，它以悬念、情节等具有时间变化的要素吸引读者。改革开放以来，我国大力发展市场经济，提倡公平竞争，经济生活里具有戏剧性变化的事件层出不穷。以记者日常采访的经验来说，在任何地方采访，与厂长、经理、工人聊天，总能听到一个个引人入胜的故事。从反映主题的角度来说，故事这种形式完全能够胜任，并且更具有感染力。因此新闻写作有必要多吸收故事技法，使读者在阅读过程中激起更多的兴奋点。

新闻的特点要求所讲故事文字简洁，悬念和情节也要更集中、更突出。平面化和现场感不强是纸质媒体的劣势，而故事化新闻写作引用文学的表现手法，使得平面化的新闻报道变得丰满而立体，能极大地提升纸质媒体新闻报道的魅力。

2018 年 5 月 14 日，川航一架航班号为 3U8633 的飞机在执行飞行任务时，驾驶舱右座前风挡玻璃意外破裂脱落，刘传健机组临危不惧，果断应对，正确处置，确保了机上 119 名旅客的生命安全。34 分钟惊心动魄与死神较量的备降过程，让这段飞行被誉为世界民航史上一次"史诗级"的飞行。《中国民航报》在第一时间专访了包括责任

---

① 田永杰.西方新闻的故事化写作方略[J].新闻爱好者，2006(11).
② 王阿方.让故事走进新闻[J].新闻爱好者，2006(8).

机长、第二机长在内的整个机组人员,针对此次突发事件做了独家、全面、权威的报道。①（请看本书第 89 页）

现在,在新闻作品中,故事性和语言技法的使用很广泛,甚至是最难发挥记者水平的会议报道,使用故事性手法也会收到意想不到的效果。有时候,记者将会场上一个热烈独特的场面单独撷取出来,运用精练的语言,也可以写成精巧的故事小品。譬如,某位发言人说话精彩,激起数十次掌声;又如,会议中途与会者都吃便宜盒饭;再如,某一位知名人士在会上的精彩发言或异常举动……都有可能是独特的新闻。

思考题

1. 阅读新华社 2006 年中国新闻奖一等奖作品《索玛花儿为什么这样红》,从故事性、审美,以及对新华体的创新等层面进行综合性分析。
2. 比较中西报道在新闻选择上的差异。

---

① 郝蒙,王灿发.没有挡风玻璃的飞行[J].中国记者,2019(12).

第八章 期刊作品评析

- **本章要点：**
   了解：期刊的基本知识；新闻期刊作品文体特点
   掌握：新闻期刊作品评析方法、评析指要

第一节 期刊的基本知识

一、期刊的界定

期刊一词属于舶来品，来源于英文的"periodical"，也是英语"journal""magazine" "serials"等的中文译名，意思是定期的、周期性的出版物。中西方各界对期刊的概念定义至少有10种说法，全国文献工作标准化技术委员会（1984年）公布的ISO《文献工作——期刊刊名缩写的国际规则》对期刊的定义是：定期地或以宣布的期限出版，或准备无限期地出版下去的一种连续出版物，通常比年度出版物频繁。[①]

从狭义上来说，期刊指的就是杂志（magazine），这是图书情报学和大众约定俗成的传统认识，这是将二者等同的说法。但也有不同的说法，即"包含说"。有人认为期刊包含杂志，还有人认为杂志涵盖期刊，但都认为二者存在不同[②]。称其为"期刊"，强调的是刊物的刊期及出版周期；称其为"杂志"，则是强调刊物内容包罗万象。我国《辞海》对期刊的界定是：期刊又名"杂志"，定期或不定期出版物。

现代期刊融合了图书和报纸，是一种介于书籍和报纸之间的出版物，同时又形成了自己的特征。一般来说，期刊应同时具备五种元素：一是统一的刊名、较固定的出版形式；二是通常定期出版，至少每年出一期以上，且连续出版；三是登载多作者的多篇

[①] 尹玉吉.期刊概念流变及其定义研究[J].中国科技期刊研究,2012(23).
[②] 龚维忠.杂志与期刊概念辨析[J].湘潭大学学报（哲学社会科学版）,2004(6).

文章;四是有较固定的编辑者;五是一般有卷、期或出版年、月、日。①

这五个元素解释了期刊的基本特征,将其综合起来,我们可以这样理解期刊的定义:期刊是一种有固定名称,在一定时期内具有统一的出版形式和装帧,有一定出版规律(最少每年出一期),每期载有两篇以上不同作者写的文章,按一定的编号顺序刊行的连续出版物。

期刊有着共同的编排版式,其结构一般包括:

- 封面页:期刊外表装潢的重要部分,登载刊名、出版年、月、卷、期号。
- 封二:期刊封面的背页,常登有目次、广告、刊后语、插图等。
- 目次页:期刊内容页码排列次序的标注,便于读者查找刊载的文章。
- 正文:期刊的主体部分,由多作者的不同文章组成的整体。
- 累计索引:将某刊某一阶段(一年或数年)的若干期文章题名、责任者及刊期、页码等按一定顺次排列起来的阶段索引。
- 封三:期刊封底的反面,常登有启事、广告、图片、版权页等。
- 封底:期刊的最后一页,它与封面连接折叠而成。
- 版权页:关于该刊编辑出版有关情况的记录,包括题名、责任者、卷期、出版单位、出版时间、期刊代号、发行部门及定价等。
- 刊背:封面和封底的连接部分。②

二、期刊的分类

期刊按照不同的标准,可以划分出多种类型。

按出版周期划分,有定期期刊和不定期期刊两种。定期期刊的特点是年(卷)出版期数固定、出版频率均等,主要有年刊、半年刊、双月刊、月刊、半月刊、旬刊、双周刊、周刊。不定期期刊的特点是年(卷)出版期数不等、出版日期不固定,包括各种无限期连续出版的丛刊、报告论文集等。

期刊以出版机构划分,可划分为:

- 学术团体期刊:指各种科研机构、学会、协会、大专院校、国际性学术团体等编辑发行的刊物,代表着该团体的学术水平,反映了他们当前的研究任务;
- 商业出版机构的期刊;
- 政府部门及所属机构出版的期刊;
- 公司企业的期刊。

期刊按内容性质划分,主要有:

- 动态性期刊:以新闻的形式简要介绍学术动态、科技消息的期刊,常在刊名下冠

---

① 赵燕群.期刊工作浅说[M].北京:书目文献出版社,1980:21.
② 杨秀君,孙继亮.期刊管理与利用[M].北京:学苑出版社,1989:7.

以"消息""快报""动态""通讯"等字样。
- 学术性期刊:以刊载科研成果为主旨的学术性较强的期刊,包括各学科的核心期刊、各学会的学报以及高等学校的学报。
- 通报性期刊:报道科研现状及成果的专门性期刊,内容的学术深度介于前两者之间。
- 知识性期刊:用浅显易懂的语言、生动有趣的形式、图文并茂的篇幅介绍综合性或专门性的科学、文化、生活知识的科普期刊。
- 编译性期刊:翻译或编译另一种语种而重新编辑的期刊,题名常常有"译丛"二字。
- 史志性期刊:专门刊载某学科或某方面科研进展和史志资料的期刊。
- 检索性期刊:在原始文献的基础上进行加工整理并重新编辑供查阅文献的期刊。

由于期刊数量繁多,类型各异,不同的期刊既有各自的特点,也有许多相似之处,因此期刊类型的划分不是孤立的,同一期刊从不同角度可以划分出多种类型。但无论以哪一种标准划分期刊类型,都是以研究期刊、管理期刊、利用期刊为根本出发点。

三、期刊定位与期刊作品的关系

和报纸相比,期刊的出版频率较低,时效性不及报纸,那么期刊对于读者的吸引力是什么呢?

首先,期刊虽然不能像报纸那样同步或者紧随其后向读者提供信息,但是慢也有慢的优点,那就是期刊可以把出版周期内发生的事件,做一个一次性的全面总结和回顾。对于那些时间比较紧张的读者来说,期刊的全面和系统是它的长处。

其次,在出版内容和容量方面,报纸提供的主要是新闻,期刊提供的主要是观点和知识;从单篇作品的篇幅上来说,期刊的容量要大于报纸。因此,期刊既可以为新闻事件提供充分的背景与资料,又可以前瞻性地预测事物未来的发展方向,在反映现实生活方面具有一定的深度。

最后,在满足受众需要方面,期刊比报纸更能够满足少数人的特殊需求。期刊受众面较窄既是它的弱点,也是它的优势。期刊锁定某个受众群体,为他们量身定制的内容,更有专业性。

在竞争激烈的媒介市场上,期刊成功与否的根本问题是定位。期刊只有定位准确,才能有独特的风格而自成一家,才能在市场上有较大的竞争优势,脱颖而出。

那么,什么是期刊的定位呢?

"定位"这一概念最早来自营销界。1972 年,美国《广告时代》约请营销专家撰写了一系列关于营销与广告新思维的文章,总标题是"定位的时代"。期刊的定位是指

"期刊经营者根据读者的需求特性及竞争者在市场上的情况,对期刊的经营、服务确立目标,塑造形象,并把这种形象传达给读者,使读者了解、认知,从而确立期刊在读者心目中的地位"①。

期刊的定位包括读者定位、内容定位、风格定位、营销定位等。期刊读者定位包括编辑主体对目标读者的预期分析与确定、期刊采编经营活动对读者定位的贯彻实施以及目标读者对期刊定位的反馈。由于期刊的直接消费者是读者,因此期刊定位中最根本的是读者定位,这决定了其内容定位、风格定位等。

从中国期刊40多年的发展情况来看,期刊市场呈现出全球化和集团化的趋势,并迈开了市场细分的步伐,经历了四次浪潮,而这四次浪潮又分别以各自不同的定位为标志。

第一次浪潮发生在20世纪80年代初到90年代初,大众文化生活期刊崛起,涌现出《读者》《知音》《家庭》等一批大众品牌期刊。这次浪潮的主要特点是期刊发行量大、经济效益好,拥有广阔的受众。大众文化生活期刊根植于深厚的本土文化,或为大众提供中西兼容、雅俗共赏的佳篇美文,或以富有情感性、传奇性的纪实故事吸引读者。然而面对受众市场的小众化趋势,大众文化期刊总发行量逐年递减,期刊市场的第二次浪潮袭来。

第二次浪潮发生在20世纪90年代初到21世纪初,以时尚类期刊的繁荣为标志。所谓时尚类期刊,指的是那些印刷精美、定价较高、内容上侧重于服装、美容、情感、都市生活方面的消费杂志,例如《时尚》《瑞丽》《世界服装之苑ELLE》等。时尚期刊的目标读者锁定在都市白领阶层,常按年龄或性别细分,或是在时尚的旗号下分解出家居、主妇生活、健康、旅游、汽车等不同内容,以精美的图片与华丽的设计引领读者享受高品质的生活,追求格调。

财经期刊掀起了第三次浪潮,近几年在中华大地上呈风起云涌之势,出现了《财经》《新财富》《中国企业家》《销售与市场》等一批财经品牌期刊。财经期刊行业划分清晰,其目标读者是商界白领,内容在宏观上关注财经动向,追踪市场热点,在微观上提供权威、有用的信息,并拓展到财经人物、商业故事和经营案例。期刊作品具有较高的专业水准和深度,对目标客户群有较大的影响力。

第四次浪潮已初露端倪,那就是新闻期刊的兴起。一个国家、一个社会的新闻事业发展水平是以主流新闻为标杆的,新闻期刊就担负着这样的重任。一批新闻期刊借鉴美国的《时代》(1923年创刊)、《新闻周刊》(1933年创刊),德国的《明镜》(1947年创刊),成为期刊市场上的一道亮丽风景线。在种类繁多的期刊作品中,由于新闻期刊作品具有较强的新闻性与思辨性,因此我们选取它作为评析的对象,下一节将详细叙述新闻期刊的基本知识、作品特点以及评析方法。

---

① 敖裕兰.论期刊市场定位[J].中国出版,2002(11).

第二节　新闻期刊作品评析方法

一、新闻期刊类型

以刊载新闻为主的期刊被称为新闻期刊,有广义和狭义之分。

在广义层面上,新闻期刊可以分为三大类型:

一是综合类的新闻期刊。这类期刊在内容上以突出时政新闻事件为主题,以时政报道为特色,兼顾经济、文化、生活等方面的新闻,并设置相关的栏目来划分相对固定的范围。这类期刊的主要代表《半月谈》《瞭望》《南风窗》《环球》等。

二是细分化的专业新闻期刊。这类新闻期刊以财经、体育、娱乐等方面的新闻事件为主要内容,重点突出某一领域的新闻事件所引发的深度分析与综合述评,如《财富》《足球周刊》《看电影》等。

三是有关新闻学与传播学研究的学术期刊。这类期刊关注的是新闻学术问题及深层次讨论,如《新闻大学》《新闻与传播研究》《中国记者》《现代传播》等。

在狭义上,新闻期刊特指以刊载时政新闻为主的期刊。在西方,新闻期刊与报纸、广播、电视并称为四大新闻媒体,因为新闻期刊有着更为充裕的时间、更大的版面对重大事件进行深入、详尽的报道与述评,是一种其他传媒无法取代的重要新闻传播载体。

我国最早的时政新闻期刊可以追溯到 20 世纪初的新文化运动,如陈独秀创办的《新青年》。随后,知识分子创办了许多救国救亡的爱国刊物,其中最知名的是 1922 年蔡和森主编的《向导》周报以及 1925 年邹韬奋创办的《生活周刊》。

新中国成立后,新闻期刊一度消失,直至 1980 年,定位于"时事政策顾问,学习生活益友"的《半月谈》在北京问世。1984 年,定位于"中国最早最详尽报道中国高层决策信息的新闻刊物"——《瞭望》创刊。1985 年,以政论见长的《南风窗》在改革开放的前沿阵地广州创刊。这一时期的新闻期刊风格正统、严肃谨慎、政治意味较重。

自 20 世纪 90 年代中期始,一批风格迥异、被称为新生代新闻期刊的刊物陆续问世。1996 年,在我国的政治、文化中心北京,以及经济发达的沿海大都市,《三联生活周刊》《新周刊》《深圳风采周刊》等一批新闻期刊创立且获得成功。随后,《新民周刊》《中国新闻周刊》《凤凰周刊》等异军突起,新锐新闻期刊纷纷登上历史舞台。

新闻期刊的读者定位是正在新兴的中间阶层,他们具有较高的文化水平与经济收入,是社会的主流群体,在社会公共事务活动中起着重大的作用。这些目标受众具有较高的阅读期待和文化审美需求,需要更有深度、信息量更大、更有阅读美感的媒体。

新闻期刊正是应读者的需要而生的,它集新闻性特长和刊物特长于一身,"既有整合的新闻资讯,又有深度的专家评论,既避免了报纸内容呈现形式上的粗糙和报道深度上的不足,又避免了一般杂志的时过境迁"①。新闻期刊以全方位的新闻策划把握时代脉搏,以具有现实针对性的深度报道挖掘新闻背后深层次的信息,以独到精辟的评论引领读者的思维方式,以精彩的图片编辑给读者强劲的视觉冲击力,形成了新闻期刊的独特魅力。

二、新闻期刊作品文体特点

一般说来,新闻期刊作品和报纸上的新闻作品在体裁上并没有太大的差别。为了便于读者赏析期刊作品,以下特列出新闻期刊上较为突出和常见的四类作品,并加以说明。

(一)刊首语

刊首语,又称刊首寄语,是刊载在期刊首页,反映刊物的创办宗旨、主要内容、努力方向等的文章。一般来说,刊首语的文字较为简练精要,大约三四百字。刊首语可以加标题,也可以不加标题而直接以"刊首语"为题。

刊首语是期刊的旗帜,读者可以从刊首语中清晰地了解这份期刊的主张和风格。期刊通过刊首语彰显自己的特色,为期刊的内容定一个基调,从而在扉页就吸引读者的眼球,激起读者的阅读兴趣和购买欲。例如《三联生活周刊》复刊号的刊首语:

一本杂志和他倡导的生活

在韬奋先生诞辰一百周年的大日子里推出的这本《三联生活周刊》,是创刊,也是复刊。

六十八年前韬奋先生创办并主持的《生活》周刊,与生活历史共鸣,积极反映时代潮流和社会变迁,竭诚服务于千万读者,产生了巨大的社会影响,受到了广大群众的热烈欢迎。从这个意义上讲,我们是复刊。坚持这个方向,是我们的宗旨。

今天,我们正处于世纪之交的大时代中,这是我们的幸运。如何从老百姓最最平凡的生活故事中,折照出这个时代,反映出人们普遍关注的社会新课题,提供人们崭新的生活理念和生活资讯,当是我们最需努力的关键。韬奋同志从来主张,特殊时代需要提供特殊的精神食粮。这就需要创新,要前进。《三联生活周刊》的创刊,就是我们的再出发。

在这历史的承传和时代的创新面前,我们惶惶然请益于师友,商讨于同志,希望作为一个共同的事业,一起来办成一份百姓自己的刊物。

---

① 孙燕君,康建中,梅园眛,刘再兴.期刊中国[M].北京:中国社会科学出版社,2003:278.

这篇刊首语的题目"一本杂志和他倡导的生活"就反映了刊物的定位和特色。针对自己明确的读者定位——城市中有文化的中青年,刊首语立论巧妙,阐明关注生活、顺应时代的办刊立场。文章回顾了六十八年前韬奋先生创办《生活周刊》的创刊词,展现出对《生活周刊》的传承。全篇充满了知识分子的睿智,小品文般的文字使读者如沐春风,从而吸引读者拿起杂志继续阅读。

(二)深度报道

深度报道是新闻期刊作品中的重要类型。穆青先生曾说:"新闻周刊的看家武器,是分析性、评述性、立体性的深度报道。"①新闻期刊内容的深刻性通过深度报道这种形式得到了充分的发挥,从而克服了其在时效性上的不足,在深度和广度上独辟蹊径。深度报道是新闻期刊生命的一部分,也是构成新闻期刊深层魅力的主要因素。

深度报道分为解释性报道和调查性报道,它们都是运用解释、分析、预测等方法,从历史渊源、因果关系、矛盾演变、影响作用、发展趋势等各个方面报道新闻。深度报道不仅仅满足于向受众提供简单的新闻事实,而且通过提供丰富的新闻背景和充分的采访、思考,使新闻要素进一步深化;一方面剖析新闻事实的内容,另一方面展示新闻事实的宏观背景,从总体联系上把握新闻的价值,揭示新闻事实的原因、实质、影响及发展动向。

例如2003年6月16日《中国新闻周刊》的封面故事《孙志刚死亡真相》的系列调查性报道,对中国公民孙志刚的死亡事件进行了深入的调查,以客观公正的态度说明事件的来龙去脉,尽量真实地还原事实真相。在完整报道新闻事件的基础上,文章还把主要精力放在了五个W中的why(原因)和另一个要素how(怎么样)上,对其进行了深刻的剖析:孙志刚之死,是人性之恶,更是制度之缺;媒体对孙志刚之死的报道,是公民对生命权意识的觉醒,并且呼吁社会关注对基本权利的维护。

(三)言论类作品

新闻期刊一般设有言论版,刊载一定篇幅的时论性文章,从而为期刊赋予个性的声音,也是新闻期刊的最大卖点。新闻期刊中的言论类文章针对其目标受众关注的新闻热点表明自己的观点和看法,立论大胆精到,时有惊人之语,振聋发聩,启人心智。

言论类作品以说理为主要表现手段,着重从思想、政治、伦理的角度分析具有普遍意义的新闻事实或社会现象、社会问题,旗帜鲜明地表明态度,阐述自己的见解和主张,借以指导当前的社会实践,影响和引导舆论。一些新闻期刊坚持在新闻与评论之间划定传统的严格界限,另一些则打破了单纯新闻、分析性写作与评论之间的区分,但它们都关注与社会发展息息相关的前沿问题,拓展言论的自由空间,从而提供给读者

---

① 曾宇.试析中国新生代新闻周刊的报道风格[J].新闻通讯,2000(6).

整合过的有效信息和观察问题的新视角,影响人们观察问题、分析问题的思维方式。以《南风窗》2002 年第 2 期的《上了轨道的腐败》[①]为例:

> 这些年,中央反腐败、打走私可谓声势浩大,雷霆万钧,正是在此震慑下一个个大案才浮出水面。但必须看到的是,腐败者、走私者的应对反抗方法也层出不穷,屡屡翻新。每当我耳闻目睹走私腐败的案情,阅读这些最坏的"政治经济学版本"时,真正令我愤慨与担忧的,并非走私腐败的金额之大、数量之巨、牵涉之广,而是在走私腐败的背后,另一套规则在运行,另一种文化在流行,另一种行为方式在畅通无阻。那仿佛是另一个社会,它运行在另一条轨道上,但又和你我共在的这个社会息息相关,并从这个社会里吸血抽髓以自肥。

作者以强烈的使命感,直面社会现实,大胆立论。文章表明了鲜明的反腐败立场,辅以大量事实论据,由表及里、由此及彼地深入分析,以批判的精神进行独立思考。深刻的思想内涵极具感染力和说服力,使读者有眼睛一亮、痛快淋漓的感觉。

(四)人物专访

新闻以事件为主,事件的主体是人物。随着近年来新闻改革的深入,人物专访这种体裁蓬勃发展起来。新闻期刊常设人物专栏刊载人物专访,针对当前热点新闻人物进行专题访问报道,内容精彩,形式灵活,具有较大的感染力。

人物专访兼有人物访问、人物特写和人物通讯的性质,可以用叙述、描写、议论、抒情等多种方式详细、生动地描绘新闻人物。相对于人物消息或人物通讯,人物专访特别强调报道对象的新闻性和现实针对性,访问的通常是目前大众关注的人物;人物专访注重再现访问的过程和现场情况,给读者以身临其境的感受。此外,人物专访主要展示人物的一个侧面,有集中的切入点,突出最有新闻价值的内容,以入木三分的细节刻画再现新闻人物形象。

三、新闻期刊作品评析指要

新闻期刊作品评析遵循一般新闻评析的基本原则,但是由于期刊这种媒介形态自身的特殊性,在评析其作品时又有特殊的角度和方法。

(一)新闻主题

新闻主题是新闻作品的统帅和灵魂,新闻主题的选择是对新闻期刊文本进行分析的重要内容。新闻期刊选题范围广泛,涵盖政治、经济、科技、文化、娱乐等各个领域,

---

① 秦朔.上了轨道的腐败[J].南风窗,2000(2).

因此新闻主题是否重大，是否具有较强的现实针对性，是否能够充分把握时代的脉搏，是评析新闻期刊作品的一个重要切入点。

一般情况下，每期新闻期刊都会进行专题策划，或者是挖掘别人尚未挖掘的层面，在"深入"上胜人一筹；或者是寻找别人未曾想到的主题，在"独到"上高人一筹。经过全方位策划后，每期新闻期刊会确定一个重点选题，由若干主要文章组成，形成该期报道的中心；将一篇最重要的文章，在封面上用图片指代，并在显著位置标出标题，作为"封面专题"或"封面故事"，有些也称其为"本期特别报道""本刊独家策划"。在分析新闻期刊作品的主题之前，一定要仔细地阅读几遍作品，了解其主旨，以便进行准确评析。

（二）叙事风格

新闻报道是现代社会中一种非常重要的叙事形态，其独特的叙事方式是新闻期刊形成个性风格的重要因素之一。在新闻同质化现象严重的今天，新闻期刊更要强调差异化的语言表现方式，因此叙事风格是从表现手法的角度对新闻期刊作品进行评析的方法之一。

抛开期刊作品本身的故事性、所持的观点不谈，许多文章因其本身特有的叙事风格而成为美文。新闻期刊关注的范畴不再局限于硬新闻，即使是较硬的新闻也常常会软化包装，在精、深等方面下功夫，通过议论和抒情传达感情色彩与价值取向，从而形成亲切、平易的行文风格。有的文章采用特写的叙述手法，从平民化的视角将新闻故事化，娓娓道来，注重细节的刻画，设置层层悬念和跌宕起伏的情节，令读者欲罢不能；有的文章则采用西方客观报道手法，追求简洁传神的语言、清晰明了的段落，文如行云流水。

（三）与读者的贴近程度

每一本期刊都有自己较为稳定的读者群，每一个读者群都有自己的兴趣、利益和代言。面对阅读需求日益分化的读者，期刊必须献上分类更为清晰、个性更加鲜明、特色更为突出的服务；不断满足读者的需要，是期刊的出发点，也是期刊的归宿点。新闻期刊作品很重要的一个评析标准就是与读者的贴近程度。

与读者的贴近程度是一个综合的考量，同时表现在新闻作品的内容与形式两个方面。在主题内容上，新闻期刊作品是否注重新闻价值观中的接近性原则，反映目标读者的关注焦点；在表现形式上，新闻期刊作品是否能够满足读者日益增长的文化审美需求。具有冲击力的选题、大胆鲜明的新观点、生动亲切的语言风格，是许多期刊读者对期刊的期盼。

第三节　新闻期刊作品评析实例

一、《南风窗》

　　1985年《南风窗》创刊,目的是通过架设理论与实践、政治和经济之间的桥梁,宣传改革开放新观念、新事物、新思想、新潮流。1998年《南风窗》全面改版,在国内首次鲜明提出了"有责任感的政经杂志"的定位,以透视时事经济热点、传播进步观念为己任,以公正、深入、理性、前瞻的姿态对时政、财经、社会热点进行深度分析,体现社会正义,反映百姓呼声,强调专业分析、独家报道,帮助读者把握趋势潮流。

　　《南风窗》的新闻作品常常敢于就社会热点进行分析报道,反映现实生活中的痛点、难点,字里行间充满着对祖国、对人民、对未来超乎寻常的责任感和具有现实意义的反思。2016年,针对社会上普遍存在的非法网贷公司发展校园贷,进而危害在校学生人身、经济安全现象,南风窗记者坚持客观中肯、实事求是、理性分析的原则撰文《校园贷有"毒"》①：

　　　　这两年,校园贷成了舆论焦点,但不少是负面的。"男生跳楼""女生裸条",这些不幸的事件告诉我们,不规范的校园贷就像一条毒蛇,诱惑着年轻人的欲望,扭曲他们的财富观,更摧毁一些人的人生。

　　　　校园贷为什么这么火？在于它的确蛊惑人心。2015年,中国人民大学信用管理研究中心调查了全国252所高校近5万大学生,结果显示,在弥补资金短缺时,有8.77%的人会贷款,其中网络贷款几乎占一半。考虑到中国大学生的巨大基数,校园贷无疑已成为一道"金融奇观"。

　　　　一些大学生认为,校园贷是为大学生量身定制的创新产品,它提高了年轻人的物质生活。在负利率的环境下,把未来的钱放在今天用,是一笔划算的买卖。看起来,它的"好处"太多了。但我必须告诉你,这些"好处"大多数都存在严重的谬误,我归纳了三个。

　　　　谬误一,"我有能力还钱,因为现在大学生兼职机会越来越多,毕业以后,工作更不是问题。"但是,我必须告诉你,事情可能刚好相反。兼职机会越来越多,可能意味着你毕业以后的问题更大。

　　　　……

　　　　校园贷的三个谬误,其实也是它的三重被忽略的危险。年轻人,这个世界远比你想象的复杂。你必须明白,当货币洪水泛滥,储蓄固然很愚蠢,但过

---

① 谭保罗.校园贷有"毒"[J].南风窗,2016(26).

度负债,它至少也不是一种美德。

很多大学生根本不具备创造现金的能力,贷款一直还不上,最后不断"滚动贷款",利滚利,越陷越深,所承担的利息负担水平,早已远远高于长期抱怨融资难的中国中小企业群体。

文章用负责任的态度,冷静分析并反思校园贷给在校学生造成的伤害,文字亲切、朴实,锐利的思想流于笔端。全文结构逻辑严谨,视角独特,观点明确,有着"用事实说话"的分析报道评论风格,令读者掩卷沉思,关注校园贷的现实危害,发挥了良好的舆论导向作用和监督功能。

二、《新周刊》

由广东新闻出版局和三九集团主办的《新周刊》,从1996年8月创刊至今一直备受瞩目。"新锐"是《新周刊》的独特风格,"中国最新锐的时事生活周刊"是它的宣传口号。它的目标读者定位为25岁左右的关心时事时尚、追求个性表达、有主见、有思想、有一定消费能力的人群。

《新周刊》的新锐表现在这本杂志在整合新闻资讯的基础上提供新锐的观点。它整合资讯的方式是盘点。这种盘点,不是简单意义上的描述,而是强有力的专题策划。每期重推一个长达30页的专题,以其对新闻价值的独特判断和对市场的准确把握,整合出一个新锐观点。《飘一代》(《新周刊》2000年第12期)就是一个典型例子。时至今日,该文依旧十分具备话题性,折射出当下中国社会的流动性特征。

"漂泊者还在地上跋涉,飘一代已在空中飞翔。"《新周刊》敏锐地观察到现代人具有的特殊精神气质,以犀利的语言提炼出一个精准的概念"飘一代"——特指那些内心迷惘、躁动不安,喜欢从一个城市游走到另一个城市寻找一种特立独行的快感却被铺天盖地的孤独和无所适从的惊恐所湮没的另类生存者。《新周刊》用哲学家式的理智和文学家般的敏感叙述了"飘一代"的50个特征,例如:

1.只喝包装水。想喝水的时候立刻就能喝到,不用等水烧开,不用等水放凉,这是包装水胜出的地方。就凭这一点点方便,包装水全面占领了飘一代的生活,而不再是旅游或外出时的代用品。当然不能泡茶泡咖啡,好在飘一代这方面的需求不多,更多的喝法是往纯净水、矿泉水里扔半片柠檬两块冰。2.不订报只买报。飘一代如果看报的话,只可能零买绝不可能订阅,因为订阅者不仅必须知道自己明天、下个月、半年后住在哪里,还必须极有把握地知道自己的口味、兴趣、习惯等都不会在一定时间里改变。但飘一代没有这个把握,也从来没打算培养这种把握。同理,飘一代如果购买了俱乐部会员卡,往往是浪费金钱——忽然离开本地了,或者忽然失去兴趣了。3.只租房不买房,只打的不买车。房子和车子有时候是一种需要,有时候是一种装饰,有时候是一种束缚。租房不买房,打的不买车,就实现了房子和车子的第一种功能。其他功能,不属于飘。……

无厘头式的调侃、跳跃的文笔,轻松生动地勾勒出当代城市中的一个社会族群,其中又夹杂着无情的解构和批判,张力十足,引起读者的共鸣。作者把握住读者的阅读心理,通过对语感的玩味提升出精彩的概念,别具匠心地找出了与时尚一族进行情感沟通的途径。"飘一代"成为《新周刊》最著名的原创概念,并成为新世纪具有相同精神气质和生活态度群体的时尚标签。

三、《中国新闻周刊》

《中国新闻周刊》创办于2000年,由中国新闻社主办,定位于新闻时政杂志,办刊宗旨是"影响有影响力的人",以为广大读者提供国内、国际重大新闻报道为主,内容涉及广泛且富有深度,重点在于挖掘新闻背景和内涵。《中国新闻周刊》是一本既有新闻权威性,又富有知识和趣味性的大众读物,内容涵盖政治、经济、科技、文化、体育、时尚、娱乐等领域。

《中国新闻周刊》利用中新社独特的资源背景,强调独立调查的原则,贡献有影响的原创报道,将新闻和评论分开,保证了新闻报道的客观性。2000年8月18日第18期《中国新闻周刊》独家报道了《国难当头》封面文章,强有力的策划使得文章充满了关注民生的人文色彩。

"艾滋病人报复县里不管他们,把自己的血液注射到西瓜里。"

自今年夏天始,这个谣言在河南省上蔡县广为流传,至今未散。

谣言起源于该县芦岗乡文楼村。

在这个距县城不过三里地的村庄,近3000人生活在艾滋病的阴影中,并且已有十几人陆续死于艾滋病。

8月17日,《中国新闻周刊》记者来到这个据称已震动高层并且还将震惊世界的"艾滋村",耳闻目睹,超乎想象。

那病面色蜡黄,口部生疮,脸上、手上、胳膊和腿,凡是能看见的部位,无不是黑斑点点,像一群苍蝇吸附在上面。

这是李娟留给本刊记者的第一印象。

29岁的李娟远远地站在自家门前,看我们跟他公公老陈说话,两只眼睛骨碌碌地转。没一会儿,两条瘦得像芦柴棒一样的腿,折了下去。

"她站不住。"老陈解释道。

对艾滋病并没有太多忌讳的老陈,抱起小孙子,有些惨淡地笑:"我这小孙子才两岁零四个月。"

孩子的腿出奇地细,无骨一般。擦满粉的头上满是疙瘩,李娟紧张地说是"痱子"。

这个因为超生还被罚了款的孙子,是爷爷心中的最痛。

刚刚满月,孩子就发烧、咳嗽不止,到县医院一检查,说是先天性心脏病,医生让吃了一千元的药。稍稍有些好转,孙子的病又犯了……

简洁传神的语言和简短清晰的段落,形象地描绘出现场细节,捕捉到更具个性特征的人物形象,从而生动地还原了艾滋病村里村民的生活状态。文章以客观叙述手法披露了事件发生地的严重状况,给读者以强烈的情感刺激。这篇报道引起国内外媒体的广泛关注,被美国《新闻周刊》誉为"有国际影响的报道"。

四、《三联生活周刊》

生活·读书·新知三联书店创办的《三联生活周刊》于1996年1月正式出版,它的前身是邹韬奋创办的《生活周刊》,办刊宗旨是"以敏锐姿态反馈新时代、新观念、新潮流,以鲜明个性评论新热点、新人类、新生活"。《三联生活周刊》习惯性地站在知识分子的位置上展现自身的睿智和率性。它成功地融合文化、新闻和生活,以新闻为由头开掘深藏的文化意味和生活底蕴,以文化为工具阐释新的生活观念,以生活为灵魂,把关注现实生活、倡导理想生活方式作为根本理念。

《三联生活周刊》擅长从一定的文化视角和人文关怀的思路对新闻事实进行再加工,形成一种知识分子欣赏的温文尔雅的独特说话态度。以2020年第40期《三联生活周刊》记者李秀莉采写的《被家暴农村妇女的18年》中的段落为例:

美玲今年35岁,但结婚已经18年。回头来看,她几乎是"稀里糊涂"地嫁给了那个并不了解的男人,从此开始了被牢牢控制的人生。现在,美玲决定拼尽全力从这段婚姻里挣脱出来。这条路并不好走,但她不再回头。

暴力开启的婚姻

6月底的一天,星期五,晚饭桌上,丈夫把碗一扣,恶狠狠地指向美玲:"你走吧,我养不起你了,不走就把你的衣服烧掉。"一盘水煮白菜、一盘洋芋静静地躺在桌子中央,没人敢再碰。自从上次丈夫断了美玲的零用钱,家里已经20多天没买过肉了。小女儿吓得哆嗦。美玲央求,无果,她知道丈夫说到做到。此时,刚参加完小学结业考试的儿子站了出来,拉着她的手和她站在一起,随后两人一起离开了家。

一个多月后,美玲决定离婚。

11月,我在昆明见到了35岁的美玲,她骑着电动车、载着女儿来到我们约定的地点。此时,她已经在明心反家暴社工机构提供的庇护所里住了4个月。她告诉我,今天是星期日,不用做工,下午准备去教堂做礼拜。这是一个看起来健朗又外向的女性,身穿一件黑色呢子大衣,留着学生头,头发别到耳朵后面,说到开心处,会哈哈大笑。只是,在谈起那段婚姻时,面前的女人语气沉了下去……

在报道新闻事件之前,文章真实还原了家暴场景,充满了记者对现场气氛的敏锐感知,这是《三联生活周刊》对新闻现场的惯有叙述方式。真诚的态度和人文关怀的底蕴使得读者更加关注新闻事件中的人和事件的丰富性与复杂性。在真实详尽的事实材料基础上,文章揭露出家暴这一存在的社会现象,从个案阐释切入,呼吁大众对家暴予以关注,具有很强的社会意义。

五、《凤凰周刊》

《凤凰周刊》是香港凤凰卫视控股有限公司主办,凤凰周刊有限公司编辑出版,获得中国国务院新闻办公室和中国国家新闻出版署特许在中国内地发行的以报道时事、政治、文化为主的政经大刊。《凤凰周刊》每月发行3期,全年共36期。

创刊以来,《凤凰周刊》忠实记录了转型时期的中国社会政治、经济的发展进程,以海外媒体的独特视角,详细解读内地新近发生的重要新闻事件,引起海内外广泛关注。

2007年6月1日,中国福建省厦门市爆发反对PX化工项目游行。而在此之前,《凤凰周刊》第256期报道了该项目,文章标题为《厦门,一座岛城的化工阴影》。事后厦门市政府有关部门禁止销售并收缴了该批杂志。

思考题
从选题、体式、语言角度评析下例刊首语。

幸福在哪里?

年轻的产业,年轻的人。一颗颗年轻的心灵,在收获成功的时候,也在品尝成长的烦恼。"郁闷"与"累",成了IT人用来形容自己的高频词语。

"幸福"似乎遥不可及,更像一种奢侈品。如果"挨踢"人在外行人面前谈不幸福,那他们会睁大眼睛反诘你,你为啥不幸福?然后,会振振有词地举出很多例证,比如每年不菲的收入、舒适的办公环境、令人向往的白领生活等。你没有理由不幸福。

有时,他们中甚至有人会给你哼唱一首幸福的歌谣:如果感到幸福你就拍拍手,如果感到幸福你就拍拍手,如果感到幸福就快快拍拍手呀,看哪大家都一齐拍拍手……这时,你会与"大家"一起拍拍手、跺跺脚吗?这时,也许你更多的感受是无奈,也许你会独自感慨,隔行如隔山,吾之心事何人知。

这时的程序员,可能会说:生活没有阳光,因为晚出早归;聊天没有情绪,因为人机对话;感情比较单调,因为工作繁忙……这时的销售人员,可能会说:面对千百客,脸上绽开花;酒肉穿肠过,利润心中留;身体渐渐差,还得顾妻小;返款无着落,奖金何处来……这时的行政保障人员,可能会说:人员变化快,保障跟着忙;面对人怨气,何处诉肝肠;身心备受损,何时有补偿……这时的CEO,可能会说:我需要时间,因为试图在匆忙做完日常工作的同时,还要承担更多的、新的、不熟悉的责任。我是否陷入了"新的时间困境",感觉时间都跑了,似乎能够挤出时间成了一个梦想……这时的企业,可能会说:我需要大量的人才,需要更多的创新,需要集聚的资本,需要更多的利润,需要更快的发展,需要无穷的资源……

如此说来,大家都有一本难念的痛苦经。可谓幸福的经历都是一样的,但不幸的经历却千奇百怪。为什么在物质如此丰富的年代,人们的幸福感却不强。顿时,我们一下找不到答案。其实,几千年前,孔夫子的言论就给了我们一个很好的回答。在《论语·雍也篇》中,孔子赞扬得意门生颜回:"一箪食,一瓢饮,在陋巷,人不堪其忧,回也不改其乐。"

颜回的生活如此幸福,并不是他有多么富裕,而是在于一种生活的态度。我们的不幸之源是看外界太多,看心灵太少。面对过多的选择,我们就困惑了。这就像"聋青蛙成功"的故事一样。

有一群青蛙组织了一场攀爬比赛,比赛的终点是一个很高的塔顶。一大群青蛙围着铁塔看比赛,给它们加油。围观的青蛙同时议论:"这太难了,肯定到不了塔顶!""绝不可能成功,塔太高了!"听到这些,一只接一只的青蛙开始泄气了,除了几只情绪高涨的还在往上爬。围观者继续喊着:"这太难了!没有谁能爬上顶的!"越来越多的青蛙累坏了,退出比赛。但有一只却越爬越高,一点没有放弃的意思,终于成为唯一到达塔顶的胜利者。比赛结束后,有青蛙问胜利者哪来的力气爬完全程?结果发现这只青蛙根本听不见!

无疑,聋青蛙是幸福的。它没有更多的选择,不需要面对更多的诱惑,它的内心是安宁的。

在2006的年末,我们不妨当个聋青蛙,拍拍手、跺跺脚一起唱起来:"幸福在哪里呀,幸福在哪里? 幸福就在你的心灵里——这里有空气,这里有阳光,这里还有你的新希望……"

(《软件工程师》杂志2006年第12期,作者:周智涛)

第九章　副刊作品评析

- **本章要点：**
  了解：副刊的形成与发展；各类副刊文体特点
  掌握：副刊评析方法与要求

第一节　副刊文体及特征

一、副刊的形成与发展

　　按《辞海》的解释，副刊是"报纸上刊登文艺性、知识性、学术性、娱乐性文章与图片的固定版面。每天或定期出版，多数有专名。"[1]副刊是报纸的重要组成部分，所刊发的稿件大多是诗歌、散文、随笔等文学体裁。"文艺色彩较浓，不过多强调时效性，但要有时代感。副刊在吸引读者方面有自己的优势，素有'新闻揽客，副刊留客'之说，因而很多报纸都想方设法办好副刊，使之形成品牌。"[2]现在，随着媒体种类的增加，副刊已经扩展到期刊、电视、广播、影视和网络中，本章单讲报纸副刊。

　　有学者认为，所谓报纸副刊，就是以大众传媒之一的报纸为载体，符合报纸本身的基本属性，与报纸新闻、广告、资讯相区别，独立传播文学、艺术、科学技术及其他相关文化、知识（或传播"大文化"）的一切报纸作品及其版面语言。[3] 副刊其实是中国一个特有的现象，从严格意义上来说，副刊是加在正刊以外、独立成章的一张报纸。我国的报纸从近代出现起，至今已经有100多年的历史，副刊的发展也经历了孕育、形成、崛起等不同的阶段，由最初报纸补白性质的文字演变为随报纸正刊赠送的"附刊"，最

---

[1] 辞海编辑委员会.辞海[M].上海：上海辞书出版社，2009：656.
[2] 程曼丽，乔云霞.新闻传播学辞典[M].北京：新华出版社，2012：237.
[3] 田建平.当代报纸副刊及其媒介转型[M].北京：中国传媒大学出版社，2019：17.

后发展成报纸上占有固定版面的"副刊"。① 副刊的定位、内容和形式都随着时代变化而不断发展着。

19 世纪末,我国报纸副刊的雏形问世。人们公认的我国报业史上第一个副刊是《字林沪报》的副刊《消闲报》,1897 年 11 月 20 日在上海诞生,它对副刊的定型起了很大作用。辛亥革命时期,副刊被资产阶级革命派用来进行革命宣传。这一时期有些报纸分为庄、谐两部,促进了报纸文艺副刊的发展。如《申报》的《自由谈》《新闻报》的《快活林》等著名的文艺副刊都在这一时期诞生。

五四运动时期,进步的、革命的报刊如雨后春笋般出现,它们大造舆论,反对封建专制,提倡民主科学,在新文化运动的宣传中起了巨大的作用。最早对副刊进行改革的是上海的《时事新报》,该报于 1918 年创建《学灯》。主要内容是介绍资产阶级的学术文化,也登过讨论社会主义的文章。北京《晨报》自 1919 年 2 月 7 日起,由李大钊指导进行改革,增加了介绍"新修养、新知识、新思想"的栏目,使其具有副刊性质的第 7 版成为积极推动新文化运动、传播社会主义思潮的领地。另外,1919 年 6 月 16 日,上海《民国日报》改办的《觉悟》副刊,同样宣扬反封建的民主主义思想,介绍社会主义,由邵力子主编。这一时期的报纸副刊成为提倡新文化、宣传新思想和最早传播马克思主义的重要阵地。

20 世纪二三十年代,报纸副刊出现周刊化热潮,如《申报》30 年代周刊扩大到 40 多个版。到了 20 世纪 90 年代,全国报纸掀起了"周刊"复兴热,报纸副刊格局发生了显著的变化。譬如,《文汇报》的《笔会》、《中国青年报》的《冰点》、《人民日报》的《大地》、《光明日报》的《东风》等副刊均得到进一步充实和提高,不但调整、巩固了原有的副刊版面,而且推出了一些别具特色的专刊、特刊、周刊乃至半月版式的副刊。各地不同类别的报纸也在副刊上大做文章。历经这几次的大发展,我国报纸副刊从形式到内容都发生了巨大而深刻的变化。

进入新时代,报纸副刊的发展也面临新的命题,如新媒体与副刊转型、创新,副刊的功能定位,等等。

二、副刊各类文体特点

我国的报纸副刊文体广泛,大多是文艺性的综合副刊。在这块精神家园中,既有散文、诗歌、小说、随笔等传统样式,也有近几十年才出现的报告文学、杂文、纪实性文学和科普文学等。副刊文体植根于中国古典文学的传统样式,在发展的过程中逐渐与报纸上的新闻相融合,创造出日益丰富的新样式。大致上,副刊文章分为纯文学体裁、报告文学和大特写、理论文章和实用性文章,以及其他一些短小灵活的作品如寓言等

---

① 罗贤梁.报纸副刊学[M].南昌:百花洲文艺出版社,1991:6.

四类。下面具体谈谈副刊各类文体的特点。

(一)纯文学体裁

在中国现代文学大发展时期,报纸副刊是文学生产不可或缺的重要阵地,像著名的"四大副刊"——《晨报副刊》《京报副刊》《时事新报·学灯》《民国日报·觉悟》,在为知识分子提供作品发表园地的同时,也开辟了一种公共言说的空间,为其从事知识传播、思想启蒙等活动提供了交流平台。① 可以说,报纸副刊和现代文学的发展密不可分。

1. 杂文

杂文是一种带有文艺色彩的政论文,以泼辣、锋利、短小、活泼为特点,能直接而迅速地反映现实生活,具有强烈的战斗性。革命战争年代,鲁迅、瞿秋白等先辈的杂文大多以批判的精神见长,它们针对现实生活中的假、丑、恶现象进行批判和揭露,体现出投枪或匕首的批判意义,总体上呈现出一种呐喊、冲锋、搏杀的战斗风格。而新时期的杂文,在体裁和语言风格上都更加多样化。它并不是单纯地发挥"搏杀"的功能,而是兼具其他功能,或批判或暴露、或鞭挞或嘲弄、或讴歌或颂扬,体现出各自不同的风格,使得新时期的杂文创作更具时代的特征与魅力。② 20 世纪 80 年代中后期,杂文是报纸副刊最受关注的文体之一,除了专门的《杂文报》和杂文刊物之外,很多报纸副刊都开辟了杂文专栏。但到了 20 世纪 90 年代中后期,杂文栏目有所减少,带有杂文性质的各种随笔开始成为副刊上更受欢迎的一种文体。③

优秀杂文的写作者首先应该长期深入生活实际,以新闻的敏感广闻博采,收集大量的素材,然后用艺术的手法进行加工,以新闻评论式的语言来干预生活,在叙述或评说中亦庄亦谐,于幽默讥讽中揭示出深刻的主题思想。

2017 年 7 月 14 日《科技日报》副刊刊登的文章《学问越做越便宜?别拉互联网背锅》是一篇针对性、指导性、启示性都很强的杂文。如何处理好科技进步和文化发展的关系,是我们当下必须面对的课题。文章论古谈今,旁征博引,深刻阐明了只要科学对待技术进步,文化不但不会丢失,反而会在新时代得到更好发展。文化的发展和对待学问的态度,会在互联网时代彰显出真伪和高低。文章笔风犀利,论述到位,是一篇难得的杂文佳作。

2. 散文

散文的篇幅较短、笔法灵活,长于叙事、抒情和议论,能迅速反映现实生活,被誉为"文学的轻骑兵",是综合性副刊和文艺副刊常用的一种文体。散文是"情文",是一种

---

① 布莉莉.中国当代报纸文学副刊研究[M].济南:山东大学出版社,2019:1.
② 莫顺斌.论新时期杂文文体的创新态势[J].湖南科学院学报,2006(9).
③ 魏剑美.报纸副刊学[M].长沙:湖南师范大学出版社,2007:130.

至真至性的语言艺术。散文作品中积淀着作者的经验、智慧和修养。比起其他文学样式,散文更多地表现出自身独特的视野和主观的情感。季羡林 1997 年 11 月 13 日在《大地》副刊上发表的散文《清塘荷韵》,获得第八届中国新闻奖一等奖。文章清新俊逸,脱尽浮华,平易晓畅,直白中蕴含着绵长不尽的韵味,使读者似乎从这种自然法规中悟出了一种深邃的哲理,获得了"生"的感悟。另外,文章动静结合,从"莲子在水中静卧一年两年甚至三年"到"一下子绿透了全池塘,红染了半边天",这一静一动的反差显示了自然界生命的顽强与美好,体现出强烈的艺术感染力。

3. 诗歌

诗歌语言凝炼,富有节奏韵律,感情丰富,想象力丰富,能高度集中反映现实生活,颇受读者的喜爱。20 世纪二三十年代是我国新诗发展的高峰期,《晨报》副刊上发表的闻一多的《死水》、朱湘的《采莲曲》,堪称新格律诗的经典之作,均出自这一时期。

艾青说过:"一首诗是一个心灵的活的雕塑。"[①]诗是心灵的诉说,而这个活的雕塑则是心灵的对象化。在诗歌的世界里,这个对象化即"意象"。诗人总是借助意象这一符号来表达自己丰富的内心世界。就像在这个世界上没有两片完全相同的树叶一样,诗人的诗歌语言以情感的个体性以及表达方式的个性化构筑成独特的意象世界。五四新文化运动时期的徐志摩是新诗界的生力军,他的诗歌将音乐和中国文化的精髓纳入其中,体现出恒久的艺术魅力。请看下例:

为要寻一颗明星

我骑着一匹拐腿的瞎马,
向着黑夜里加鞭;——
向着黑夜里加鞭,
我跨着一匹拐腿的瞎马!
我冲入这黑绵绵的昏夜,
为要寻一颗明星;——
为要寻一颗明星,
我冲入这黑茫茫的荒野。
累坏了,累坏了我胯下的牲口,
那明星还不出现;——
那明星还不出现,
累坏了,累坏了马鞍上的身手。
这回天上透出了水晶似的光明,

---

① 艾青.诗论[M].北京:生活·读书·新知三联书店,2014:47.

> 荒野里倒着一只牲口,
> 黑夜里躺着一具尸首。——
> 这回天上透出了水晶似的光明!

文中巧妙的安排、轻微的点缀和变动,使诗歌语言的情感起伏显得错落有致,体现出"大珠小珠落玉盘"的音乐美感。

诗歌种类繁多,按有无比较完整的故事情节,可分为叙事诗和抒情诗;按语言有无格律,可分为格律诗和自由诗;按是否押韵,可分为有韵诗和无韵诗。现代人创作的诗,无论内容还是形式都少受束缚,重在抒发情感和思索内涵。副刊兼收并蓄、海纳百川,为读者提供诗歌精品,成为繁荣诗歌创作的重要载体。[①]

4. 小说

作为纯粹的文学作品,小说是一种特殊的文体。它有曲折动人的故事、鲜活可感的人物形象,通过塑造人物来反映社会生活,因此较其他文体更具有可读性。小说是我国副刊中的传统文学样式,来源于古代短篇小说和传奇。明清以来的章回小说对小说副刊影响很大:报刊中的长篇小说多以连载的形式出现,在很大程度上是从宋明的话本、拟话本及明清以来的章回小说脱胎而来的。在副刊上,小说多次引起过轰动,像张恨水、周瘦鹃、金庸、琼瑶等人的小说连载都曾经造成"洛阳纸贵"。鲁迅的《阿Q正传》就是在《晨报副镌》上连载的,《新闻报》副刊《快活林》因为连载张恨水的《啼笑因缘》而名噪一时。[②] 小说按篇幅长短可分为微型小说、短篇小说、中篇小说、长篇小说,现在,报纸副刊登载小说多以微型小说和短篇小说为主。

(二)报告文学和大特写

而今,以现实生活为内容,以文学的思维和手法服务于读者和社会,副刊有了新的天地。新闻与文学相结合的边缘体裁如报告文学和大特写等,常为副刊所用。它们能及时反映国际国内形势,为读者提供指导性意见。报告文学和纪实性文学可以说是报纸新闻正刊的扩充和延伸,这种形式的副刊从受众需求角度出发安排内容与形式,使宣传和说理具有扎实的事实依据,从而避免空洞的说教。需要强调的是,真实性是报告文学和大特写等新型独立文体存在的最大价值。在文化消费时代,报告文学并不等于罗列"事实","客观"报道也绝不是文学。报告文学必须经过作家的艺术选择、文学提炼和审美整合。通过"文艺作品反映出来的生活可以而且应该比普通的实际生活更高、更强烈、更集中、更典型、更理想。因此就更带有普遍性"。2019年9月21日《工人日报》副刊刊登的报告文学作品《高光背后》通过记录中国技工出征世界技能大

[①] 田建平. 当代报纸副刊及其媒介转型[M]. 北京:中国传媒大学出版社,2019:14.
[②] 魏剑美. 报纸副刊学[M]. 长沙:湖南师范大学出版社,2007:129.

赛的过程,生动展现了新时代中国产业工人的高超技能和良好的精神风貌。文章基调高昂、文笔细腻、可读性强,对我国产业工人的能力提高和社会地位的提升有较强的现实意义。

(三)理论文章和实用性文章

副刊中的理论文章主要起高屋建瓴的指导作用。新文化运动时期,进步的知识分子发表了一系列理论文章来宣传新思想和新文化,对社会的进步起到了巨大的推动作用。而今的理论文章,最终的目的就是"为人民服务,为社会主义服务",为改革开放营造一个良好的氛围,因此这类作品要正确地处理学术性与指导性、理论性与现实针对性的关系。《人民日报》的"仲言系列文艺点评"即该报文艺部精心推出的一个品牌,系列文章以马克思主义文艺观为指导,追踪创作热点,辨析文艺思潮,以理服人。2016年6月20日《光明日报》刊登的评论文章《<百鸟朝凤>:校准中国电影发展方向》聚焦著名导演吴天明的绝唱之作《百鸟朝凤》公映后的冷遇,满含深情地讴歌了艺术家对艺术、对优秀传统文化的虔敬之心,也犀利地揭示了当前时代浮躁的社会风习对艺术创作的残害,深入思考了艺术家在今天应如何坚守艺术理想、如何重新校准中国电影的发展方向等重大问题,具有鲜明的时代性和强烈的启示性。

副刊中的实用性文章贵在实用,能提供丰富的信息和经验,如生活百科、汽车、财经等类文章均属于此。

(四)短小灵活的其他品种

专刊、副刊为了内容的补充、情趣的调剂和长短的搭配,都需要一些短小的作品,如言论集锦、寓言、对联、谜语、笑话等,限于篇幅,在此不赘。

第二节 副刊作品评析方法与要求

一、思想性与艺术性

当前的副刊是社会主义精神文明建设的宣传阵地和舆论工具,它必须有强烈的读者意识,既要满足读者的动态需要,又要注意培养提高读者的欣赏水平。[①] 副刊要为多层次的读者提供多层次的文化产品。对于读者而言,他们既需要博闻强识,又需要陶冶性情,这就要求副刊作品具有思想性和艺术性,从而使读者各取所需,营造出副刊浓厚的文化氛围。自新中国成立以来,各级报纸都十分重视文艺副刊,发表了大量反

---

① 董言. 梁衡谈报纸副刊三[J]. 传媒,2003(3).

映生活、催人奋进的文艺作品。其中《人民日报》的副刊《大地》的作品艺术性和思想性极强。《人民日报》以"仲言"为笔名的文艺点评栏目，其作品在思想深度和艺术性上都很有典型性。《中国青年报》的副刊《思想者》以思想理论指导为主要功能定位，旨在架起理论学术、学者和大众之间的"桥梁"。例如针对社会颇具争议的"老人倒地，扶还是不扶？"这个问题，《思想者》在2012年10月17日刊登了专版《如何重建中国社会的信任》，面对这个看起来"高大空"的社会问题，编辑分别采用了《我们是"老百姓"不能"老不信"》《建立社会信任需要深化改革》《为什么今天的社会充满不信任》三篇文章组版，从和谐社会最基本的要求——"信任"出发，探讨这个本不该是"问题"的问题。三篇文章阐释了如何正确看待"信任"以及在制度和法律上采用什么样的方法重建"信任"这个问题，颇具思想性。① 《思想者》把理论和老百姓在实际生活中遇到的问题相结合，用理论阐释现象背后的原因，用现象来说明理论的指导性和可操作性，给人以启迪。

二、实用性与趣味性

报纸的副刊也是党媒，在及时传递党和政府声音、弘扬时代主旋律、引领社会新风尚的同时，也要时刻坚持为人民群众服务，突出报纸副刊的服务性、实用性、趣味性，多关注民生领域的题材。② 新闻招客，副刊留客，这在某种程度上体现了报纸副刊的重要意义。

在媒体竞争日益激烈的今天，报纸副刊要如何"留客"呢？恐怕也要从实用性和趣味性上下功夫。报纸副刊要想在竞争中立于不败之地，就应该对社会生活进行广泛渗透，对社会的热点、焦点、难点及时参与、评析与指导，多说身边事、身边人，多反映与当地读者密切相关的内容，这样才能使读者产生亲切感。

以浙江省《海宁日报》的副刊为例，此报开设的理财、生活、健康专版等，改变了以往缺少主题集纳、为读者服务不到位的状况。如，海宁为全国最大的皮革生产加工、销售市场，《海宁日报》生活版就每年秋冬季世界皮革流行趋势，组织图文并茂的主题版进行刊发，不仅为中小企业提供信息，也给读者留下了深刻的印象。这些版面用新闻性的手法来创作，既保持了原来常规新闻版的时效性，又兼容了原来专刊、副刊的实用性，新颖地体现出新闻和服务融为一体的概念。

内容为王仍然是副刊立足于新媒体时代的法宝。《杭州日报》的《西湖》副刊在2019年诺贝尔文学奖颁发当晚，就以获奖作品的深度解读为核心内容，邀请比较文学教授、戏剧编剧、波兰语专家对两位大众相对陌生的获奖作家及其作品进行深度解读

---

① 胡祥礼.用灰色的理论搭建彩色的现实——浅析《中国青年报》副刊《思想者》的思想性[J].新闻世界，2013(1).
② 王争.报纸副刊新闻性、文化性与服务性再探[J].采写编，2020(5).

和分析,并第一时间将托卡尔丘克的《白天的房子,夜晚的房子》和汉德克的《守门员面对罚点球时的焦虑》的精彩内容推送读者,吸引读者的眼球,提升人们的阅读欲望。①

另外,报纸创办副刊,趣味性也是其特色的重要方面,这是副刊办报以来的传统。副刊应该让读者读起来感到有兴味,能引起会心的微笑或愉快的情绪。可以肯定,大多数读者阅读副刊,是希望得到放松和娱乐,希望能从沉重的工作和生活压力中解脱出来,副刊的娱乐性基本上满足了读者的这一需求。

三、新闻性与社会性

报纸副刊虽然是新闻正刊的补充和延伸,但随着社会的发展、时代的进步,仅限于纯文学的副刊已经越来越不能满足媒体发展与读者不断升级的需求,它必须与新时代、新生活紧密相连,要具有浓厚的时代感和鲜活的生活气息。② 副刊发表的文艺作品,必须考虑时间和背景。无论是杂文、小说、散文、报告文学,都应配合整张报纸的宣传中心,都要求富有新闻性,否则就不能称为报纸副刊了。③ 以杂文为例,好的杂文都是有感而发的,针对性和战斗性都特别强,选材和议论都离不开现实生活中的事件。即便是说过去的事情,其着眼点也是借古讽今或借古颂今。虽然它不是新闻,但有时候的作用之大甚至超过新闻。

2015年12月20日《经济日报》周末副刊刊登的文章《亚马逊向下,诚品向外,我们向哪》从几起实体店转型的标志性新闻事件入手,剖析和探讨了互联网时代下文化市场、文化产业的生存发展之道。文章尤为可贵地提出了"让阅读有价值,让生活有品质,文化才有明天"的观点。这对于厘清文化与商业的关系,转变文化发展误区具有启迪性和现实指导意义。

在经营文学副刊时,我们也应该以独特的新闻敏感到繁多的新闻事件中去捕捉题材,围绕人们最关心的社会现象和社会问题去筹划选题,把读者渴望了解的内容以文学的方式实现嫁接与交融,以独特的文学性达到新闻所不能达到的效果,因为副刊灵动的表现方式更易于被大众所接受。当然,新闻性是副刊的基本属性。在目前新闻同质化严重的背景下,副刊可以作为新闻的补充和延伸,挖掘新闻背后的东西,大展拳脚。从读者的角度来说,读者希望既可以通过新闻知道何时何地发生何事,也可以通过副刊了解事件不为常人所知的细节。④

很多报纸副刊将紧扣时代、突出新闻性这一优良传统传承至今,如《浙江日报》

---

① 黄颖.新媒体时代报纸副刊的价值与重塑[J].中国报业,2021(6).
② 袁振.融合与重构:传统纸媒转型路径新探索[J].安徽大学学报,2018(2).
③ 岳金鹏.报纸副刊的独特性[J].辽宁工程技术大学学报(社会科学版),2002(3).
④ 肖瑛.浅谈报纸副刊的新闻性[J].记者摇篮,2021(6).

的副刊《钱塘江》。2020年,新冠肺炎疫情影响了全国人民的工作生活,3月15日,《钱塘江》刊发了《14天,意外延长的"旅程"》,以第一人称讲述春节期间从武汉回温州探亲的一家人,因受疫情影响在衢州接受隔离14天的故事。这是《钱塘江》副刊创新推出的"疫线口述"栏目,关注受到疫情影响的普通人,并用口述的方式记录这段特殊的日子,挖掘人物内心的波澜。这些普通人的抗疫故事,引起了读者的强烈共鸣。①

副刊的社会性主要体现在作品的教育和认知功能上。副刊通过作品来感染读者,从而寓教于乐,或通过引人入胜的故事,或通过生动感人的情节和形象来宣传党的路线、方针、政策,弘扬真理,启发思维,陶冶性情。

四、导向性与教育功能

副刊作为报纸的一个有机组成部分,同样担负着以正确的舆论引导人、以优秀的作品鼓舞人的任务。坚持正确的舆论导向,无条件地宣传党的路线、方针、政策,是办好文学副刊的前提。文学副刊主要发表的小说、散文、随笔、杂文、小品文等文学作品,具有言论、审美、价值观等多方面的导向性。它们将健康、积极的人生观、世界观、价值观等融入作品,从而使读者在阅读过程中,潜移默化地受到教育。但是由于文学副刊的特殊性,它的导向性是和作品的写作手法与表达方式联系在一起的。报纸副刊与纯文学作品相比,它与时代精神结合得更紧密一些。如2016年8月30日《人民日报》副刊发表的文艺评论文章《明星婚礼,别办成消费"封神榜"》,针对明星奢侈婚礼频频引发舆论爆点的现象,展开论述,观点鲜明,说理充分。文章不诉诸简单粗暴的道德谴责,而是与可能出现的反面观点深入对话,触及敏感社会议题,及时引导社会舆论,融合传播效果很好,是彰显主流文艺态度的优秀作品。

第二十九届中国新闻奖获奖作品《地震孤儿的10年回家路》,刊发于"5·12"汶川特大地震10周年当日。作为一篇回访题材的报告文学,这篇文章抓住了人们关注的焦点:10年过去了,社会是否化解和规避了地震对灾区人民的二次伤害?作者以抓人心的"地震孤儿"群体为关注对象,以中国儿童少年基金会主办的"安康家园"公益项目中672个地震孤儿的"回家"故事为线索,写出了10年间这几百个孩子在社会各界的关心和爱护下,最终找到"家",开启新的人生的心路历程。作品基调高昂,文笔细腻有力,在"5·12"汶川特大地震10周年之际发表,具有特别的价值与意义。

---

① 陆遥.解析融媒体语境下的报纸副刊创新之路[J].传媒评论,2021(7).

第三节　副刊作品评析实例

一、散文作品评析

习主席送我两本书

　　2018年5月15日,我收到了习近平主席送的两本书:《习近平谈治国理政》第一、二卷。两本厚厚的书用精美的红玫瑰色纸包装,大红色缎带捆好,多出的缎带巧妙地扎成一朵红花,喜庆而热烈。手捧这沉甸甸的礼物,我激动不已、惊喜万分,心里暖洋洋的,半天无法平静。许多往事也一一浮现、渐渐清晰。

　　2014年10月15日,习近平主席在人民大会堂主持召开文艺工作座谈会并发表重要讲话。习主席在讲到第三个问题——"坚持以人民为中心的创作导向"时说,他1982年到河北正定县去工作前夕,一些熟人来为他送行,其中就有八一厂的作家、编剧王愿坚。王愿坚对他说,你到农村去,要像柳青那样,深入农民群众中去,同农民群众打成一片。柳青为了深入农民生活,1952年曾经任陕西长安县县委副书记,后来辞去了县委副书记职务、保留常委职务,并定居在那儿的皇甫村,蹲点14年,集中精力创作《创业史》。因为他对陕西关中农民生活有深入了解,所以笔下的人物才那样栩栩如生。柳青熟知乡亲们的喜怒哀乐,中央出台一项涉及农村农民的政策,他脑子里立即就能想象出农民群众是高兴还是不高兴。会上习主席谈到,王愿坚给他讲过很多红军长征的故事,还讲了很多老将军的故事,令他很有感触,要求大家不忘初心,不能忘了打天下时的艰苦岁月,永远不能脱离人民群众。

　　愿坚当年为习近平同志送行话别,虽然时间过去30多年,但那天的情景至今我仍能记起。作为王愿坚的妻子,我了解愿坚的性格,他内向,一脸的严肃、不苟言笑,更不轻易无原则地夸奖一个人,他嘴里的褒义词是很吝啬的。但那天一回到家,愿坚就满怀喜悦地对我说:"如今很多人喜欢向上走,他却选择了下基层农村。"

　　我问:"谁呀?"

　　愿坚说:"习近平。"愿坚接着对我说:"近平的工作要调动,作为习仲勋同志的儿子、耿飚同志的秘书,他完全可以去一个条件好的地区和岗位,却去了河北正定县,而且还是他自己要求去的。他已经在陕北偏僻的农村梁家河插队 7 年了,难道还没干够呀！现在有些人削尖脑袋往大城市、大机关、大公司钻,他却偏偏要去艰苦的地区继续磨炼自己。也好,天将降大任于是人也,必先苦其心志、劳其筋骨……好样的,近平离开北京,会在更广阔的天地飞得更高更远。"

"那你们俩都聊了些什么？"我问。

"近平是个很谦虚的人,主要是我讲,他听。我给他讲了些革命传统故事,很多是我当年写《星火燎原》时采访老红军、老八路时的素材,还讲了柳青等优秀作家深入基层一线体验生活与人民群众打成一片的事。他一边听一边记,十分认真,令人感动。近平是个不可多得的人才,他的未来绝对能成大气候！"

其实,在这之前,愿坚与习近平同志已有交往,也多次在我面前说起习近平同志。记得有一次,他说起习近平同志热爱学习的事。因为愿坚是部队作家、编剧,所以他和习近平同志在一起谈论的大多是战争年代的故事和文学。那天,愿坚对我说:"真没想到,近平的阅读量这么大,仅文学这一项,古今中外名著他读了很多,有的还不止读过一遍,让我大吃一惊！许多故事情节他能很详细地随口讲出来,有些段落甚至能完整背诵！不仅能讲能背,他还能准确说出作品主题思想、社会背景、创作风格、写作特点和作家的基本情况。除文学之外,中外的政治、军事、经济、文化、自然科学等方面的著述他也读了很多。"

1988 年底,中国作协安排愿坚和我去深圳"创作之家"度假,愿坚说:"近平在福建厦门担任市领导,从北京到深圳,我们中途绕道在厦门停一下,看看近平,顺便给他带几本书。"我连声说:"好。"

我们满怀希望来到厦门,方知习近平同志刚刚从厦门调到宁德地区工作。没见到他,愿坚感到十分遗憾,说:"我满肚子的话儿,没法对他说了！"接着又竖起大拇指对我说:"从繁华的特区到贫困地区,他又下去为民造福了！老伴,近平爱书如命,如果今后有机会出版我的作品集时,一定送他一套,他用得着,也表示我对他的敬意！"我连忙点头,记在心上。

愿坚去世后,我开始着手联系出版他的文集,同时,按照他的交代,整理他生前一些未刊发的作品。我们在整理时,特别选择那些体现以人民为中心创作导向的作品,交由报刊发表。2017 年 6 月 13 日,《解放军报》以一个整版的篇幅刊发了愿坚的遗作《人民的乳汁》,引起反响,《新华文摘》等许多报刊媒体全文转载,并荣登 2017 年《中国散文排行榜》。随后,多家出版社联系我,商讨出版《王愿坚文集》事宜。今年上半年,《王愿坚文集》(七卷本)由春风文艺出版社出版。当散发着墨香的《王愿坚文集》一拿到手,我就着手给习主席寄书,通常送书是要作者签名的,但愿坚去世了,无法由作者签,但这又是作者的作品和遗愿呀,我想了想,就在扉页写上了"王愿坚赠",下面写上"翁亚尼代笔",附上信,顺手用出版社包书的旧牛皮纸包起来,寄给了习主席。习主席日理万机,工作那么忙,能不能收到?有没有时间看?这些都没多想……

5月14日,家里电话响了,是中央办公厅的一位同志打过来的。他在电话中对我说:"习总书记收到了您的来信。总书记表示,谢谢您赠送《王愿坚文集》,看到他的作品,就想起当年与他交往时的情景,至今都很怀念他。习总书记祝您身体健康,晚年幸福。"中办的同志接着说:"习总书记要回赠您两本他自己的书《习近平谈治国理政》第一、二卷,共两册,您看怎样交给您,是派人送去还是从邮局寄给您?"我一听,惊喜万分!我说:"太谢谢习主席了。怎么样都行,看你们方便吧!"中办的同志说:"那就从邮局寄吧。"此后,我一直处于期盼的喜悦中,两次去传达室询问有没有我的邮件,担心被别人拿走或丢失了。

5月15日,邮局的同志给我送来了《习近平谈治国理政》第一、二卷。接到书,一股暖流涌上心头。习主席日理万机,各方面事务繁忙,还惦记着我给他写信这件事,专门赠书给故交的家属。高兴之余,我也陷入深深的自责:我送给习主席的书是用粗糙破旧的牛皮纸包装从邮局寄的,而习主席送我的书却是用红玫瑰色的纸精心包好的,用大红色缎带捆好,还扎了一朵红花,可见习主席想得多么细、多么周到、多么温馨呀。这其中饱含的深情实在难以用语言表达。我想,这两本书不仅仅是送给我的,也不仅仅是送给愿坚的慰藉,更是对全体部队文艺工作者和他们亲人的关怀,是他心系人民群众的真实体现。我要把这一切都告诉黄土之下的愿坚,我还要把习主席率领全党全军全国人民初心不变、牢记使命、在新时代大展宏图的一个个精彩中国故事告诉愿坚。他如果在天有灵,一定会高兴的。

谢谢您,敬爱的习主席。

(2018年7月9日《解放军报》,作者为王愿坚同志遗孀、离休干部翁亚尼)

评析:

第一,文章实现了艺术性和思想性的统一。这是一篇饱含深情的散文,以朴实真挚的情感讲述了习近平主席与著名军旅作家王愿坚交往的鲜为人知的往事。阅读这篇文章,我们可以看到习近平主席心系国家和人民的历史担当,博览群书、手不释卷的求知精神,对部队文艺工作者的亲切关怀,更能深切地感受到习近平主席成为全党的核心和党中央的核心是历史的必然选择。这篇散文文风质朴,却充满温暖,许多细节令人过目不忘。对这样的重大题材,作者基调把握得当,不仅给人以艺术享受,更给人以深刻启迪。

第二,文章是新闻与文学表现手法相结合的佳作。视角独特、选材典型,从习近平主席赠书一事切入,采用倒叙的手法,缓缓讲述,层层深入,表现出鲜明的人物形象及深刻的主题。

二、杂文作品评析

"狗不咬"乡长

　　有一件事,使我好几年都难以忘怀。也就是"考研"最热的那年头,我忽然从报纸上读到一则新闻:上海市有个区的副区长,分管民政工作,常常下基层,而基层单位大都是福利院、救助站、养老院……与聋哑人沟通时,就遇到了语言障碍。为了直接了解聋哑人的疾苦,更加贴近这些残疾人的心,他花了许多的时间向人请教哑语,并且很快"毕业"。下福利院、救助站,遇到聋哑人,他就直接用哑语和他们对话,不借助翻译。而聋哑人有什么问题,也直接去找他反映。虽然我未能记住这位区干部的姓名,但我很为他的实干好学精神所感动。虽然学哑语比"考研"难度小得多,对功名前程也无多大用处,尤其一个副区长级干部,也大可坐在办公室,听电话汇报,有时间去学点外语。但他没有这样做。他懂得作为主管民政工作的领导,不学好哑语,就等于没有掌握打开聋哑人心灵的钥匙,这把钥匙不掌握,当"衙斋卧听萧萧竹"时,就听不出"疑是民间疾苦声",至少听得不很真切。

　　几乎在看到这则新闻的同时,我还听说一件事,某乡乡长去世,上级组织部门要物色一位新乡长,原有的两位副乡长均不理想,而乡长秘书年轻,论资历、经验,均赶不上两位副乡长,但这个秘书有个特点却为两个副乡长所不及:他走遍这个乡,十里不闻犬吠。因为他常下基层,和村民关系很亲近,常给村民读报、写信、写对联,村民有事都找他诉说,连狗都熟悉他的身影和脚步。经过考察摸底,上级把这个"狗不咬"的小秘书定为乡长人选。这个"不闻犬吠"很不简单,说明老百姓了解他、喜欢他,也说明他掌握了开启这个乡村民心灵的钥匙。

　　两件事似乎并没有什么必然的关联,但是给培养人才、发现人才和使用人才,提供了很好的范本。

　　现在一些地方用人,标准很高,看学历、看职称,还看资历、年龄、来头,就连一个从事糖果包装的街道小企业,用工也讲高学历,非本科以上不要,"贪大求洋",而不是为了解决实际问题。

　　门槛太高,章程太旧,都不合乎中国的实情,中国的实情是:既需要制造火箭、卫星、高铁、潜艇的高端人才,也需要大量解决实际难题的专业人才。

学校培养人才也应根据人才特点,因材施教,不要"一锅烩"。古代圣贤告诫要学以致用,并说学习有好几种类型:一种是用以充实自己,使自己成为一个于社会有用的人,这叫"君子之学";而为自己的功名富贵而学,上不能报效国家,下不能为群众办实事,只会在平庸的人前背诵所学的平庸的教条,则不免为陋儒,叫"陋俗之学";还有为炫耀自己而学,以所学得的一星半点东西来傲人,谓之"小人之学"。可见学亦有道,有胸襟,有方向,解决实际问题,哪怕是涓埃之学,都是值得鼓励、值得称道的"君子之学"。培养、考察、任用人才,以及人才自身的学习,都应从中国的实际出发,学以致用,切不可脱离实际,不接地气,甚至实际的知识和技能没学到,反而对养育自己的本土生分,"水土不服"。

发现和使用"狗不咬"乡长的组织部门,眼光是不凡的,他们熟悉农村,工作深入,是懂行的"伯乐",从细枝末节,找到有用之才,这大概就是"千里马常有,而伯乐不常有"的含义吧。如果单纯看资历、看文凭、看关系,那么就会错失这个人才,"不以千里称也"。可惜现在这样的"伯乐"仍然"不常有",人才"市场化",使本来意义上的"伯乐"更是越来越少。"狗不咬"乡长秘书和潜心学手语的副区长,不是绝无仅有,各地都有,可惜多被等闲视之。我也是从报章上见到的,可见现时还只是新闻而已。

(2016年1月15日《新民晚报》,作者:刘克定)

评析:

第一,文章观点鲜明,例证恰当,抓住当前干部选拔上的突出问题,给予较为准确的剖析。不仅提出问题,而且开出解决问题的良方,具有深刻的现实性和广泛的社会意义。

第二,视角独特。文章不是采用传统杂文讽刺、挖苦、调侃的方式引出改革方向,而是重在褒扬干部选拔上那些令人赏心悦目的新鲜事,从而推导出新时期干部选拔和使用上应有的价值取向,有理有节,苦口婆心,令读者如沐春风。

第三,文笔老到、流畅,富有哲理,尤其善于打通古今,具有很强的逻辑性和可读性,堪称新时期杂文的一种新的写作范式和表达方式。文章援引中国古代早已有之的"君子之学""陋俗之学""小人之学"的解释,深刻指出培养、考察、任用人才以及人才自身的学习,都应从中国的实际出发,学以致用,切不可脱离实际,不接地气。在人才"市场化"成为常态的背景下,"伯乐"尤其应注意不要使那些有真才实学的人因为种种已经固化的"不合提拔标准"而被边缘化。这是一篇既保持了杂文传统,又充满正能量、富有时代气息的优秀杂文。

三、报告文学作品评析

大风歌
——追寻叶挺独立团的精神血脉

大风起兮云飞扬,
威加海内兮归故乡,
安得猛士兮守四方。

——题记

日月经天,江河行地。

西江从肇庆穿城流过,浩浩汤汤,不舍昼夜。

江水北岸的石头岗上,矗立着一座重檐飞阁的二层楼宇。登楼眺望,可见大江东去,浮光跃金,星星点点远接天际,对岸是青山绵延,在地势高处,有文明、巽峰两座古塔遥遥相对,真是江山胜景,尽收眼底。此楼因此得名"阅江楼"。

阅江楼,肇庆八景之一。"肇庆",意为"吉庆之始",此地不仅人文鼎盛,更是西江流域的军事重镇,扼两广水路之要冲,历来为兵家必争。所以,阅江楼上不仅多有文人墨客的题咏,更流传着仁人志士的热血传奇。

1925年,这座楼台迎来了命运中最为辉煌的时刻:将在史书上留下厚重一笔的叶挺独立团在肇庆成立,团部即设在阅江楼。

手提三尺风云剑,鲲鹏击浪从兹始。

九十多年前,家国罹难,烟雨纵横,有多少风云人物往来于西江之上,奔走于阅江楼前?

九十多年后,翻开这支部队的征战地图,没有人不感到震惊,其足迹覆盖了大半个中国:

——向东,直达江苏省的白驹镇,

——向南,征战海南省的榆林港,

——向西,远抵云南省的元谋县,

——向北,挥师黑龙江的哈尔滨。

天地存肝胆,江山阅鬓华。

九十年的光阴,弹指而逝。而今,隔着时光厚厚的尘埃,抚摸那张红线密布的征战地图,滚滚硝烟,奔腾岁月,一张张依旧鲜活的面容,开始在我们眼前慢慢浮现。

一

1925年,遥远的南中国,正值多事之秋。

这年3月,春寒料峭中,孙中山先生与世长辞。广东革命政府两次发动东征,讨伐军阀陈炯明。中共广东区委书记陈延年与中共广东区委军委书记周恩来等人,深感时局纷乱复杂、军阀不足倚靠,在总结一系列经验教训后,决定建立一支由中国共产党直接领导和实际控制的革命队伍。此后,经与国民政府负责人及国民革命军第四军军长李济深商议,选择在第四军12师组建34团,调共产党员叶挺担任团长。

1925年11月21日,34团成立。翌年1月,改番号为国民革命军第四军独立团。这便是军史上威名赫赫的"叶挺独立团"。此后,这支部队几经衍变,番号不停更改,但其建制得以清晰地延续,其精神传统也得以有效地传承,不论在部队还是在民间,人们仍习惯称之为"叶挺独立团"。

诞生之初,叶挺独立团就在当时的国民革命军中显得卓尔不群。

叶挺独立团的军费虽然由国民政府划拨,但却是一支以共产党员为骨干的队伍,团里排以上干部的任免、部队人员的补充,以及重大的政治军事训练计划等,都是独立团根据中共广东区委的决定,自行负责处理,不受军部约束。团长叶挺则直接向周恩来汇报工作。

中国共产党特别重视政治建军,叶挺独立团一建立,马上成立了中共叶挺独立团支部,下设6个党小组。支部委员会是叶挺独立团的领导核心,重大问题都由支部讨论决定。党支部不属第四军政治部管,而是属中共广东区委领导。此外,还建立团组织,直属党支部领导。这种"独立团内没有国民党的组织,只有共产党的组织"的情况,在国民革命军中是开天辟地的举措。

用兵之道,教戒为先。甫一到任,叶挺马上展开全面的军政训练。他以苏联红军的模式要求军队,并且在独立团内部开展"三反"运动:反贪污、反打骂、反报假,独立团建团初期的军阀习气一扫而空。这些努力,奠定了具有坚强战斗力的革命军队的基础,独立团士兵的政治觉悟和军事素质与日俱增。

有了共产党员作为骨干,有了共产党领导的政治工作,叶挺独立团在北伐战争中勇往直前、势如破竹,打出了"铁军"军威。1927年1月,武汉汉阳兵工厂受民众委托,制作了一块高1米、宽0.5米的铁盾牌赠送叶挺独立团所在的第四军,盾牌正面镌刻两个红色隶书大字:"铁军"。

叶挺独立团代表第四军接受了这块盾牌。"铁军"二字,由此载入中国革命史册。

铁军盾牌表达了人民群众对这支英雄部队的嘉许,以后的岁月里,这个团还将屡建奇功,威名播于天下,但不管怎么衍变,这个团的精神与气质,却实实在在萌芽于这两个鲜红的大字。

可惜的是,叶挺后来在皖南事变中被国民党军扣押,直到抗战胜利,由于中共中央的积极营救,才得以出狱。出狱后的叶挺未及施展抱负,就因飞机失事而罹难——北伐的一代名将、人民军队的创始人之一,竟这样陨落。

得知叶挺遇难后,陈毅悲愤难抑,写下一首真情流露的挽诗,最后几句这样写道:

我佩君忠贞不屈,服务人民,
不愧革命家的气概。
我只望你的遗风长存,
化育无数后继之英材。
将军之魂魄兮,
归去来,归去来!

一抔之土未干,故国山河变色。陈毅之哀婉伤痛,何尝不是家国山河之悲恸痛惜?

二

归去者,今来矣!长剑横九野,猛士唱大风。

1927年8月1日,南昌起义一声枪响,向世界宣告了新型人民军队的诞生。人民军队诞生在国民党反动派的无耻背叛与血腥屠杀之中,诞生在中国革命形势愁云漫天、雾锁重楼的黯淡时刻。痛定思痛的中国共产党人抓起枪杆子,挺起脊梁骨,在最令人窒息的时候,迈出了改变中国革命进程的关键一步。

时已改编为国民革命军11军25师73团的叶挺独立团,参加了光荣的南昌起义,成为人民军队的重要来源之一。起义部队从南昌挥师南下,辗转潮汕,又东进入闽,继而再北移,踏进赣南山区。一路上的征战极其辛苦,山高水远,雨急风狂,一些意志薄弱者与投机取巧者纷纷离开了队伍,每次走到岔路口,便有三三两两的官兵弃队而去,不再回头。

世事就是这样,在胜利顺畅的情况下,做英雄是容易的,因为牺牲较小,前景可期;而在失败退却的情况下,做英雄就难得多了,因为牺牲很大,前景还无法预料。所以,越是艰难困顿的局面,越考验一个人的信念与勇气,也只有经受过失败考验的英雄,才是真正能成就大业的英雄。

历史将用事实雄辩地证明这个道理。

1928年4月28日,毛泽东率领的秋收起义部队与朱德、陈毅领导的部分南昌起义部队在井冈山胜利会师。为继承与弘扬北伐战争时期叶挺独立团所在"铁军"的优良传统,中共湘南特委决定将部队合编为工农革命军第四军,叶挺独立团被改编为第四军10师28团。

此时的毛泽东,正在积极实践他对于建设新型人民军队的思考。有一天,他找到黄埔军校四期学生唐天际,授给他两件法宝:"党支部建在连上"和"三大纪律六项注意",让他到28团1营2连去任党代表。唐天际到任后,按照毛泽东的指示,在连队建立党支部、列宁室(俱乐部)和士兵委员会(军人委员会),实行政治课教育制度。

"三大纪律六项注意"也受到官兵的热烈欢迎,被战士们写在包袱皮上、床头上和门板上,反复背诵,视作行动指南。后来,"六项注意"发展到"八项注意"。1947年10月,毛泽东又亲自起草了《中国人民解放军总部关于重新颁布三大纪律八项注意的训令》,自此以后,"三大纪律八项注意"成为人民军队严格遵循的行为准则。

但在当时,红四军内部对毛泽东的一系列建军举措却分歧很大。一些人认为,毛泽东强调党对红军的领导,是在搞家长制;还有一些人话说得难听,说政治部妨碍司令部的工作,是"卖狗皮膏药"的,宣传兵都是"吃闲饭的"。

人心齐,泰山移;人心散,搬米难。

为了在党内统一思想认识,确立人民军队建设的基本原则,红四军在福建省上杭县古田镇,召开了影响深远的古田会议。古田会议确立了思想建党、政治建军的根本原则,重申了党对人民军队实行绝对领导,规定了红军的性质、宗旨和任务等根本性问题,从而为我军战胜强大敌人和艰难险阻提供了不竭力量,使我军始终保持了人民军队的本色和作风。

古田镇也由此成为我军政治工作奠基的地方,成为新型人民军队定型的地方。"革命的政治工作就是革命军队的生命线"这一重要治军理念,正是从古田会议发源的。

三

归去者,今来矣! 铁肩担道义,热血铸忠魂。

第四次反围剿战斗后,叶挺独立团被编为红一方面军1军团2师4团。在长征中,红4团挑起了"开路先锋"的重担,为中央红军二万五千里的战略大转移打开一条血的通道。

1935年,红军在前往川西的路上遇到了大麻烦——天险大渡河横亘在面前。大渡河水急浪高,河面又宽,难以架桥,而渡口褊狭,无法满足数万大军渡河之用。当年太平天国的翼王石达开,一世英雄,就因在大渡河畔渡河无策,最后全军覆没。这一次,蒋介石野心勃勃,企图借地利之便,围歼红军于金沙江以北、大渡河以南、雅砻江以东地区,使"朱毛红军变成第二个石达开"。

5月26日,毛泽东、周恩来、朱德抵达安顺场,听取汇报后,决定红军沿大渡河西岸北上,抢占泸定桥。夺桥的任务在28日下达给红4团。从地图上标出的位置看,红4团此时距泸定桥120公里,留给他们的行军时间,只有一个昼夜。

红4团沿着山路一路急行,在猛虎岗击破了川康边防军的阻击,行至奎武村时,天降大雨,山路一片泥泞。为加快行军速度,团长黄开湘、政治委员杨成武率领3个步兵营轻装前进,他们克服重重困难,在29日凌晨6时,准点抵达泸定桥。

顶风冒雨,边打边走,一昼夜奔袭120公里,这在外国军事专家们看来不可能完成的任务,硬是让红4团的战士们用一双双脚丫子完成了。

来到泸定桥的战士们发现,这座100多米长、近3米宽的铁索桥,已被抽去桥板,只剩下13根寒光闪闪的铁链在湍急的江面上晃动。桥的那一端是泸定城,城一半在东山上,城墙约两丈余高。守桥之敌在对岸桥头和山坡上构筑了防御工事,枪口、炮口早已对准泸定桥。

这种场景,让人想到了清代徐锡麟的那句诗:只解沙场为国死,何须马革裹尸还。

这注定是一场有去无回的冲锋,牺牲了尸体都将找不到,红4团的战士们心里都清楚。但是,没有一个人愿意退却。他们昼夜奔袭,马不停蹄,为的就是要打一场这样的冲锋,在不可能撕开口子的地方,撕他一个天崩地裂的口子!

2连连长廖大珠抢先站了出来,对黄开湘说:"1连强渡乌江,立了大功,这一回,轮也该轮到让我们2连上了!"

黄开湘同意了廖大珠的请战。攻夺泸定桥的战斗很快打响。在密集火力掩护下,廖大珠等22名突击队员,背插马刀,携带短枪,迎着肆虐的炮火,向对岸发起冲击。3连在连长王友才的带领下,扛着木板,紧随突击队身后铺设桥板。头顶是呼啸的子弹,身下是咆哮的江流,这场艰苦的战斗,每进一步都付出了生命的代价。

泸定桥一战,成功打通了中央红军北上的通道,为中国革命立下了不朽的功勋。战后,毛泽东仔细察看了泸定桥的地势,感慨地说:"这样险要桥面的桥能夺取,说明红军是不可战胜的!"不久后,他在《长征》一诗中,豪情满怀地写道:

金沙水拍云崖暖,大渡桥横铁索寒。

总参谋长刘伯承也来到泸定桥,他走到桥上,激动地跺了几脚,说:"应该在这里竖一块碑!记下我们战士的不朽功勋!"军团《战士报》连续刊发捷报和评论,自豪地将红 4 团飞夺泸定桥、一昼夜行军 120 公里的英雄事迹传遍神州。

四

归去者,今来矣! 一心中国梦,万古下泉诗。

全面抗战爆发之后,红 4 团改编为八路军 115 师 343 旅 685 团 1 营,参加了平型关战役,打破了"日军不可战胜"的神话。随后,挺进苏鲁豫,南下华中,东进淮海,身历百战。其中,最为惨烈的一仗,发生在 1943 年初的刘老庄。

刘老庄是苏北平原上的一个普通村庄,人口不足百户,距淮阴城 25 公里,距六塘河约 10 公里,紧靠淮沭公路,是日军进攻六塘河的必经之地。当时,上级决定以一个连的兵力,在刘老庄一线展开阻击战斗,延迟敌人的进攻时间,掩护我党政机关与当地百姓安全转移。

这个作战任务交给了新四军 3 师 7 旅 19 团——这支英雄部队在皖南事变之后的新番号。19 团决定把这个任务交给 4 连具体实施。

这场阻击战在 3 月 18 日上午 9 时打响,持续到当天 21 点左右结束。翻阅《新四军战史》与叶挺独立团团史,我们发现,与其他战斗相比,对这场战斗的记录显得简要得多:"4 连连续打退日伪军 1000 余人的 5 次冲锋,经受了 6 个小时断续炮击,整整坚守了 12 小时,毙敌 170 余人,伤敌 200 余人。由于 4 连的顽强阻击,日军被挡在六塘河以南十几里外,保障了六塘河两岸的淮海区党政军领导机关和人民群众安全转移。"

没有更详尽的记录,恐怕是因为这个连队的 82 名指战员,在这场战斗中全部殉国。

战斗结束后,淮阴县张集区的区队与游击小组赶到战场,眼前的一幕让他们潸然泪下:只见纵横交错的战壕里,泥土已经被浸泡成了血红色。一具具穿着灰色军装的尸骸,倒在泥土与血水之中。他们仍然保持着生前战斗的姿势:有的人,嘴里还咬着日军的半边耳朵;有的人,手里还揪着敌人的几缕头发;有的人,弓着双腿,双手紧握着捅弯了的刺刀……

诚既勇兮又以武,终刚强兮不可凌。

身既死兮神以灵,魂魄毅兮为鬼雄。

两千三百年前,屈原在《九歌》中的哀婉吟唱,何尝不是铁血英雄今日的行歌?

——八路军总司令朱德高度评价道:"淮北全连八十二人全部殉国的刘老庄战斗……无一不是我军指战员英雄主义的最高表现。"

——新四军代军长陈毅盛赞八十二烈士浴血刘老庄是"惊天地、泣鬼神的壮举",他在《新四军在华中》一文中写道:"烈士们殉国牺牲之忠勇精神,固可以垂式范而励来兹。"

——新四军第三师黄克诚师长在《盐阜区反"扫荡"》中报告:"刘老庄战斗打得最坚决、最壮烈。19团4连在敌军千余围攻之下,从清晨到黄昏激战整日,指战员八十二人全部阵亡,阵亡之前将武器全部破坏,无一人投降。其为国尽忠、为民族尽孝的精神可歌可泣。"

为弘扬八十二烈士不怕牺牲、为国捐躯的爱国主义和忠勇无畏、血战到底的战斗精神,19团4连被命名"刘老庄连"。人们在烈士捐躯的地方修筑烈士陵园,建起雄伟的八十二烈士墓碑。

抗战胜利后,叶挺独立团挺进东北,大战秀水河子,保卫四平,三下江南,参加辽沈战役。其间番号几次衍变,后编为第四野战军43军127师379团,随四野南下,"从东北的松花江,打到海南的万泉河",南征北战八千里,横扫千军如卷席。

五

数风流人物,还看今朝——进入新世纪的铁军随时整装待发。

2008年5月12日下午,河南洛阳。

379团突然接到命令:全团官兵整装待命。

那一天,在千里之外的四川省阿坝州汶川县,发生了里氏震级达8.0级、矩震级达8.3级、震中烈度达11度的超强地震。

13日,部队飞往四川。先期到达的官兵,奉命向震中地带——映秀镇徒步挺进。但是,往映秀镇已经没有了路。沿途全是倾倒的房屋、断裂的桥梁、不断滑坡的山丘,断树、巨石纷纷滚落,把交通重重阻塞。大地仍然在颤抖,余震不时到来,危险就潜伏在每个战士的身旁,此时往震中进发,就等于把生死置之度外。

面对不可预知的险情,师政委向全体官兵大声喊道:"独生子出列!"

喊了两遍,没有一个人出列。

"共产党员出列!"政委又喊了一声。

"哗"的一声响,全体战士都站了出来。

政委强忍泪水,挑选出一批党员骨干,每人背着两箱重约20公斤的药物,向4座大山阻隔的映秀镇挺进。他们披星戴月,不顾辛劳,一路上经历了13处泥石流、20多处塌方滑坡、15次余震,终于把药物送进灾情最为严重的地方。

有的时候,我们很难说精神是什么,但我们可以说精神像什么,精神就像长河里的灯塔,为我们带来坚持的勇气,照亮前行的道路;精神也像流淌的泉水,润泽我们枯燥的心田,丰茂我们荒芜的生命。铁军精神在和平岁月里并没有丝毫褪色,她正在这个伟大时代绽放耀眼的光芒。

再好的队伍也要与时俱进。尤其在一个科技发展日新月异而又承平日久的时代,丝毫的大意与懈怠,都将带来不可挽回的损失。

379团9连营地,酷热的天气几乎将人烤化,但是营地体能训练场上,士兵们头戴钢盔,身背作战包,清一色全副武装。

"只是训练而已,为什么搞得像打仗一样?"

连长周坦回答说:"战争中要用什么,我们就练什么,平时练得多,战时才用得好。"

好的习惯来之不易。曾经有一次战备拉动,9连由于平时没能及时检查战备物资,官兵携带的单兵干粮早已过期。行军几十公里后,大家只能饿着肚子完成后续任务。

那次狼狈的经历,让9连养成了实战化的备战习惯:作战包里,常年放置着最新的作战地图、村镇分布图;战术训练场上,指挥员从来不喊队列口令;早晨起床,班排宿舍几乎不开灯……

从北伐战争的叶挺独立团到南昌起义的73团,到井冈山时期的红四军28团,到长征时期的红2师红4团,到抗战时的八路军115师685团1营和新四军3师7旅19团,再到解放战争时期的东北民主联军第六纵队16师46团,到新中国成立前夕的四野127师379团……在叶挺独立团的足迹中,我们看到了人民军队发展壮大的缩影。一次次破茧成蝶,一次次凤凰涅槃,无数支像叶挺独立团一样的英武之师紧紧凝聚在一起,最终成就了人民军队开天辟地的历史伟业。

叶挺独立团以辉煌的历程证明:人民军队只有时时刻刻牢记"听党指挥"这个强军之魂,能打仗、打胜仗这个强军之要,依法治军、从严治军这个强军之基,才能建设成与中国国际地位相称、与国家安全和发展利益相适应的强大军队。

不忘初心,方得始终。

党的十八大以来,建设一支听党指挥、能打胜仗、作风优良的人民军队,成为党在新形势下的强军目标。

2012年12月,习近平主席南下广东,开始他就任中共中央总书记和中央军委主席后的第一次外出视察。在南海之滨,习近平主席登上新型导弹驱逐舰,驶向茫茫大海。

大海波涛翻卷,战舰乘风破浪。一个半世纪之前,正是在这里,西方的坚船利炮打开了旧中国的大门,中华民族从此沦为列强的殖民地和半殖民地。一个半世纪之后,还是在这里,中国军队开始向世界一流强军迈进!

两天后,习近平主席接见驻穗部队师以上干部,作出重要论断:"实现中华民族伟大复兴是中华民族近代以来最伟大的梦想。这个伟大的梦想,就是强国梦,对军队来讲,也是强军梦。"

中国梦蕴含强军梦,强军梦铸造中国梦!

"事之当革,若畏惧而不为,则失时为害。"这个世界正发生前所未有之大变局,我国正处于由大向强发展的关键阶段,我军正经历着一场革命性变革。有着九十年光荣历史的人民军队,正在新的起点上开辟新的征程!叶挺独立团亦与时俱进,在改革中与兄弟部队组建成新的劲旅。

"受命以来,夙夜忧叹,恐托付不效。"中央军委民主生活会上,习近平主席引用诸葛亮《出师表》中的话,表达自己的忧患意识与使命担当。

安不忘危,治不忘战。这份忧患意识与使命担当,似警钟长鸣,回响在每一名军人的心头。

宜将剑戟多砥砺,不教神州起烽烟。一枚枚导弹昂首伫立,一辆辆战车整装待发,一架架战机振翅欲飞……中国军人,从来都肩负着"出征"的使命;中国铁军,时刻准备着打赢未来的战争。

大风起兮云飞扬,

铁血猛士兮定国安邦!

(2017年7月20日《人民日报》,作者:李舫、张健)

评析:

第一,作品主题重大,紧扣建军九十周年的历史节点,呼应"建设世界一流军队"的时代号召。第二,选材精当,所写对象叶挺独立团是一支非常有代表性同时又有特殊性的革命队伍,这支队伍的身上浓缩了人民军队的发展历史,传承了人民军队的许多宝贵传统,是一个绝佳的观察切入点。第三,作品尊重历史,细节翔实,充分展现了报告文学的文学优势,以真实细致的采访支撑起作品的细节叙述,使宏大主题的书写变得可触可感。第四,文笔流畅而跳脱,情感真诚而浓酽,把人民子弟兵的精神气象重现在读者面前,历史烟云历历在目,生死考验处处入心。第五,可读性强,文章没有写成呆板的战绩报告,而是注重故事的叙述、人物的塑造、气氛的烘托、场景的描写,以及哲理的提炼,如抽丝剥茧,层层深入,似风行水上,自然成文。

思考题

评析第二十七届中国新闻奖副刊获奖作品《田里的雕像》。

田里的雕像

这是国家杂交水稻工程技术中心的试验田。享誉世界的"杂交水稻之父"、一个奔九旬的人,依然保持着异乎寻常的精力和创造的激情,在忙碌着。他的世界其实就在稻田里。

袁隆平的故事其实就是一个农民和亿万个农民的故事。他有很多农民朋友,也有许多素昧平生的农民慕名而来找他,他的门永远是向他们敞开的。于是,这篇报告文学里便有了一个农民为袁隆平塑像的故事。但最值得关注的,并非农民与袁隆平为塑像本身展开的"拉锯",而是一个农民这么多年来走过的路,那是从崇拜偶像到崇尚科学、靠科技致富的一条路,这也是袁隆平最希望看到的一条路,一条中国农村和农民的真正出路……

报告文学的最后,请听听袁隆平的心声:"我还想再活十年,十年后,一系法杂交稻肯定能搞成功,中国人完全有能力解决自己的吃饭问题!"他一向是不说满话的,但他说这话时,眼里闪烁出一种奇异的,甚至是神奇的亮光。尽管,他向水稻高产的极限、向人生与生命的极限发起的挑战,还会阶段性地遭遇困难,但一个人和一粒种子的故事还将续写……

一

这条通往稻田的路,在长沙东郊马坡岭的树木与田野间转弯抹角,我用脚步反复量过,从头到尾最多也就一公里多吧,但每次往这路上一走,又感觉特别漫长,这与我追踪的一个身影有关,他在这条路上已经走了大半辈子了。"我不在家,就在试验田,不在试验田,就在去试验田的路上。"这是他常说的一句话,带着特有的袁隆平式幽默,却也透出一股倔强的认真劲儿。

天增岁月人增寿,2016年,他老人家八十七岁了。"勿言牛老行苦迟,我今八十耕犹力。"仔细一想,他还真与陆放翁有某些相似之处,放达、乐观、老而弥坚。如果说陆游在反映生活的深度和广度上都达到了同代诗人难以企及的艺术高度,袁隆平在杂交水稻研究的深度和广度上无疑也达到了同代科学家难以企及的科学高度。他有放翁放达的一面,却没有放翁诗中的嗟老叹衰。兴许是多年来训练有素,哪怕走在狭窄的田埂上,他的脚步也很有节奏感。

当我由衷赞叹他身体好时,他一点也不谦虚,"在这样稻田里工作,一定能长命百岁!"

一条路在他的脚下延伸着,仿佛一生都在抵达之中。我亦步亦趋地跟在他身后,一直在琢磨,那一直支撑着他的原动力到底是什么?你若问他,他便笑道:"这还真是很难说,我自己都不晓得,应该说是为了实现自己的梦想和抱负,可能也和我的性格有关吧,我就是这样的人,就是要挑战自己,想能有更多的突破,永远不会停下前进的脚步……"

此时,小暑已过,大暑将至,在火炉长沙,正值一年中气温最高且又潮湿、闷热的三伏天,这季节最好是"伏"在家中,静静地享受阴凉与清福。眼前这位老人不是没有这个福分,却没有这样享受,那田里的稻禾像他的命根子一样让人牵肠挂肚啊。

二

偌大一片稻田,在一座省城已经十分鲜见了。这是国家杂交水稻工程技术中心的试验田。一位享誉世界的"杂交水稻之父",他的世界其实就在稻田里,这是他生活的全部重心,甚至是世界的中心。

袁老弯着腰,把头长久地栽在禾丛里,那古铜色的脸上绿光摇曳,连汗珠子也是绿色的。一个老农与稻禾之间发生的轻微碰触声,忽然触动了我记忆中的一个暗设机关,他这模样让我蓦地想起了我最熟悉的一个老农,那是我那种了一辈子稻子的父亲。怎么看,眼前这位老人,就像是我那面朝黄土背朝天、在农田里耕耘了一辈子的农民父亲啊!

不是像,他老人家就是这样说的:"其实我就是一个在田里种了一辈子稻子的农民!"

诚然,他又绝非我父亲那样的普通农民,这样一位依然健在的人,早已提前进入了民间信仰,在无数吃饱了肚子的老百姓心中,他就是一个当代神农,一个活生生的"米菩萨"。这可让他犯难了,他一听这话就连连摆手说:"不敢当,实在不敢当啊,菩萨在老百姓心中是能救苦救难的,我又何德何能,我不过是中国稻田里的一介农民而已。"可他越是这样低调地为人处世,那些对他感恩戴德的农民越是觉得这样委屈了他老人家。于是,便有了一个农民为袁隆平塑像的故事。那是一个被反复讲述、过度诠释的故事,但很多人都在突出强调事情的表面,却忽略了存在于事物背后的本质。

那个农民叫曹宏球,他生于斯长于斯的那一方水土我去看过,自古以来就是湘南的一个稻香村,但他在十五岁之前,一直过着"野菜野果当杂粮,红薯要当半年粮"的日子。到了1975年,他们村开始种植杂交稻,从此告别了半饥半饱的日子。过了几年,从大集体一变而为大包干,加之袁隆平一直在不断推高杂交水稻产量,粮食亩产一次又一次飞跃,农家人日子越过越红火。一个丰衣足食的农民,一心想着怎么报答他心中的"米菩萨",1996年,他给袁隆平写了一封信,说出了一个农民心中最朴素的话语,"是邓小平给我们送来了好政策。您又给我们送来了好种子,使得我家如今不仅衣食无忧,住上了小楼,还有五六万元的存款"。他情真意切地表达了为袁隆平塑像的心愿,并请求袁隆平先生提供几张不同角度和不同姿势的照片,作为雕像的参照。他最担心的是,别把一个"米菩萨"的形象雕走样、雕走神了。

袁隆平的第一反应就是婉言谢绝。婉言,只怕伤害了那些淳朴善良的农民,而谢绝,他则相当坚决。他在回信中说:"你们的这份情意我领了,但我为国家和人民做了一点贡献那是应该的,不值得你们如此敬仰和崇拜。从你的来信看来,你家虽有一些积蓄,但尚不算很富有。因此,我建议你把钱用到扩大再生产上去,好进一步发家致富。倘若你一定要积德行善,社会上也还有很多公益事业可做。请你务必不要把钱浪费在为我塑什么石雕像上,我实在承受不起你的这般厚爱。请你尊重我的意见,并恕我不给你寄照片。"

袁隆平的态度很坚决,但曹宏球和乡亲们的态度也非常坚决,不管袁隆平本人答不答应,他们都要为他塑像。袁隆平的照片在当时也不难找到,很多报刊上都有袁隆平的照片。经人指点,他来到河北省曲阳县一家雕刻厂,经厂家测算报价,需要三十万元。这可让曹宏球犯难了,他满打满算,也就能拿出五万八。不过,这个满脸胡茬的农民还真是很有能耐,他找到厂长,把自己的心愿从头至尾诉说了一番。厂长听了,连眼圈儿都红了,他也是挨过饿的,只要挨过饿的人谁不打心眼里感激袁隆平啊。他当即表示:"为他老人家塑像,赔本我们也干,这样吧,你交四万八就成了,留下一万回家搞生产,别的你就不用操心了,我们一定把袁先生的像塑好!"

当袁隆平的雕像从河北千里迢迢运回曹宏球的家乡郴州华塘镇塔水村时,为了找到一个长远的安放处,又有和曹宏球一同富裕起来的村民捐出了两亩稻田,建起一个"稻仙园"。稻仙,意思跟"米菩萨"差不多。在接下来的日子里还有一些小插曲,一次是袁隆平听说曹宏球家遭灾,赶紧让人给他送去了两万块钱。还有一次,由于那尊雕像长时间日晒雨淋,曹宏球跑到长沙来找袁隆平,袁隆平一听他要钱是为了维护雕像,态度一下又变得坚决了,这钱,他一分钱也不能给。

又不能不说曹宏球还真是一个很有脑子的农民,那个稻仙园并没有像人们预料的那样难以为继,如今已从最初的两亩园扩大到了80亩,曹宏球以此为依托,创办了产供销一条龙的"稻仙园养蜂场"。除了生产原生态的稻花蜜外,还有价格不菲的花粉、蜂胶和蜂王浆。尽管种稻早已不是曹宏球的主业,但他一直守望着这片让他们吃饱了肚子的稻田,也守望着农民心中的"米菩萨"。而在星移斗转的时空变化之中,曹宏球那种作为农民的朴素感恩之情也在潜移默化,渐渐进入了一个更高的境界。他是这样说的:"我为袁隆平院士塑像是为了让社会更加崇尚科学,我雕刻出来的不仅仅是'米菩萨'袁隆平的躯体,更是一面科学的旗帜!"

我一直觉得,最值得关注的并非一个农民为袁隆平塑像的故事,而是一个农民这么多年来走过的路,那是从崇拜偶像到崇尚科学、靠科技致富的一条路,这也是袁隆平最希望看到的一条路,一条中国农村和农民的真正出路。

三

袁隆平一直把自己当作亿万农民中的一员,他的故事其实就是一个农民和亿万个农民的故事。他有很多农民朋友,也有许多素昧平生的农民慕名而来找他。他的门永远是向农民敞开的,他也没有关门的习惯。可他实在太忙了,他身边的工作人员只能替他挡挡驾。有一次,几个来找他的农民在袁隆平办公楼的门口被挡住了,袁隆平听见楼下的动静,赶忙下楼,把那几个鞋子上直掉泥渣子的农民迎进自己的办公室,又是让座,又是倒茶。几个农民开始还有些紧张拘谨,一看袁隆平这样平易近人,模样也跟自己差不多,一个个都放开了手脚,有的还跷起二郎腿,就像在自己家里一样。

每次送走了这些农民朋友,他办公室的地板就会落下许多带着泥土的脚板印,袁隆平却笑着对那些脸色有些难看的工作人员说:"这就是接地气啊,我们这些搞农业科研的,不能关起门来搞试验,要多与农民打交道,农民比我们更清楚种子好不好,我们不但要按照农民的需求来培育种子,还要知道农村粮食生产方面最新、最真实的情况啊!"

由于长年累月与农民打交道,农民心里想啥,袁隆平心里很清楚,用农民的话说:"饿肚子的时候想吃饱,吃饱了肚子想发家。"心思对路了,才会聊到一块儿。农民说,杂交水稻可以吃饱肚子却挣不来票子,由于种粮食不挣钱,很多粮田都种上烟叶了,还有些好端端的田地都抛荒了。这也是袁隆平最大的担忧,一方面,谷贱伤农,如果粮食减产就是致命的问题,长了嘴的都是要吃饭的,饭碗里一粒米都不能少。另一方面呢,光靠种粮确实很难致富,为此,他多年来琢磨出一个法子,就是让农民"曲线致富"。譬如他发明的"种三产四"工程,三亩田的水稻就能打出四亩田的稻子,以前一亩田也养活不了一个人,如今三分地就能养活一个人。这样就可以把节省下来的田地和劳动力用来搞多种经营,种蔬菜、水果、茶叶等经济效益更高的作物,这样农民不就富起来了吗?这样的典型还真不少,为他塑像的曹宏球就是一个。

他多年来担任湖南省政协副主席、全国政协常委,一直在为农民的利益鼓与呼。尽管他在"2016年'两会'再次请假,已连续缺席三次"成为媒体关注的一个新闻,但他对农民的关心从未缺席。就在今年"两会"召开之际,他再次发声,呼吁要改变现行的"吃大锅饭"般发放粮食直补资金的做法。只有把钱补贴给那些真正种植粮食的农民,才更有利于调动那些真正种植粮食的农民的种粮积极性;只有保护粮农的利益,才能确保国家粮食安全。而在如何让农民增收的同时,他也一直为如何减轻农民的种子钱而精打细算。他所在单位研发出了一种高产优质的新品种,原打算每斤稻种定价十二元,在征求袁隆平意见时,他一下发火了,"一斤十二元,为什么卖这么贵?这不是坑农吗?农民有这么多钱吗?"最后,减到了每斤九元钱的微利销售,他还问:有没有降价空间?

　　一个心里装着农民的人,也被农民装在心中。2012年秋收过后,几个农民从远在湘西溆浦县的乡下赶到长沙,他们就像进城里走亲戚一样,给袁隆平送来了土鸡和土鸡蛋。袁隆平待这些农民也像亲戚一样,他们这么远送来的东西,他也会收下,但都会折算成钱给他们,这不是买卖和交易,而是亲人间的人情往来。不过,这些农民还不只是给他来送土特产,他们是特意来给袁隆平颁奖的。原来,这年,袁隆平选择他们村为超级稻百亩示范片,平均亩产突破九百公斤大关。这次来送匾的唐老倌,惊喜地告诉袁隆平:"我活到六十四岁了,还从没见过这么好的稻子啊,别说我,我们村里一些八九十岁的老人,也都说从来没见过!"老乡们说,不但产量高,煮出来的饭也特别好呷,那个香啊!唐老倌乐得跟小孩似的,说到那大米饭时还连连咂嘴,一忘形,连口水都流出来了,他还觉得有些不好意思,急忙用手遮住了嘴巴。几个老乡一下乐了,袁隆平也乐了。

　　那个大奖牌上写着"天降神农,造福人类"八个大字,对于前边那四个字他不大乐意,但后边那四个字正是他毕生的追求。他郑重地接受了这个由农民颁发的奖牌,笑呵呵地说:"我领到过很多奖,农民给我颁奖还是头一次,在我看来,这个奖比诺贝尔奖的价值更高、更荣耀!"

　　这是袁隆平的心里话,他一直打心眼里从农民的心愿上去理解他们,也是打心眼里感激他们,他培育出的每一粒种子,都必须通过农民辛勤的播种、耕耘,才能开花结果,聚沙成塔。如果说保障十三亿人的粮食安全是居于塔顶的国家政策,那么这亿万农民就是保障国家粮食安全的最坚实的底部。谁能养活中国?谁在养活中国?说到底就是这数以亿计的农民,只有依靠他们,中国人才能一直把饭碗牢牢地端在自己手里。

四

　　稻田里的太阳,蒸发出一股股炙人的水汽和热浪,但那个被耀眼的阳光照亮的身影在我眼前越来越清晰。

　　像他的身影一样清晰的,还有稻田里插着的一块"超优千号"的标志牌,这一强优势超级杂交稻组合,就是他最新研制出的"神秘核武器",也是中国超级稻第五期攻关的首选品种。那优势一看就无与伦比,从立夏播种到现在,也就两个来月吧,这稻禾的剑叶已举得高高的。这家伙也确实挺神奇,在去年的多个百亩示范片试种,已达到了每公顷16吨的产量目标,但袁老的攻关目标是每公顷17吨,那是迄今无人登临的一个高峰。

当一位老农俯身观察稻子时,一个隆起的后背上透出几圈汗渍,像背着一幅地图。阳光照在他的脖子上,仿佛产生了光合作用,像光芒焕发的紫铜一样。一个姿态,就这样长久地保持着,感觉他正把那甜丝丝的清香深深地往肺腑里吸,他又微微闭着眼,像触摸婴儿一样深情地抚摸着。一个老农与稻禾之间发生的轻微碰触声,如同耳语般,迷人而神秘,仿佛存在某种呼应。我谛听到了一种声音,仿佛血液,正从一个生命静静地注入另一种生命。

当他转过身来,对着阳光察看稻花时,他宽阔的额头在阳光下闪烁着黑陶般的釉光。他那抚摸与呼吸的姿态,让我在瞬间发现,这才是一尊活生生的雕像,看上去比稻仙园里的那尊雕像更像一尊雕像,这不是用石头雕出来的供人仰望和膜拜的雕像,而是风雨日月雕塑出来的一尊采日月之精华、吸天地之灵气的雕像。

一个俯身扑在稻田里的身影,张开双手,拥抱着如尼亚加拉大瀑布般的稻穗,这双手,仿佛搂紧了人类的命根子。这副面孔,这个形象,被载入了《中国国家形象片——人物篇》,已经成为世界上传播率最高的中国形象之一。一个人,一辈子,该要吸收多少阳光,才会变成这样一个老而弥坚的形象。阳光不仅赋予了他伟大的头脑和灵魂,也塑造了一个农学家特有的形象,一副如同黑釉般透亮的脸孔,那犀利的眼神,依然透彻着内心的明亮。我感觉他的血液和骨骼都已被阳光深深地渗透了,那刚毅的、健康的色泽,不止是来自阳光的直射,他本身就是一个发光体,浑身都焕发出内在的光芒。

他曾说过:"原来我只想搞到八十岁就告老还乡,但现在我要奋斗终身。"

他也曾说过,当他成为"90 后"时,希望中国超级稻亩产突破 1000 公斤大关,这是中国超级稻的第四期攻关目标,结果比他的预期提前五年就实现了。从 2015 年开始,他又向第五期超级稻目标发起了攻关。他这一辈子都在攻关。我时常觉得他仿佛在生命与科学的两极中舞蹈。一方面,他在向人生或生命的极限挑战,一个奔九旬的人了,依然保持着异乎寻常的精力和创造的激情;一方面,他是向科学的极限挑战。这里且不说此前的三系法、两系法杂交水稻走过了多少艰苦卓绝的路,只说中国超级稻从第一期到第五期的连续攻关,从亩产 700 公斤到 1000 公斤,每一次攻关都是创纪录的巅峰之作,这也让中国杂交水稻一直保持领先世界的绝对优势。

现在,请听听他的心声:"我还想再活十年,十年后,一系法杂交稻肯定能搞成功,中国人完全有能力解决自己的吃饭问题!"

肯定!他一向是不说满话的,但这次他说的是肯定。我注意到,他说这话时,眼里闪烁出一种奇异的,甚至是神奇的亮光。我也深信,随着他向水稻高产的极限、向人生与生命的极限发起挑战,一个人和一粒种子的故事还将续写,那不是传奇,更不是神话。事实上,他早已不是在向世界挑战,而是一直在向自己挑战,对于他,没有最高,只有更高。我知道,世上从来没有永生之人,科学探索也永远没有极限,从不承认终极真理,但有永恒的追求。而我眼前这位老人,已经抵达或正在抵达的境界,或如卡尔维诺所谓,已进入了"时间的永恒存在或循环的本质",那就是与天地同在的,辽阔而博大的爱与拯救……

(2016年10月13日《解放日报》,作者:陈启文)

第十章　广播电视新闻作品评析

- **本章要点：**
  了解：广播电视新闻作品特点；广播电视新闻作品分类及特征
  掌握：广播新闻作品评析方法与要求；电视新闻作品评析方法与要求

第一节　广播电视新闻作品基础知识

一、广播电视新闻作品特点

作为电子媒介的广播和电视的出现，推动人类社会步入了现代化的传播阶段。生动的声音与灵活的影像使之区别于此前占统治地位的印刷媒介。正是传播手段的不同，广播电视新闻作品有了区分于其他媒介新闻作品的特点。

（一）时效性强

电子技术的发展使广播电视新闻的传播几乎与新闻现场"零时差"，最大限度地提高了新闻的时效性。随着直播这种形式广泛运用于广播和电视，无论在何处发生的新闻事件，世界各地的受众都能第一时间见证事件的发展。1997年7月1日零时，五星红旗缓缓升起于香港的上空，电视机前的中国人共同见证这一历史时刻。中央电视台对于香港回归所做的一系列直播，带给中国观众情感上的震撼丝毫没有因为直播经验不足而减弱。2019年10月1日，中央广播电视总台对庆祝中华人民共和国成立70周年大会、阅兵式、群众游行等活动进行了现场直播。整场直播安全有序、大气磅礴，精细的创意设计、丰富的机位设置、先进的技术手段，全景式呈现了国庆盛况，充分展现了习近平总书记的大国领袖风范、全党全军全国各族人民砥砺奋进的时代风貌。这场宏大极致的视听盛宴向全世界展现了新时代的中国形象，在国内外反响热烈。10月1日当天上午，直播节目电视观众规模累计超过7.99亿人，新媒体视频直播、点播收看次数超过 36.93 亿次,新媒体话题总阅读量达 355 亿次,各项数据均创历史之最。①

(二)现场感强

广播电视新闻作品的传播是一个线性的过程,声音和图像稍纵即逝,受众接收到的信息只在此刻。而阅读报纸新闻和网络新闻时,受众可以决定先读哪一条,仔细读哪一条。与之相比,受众对于广播电视新闻的接收是被动的。如何在短时间内将一则新闻输入受众的脑海? 广播电视利用声音和影像的优势,重现新闻现场。比如在体育新闻中,不仅有解说员的声音,还有球员进球的精彩瞬间、球迷的眼泪与加油的呼喊,这些因素能让受众对于新闻有更直观的理解。

(三)受众面广

相对于报纸和网络要求受众具备一定的阅读能力,广播和电视可以称得上是"无门槛"的媒介了。受众只需要动用原始的听觉与视觉就可以从广播电视中获取新闻信息。听广播新闻和看电视新闻可以是一个伴随性的行为,受众不需要专注地坐在沙发上听、看,他们完全可以进行其他活动——开车、吃饭、做家务、聊天,等等。轻松的接收方式使得广播电视拥有极为广泛的受众群体。同时,发射和接收技术的不断提高,使广播和电视的覆盖率不断增长。近年来,我国持续推进广播电视重点惠民工程,广播电视节目综合人口覆盖率稳步提升。截至 2021 年底,全国广播节目综合人口覆盖率为 99.48%,电视节目综合人口覆盖率为 99.66%,分别比 2020 年提高了 0.09 和 0.07 个百分点。② 在高覆盖率下,广播电视的受众群体进一步增加。

二、广播电视新闻作品分类及特征

随着广播电视事业的发展,广播电视新闻节目的形态日益增多,这些新的节目类型既有不同之处,也有重合的地方,若按照节目形态对其进行划分则略显混乱。因此本书依据体裁的不同,将广播电视新闻作品划分为:消息、专题和评论。

(一)广播电视消息

广播电视消息是一种迅速、简明报道新闻事实的广播电视新闻体裁。作为消息的分支形式,它具备消息所要求的"最直接""最简练"的报道方式。同时作为广播电视新闻的一种形式,它又遵循广播电视的传播规律,用声和图像描述新闻事件。

广播电视消息具有如下特征:一是取材精粹。消息的简明与快捷要求取材更精更

---

① 数据来源:www.zgjx.cn/2021-05/20/c_139953356.htm.
② 2021 年全国广播电视行业统计公报[EB/OL].http://www.nrta.gov.cn/art/2022/4/25/art-113-60195.html.

细,舍弃不必要的材料。通常选取新闻事件的关键环节、最新进展和最终结局,在最短的时间里讲述受众最关心的部分。二是结构紧凑。与广播电视的线性传播相适应,广播电视消息在组织内容时要环环相扣、结构紧凑、叙述顺畅,以便受众理解。

(二)广播电视专题

广播电视专题是运用声音和图像的表现手段,以全面、独特的视角对意义重大的新闻题材进行详尽报道的新闻形式,为受众提供更具深度和广度的新闻信息,是消息类新闻的延伸和拓展。

广播电视专题的特征可以概括为如下几个方面:一是题材的重要性。广播电视专题更注重对热点新闻事件的关注,既包括重大新闻事件,也包括与百姓生活息息相关的新闻点。二是报道内容的深入性。广播电视专题不仅注重对新闻事实的报道,更将焦点放在事件的原因与影响上,突出"为什么"(Why)和"如何"(How)这两个因素[①],为受众提供新闻事件的深度信息。三是表现手段的综合性。广播专题采用叙述、描写、议论、抒情等方式,记者的解说、被访者的访谈、主持人的串词等丰富的表现手段,将一个完整的新闻事实呈现给受众。在电视专题中,多种表现手段的结合更为明显。不仅有同期声、解说、配乐等听觉要素,还有照片、动画、字幕等视觉手段,多样性的表现手段更能吸引受众。

(三)广播电视新闻评论

广播电视新闻评论是广播台和电视台用声音和图像向受众阐述对新闻事件态度和看法的新闻作品形式。评论员围绕社会和大众普遍关心的热点事件或社会现象进行分析、探讨和研究,最后推导出科学的、能为受众所接受的结论,进而引导社会舆论,指导社会实践。

广播电视新闻评论的显著特点体现于——通过对声音符号和影像符号的运用来发挥新闻评论的新闻性、社会性、政论性和指导性。评论员的观点不仅代表他自己,更是他背后的节目组、媒体乃至政府需要表达的态度。

第二节 广播电视新闻作品评析方法与要求

广播和电视因为技术手段的不同,新闻呈现的方式并不相同,所以具体的新闻作品评析方法有所差异。

---

① 王振业.广播新闻与电视新闻[M].武汉:武汉大学出版社,2001:206.

一、广播新闻作品评析

(一)评析语言是否通俗易懂

广播的信息传播只能诉诸听觉,不像报纸的文字可以反复研读,也不像电视的画面那样直观生动,广播倚仗的只有声音。它更像是一种伴侣性的媒介,受众可以在开车、吃饭、谈话、运动的同时收听广播,只要有便携式的收音设备,听广播可以不受时间、空间的影响。对于受众而言,广播内容是否通俗易懂,直接关系到其对于新闻的理解。相对于专业、晦涩的语言,口语化的表达在广播新闻中非常关键。请看一则广播消息:

黑龙江大小兴安岭林区全面停止主伐

【下面宣读国务院批复:发展改革委,关于……压混】

主持人:今天上午,在哈尔滨国际会议中心召开的《大小兴安岭林区生态保护与经济转型规划》宣传贯彻会议上传出消息:

可采资源基本枯竭的黑龙江大小兴安岭林区要全面停止主伐,利用10年左右的时间,恢复东北亚乃至全球生态屏障。

主持人:就在会议进行的同时,远在会场以北600多公里的大兴安岭深山里,我们的另一路记者正在松岭林业局绿水林场作业点,他们见证了这个林业局成立50多年来的最后一次主伐。伐木31年的老油锯手李维富,伐下了一棵碗口粗的樟子松。

【电锯声、号子声、树木倒下声……】

李维富:我伐了一辈子的树,今天是我最后一次伐树,也是我们全林业局最后一次伐树。年轻的时候,伐的那个树都跟水桶那么粗,等到老了呢,伐的就跟胳膊那么粗了。这树是越砍越细了。

记　者:不再伐树了,那您以后打算干点什么呢?

李维富:植树造林啊!我争取在退休之前,把我过去砍的那些林子全都栽上树!

主持人:大小兴安岭保护了全国十分之一以上的耕地和大片草原,抵御着西伯利亚寒流和蒙古高原旱风的侵袭,吸收大量二氧化碳,减缓全球气候变暖。新中国成立以来,大小兴安岭已经累计贡献了10.5亿立方米木材。这些木材如果全部装上火车,可以绕地球赤道12圈。长期高强度开发,大小兴安岭已经不堪重负。东北林业大学教授付玉洁说:

付玉洁:半个世纪以来,(大小兴安岭每年)可采伐量从最开始的4.6亿立方米,到现在呢(每年)就只有0.21亿立方米。森林边缘退了100多公里,湿地呢减少了大概得有一半以上。拯救大小兴安岭刻不容缓。

主持人:2009年,胡锦涛总书记在联合国气候变化峰会上提出,中国要大力增加森林碳汇。国家发改委副主任张国宝说,黑龙江大小兴安岭全面停止主伐,正是中国政府实现庄严承诺的具体体现。

张国宝:停伐以后啊,可以形成二氧化碳碳汇7.32亿吨,这个数量是相当大的,也可以说是对我们国家减排作出重大贡献的一项举措。

主持人:据测算,停止主伐后,黑龙江省木材销售收入每年将减少9.7亿元,将有20万人的就业受到影响。受影响最大的大兴安岭、伊春、黑河三个地区,在有效利用国家天保二期工程、接续替代产业专项资金等扶持政策的同时,将大力发展旅游、特色野生动物养殖等接续替代产业,力争实现经济总量、财政收入、人均收入三个"稳步增长"。黑龙江省省长王宪魁表示:

王宪魁:尽管现在我们转型阶段难一点,我想这个困难一定会渡过去的。保护绿色的生态,给我们的子孙后代将来创造多少价值,任何一项重大的投资都无法和它来比。

(2011年1月9日黑龙江人民广播电台《整点新闻》,
作者:赵鸿洋、任广镇、郭亚洲、于清江)

这则广播消息以会议为依托,但是并没有拘泥于会议形式,没有用大段的会议语言组织新闻,出现生涩难懂、行文刻板的弊病,而是用通俗易懂的语言讲述一个会议的主题;在报道会议消息的同时,展示了另一路记者来自主伐一线的采访,用老伐木工人朴素、平实的话,配合伐木现场的音响,表现了老伐木工人对于大小兴安岭停止主伐的支持。受众在收听这样口语化的广播新闻时,更容易接受新闻所要传递的主题。

(二)评析音乐音响运用是否得当

广播作为用声音表达信息的媒介,除了人声的使用,音乐音响在其中的使用也极为重要。音乐一般只在广播新闻专题中出现,而音响则广泛运用于广播消息和专题中。音乐音响在广播新闻中一方面能够渲染气氛,另一方面能够描绘出生动的场景。音乐音响的使用是否得当,对于广播新闻的传播有重要的意义。我们来看一则广播消息对音乐音响运用:

"福分书记"周广智

【《格桑花开》歌曲压混】

西藏在我心中有特殊的地位,援藏是我最大的心愿。就年龄而言,这次援藏也是我最后的机会,如果组织上能批准我的请求,我一定尽自己最大的努力,让西藏曲水人民满意,为江苏干部增光……【渐止】

这是周广智2007年5月9号递交的援藏申请书中的一段话。

【出音乐压混】

色彩斑斓的九月,记者追寻着这位援藏县委书记的脚步,更带着对他再次留任的敬重开始了高原采访之行。

和煦的秋阳里,高原也迎来了属于它的收获季。

【土豆收获现场:笑声、拖拉机声压混】

这是拉萨市曲水县达嘎乡色达村,村民正忙着收土豆。这些还带着浓浓泥土气息的土豆在田头分装后,将直接被送往拉萨市场。村民格龙带着一大家子人在田间高兴地忙活着。格龙说:

【出录音】

格龙:今年6.3亩,得了2万元收入!非常感谢周书记!【录音止】

【现场压混】

格龙要感谢的周书记就是援藏干部周广智。顺着格龙手指的方向,记者见到了蹲在土豆堆里的周广智:一双黑布鞋、一顶藏式圆毡帽,说话略带江南家乡口音,时不时还夹杂着几句藏语。

……

【孩子们读书声压混】

这是拉萨市曲水县南木乡小学的教室里传出的琅琅读书声。2007年,当周广智第一次看到当地孩子的读书环境时,心情很沉重。

【出录音】周广智:当时在沟里,学校都是一个老师,(带)很多学生,许多年级。外边放个凳子,老师坐在那里,我感觉有点像放羊一样。吃饭没地方吃,午睡也没地方睡,要跑很多的路。作为一个县委书记,确实是心里头感到有点酸酸的。【录音止】

【音乐压混】

学校没有像样的教室,没有足够的师资,有的孩子上学甚至要走五六个小时的山路。周广智暗下决心:再也不能这样苦孩子!他带领当地的干部花了整整两年时间把中学生集中到县,小学生集中到乡,给学校配了校车,离学校最远的孩子也能一直坐到家门口。

藏族女孩次旺普赤在南木乡小学读四年级,如今她不仅可以坐在宽敞明亮的教室里上课,每天中午还能吃上热腾腾的免费午餐。

【出录音】次旺普赤:每天中午回家吃饭的话,自己不懂的都不能及时背,周书记知道后,中午饭就让我们在学校吃,我们觉得在这个学校里很幸福。(记者:如果让你形容现在的学校,是什么?)就是一个家吧,有家的温暖!【录音止】

【上课铃声压混】

赶着上课铃声进教室的次旺普赤说,所有的同学都很喜欢现在的新学校,更感谢那个给了他们"家"的温暖和热腾腾午饭的人。

曲水县茶巴拉乡茶巴拉村,德琼家院子一角的格桑花开得格外显眼。

【德琼家现场 + 藏语压混】

德琼一直在用汉语说着"周书记"三个字,这是她唯一会说的汉话。每次提起周书记,德琼都会激动地双手合十,接连说上四五遍"拖切拉",就是"谢谢"的意思。德琼的丈夫十几年前去世,她带着儿子艰难生活,做梦也没有想过自己能住上这么大的新家。

【藏语压混 + 翻译】德琼:我们的周广智书记 2008 年资助 1 万块钱,结合我们的住处新盖了这间房子。以前住的那种房子是几十年之前盖的,又简陋又黑暗。周广智书记给予了很大的帮忙,周广智书记是心地善良、平易近人的一个人,感谢书记!

【录音止】

（节选自 2011 年 10 月 11 日江苏新闻广播《新闻晚高峰》,作者:张祖名、朱萍）

这篇报道讲述的是援藏干部周广智的事迹,背景在藏区,因此在音乐和音响的使用上都具备鲜明的藏区特色。无论是歌曲《格桑花开》的多次使用,还是藏族群众接受采访时的藏语讲述,都能够让听众知晓事件发生于何地。此外,上课铃声和孩子们读书声的出现,对于讲述周广智书记对藏区教育的关注有突出作用。

（三）评析新闻是否具体形象

不像报纸新闻、电视新闻、网络新闻那样有文字、画面等诸多视觉手段,广播新闻只能依靠声音给受众报道新闻。广播作为一种伴随性的媒介,如果用声音传达的信息隐晦难懂,那么新闻的传播就很难成功。广播新闻的具体形象关系到最终的传播效果。我们来看这样一则广播新闻:

从奥运到世博——生命的约定

各位听众,在上海世博会开幕 100 天和北京奥运会开幕两周年的特殊纪念日,世博浦西园区的信息通信馆昨天迎来了一批特殊的参观者。据了解,此次"生命的世博"活动由上海癌症康复俱乐部举办。请听本台记者赵旻发来的报道。

实况:感动,我首先进入到这儿……

这段实况是两年前的八月,记者在上海火车站送 200 名癌症患者去北京为奥运助威时录的,这些抗癌勇士们在当时的五年之前,就开始每天存两块钱,把存了五年的钱作为去北京看奥运的费用,把活到 2008 年奥运作为生命的一个目标。上海癌症康复俱乐部会长袁正平说,奥运之后在回来的路上,就有人说,好不容易五年奥运盼到了,接下来一定要再活两年,等到世博。

实况:记得当时在北京回上海的火车上,我们在座有位叫蔡剑英的病员一声叹息,讲了这么一句话:"两年以后的世博会,我还在么?"因为她患肠癌、肝转移、肺转移,然后当时在座的朋友们都鼓励她,说你不许胡说,到时候,我们一个都不能少,相聚在世博会的园区里。

90岁的奥运助威团成员王汝霖说,尽管随时可能收到死神"请柬",却依然觉得很幸运能看到奥运、世博两大盛会,尤其世博会就在家门口,准备多看几遍。

实况:阿拉准备多买点票,阿拉也要一趟一趟仔仔细细来看。我说8月太热,9月份好好准备看七八趟,阿拉票也买好。排队阿拉75岁以上,绿色通道,不怕了。

遗憾的是,昨天,当他们再次相聚时,在去北京奥运的200名病友中,已经有6名因病永远离开了。当时队中病情最重的邱海娣,是带着氧气瓶去北京的。她,没能等到世博会开幕。两年前陪这些抗癌勇士去北京的志愿者昨天哭了,当时他们为了让邱海娣看一眼长城,几个人抬着轮椅爬长城。

实况:那时候那个缆车已经到不了上边了,我们就把她一步一步抬上去,到了上边的时候,她做的第一个动作是帮我们志愿者擦汗。

她说,从长城之行到世博之行,不亲身经历,无法体会"08年之后是09年,09年后是10年"这些对健康人再简单不过的事情,对癌症患者有多难。世博园片区部长陈东昨天也哽咽了,她说,从这些特殊的游客们身上,她感受到了更高更快更强的奥运精神,以及坚持到底、积极向上的世博精神。

实况:在高雄路值勤的一个武警战士,21岁刚刚发现白血病,现在在住院治疗。这个小伙子生病以后,在住院之前提了个要求,再站一个小时的岗,他真的去站了这一个小时的岗。这些人让我们看到,世博会除了传递这些技术的进步,我觉得很重要的,就是传递一种积极向上的人生观。

(2010年8月9日上海人民广播电视台新闻广播《990早新闻》,作者:赵旻)

这则新闻讲述的是上海癌症康复俱乐部的患者们,以观看北京奥运会和上海世博会为目标,勇敢地面对疾病,用坚强延续了自己的生命。报道中既有俱乐部成员的采访,他们真实地讲述了身边病友的故事,也有从主持人口中讲述的其他人的事例,实况采访夹杂着后期解说,为听众描述了一群乐观面对疾病的人。他们将生命作为约定,互相鼓励、互相支持,度过了在健康人眼中再普通不过的两年时光。新闻非常具体地给收音机前的听众塑造出一群勇敢而坚强的特殊群体的形象,引发听众的感触。

二、电视新闻作品评析

(一) 评析声画配合是否得当

电视与广播同为电子媒介,在现阶段,电视受众比广播受众更广的原因之一是它在声音的基础上加入了画面。画面与声音互为补充,使电视新闻的综合表现力得到了大幅提升。一则电视新闻的优劣与其运用的画面和声音密切相连。除现场音效外,画外音与画面的配合更考验编辑的技能。以常见的时政新闻为例,领导人去某处视察或出席某个活动时,对于此行的描述与现场画面要配合得当;对于领导人说的关键性话语则应以现场同期声的形式呈现。

2018年3月28日《新闻联播》头条播出的《习近平同金正恩举行会谈》,节目时长约14分钟,虽然体量较大,但该系列活动跨越4天,新闻报道必须承载巨大的信息量,诸如中方举行欢迎仪式、欢迎宴会,两国领导人进行会谈,金正恩参观"率先行动 砥砺奋进——十八大以来中国科学院创新成果展",以及习近平夫妇为金正恩夫妇举行午宴,等等。如何将如此多的重要内容编入一条新闻,时政编辑进行了精心布局:在会谈段落,打破双方领导人表述"一来一回"的传统结构,采用双方表述"多次来回"的编辑手法,并以"双方共同表示"调节新闻节奏,增强了新闻可视性,并凸显了两国领导人的广泛共识。这则新闻用多角度写实的拍摄方式、精巧的编辑手法以及大量现场音效和同期声,还原了习近平主席会见金正恩的场景。无论是解说词还是同期声与现场画面的配合都非常得当、精彩。现场记者在传统拍摄角度的基础上,深入挖掘会场的新闻元素,多角度、多样态、全程记录两国领导人讲话、聆听等环节的生动表情,并充分利用东大厅内两国国旗、《幽燕金秋图》国画等元素营造场景氛围,使会谈段落内涵丰富、镜头得当、节奏明快。

(二) 评析现场感是否强烈

无论是对正在发生事件的记录,还是对突发事件的后续采访报道,电视新闻都应该以"在现场"的视角去采访和讲述,还原新闻现场,让观众"身临其境",感知新闻事件。现场感的获得与真实的画面和音效有关,与记者的采访有关,与后期的编辑有关。强烈的现场感能够给观众呈现更清晰的事实,留下更深刻的印象,使其持续关注事件发展。如在2012年11月28日央视新闻频道《朝闻天下》报道埃及首都开罗数万名示威者聚集市中心引发暴乱的新闻中,记者杨春在动荡的现场采访当地卖吃的以及卖国旗的小商贩,探究当地人对于暴乱的态度,并向观众说明应该怎样逃离暴乱现场。记者在暴乱现场的出镜报道给观众营造了强烈的现场感。再以地震灾后的电视报道为例,新闻中表现出的现场感会让电视机前的观众感同身受——倒塌的房屋、杂乱的街道、疲惫的人群、悲伤的神情,以及对于地震中典型人物的英勇行为或悲怆经历的真实刻画,都有可能引发观众的共鸣。观众这一刻虽不在现场,却依然感受真切。此外,在台风来袭的电视新闻中,观众可以看到摇摆的树木、狂暴的风雨,以及处于危险之中依然为大家带来实况报道的电视记者,体会到强烈的现场感。当然,对于是否需要记者亲自站在台风中去描述现场,值得进一步探讨。

(三)评析节目主持人表现

新闻节目主持人,是媒体在实施传播过程中负责主持播报、串联新闻节目和发表一定言论的专职人员。① 如今的电视新闻节目主持人不能只是播音、念稿而已,更需要具备全面、扎实的新闻专业素质,如能够迅速判断出一则新闻的价值,具备机敏的临场反应能力以及一定的新闻评论能力等。电视新闻节目主持人的位置越发不可代替,他们不但要向观众播报新闻,还要代表观众向新闻事件亲历者、当事人或专业领域人士及专家发问,他们提问的水平关系到新闻的深度。

第三节 广播电视新闻作品评析实例

一、广播新闻作品评析实例

例一

公安微博危机公关十小时

昨天下午,山大南路上,一起普通的治安案件引发千人围堵的群体事件。济南公安微博第一时间公布权威信息,将这场风波顺利平息。请听济南台记者采制的录音报道:《公安微博危机公关十小时》。

昨天17点,在山大南路,一名女警察与一对修车的老人突发争执。市民李先生:【出录音】"她嫌人家老头老太太修得慢了,就跟人家争吵起来,然后就开口骂人。"

争吵中,女警察叫来一名男子,将两位老人打倒,并迫使老太太跪在地上。周围群众看不下去了,纷纷要求他们给老人道歉。

17点17分,历城巡警闻讯赶到现场,刘警官:【出录音】"经过了解,是一起治安纠纷。由于现场人太多,我们准备把双方带到就近的派出所做进一步处理。"

然而不明就里的群众误以为警车是想掩护女警察逃走,于是将警车也团

---
① 壮春雨,崔健.新闻主持概论[M].杭州:浙江大学出版社,2009:36.

团围住:【出录音,现场】"出来！出来！出来！"

18点32分,网上出现了"刘三好学生"的一条微博:"山大南门东边,据说发生警察殴打老太太致老太太下跪的事！"

这条微博被迅速转发,更多市民赶往现场,在很短的时间内就聚集了一千多人:【出录音】后来人越聚越多,大家很气愤嘛,就把这个车拥到路中间,这个山大南路就不能走了。

19点31分,济南市公安局微博警察孙海东发现了这一情况,立即通过"济南公安"官方微博介入:"历城分局,怎么回事？"

19点45分,孙海东随市公安局领导一同赶到现场参与处置:【出录音】"现场很多人举着手机,不断地拍照,发微博。但大部分群众都没有看到第一现场。如果以讹传讹,事情会越闹越大,所以我们必须和时间赛跑,在微博上将真相尽快发布出去。"

【键盘声,压混】

20点15分,"经调查,一名省司法厅女狱警在修车过程中与群众发生冲突。"

20点20分,"经核实,省女子监狱民警林某着警服修电瓶车时与人发生纠纷,叫其丈夫将受害人打伤。"

20点26分,"现场的警车是历城巡警的处警车,是为了先期处置。"

20点36分,"目前打人者已被扭送山大路派出所,正在接受处理。"

这些微博被转发了7163次。网上的声浪渐渐平息,现场的群众也因为了解了真相而陆续散去。

今天凌晨4点07分,"济南公安"微博再发最新进展:"打人者林某和朱某被处以十五天行政拘留。两人已被连夜拘留。"

众多网友对"济南公安"微博的做法表示了赞许。

网友"多多":"'济南公安'微博辟谣真快,真给力。"

网友"大晴天":"从处理结果来看,政府没有偏袒。赞一个。"

济南市公安局副局长徐春华:【出录音】"微博传播谣言非常快,传递真相、消除谣言同样快。在突发事件中,一定要及时地将信息公开。你不说,别人就会乱说。相反,信息越公开,民众的情绪就会越稳定。"

山东大学教授王忠武:【出录音】"在这个事件中,林某的特权意识和对争执对象人格的不尊重,触及了警民非正常互动的底线,这样就引发了旁观者对自身权利和安全感的一种焦虑和不安。济南公安以微博应对微博,效率、公正性可圈可点。这应该是政务微博发展的一个方向。"

(2011年8月18日济南广播电视台《交通雷达网》,系集体创作)

评析：

"警察"这个职业因其特殊性受到人民的关注，一方面，警察保障了社会的安定、生活环境的安全；另一方面，人民也在时时刻刻监督着警察的行为。上述新闻的重点不在于"警察打人事件"，而是处理"警察打人事件"的过程，这比直接讲述具体新闻事件更有难度。而这则广播新闻仅仅用声音的手段就活灵活现地展现了济南市公安局平息这一网络舆论事件的全过程。纵观这则报道的文字，时间节点出现的次数非常多，连续9次出现"某时某分"的形式，凸显了事件的紧迫感，更体现了济南市公安部门解决问题的高效率。借用传播速度极快的新媒体——微博，济南市公安局将这场在网络上引发公众关注的事件，及时、真实地反映在网友面前。新闻以时间为主线，通过多人分饰角色、配音情景再现、模拟特种音效等手段，将汹涌的网络声浪、紧张的现场情景以及政务微博不断公布的真相有机地融合在一起，使整个过程丝丝入扣、引人入胜，营造了强烈的现场感，在新闻传播手法上进行了有益的尝试，非常成功。

例二

218国道建设为粉红椋鸟安心繁育停工1个月

6月中旬，在国道218线敦麻扎至那拉提高速公路工程第三标段K190处，上万只粉红椋鸟正在山体爆破后的碎石堆里"生儿育女"，施工方不惜损失百万元，停工一个月，为粉红椋鸟育雏"买单"。请听本台记者李燕、李永升、朱德佳的报道。

【出鸟叫，压混】6月26日，记者在已经停工的工地看到，碎石堆外围已安装了防护围栏和"椋鸟孵化区"保护标识牌，许多粉红椋鸟飞来飞去，石头缝中不时传来雏鸟的争食鸣叫声。

伊犁州林业局野生动植物保护管理办公室主任努尔玛提·加依尔拜介绍：【出录音】"我们要求施工方停止施工，采取必要的防护措施，尽量避免人为的干扰，确保雏鸟安全地孵化出来，回归大自然。"

据了解，这一标段总投资4.8亿元，预计明年9月底建成，停工一个月会给施工企业造成100万元的损失。

负责施工的新疆石油工程建设公司安全工程师王景对记者说，接到林业部门通知后，公司当即决定从6月26号起停止施工一个月。【出录音】"我们也是本着环境保护的原则，不打扰这些鸟类的生存环境，等这些鸟类孵化完成，再继续我们的施工工作，达到自然、和谐、共赢的一种效果。"

粉红椋鸟每年5月起在中亚活动，新疆是它们在中国唯一的繁殖地，育雏期间的主要食物是蝗虫，一只成鸟每天可捕获一两百只蝗虫。当地通过粉红椋鸟进行生物治蝗，为改善伊犁大草原生态环境提供有力保障。

（2018年6月26日伊犁人民广播电台《伊犁新闻联播》）

评析:

党的十八大把生态文明建设纳入中国特色社会主义事业"五位一体"总体布局,明确提出大力推进生态文明建设,努力建设美丽中国,实现中华民族永续发展。这则新闻报道了高速公路施工方不惜损失百万,停工一个月给粉红椋鸟育雏营造安宁环境的事实,虽然短小,但内容扎实,录音生动,紧扣主题,起到了管中窥豹的宣传效果。这是一篇采编人员厚积薄发、妙手偶得的坚持人与自然和谐共生的新闻佳作,为倡导生态优先、绿色发展的新发展理念营造了良好的舆论氛围。

二、电视新闻专题评析实例

从采编过程来说,电视新闻专题片《雄关》共6集,包括《河南力量》《中流砥柱》《江河同心》《平凡英雄》《青春战歌》《向阳而生》,每集时长30分钟左右,2020年5月11日至16日在河南广播电视台卫星频道播出,并以多种样式在网络和新媒体端推送。从抗击新冠肺炎疫情伊始,创作团队就精心策划,组织多路记者深入一线采访,生动记录抗疫战场上的感人故事,凝练主题观点,全景勾画中原儿女抗疫战争图鉴,深刻解读蕴含其中的思想价值。通过环环相扣、层层递进的谋篇布局,真实饱满、细腻生动的故事、人物、细节,波澜壮阔、直击人心的文字和画面,阐释了在这场没有硝烟的战争中党的领导、中国特色社会主义制度的巨大优势,展现出人民战争的磅礴力量,回答了"河南抗疫难在哪""河南抗疫牛在哪""河南抗疫为什么行"等问题,生动真实地描画了河南人民在抗击疫情中表现出的家国情怀、勇敢与担当。

从全媒体传播来说,系列片《雄关》以融合传播的方式采制和推播。在疫情最危急的时候,河南广电派出多路记者奔忙在抗疫一线,在河南的新冠肺炎救治定点医院、在武汉的多家医院,在河南各地社区和农村防控点,在生产、运送物资的各个现场,记者们拍摄到大量珍贵的素材,制作了6集系列片《雄关》在全网发布,与此同时,又将素材制作成微视频、H5、海报、动图等多种新媒体产品在网络和移动端推送。该系列片在河南广播电视台卫星频道和各地面频道以特别节目多频次播出,全省市县广播电视台同步转播和重播,并被学习强国平台采用,网络视频点击量超亿次。

从社会效果来说,系列片《雄关》以恢宏大气的家国情怀、丰富多元的人文视角、创新生动的视听语言,对河南抗疫及其与湖北守望相助、共克时艰的历史画卷进行全景式、立体化的扫描和解读,用小故事反映大时代,以小人物折射大精神,起到了润物细无声的作用。在表达方面,该片语言凝练生动,画面剪接、音乐运用等都颇具新意,是对中国共产党领导、中国特色社会主义制度巨大优势的生动阐释,引发了社会强烈反响。

三、纪录片作品评析实例

《百炼成钢:中国共产党的100年》是献礼建党百年的重大主题创作,由中央党史和文献研究院、国家广播电视总局、中共江苏省委联合出品,江苏省广播电视总台承制。该片在江苏卫视、湖南卫视、东方卫视等十余家省级卫视陆续播出,并在新华网、人民网等各大门户网站,各省重点网站,以及学习强国、优酷、腾讯视频、百度、爱奇艺、快手、抖音、荔枝新闻等新媒体播出平台陆续推出,累计网络播放量突破 30 亿次,实现了重大主题宣传的"破圈传播",为庆祝建党百年营造了浓厚舆论氛围。

《百炼成钢:中国共产党的 100 年》撷取中国革命、建设、改革、新时代各时期的重要事件,用生动的党史故事,形象地反映百年大党的光辉历程和伟大成就。该片分为革命、建设、改革、新时代四个篇章,2021 年播出前三篇章共 70 集,每集八分钟。它以习近平总书记关于党的历史的重要论述为指导,以党的三个历史决议为根本遵循,准确把握党史发展的主题主线、主流本质,确保选取内容导向正确、观点明确、史实准确。主创团队深入挖掘素材,以小切口折射大主题,以小故事揭示大道理,行程遍布北京、上海、湖南、湖北、广东、河南、四川、贵州等十余个省市,挖掘了一批珍贵的历史文献、档案,采访了数十位历史亲历者,力求做到史实准确、语言严谨、细节生动、画面到位,为广大干部群众提供一份学党史、悟思想的权威教材。主创团队在创作过程中,力求做到全方位创新:在形式上力求创新,综合运用当事人讲述、情景再现、手绘动画、历史影像资料、彩色沙画等多种形式,打磨好"微纪录片"这一产品形态;在语态上力求创新,在叙事中设置悬念,营造强烈的氛围感、沉浸感,把凸显网感作为重点;在故事上力求创新,增强揭秘性和细节呈现,用鲜为人知的党史人物故事来提升节目的影响力。

业界专家评价,《百炼成钢:中国共产党的 100 年》是对百年党史的影像记录,是对党史资源的深度挖掘,是对党史教育的鲜活表达,是对融合传播环境下重大主题宣传的探索和创新。

思考题

1. 广播新闻作品与电视新闻作品评析的主要差别在哪里?
2. 电视新闻作品中现场感的评析可以通过哪些方面体现?
3. 评析电视消息《吉林首次遭遇台风三连击 "梨树模式"扛住了》(http://www.zgjx.cn/2021-10/25/c_1310257076_3.htm)。

第十一章 网络新闻作品评析

• **本章要点：**
　　了解：网络新闻特点、类型
　　掌握：网络新闻评析方法与要点

第一节 网络新闻作品基础知识

一、网络新闻的特点

中国互联网络信息中心（CNNIC）2022 年 8 月发布的《第 50 次中国互联网络发展状况统计报告》显示，截至 2022 年 6 月，我国网民规模达到 10.51 亿，其中，使用手机上网的比例达 99.6％。互联网对当下人们的日常生活、信息传播以及新闻生产所产生的作用愈益彰显。自 1994 年 4 月我国全面接入互联网以来，网络成为传播的重要媒介，在互联网发展初期，网络新闻业务作为传统新闻业务的延伸而出现，历经近 30 载，网络新闻在传播主体、内容、渠道、接收者以及互动等方面都发生了重要变革。与此相对应的是关于网络新闻的多种看法，在概念界定上，有学者将网络新闻定义为"各种机构和个人在互联网上利用网络技术和网络功能对最新发生、发现或正在发生的事实的报道"[1]，也有学者认为"网络新闻指传播者和接收者利用互联网媒介，即时交互地传播就近发生的或正在发生的事实和意见[2]"，与前者类似的定义更偏向于新闻学理论，与后者类似的定义更强调网络的互动性。综合来说，网络新闻是指以网络为传播渠道，网络用户（组织/个人）对新近发生或正在发生事实的报道与意见传播。

与传统媒体上的新闻相比较，网络新闻具有如下几大特点：

---

[1] 金梦玉.网络新闻实务[M].北京：中国传媒大学出版社，2005：8.
[2] 蒋晓丽.网络新闻编辑学[M].北京：高等教育出版社，2012：10.

（一）传播信息高效迅捷

依托于互联网平台，网络新闻的传播有着其他传统媒体不可比拟的优势。刚发生的新闻事件，在网络上报道的时间间隔甚至可以用秒衡量，时效性极强。仅就传播速度而言，传统媒体与网络相较落后很多：报纸按天出版，采访、写作、印刷、投递的各个环节需要的时间难以进一步压缩；广播新闻和电视新闻虽然可以采取口播的形式加快突发新闻事件的传播速度，但是稿件从记者传到播音员主持人仍然有一定的时差。依赖于互联网快速传播的特点，网络新闻能够快速、及时地传播新闻，达到"全天候""零时差"的传播状态。随着媒体融合的深化，我国传统媒体依托于网络实现新闻业务转型也越来越明显，就时效性来说，网络媒体是远远超越传统媒体的，最典型的例子就是1999年5月8日，北约轰炸中国驻南斯拉夫大使馆的消息在国内最早是由新浪网进行报道的。

（二）互动反馈迅速及时

与传统媒体不同，网络新闻能够获取接收者的即时反馈并形成互动。网络新闻会留出一定空间，如留言区、评论区等，以供受众即时发表自己的意见、看法。在网络新闻时代，新闻不再仅仅是"你听我说"，而变为"你说我说"，网络成为"新闻的广场"。在网站发布新闻后，受众能够即时反馈对该新闻事件的态度、对新闻发布者的建议以及对其他网友意见的看法等，这对于新闻生产者来说是一种即时互动，对于信息接收者来说是意见表达的重要出口。随着各种思想的交锋与碰撞，网络信息内容呈现出多样性、复杂性，网络意见越来越多元化，网络成为重要的舆论平台。党的十八大以来，习近平总书记多次强调互联网已经成为舆论斗争的主战场，因此如何实现网络新闻的积极引导以及如何梳理网络用户的舆情反馈是网络新闻需要应对的重要挑战。

（三）新闻信息来源广泛

人人都有麦克风，人人都是发布者，网络技术的不断发展使网络新闻的传播主体发生了相应的变化。在以往的传统媒体中，大型的传媒组织机构是传播主体，而在网络新闻信息传播中，新闻的发布者不只是大众媒介，也延伸到曾经作为受众的每一个普通人。论坛、微博、公众号等平台的个人发布，往往能够及时地被各家网站编辑捕捉，并且迅速地发布于自家的网站新闻中。这比传统媒体记者赶到现场再报道的消息源拓展很多，使得新闻网站信息更丰富、更全面。然而，正如一枚硬币拥有截然相反的两面，目前国内网站编辑基本都是以转载的形式采用稿件，自主采访的稿件仅占少数。在没有亲临现场、亲自采访时，转载其他媒体的稿件就意味着承担着一定的风险——海量的信息来源中夹杂着很多不实消息。虽然网站编辑的审核日趋严格和规范，但是依然难以完全杜绝这样的弊端。

(四)传播手段多元化

在网络新闻的呈现样态中,除了有文字、图画等形式,还有以智能传播为技术搭载的直播、VR、H5 以及数据新闻等多种可视化形式,短视频、微直播、H5、竖幅视频、VR、条漫、CG 动画等移动端形式应有尽有,多元化的传播手段满足了受众的各类阅读需求。如第二十九届中国新闻奖涌现出来的一系列更智能、更成熟的新闻作品,《父亲·我们·时代》《时光博物馆》《东方风来》等一大批影响力广泛,内容、技术、形态俱佳的刷屏力作。值得注意的是,这次网络新闻专题奖项出现了人工智能首次获奖,新华社《"媒体大脑"想陪你聊聊"两高"这五年》将人工智能运用在全国两会重大报道中。"媒体大脑"通过摄像头、传感器、无人机等方式获取视频、数据信息,然后经由图像识别、视频识别等技术让机器进行内容理解和新闻价值判断,依靠大数据将筛选过的内容与已有数据进行关联,对语义进行检索和重排,从而留出更多的时间和精力给记者用于深度分析和研判问题。

二、网络新闻的分类

(一)网络新闻评论

网络新闻评论是"网络传播环境中与传统媒体新闻评论类似的评论形式,即网络媒介大众传播领域对新近发生的事实或信息进行公益性的主观意见表达"①。网络新闻评论不同于网络评论,网络评论可以来自发布者,也可以来自受众,而网络新闻评论是网络媒体对新闻事件表达的自身的立场与观点。以人民网为例,其"观点"栏目板块有"人民网评""三评""人民财评""人民来论""人民访谈""人民体谈"等板块(如图 11.1),实现了自主评论和社会大众评论的结合,突出了传媒机构"我要说"(如图 11.2)和普通网民"众人说"的联合效应(如图 11.3)。其他门户网站也分别设有专门的新闻评论频道,既有对其他媒体的评论内容的整合,也有网站对某些事件的独家评论。这反映了网络媒体对新闻评论这一领域的重视。

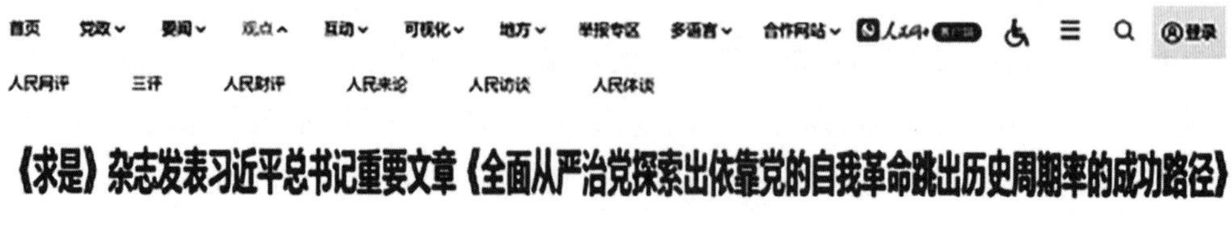

图 11.1 人民网"观点"栏目板块

---

① 张玉川.新闻评论教程[M].成都:四川大学出版社,2011:268.

人民网 >> 观点 >> 人民网评

- 人民网评：融入新型城镇化，写好易地搬迁"后半篇文章"　　2023-01-30 14:36
- 人民网评：确保全年粮食和农业生产开好头、起好步　　2023-01-30 09:52
- 人民网评："五个一百"，让网络空间满溢沁润人心的力量　　2023-01-30 09:06
- 人民网评：流动中国彰显生机活力　　2023-01-29 16:50
- 人民网评：持续加大研发投入，加快科技自立自强　　2023-01-29 16:43
- 人民网评：让绿色成为美丽中国最鲜明、最厚重、最牢靠的底色　　2023-01-20 10:34
- 人民网评：清清爽爽、欢欢喜喜过大年　　2023-01-20 09:58
- 人民网评："五个一百"，聚点滴星光共赴新征程　　2023-01-17 11:14
- 人民网评：千方百计保障好人民健康　　2023-01-15 10:11
- 人民网评：聚焦防控重点，打好有准备之仗　　2023-01-14 12:51

图 11.2　人民网"人民网评"板块

- 人民来论：中国式现代化蕴藏包容开放之道　　2022-11-28 16:59
- 人民来论：司法护航，维护公平竞争市场秩序　　2022-11-25 15:33
- 人民来论：以社会合力帮助"银发族"融入数字时代　　2022-11-23 12:59
- 人民来论：文明出行　平安回家　　2022-11-22 10:28
- 人民来论：让美丽休闲乡村更好助力乡村振兴　　2022-11-22 09:30
- 人民来论：持续释放我国水利建设综合效益　　2022-11-18 10:25
- 人民来论：书写高新区科技自强自立新篇章　　2022-11-17 07:48
- 人民来论：为未成年人保护再加"防火墙"　　2022-11-14 18:43

图 11.3　人民网"人民来论"板块

(二) 网络新闻专题

网络新闻专题是"传播者围绕一个新闻事件、新闻主题或时事热点议题，进行集纳式报道和传播的特定样式"①。传播者充分利用互联网的优势，整合使用文字、图表、声音、视频等多媒体手段制作出新闻专题，如新华网和人民网每年的"两会专题"。第二十七届中国新闻奖一等奖网络专题作品《中国一点都不能少》与《您好，马克思》也圈粉一大批受众。2016 年 5 月 5 日，中国青年网在马克思诞辰 198 周年当日推出《您好，马克思》专题作品。该作品分为四屏内容，包括主题鲜明的原创视频、原创报

---

① 邓炘炘.网络新闻编辑[M].北京:中国广播影视出版社,2019:200.

道,交互性强,表现形式多样的图表、H5、公众号文章等,适合移动端阅读,达到了形式、内容与主题思想的统一,页面点击量(PV)达4565万,单独访客数(UV)达2377万。

(三)网络访谈

网络访谈是借助互联网平台,邀请嘉宾针对某一事件或主题进行的访谈。与广播访谈和电视谈话节目不同的是,网络访谈具有多媒体的特色。既有视频、音频的实时播出,也有对访谈文字的整理,并且网页上有专门区块供网友留言、讨论,具有很强的互动性。比如在获得第二十九届中国新闻奖一等奖的网络访谈《40人对话40年——庆祝改革开放40周年系列高端访谈》(如图11.4)中,中国文明网邀请了不同行业、不同主题的代表进入演播室,畅谈40年来的风云变迁,内容涉及科技、教育、军事、体育、医疗、交通、文化等多领域,系统全面地呈现了改革开放以来各行各业的蓬勃发展。

图11.4 《40人对话40年——庆祝改革开放40周年系列高端访谈》封面

第二节 网络新闻作品评析方法与要求

一、页面设计是否美观

受众在浏览新闻网站时,对于整个网页首先有个第一印象——排版、色彩、头条等,这与传统的报纸阅读类似。报纸的版面设计是影响读者阅读观感的重要因素,同样,网站页面设计得美观与否也是决定网络新闻是否好看的重要环节。先进的互联网技术,使得网页设计可以灵活而多变。例如获得第二十九届中国新闻奖一等奖的网页设计作品《"伟大的变革——庆祝改革开放40周年大型展览"网上展馆》构思奇妙、创意独特、内容丰富、技术领先、网络特色浓郁,创新打造了足不出户、永不落幕的网上展馆,数字化全景式生动再现了改革开放40年的光辉历程、伟大成就和宝贵经验,在众多改革开放40周年报道中独树一帜,令人眼前一亮,深受中央领导和社会各界广泛好评,为热烈庆祝改革开放40周年营造了浓厚的社会氛围。作品的特点具体表现在:一是运用3D模型技术,采取多媒体互动叠加图文、音视频等形式,数字化全景式生动再现实体展览全貌,并且突破了实体展的时空局限,对重点展品进行延展和补充,使展览内容更丰富多样。二是提供沉浸式、漫游式网上观展体验,通过三维全景建模和WebGL等技术,采用虚拟现实和多媒体互动手段,使观众可以360度沉浸式了解展品。根据现场参观路线,作品开发了自动观展功能,运用语音合成技术,生成全部语音解说。这种沉浸式、漫游式自主体验参观,能让观众身临其境感受改革开放40年的光辉历程、伟大成就和宝贵经验。三是观众可实时参与互动,表达观展感受。网上展馆设有便捷的实时参与互动留言的入口,网友可以随时发表观展感受,分享观展体验。同时,设计了互动合影专区,为参展观众留下"难得的记忆"。四是创造了大型主题展览网上展馆观展新纪录,营造了热烈庆祝改革开放40周年的浓厚社会氛围。

二、逻辑链接是否合理

随着传播速度的不断加快,受众注意力成为各家媒体的争夺对象,相应的内容生产也变得"短、平、快",碎片化的信息使新闻的重要性、逻辑感和厚重感面临危机,因此好的网络新闻作品既要做到"以情动人",又要做到"以理及人",能让受众从新闻中获取相关的背景知识和社会现状。如"浙江在线"推出的《一片叶子的扶贫故事》(如图11.5)通过全程追踪采访茶苗的千里西行安家记,从一片小茶叶入手,聚焦脱贫攻坚大主题(如图11.6)。作品娓娓道来,从习近平总书记关于扶贫的重要指示开始,到受捐地的各类情况,最后溯源各助力方,通过评论、报道、视频介绍等方式全面呈现:

图11.5 《一片叶子的扶贫故事》封面

（1）黄杜村致富不忘本,情怀让人点赞;(2)小茶叶扶贫有担当,价值不容忽视;(3)脱贫攻坚众人拾柴,精神值得弘扬。作品通过这样的新闻链接组合,引发受众对于问题的深入思考和对于事实的全面了解。由此可见,无论是简单的一则网络新闻消息,还是网络新闻专题,其附带的相关新闻链接能否给受众提供有效的信息需要引起新闻作品评析者的重视。

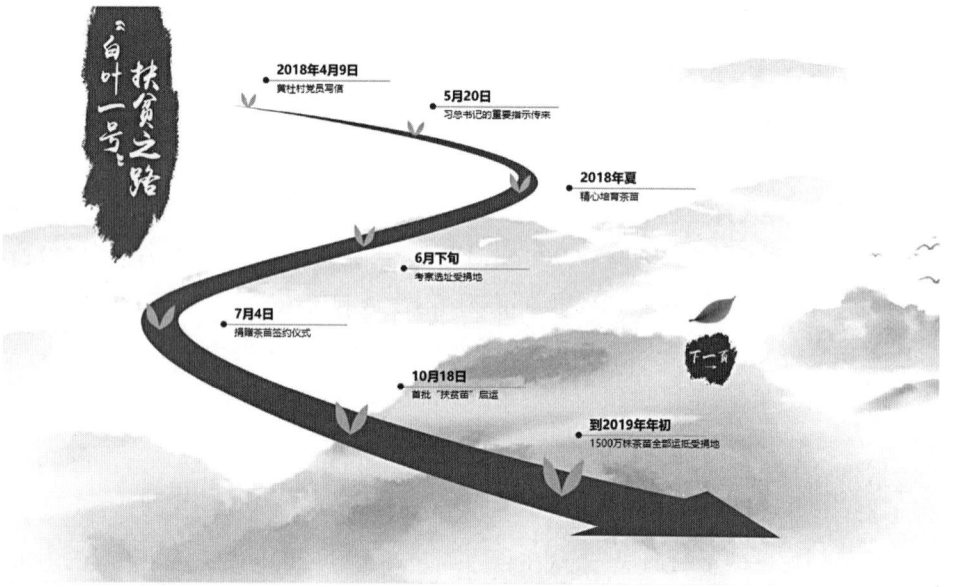

图11.6 《一片叶子的扶贫故事》内页

三、多媒体配合是否适当

网络新闻的呈现是一个多媒体的整合,是运用图片、文字、视频等多种手段对新闻事件进行多层次、多视角的观察。从某种程度来说,网络新闻是传统媒体中报纸、杂志的图文与广播、电视的音视频的综合。多媒体配合是否得当对于网络新闻的呈现而言是一种手段上的衡量。以多彩贵州网的《脱贫攻坚"连环计"》为例,见图11.7所示。

该作品运用先进的交互技术,以书简水墨风结合场景动画的交互,摒弃了传统网页的结构,用"简约的操作方式、生动的画面表现"让人眼前一亮。无论是技术支撑还是表现形式,都属"创新突破"。

该作品在设计上"效古仿今",打开每一个计策的时候,用"妙计锦囊""古计今用"和"黔哨"三个主线串联起核心内容,生动直观地把贵州这一年来脱贫攻坚的巨大变化进行了完美呈现,观众可以翻动观看计策结合锦囊的场景小动画并进行互动操作。该专题设计立意高远,主题明确;引入"对比冲击"的设计思路,极具视觉影响力;采用多媒体交互技术,大量运用图文、视频、VR等多媒体交互方式,传播效果显著。

图 11.7 《脱贫攻坚"连环计"》封面

第三节 网络新闻作品评析实例

一、网络新闻评论评析实例

"老何说和"说了些什么？

宁波市宁海县出了个"老何说和"，成为近期网上人们议论的话题。"老何"是指人，"说和"是指事。最初，大佳何镇退下来的何姓村干部，自愿进行民间矛盾调解，受到老百姓欢迎。后来，县里发现这个做法好，在全县进行推广，成了一个品牌。据5个乡镇统计，在不到一年的时间里，像老何这样的调解室调解民间案件300余件，涉案金额300余万元，没有一起因调解不当而转为刑事案件和群体性上访事件。

当前，农村乡镇（街道）的经济社会发展较快，相伴而来的土地纠纷、宅基地纠纷、山林承包纠纷、家长里短、邻里矛盾等问题也逐渐出现，有些还很激烈。很多群众对法律知识和司法程序不是很清楚，打起官司来还会产生费用，因此希望通过调解解决。而在基层确有一批像老何这样有威望、地缘熟、懂法律、热心肠的老同志，他们出面，很多矛盾会迎刃而解，避免了乡里乡亲伤和气，节省了时间和费用。宁海县注意到这一点，积极扶持这一新出现的事物，发挥"老何"们的作用，收到了令人意想不到的效果。目前，全县18个乡镇（街道）已全部建立了"老何说和"专职人民调解室。

那么"老何"到底说了些什么呢?

"老何说和",首先是说出了"公平公正"。"老何"们都是当地有一定威望的人,了解周围的人和事,矛盾面前能够有的放矢。在调理过程中,他们通过说事拉理,给群众一个诉求的机会,倾听群众的心声,并站在公正的角度,不袒护,不偏向,没有个人的私利,群众打心里信服。

其次,说出了存在于基层、外人又难以触摸到的矛盾点。农村"鸡毛蒜皮"的琐事,一般不为外人所知。农村群众文化知识相对有限,遇到问题时,更加渴望得到政策指导、法律服务,需要有针对性的办法。问题面前,"老何"们一看便知,能对症下药。今年初,溪下王村养殖户王某反映,因承包塘管闸门的人脱岗,潮水无法进入而导致全部白蟹被冻死,要求镇政府赔偿。镇农办多次与王某协商,愿做一定补偿,但王某提出过高要求。老何根据调查指出,那天的低潮位就是开闸也进不了水。王某被点中要害,自觉理亏,接受了镇里的赔偿。

然后,说出了群众想听的话语。他们与矛盾双方共同生活在一块土地上,面孔熟悉,说话不生分,不板着面孔,不居高临下,没官腔,没套话,群众好接受,几句家长里短就促成了问题的解决,用不着非要对簿公堂,出气消怒。有时,他们用一用长者的身份,说些心里话,批评几句,教育几句,群众也能接受,有助于问题的解决。

最后,说出人们渴望和谐的心愿。在农村,发生各类纠纷在所难免,同时,谁都不愿意惹事,都想过安生的日子。老何的调解既有法律上的知识运用,更有构建和谐社会的道理。他们了解每个家庭的实际情况,知晓困难在哪里、出路在哪里。调解者和矛盾当事双方的愿望是一致的,老百姓听着信服。所以,解决几百起,没有一起反复的。

有网友评论:"老何说和"是在"鸡毛蒜皮"中挖到了"金子",一个个矛盾,被解决在萌芽状态,就大大减少了铸成大矛盾的可能,把矛盾解决在萌芽状态,这是用金钱买不来的。

那么为什么要"老何"来说呢?

现阶段社会矛盾多发,农村有些情况更加复杂,解决起来也比较棘手,实践证明,"老何说和"无疑是一种有效的解决方法。"老何说和"是社会发展过程中出现的新事物,其社会意义在于它的群众性。基层群众间发生的矛盾,最终由群众自行调解解决,有利于促进社会的和谐发展。调解过程在于大事化小,小事化了,解决在基层,没有发展成为群体事件,也没有形成网上舆论,是农村社会管理工作的创新,是社会所需,民心所向。

18年前,西店镇王家村的两个王姓村民,因承包地问题产生纠纷,关系逐渐僵化,矛盾很深。"老何"在受理该纠纷后,一遍遍地做双方的工作,同时利用自己在村中的人脉和威望,请一些老村干部、老党员、双方当事人的好友一起协调处理,在反复调解六个月后,双方终于做出让步,一桩18年的积案在半年后得到解决。

构建和谐社会,重点在农村,难点也在农村。很关键一点在于创新农村社会管理机制,强化农村社会矛盾的调处力度,正确处理各种纠纷和矛盾,及时恰当地回应和疏导,把问题解决在基层、消灭在萌芽状态。如果不采取切实措施缓解和解决群众中的矛盾,就容易使小问题变成大问题,使矛盾不断发酵激化。近年来,农村不断出现的因邻里纠纷导致的恶性事件,因土地纠纷、房屋拆迁引发的群体性事件,不得不让我们对农村的社会管理工作更加重视。

社会管理创新,农村是个大舞台,没有农村的和谐稳定,就不会有全社会的小康生活。宁海的"老何说和"针对性强,运行成本低,解决实际问题,这一做法是新时期出现的新鲜事,值得提倡。正如同有的网民在留言中所说:"这是一种发扬民间智慧的创新。""老何"说的以及做的,恰恰是在当前社会管理工作中探索出的一套有效办法。

(中国宁波网,作者:李广华)

文章第一句"宁波市宁海县出了个'老何说和',成为近期网上人们议论的话题",表明这则网络新闻评论的主题来源于网络,并且文中引用的"网友评论"和"网友留言"都表明网络新闻评论对于网友言论的重视。"老何说和"是出现于宁波市宁海县的调解组织,它以民间调解的方式把矛盾化解在基层,对现阶段矛盾纠纷多元化、复杂化的实际情况非常具有针对性。社会管理创新是2011年中央抓的重点工作之一,浙江省被确定为试点省,而宁波又是试点地区。当前社会矛盾频发,如何探索这一新的社会管理机制,为改革发展服务,是摆在各地面前的一项重要工作。该评论针对"老何说和"这一民间新出现的调解方式进行客观评述,指出这一做法之所以受欢迎,最重要的原因是坚持"公平公正"原则,符合基层实际,找到了矛盾点,回答了老百姓渴望解决的难点问题,说理性强,论据充分,对基层的社会管理工作具有很强的指导意义。评论结合系列报道回答了"老何说和"这一民间调解组织,在调动基层"资源",维护社会和谐稳定方面的典型示范意义,起到了引导的效果。网民留言表示"'老何说和'是一种新的社会管理模式、一种发扬民间传统智慧的创新",希望"社区街道推广这种做法"。文章结构清晰,条理通顺,有理有据地说明了民间调解的重要意义。

二、网络专题评析实例

一片叶子的扶贫故事

2018年4月,浙江省安吉县溪龙乡黄杜村20名农民党员给习近平总书记写信,提出捐赠1500万株安吉"白叶一号"茶苗帮助贫困地区群众脱贫,得到了习近平总书记的肯定。浙江在线记者敏锐地意识到,在脱贫攻坚进入最为关键的阶段,这场来自茶乡党员自发的扶贫行动意义非凡,一是黄杜村致富不忘本,情怀让人点赞;二是小茶叶扶贫有担当,价值不容忽视;三是脱贫攻坚众人拾柴,精神值得弘扬。为此,我们策划推出"一片叶子的扶贫故事"专题报道,全程追踪采访这棵茶苗的千里西行安家记,从一片小茶叶入手,聚焦脱贫攻坚大主题。整组报道始终贯彻落实习近平总书记的重要指示精神,宣传发扬黄杜人为党分忧、先富帮后富的精神,积极营造舆论氛围,带动更多人为脱贫攻坚贡献力量。

一、贯彻落实习总书记重要指示精神,紧扣脱贫攻坚主旋律

习近平总书记对黄杜村农民党员来信提出向贫困地区捐赠白茶苗一事作出重要指示强调,增强饮水思源、不忘党恩的意识,弘扬为党分忧、先富帮后富的精神,对于打赢脱贫攻坚战很有意义。

的确,回溯黄杜村的致富史,除了自然禀赋,富起来的茶农们至今铭记,创业之初,党员干部带头种茶开拓市场、多方奔走争取政策资源、想方设法引进先进技术的一件件好事、实事。致富不忘党恩,这才有了20位农民党员捐赠茶苗的发愿与行动。

明确思路后,浙江在线记者第一时间奔赴黄杜村,在忙碌的茶季,找到了20名联名写信人中的绝大部分农民党员,用影像记录下唯一一张珍贵的党员群像。借由他们的生动讲述,黄杜村因茶致富兴业的美好画卷徐徐展开,村民们用一株茶苗感怀党恩的深情真切流露,充分展现了黄杜人致富不忘党恩、先富不忘后富的感人情怀。

二、聚焦茶叶扶贫行动中的关键环节,提供有力舆论支持

接下去的追踪报道,我们抓住关键节点,从培育茶苗开始,考察受捐地、举行茶苗捐赠签约仪式、茶苗启运、茶苗移栽,聚焦茶叶扶贫行动中的每一个环节,为扶贫行动营造良好的舆论氛围并提供有力的舆论支持。

同时,我们注重挖掘在行动过程中众人拾柴共同助力扶贫苗的典型。通过媒体追踪报道,让事件持续发酵,越来越多的人投身到这片叶子的扶贫行动中。听说第一批苗要捐了,隔壁溪龙村的贾书记主动要求承担组织车辆、茶苗装车的活;梅溪镇的茶农老蔡特意找到村里,也想捐20万株茶苗;在贵州投资茶企的安吉人陈群,直接带了10个技术人员赶到受捐点帮忙……更重要的是,中国农业科学院茶叶研究所站出来,为这1500万株茶苗提供全程技术支持;浙江省茶叶集团承诺10年保价包销,解决贫困种植户销售难题。

不仅如此,此事带动更多人为脱贫攻坚贡献力量,像保亿集团有限公司董事长莫剑荣表示,将对接帮扶深度贫困村——阿坝州汶川县雁门乡索桥

村,计划投入2000万元资金,着重发展特色农业产业。

三、利用融媒体手段形成立体式宣传,优化提升传播效果

该组新闻专题共计发布原创稿9篇,以文字、照片、漫画、视频等融媒体手段呈现茶叶扶贫行动中各个关键节点,挖掘共同助力扶贫苗的典型,并在首批茶苗扎根受捐地这天报道消息的同时配发高质量评论。

值得一提的是,这组新闻专题运用了技术先进且具有视觉震撼效果的搭建手法,体现了形式与报道主题的高度统一。专题的开屏页面呈现一片茶叶点亮一片茶山的动画效果,随着一片叶子的漂移,带领用户步入"扶贫之路",逐个呈现"扶贫头条""各方助力茶叶扶贫""视频直击""受捐地在行动"等内容板块。不同于常见的简单的专题板块罗列,本专题采用叙事语言将新闻事件直接展呈于互联网上,可视性极强。

"一片叶子的扶贫故事"新闻专题形成了全媒体矩阵的传播合力,专题在浙江在线、浙江新闻客户端、178好茶公众号、《茶博览》杂志等端口齐发,呈现立体式的宣传效果,网络总点击量达100多万。浙江在线首页重点呈现,浙江新闻APP多次弹窗全网推送,人民网、光明网、东方网等多家中央、省市级主流媒体,以及商业网站和深入垂直领域的专业茶文化机构官网也纷纷转载这组报道,形成极大的影响力。更具意义的是,通过媒体的追踪报道,事件持续发酵,安吉黄杜村茶农、全国茶人、浙茶集团、保亿集团、中茶所专家、各级党委政府形成"全链式"的扶贫助力体系,因为其强大的社会效果,第二期茶苗扶贫计划如今也在积极酝酿当中。

(浙江在线,作品为集体创作)

思考题

1. 对比网易与人民网首页的区别。
2. 网络新闻与报纸新闻有何区别?
3. 评析网络新闻作品需要注意什么?

第十二章 自媒体新闻作品评析

- **本章要点：**
  了解：自媒体新闻作品定义、类型与特征
  掌握：自媒体新闻作品评析要点

第一节 自媒体新闻作品基础知识

一、自媒体新闻作品定义

2003年7月，美国新闻学会媒体中心发布了由肖恩·波曼（Shayne Bowman）和克里斯·威尔森（Chris Wills）撰写的自媒体报告《自媒体：大众将如何塑造未来的新闻和信息》，正式开启了全球学者研究自媒体的路径。报告中，两位学者将自媒体"We Media"定义为："普通大众经由数字科技与全球知识体系相连后使用的一种提供、分享他们自身的信息、新闻的渠道和方式。"总的来说，自媒体就是指大众用来发布信息、新闻等的新媒介平台，包括微博、微信等各类社交媒体、网络论坛、SNS社交网站、移动新闻客户端。自媒体的新闻作品既可以来自大众媒体，也可以来自普通大众，本书所言"自媒体新闻作品"主要是指大众媒体在自媒体时代发布的新闻作品。

二、自媒体新闻作品分类

（一）手机报

手机报（Mobile Newspaper）是依托手机媒介，由报纸、移动通信商和网络运营商联手搭建的信息传播平台，用户可通过手机浏览当天发生的新闻。手机报可以发送大容量的多媒体信息，包括长达1000字的文章、50K的图片等。浏览方式有两种：一种是手机彩信模式,另一种是 WAP 浏览的模式(如图 12.1)。在我国,手机报出现于 2006 年,近年来因为智能手机的发展,移动新闻客户端逐渐满足了用户使用手机阅读新闻的需求,手机报已被其他各类网络媒体所替代。

(二)自媒体新闻:微博、微信

2009 年 8 月,新浪网推出"新浪微博"内测版,成为中国第一家提供微博服务的网站,微博正式进入中文上网主流人群的视野,随即各大门户网站相继推出自己的微博服务。至 2022 年 9 月,微博月活用户已达 5.84 亿。①2011 年 1 月腾讯公司推出即时通信服务免费应用微信(WcChat),用户通过语音、短信、视频、图片和文字等方式交流,同时可以共享流媒体内容的资料,并使用"摇一摇""朋友圈""公众平台""语音记事本"等服务插件。截至 2021 年 1 月,微信公众号数量已经达到了 3.6 亿个②,

图 12.1　早期手机报

不少作者通过原创文章和原创视频形成了自己的品牌,成了微信里的创业者。微博和微信已然成为社会大众使用频率最高的自媒体。各类报纸、杂志、电视等传统媒体也纷纷开设"两微一端"(微博、微信、客户端,如图 12.2、12.3、12.4 所示)以及其他社交媒体账号,通过自媒体平台传递消息,提高影响力。

图 12.2　人民日报微博平台

---

① 数据来源:http://baijiahao.com/s? id = 1749735128564307874&wfr = spider&for = PC.
② 数据来源:http://view.innews.qq.com/wxn/20220817Ao6c6koo? qq = 670433900.

图 12.3　人民日报微信平台　　　　图 12.4　人民日报客户端

（三）自媒体新闻：移动新闻客户端

移动互联网技术日新月异，随着 4G、5G 技术的普及，普通大众对信息获取与传输的便捷性要求更高，因此入驻或自我打造各类自媒体平台就成了传统媒体转型的重要方式。当下，大部分省级以上媒体都有自己的移动新闻客户端，除此之外，在媒体融合的各类政策支持下，从中央到省市再到县级，多数媒体都有自媒体账号或其他移动新闻客户端（如抖音、今日头条、网易新闻等），扩大自己的信息输出途径。

移动新闻客户端大致可分为三种：第一种是传统媒体或省级以上媒体自己打造的新闻客户端，如人民日报、上观新闻、掌上春城等，这类媒体一般属于政务新媒体，既有新闻信息又有生活服务。第二种是聚合性新闻客户端，如今日头条，该平台在 2012 年由北京字节跳动有限公司运营上线，是一款基于数据挖掘技术的个性化推荐引擎产品，它为用户推荐有价值的、个性化的信息，提供连接人与信息的新型服务。但该类平台信息庞杂，信息质量良莠不齐，并饱受算法悖论的质疑。第三种是门户网站新闻客户端，如腾讯新闻、网易新闻、搜狐新闻等。从近几年"新闻客户端信息生态指数"来看，腾讯新闻客户端一直处于强劲地位（如图 12.5），无论是两会报道还是日常新闻，腾讯善于借助图文、音频、直播、H5 等多种交互技术，通过网站专题以及新闻客户端对全网用户进行多渠道、全方位的报道，与传统新闻客户端较为权威和严肃的风格、内容不同，腾讯新闻客户端善于以更接地气的方式和语言传递信息。

排名	客户端名称	排名变化	评估总分	评估等级	信息内容生产指数	信息传播导向指数	用户管理与响应指数	内容安全保障指数
1	腾讯新闻	-	82.7	良	7.4	7.5	6.8	7.4
2	ZAKER新闻	-	82.1	良	6.9	7.8	6.6	7.3
3	一点资讯	-	79.7	一般	6.8	7.4	6.6	6.4
4	UC头条	-	77.9	一般	6.6	7.2	6.6	6.2
5	网易新闻	-	77.4	一般	6.7	7.2	6.6	5.6
6	凤凰新闻	-	75.1	一般	6.7	7.1	6.6	5.5
7	今日头条	↑1	73.9	一般	6.6	6.8	6.9	5.6
8	百度新闻	↑2	73.8	一般	6.3	6.9	6.7	5.5
9	搜狐新闻	↑2	73.2	一般	6.3	6.7	6.5	5.2
10	新浪新闻	↓1	69.8	一般	6.2	6.8	6.5	5.1
11	天天快报	↓4	69.6	一般	6.2	6.3	6.7	4.9

数据来源：清博大数据　　　　　　　　　　　　　　　　　2019年1月

图12.5　2019年新闻客户端信息生态指数

三、自媒体新闻作品特点

（一）互动性强

与网络新闻相似，自媒体新闻也具备极强的互动性。一是后台（或私信）以及留言区、评论区为用户打开了互动的渠道，前一秒钟发送的新闻，后一秒钟就可以收到用户的留言与反馈。前一个用户的留言又可以引发其他用户的讨论与回复，每一则新闻都有独立的讨论区，不同用户的态度与观点都得以呈现。二是优秀的自媒体新闻作品可以通过新闻界面本身与受众进行互动，受众可以参与到新闻的制作中，通过参与式互动增强信息传播的强度和黏性。三是算法的互动，用户通过筛选、查看新闻本身就是与新闻推送或制作者进行互动，经由算法的画像，即使用户不通过文字反馈，客户端也知道用户喜欢什么、对什么感兴趣。

（二）新闻源广泛

自媒体中充斥着海量信息，每一位使用者都有可能成为信息发布者。传统媒体在自媒体中同时扮演着消息审查与发布的角色，在众多的信息源中选取真实有效的信息发布。以党报《人民日报》和都市报《新京报》为例，在它们官方微博发布的消息有三类：一是当天报纸刊登新闻的简介与链接，二是不在当天报纸刊发的消息，三是转发其他微博的消息。前两类都是报社记者自己采访写作的新闻消息，这与传统媒体平台的模式相同，而后一类则扩充了报纸在微博中发布的信息量。转发的消息可以来自其他媒体，或相关机构的官方微博，也可以是新闻事件当事人已被认证的微博消息。传统媒体经营多年，积累了一定的用户。这些用户在使用自媒体时往往会依照阅读习惯关注传统媒体的官方微博，使得传统媒体的微博粉丝数、公众号关注人数以及客户端下载人数得到保证，也因此能够进一步扩大自身的影响力。截至2023年2月，人民日报微博粉丝数已达 1.5 亿。

(三)即时性强

自媒体新闻有非常强的即时性,可以即时对新发生的事件进行报道,部分自媒体还拥有自己的写作机器人,时效性更强。不同于传统媒体的编发制度,自媒体能够快速对新闻事件作出反映,且同步更新,不受版面和时间限制。一般来说,反应最快的媒体能获得较大的关注度,但这同时造成了各类反转新闻、假新闻频发,由此,对新闻从业人员的信息辨别能力以及专业素养提出了更高的要求。

第二节 自媒体新闻作品评析实例

一、新闻客户端案例评析

根据中国互联网络信息中心发布的第 50 次《中国互联网络发展状况统计报告》,截至 2022 年 6 月,我国网民使用手机上网的比例达 99.6%,网络新闻用户规模达 7.88 亿。其中移动新闻客户端凭借丰富的资讯资源、实时的信息推送和方便的社交互动被越来越多的用户认可。

以第三十届中国新闻奖特别奖获奖作品《新中国密码:15665,611612!》为例,2021年 9 月 27 日,新华社客户端策划推出微电影《新中国密码:15665,611612!》(如图 12.6),为新中国成立 70 周年献礼。风靡网络的"15665,611612!"实则是影片中《没有共产党就没有新中国》曲谱手稿上,第一句旋律的简谱。微电影时长 13 分 14 秒,寓意"一生一世",以歌曲《没有共产党就没有新中国》为主线,用歌曲作者曹火星女儿的讲述、曲谱特效为意象贯穿全片,运用富有创意和冲击力的表现形式,生动展现了中国共产党带领人民不懈奋斗,迎来从站起来、富起来到强起来伟大飞跃的壮伟历程。影片在新中国成立 70 周年之际,引导观众读懂中国共产党的初心和使命,上线后在亿万网民中产生强烈共鸣。截至 2021 年 10 月 9

图 12.6　新华社客户端新闻作品

日,微电影海内外总播放量达 7.28 亿次,推送量达17.58亿次,收获点赞 4036 万。同时该作品还引发了两个热搜"#读懂父亲要从这首歌开始#""#新中国密码#",热搜话题阅读量达 4.8 亿;以《15665,611612!》为主打产品的微信公众号阅读量达 300 万;单条微博《15665,611612,新中国,我为你打 call》阅读量达 2.4 亿,转发 78.4 万次,秒拍播放 4735 万次。

由此可以看出,当下新闻客户端作品打破了以往主打文字符号的情形,以多符号、多互动的形式与用户思维设计作品,并且注重渠道的运营。除此之外,新闻客户端和微博、微信的良好互动,也可以使好作品多面开花,获得良好的社会反响。

二、微博、微信新闻

微博、微信两大社交媒体已成为当下人们了解信息的主要方式,截至 2022 年 6 月,我国即时通信用户规模达 10.27 亿。各家媒体纷纷建立自己的微博、微信公众号以及相应的子账号。2018 年,"侠客岛"微信公众号荣获第二十八届中国新闻奖融媒栏目一等奖。该微信公众号于 2014 年创立,是《人民日报》(海外版)旗下的新媒体品牌,以解读时政新闻为主,在微信、微博、门户网站、主要资讯客户端等多个媒体平台落地。2017 年 9 月 20 日,新华社刊发《主旋律更响亮 正能量更强劲——党的十八大以来宣传思想文化工作综述》,将"侠客岛"作为"中央主要媒体打造的微博、微信公众号"的典型。"侠客岛"已然成为一个成熟的媒体品牌,至 2017 年底,其在微信、海外网、新浪微博、今日头条等多个互联网平台上,总用户量突破 1000 万。据某专业数据统计机构统计,2017 年"侠客岛"共发布原创文章 389 篇,其中有 303 篇阅读量达"10 万+",传播力超过 99.69% 的微信公众号。除此之外,该账号成为境外媒体观察中国的重要信源,如《纽约时报》、BBC、《华尔街日报》、路透社、《金融时报》等西方主流媒体。

一般来说,好的微博、微信新闻作品能够在瞬间引爆流量,呈现强扩散的特征。以第三十届中国新闻奖获奖作品《大阅兵后再看这组外媒数据,忍不住又红了眼眶!》为例,该作品来源于中国日报微博账号和微信公众号,微博主要为视频,微信为长文。作品记录了外媒对华报道数量和中国 GDP 世界排名的变化,从"他证"和"自证"的两个维度,呈现了中国是如何由弱到强的发展过程。《中国日报》以外媒对中国的报道为切口,选择了国外主流媒体之一的《纽约时报》作为统计对象,分析了该报头版 70 年间有关中国经济的稿件数量变化,此外,还选取了世界银行发布的历年各国(经济体) GDP 排名作为统计对象,记录了中国 GDP 排名逐步上升到世界第二的过程。同时,该报纸与中国传媒大学团队开展部校合作,联合策划,耗时两个多月梳理了 10 万余篇《纽约时报》报道,汇总成数据图表,为数据视频的制作提供坚实的量化支撑。作品在形式上还做了创新,把 70 年的数据浓缩到一段短视频里,让复杂的数字变得直观易懂,并且根据前半段波形图的变化添加了一段原创背景音乐,赋予了数字额外的情感和温度。为了使受众更加了解作品背后的故事,《中国日报》还撰写了一篇长文,详解隐藏在数据后的深刻背景,形成了一个由浅入深的传播过程,让网友不只看得明白,更看得透彻。从数据上看,该作品在中国日报微博账号上发布后,单条阅读量达到 589 万,视频播放量达到 438 万,总传播量超过 1000 万。10 月 3 日,中国日报微信矩阵刊发了该条视频,并配发了长文解读,总阅读量超过 20 万,后被人民日报、参考消息、共青团中央等 116 个公众号转载,形成了刷屏之势。

值得注意的是,近些年来,由于媒体融合的不断深化,在中国新闻奖中,各家新闻客户端、微信公众号成为融媒体这一奖项的主要获得者。以第二十八届中国新闻奖一等奖的融媒体奖项为例,新闻客户端、微信公众号包揽了几乎所有的奖项(如图 12.7)。这从另一个侧面也说明网络新闻逐渐移动化、互动化以及便捷化。

融媒短视频	柳州融水突围记丨广西日报记者"失联"数十小时,在穿越40处塌方后发回灾区最新画面!	集体	广西日报微信 广西日报客户端(广西云客户端)
融媒短视频	公仆之路	集体	央视影音
融媒直播	"天舟一号"发射任务VR全景直播	吴晓斌 王晓萌 吴双 孟夏兰 马桦 陈涛	央视影音、腾讯视频
融媒互动	"军装照"H5	丁伟 余荣华 倪光辉 赵明琪 喻晓雪	人民日报客户端
融媒互动	点赞十九大,中国强起来	集体	新华社客户端
融媒栏目	侠客岛	集体	微信公众号
融媒栏目	国际锐评	王姗姗 盛玉红 雷思海 鲁晓冬 魏东旭 许钦铎	微信平台
融媒界面	长幅互动连环画丨天渠:遵义老村支书黄大发36年引水修渠记	黄杨 王辰 李媛 官雷晖 姜昊珏 季雷亮 蔺涛 顾一帆	澎湃新闻
融媒创新	领航	集体	新华社客户端
融媒创新	"央广主播的朋友圈"系列H5报道	夏文 王艺 马文佳 江晓晨 徐冰 马烨	"中国之声"微信公众号

图 12.7 第二十八届中国新闻奖一等奖融媒体奖项获得情况

思考题

1. 比较微博与微信新闻的异同。
2. 与传统媒体新闻相比,自媒体新闻的优势与劣势体现在哪些方面?
3. 草根微博发布的新闻与官方微博发布的新闻有何不同?

第十三章　融媒体新闻作品评析

第一节　融媒体新闻作品基本知识

一、融媒体新闻作品特点

从中国新闻奖评选奖项来看,2018年中国新闻奖加入了"融媒类"作品的评选,其中设置了"融媒短视频""融媒直播""融媒互动""融媒界面""融媒栏目""融媒创新"等多样化的融媒类奖项。在技术飞速发展的大环境下,融媒类奖项的设置是对传统主流媒体转型的有力支持,更是对其创新报道方式的肯定与展现。融媒体新闻作品通常有以下几个特点。

(一)重大直播报道技术化

新技术推动新内容的生产,移动直播、H5、VR、AR、人工智能等技术已经被运用在新闻生产当中。中国新闻奖融媒类获奖作品充分利用新技术,创新表现形式,增强媒体与受众之间的交流与互动。获奖作品充分围绕新闻舆论工作的重点,富有时代感和使命感,用融媒体技术呈现国家发展的新成果、新气象。

每年召开的两会是老百姓最关心的国家大事,第二十八届中国新闻奖融媒直播特别奖获奖作品《两会进行时》是2017年3月15日人民网在两会闭幕时第一次采用移动直播的大胆尝试。在累积直播长达120个小时的时间里,既有记者从前方一线发回来的报道,实时连线前方会场,从会场揭秘、知识普及、现场答疑等角度使网友及时获知两会进展,还有演播室的高端访谈,紧扣会议热点并对其进行权威解读。这次直播既是人民网直播的初次尝试,也是报网融合成果的展示平台。

(二)新闻报道方式多样化

传统主流媒体在报道新闻时,大多采用的是单纯的文字,少数时候会搭配几张相关图片。随着技术的不断发展,传统的报道模式缺乏趣味性和互动性,受众不再像以往一样愿意做一个被动的接收者,他们希望利用手中的移动客户端,选择那些新鲜有趣的报道内容,甚至乐意参与到传播过程中。随着媒体融合的加速,新闻报道方式呈现出丰富多彩的样态,涵盖文字、图片、视频等多种类型,VR、AR、H5 等新技术也在融媒类作品中得到了灵活运用。主流媒体抓住融合契机,在报道新闻时,一改往日严肃的播报形态,运用新技术呈现出多样化新闻,通过视听觉刺激吸引受众,给受众提供更多的阅读与参与空间。

2018 年 10 月港珠澳大桥正式通车,这是中国桥梁先进水平的体现,更是中国国家综合实力的展现。央视新闻的融媒体产品《震撼!一张长图带你领略港珠澳大桥》创新新闻报道方式,生动报道了这一重大工程。央视新闻团队采用港珠澳大桥实景的表现手段,以手机横屏展示的方式将大桥的关键信息和数据进行可视化处理,受众用指尖在屏幕上滑动阅读,整个阅读过程仿佛在大桥上行走一般。该作品将新闻内容和表现形式充分融合在一起,让新闻内容变得十分有趣,表现形式更加立体化和直观化。

(三)品牌细分化

主流媒体在践行媒介融合国家战略时,不仅仅聚焦在某个新闻报道内容上,还创办了一些具有特色的新媒体品牌。

《人民日报》(海外版)微信公众号"侠客岛"是主流媒体在融合发展时期,传播党中央精神,解读重大时政新闻,积极影响海内外舆论的新媒体品牌。"侠客岛"自 2014 年创办以来,坚持原创,第一时间解读国家政策,引导正面舆论,同时将"高大上"的时政话题采用"接地气"的方式进行报道。"侠客岛"的用户遍及全球,对公众号有较高的忠诚度;"侠客岛"新媒体品牌的成功也成为新闻专业领域新媒体论文研究的方向。2018 年 5 月 18 日,在中宣部《新闻阅评》(标题为《"侠客岛"解读"宣言"文章取得良好传播效果》)上,中共中央政治局委员、中央宣传部部长黄坤明批示,"媒体融合传播大有可为。应不断创新,努力取得更好的社会效果",充分肯定了"侠客岛"的融合传播实践。"侠客岛"以其新媒体品牌的影响力实现了正面舆论引导与传播效果的平衡,取得了良好的传播效果。

央视新闻微信公众号原创品牌"夜读"在创办之初主要介绍节气知识,2015 年 11 月开始转变模式,一天一期,结合当天的新闻,推出与新闻相关的丰富多彩的文艺作品。央视主持人的专业朗读加上优美的配乐与配图,确保每期作品都是精品,使读者在睡前可以获得视听觉与精神文化的多重享受。

(四)线上报道与线下体验融合化

2018 年是改革开放 40 周年,这是时代的关键点。这 40 年是与人民群众关系最密切的衣食住行等生活方式变迁历程的见证,也是一部中国人民共同的奋斗史。

人民日报社新媒体中心抓住时代主题,创新报道方式,以"时光博物馆"为主题进行线上报道,同时在北京、上海、深圳等地设立线下创意互动体验馆,通过 5 大场馆、9 个互动创意体验式设计,带人们穿越 40 年,找寻年代记忆。人们通过时光博物馆中具有纪念性意义的物品,例如具有年代感的物件、玩具勾起自己对成长历程的回忆。时光博物馆通过沉浸式互动的线下形式,将改革开放的深刻变化用具象化的方式呈现出来,是全媒体深度融合创新的一次成功尝试。

二、融媒体新闻作品分类

(一)短视频新闻

短视频新闻是在移动端发布的短视频类新闻作品(含纪录片)。短视频这种表现形式和新闻内容的结合是一个新兴的传播领域。相比于单调的文字和静态的图片,短视频带来的是直观的视觉体验、丰富的信息内容。短视频耗费的流量少,阅读成本低,更加适合移动化、碎片化的时代场景。利用短视频进行新闻报道兴起于国外,BBC 和 CNN 等外国媒体在 2013 年前后开始推出短视频新闻,随后中国短视频业务也逐渐兴起。一方面,"秒拍""抖音"等市场化短视频平台迅速发展;另一方面,各大主流媒体纷纷参与短视频新闻创作,推动媒体融合创新发展。短视频新闻的优势在于能即时拍摄并社交分享、记录突发事件,以满足受众的碎片化阅读需求。①

(二)移动直播新闻

移动直播是一种新的传播方式,传播者以移动端为载体,通过视频的导入、转码与分发处理,不仅实现"即播即看",还能利用互联网技术保存视频内容,方便用户多次观看。此外,移动直播还具有低门槛、零时差、强互动的新特征。随着融媒体的发展,移动直播为新闻传播形式掀开了新篇章。移动直播新闻指的是与新闻性事件的发生和发展同步采集现场信号并发布,集现场报道、背景介绍与事态分析等于一体的新闻作品。随着全民移动直播热潮的来袭,新闻报道的移动直播也成为这股热潮中的重要分支,成为新闻资讯的新一轮竞争点,同时也引起传媒业的产业变革。各大主流媒体争相推出自己的移动直播产品,将手机端作为移动直播的主战场,以期为用户提供更加真实、迅速的新闻报道。

(三)新媒体创意互动新闻

新媒体创意互动新闻是指以用户交互为主要特征,发布方与用户方形成完整新闻传播链条的新媒体作品。该类作品重视互动,集先进技术、新鲜创意为一体,能够激发

---

① 张露锋.短视频作为新闻传播新方式的发展前景[J].新闻知识,2016(7).

用户的参与热情,提升传播效果。如第三十届中国新闻奖新媒体创意互动类一等奖作品《6397公里的守护》,该作品传播的成功关键在于坚持互联网思维、全媒体传播和大众化方式,通过互动的形式积聚网络社群,以情感共享促进互融互通。① 优秀的案例代表还有"湖南日报·新湖南"客户端推出的新媒体互动作品《H5丨我宣誓——打卡红色地标　重温入党誓词》。该作品将年轻用户喜爱的换装打卡与党史学习教育主题相结合,以"人脸识别"+"人脸融合"技术赋能,调动用户的参与热情,一经推出便广受好评。

(四)融合创新新闻

媒体融合已经是大势所趋,这也成为现代传媒发展与竞争的重要途径与法宝。主流媒体为了更好地融合发展,需要"从坚持正确导向、提升内容品质、强化平台建设、丰富表现形式等方面着手"②。融合创新新闻是指利用新技术、新形态,在媒体融合报道方面具有示范性,能产生强烈社会反响的重大创新型新闻作品。例如新华社客户端推出的《"媒体大脑"想陪你聊聊"两高"这五年》。"媒体大脑"以大数据为基础,通过智能分析,生成信息量大、互动性强、形式新颖的可视化融媒体作品,改变了传统报道手段,提高了报道效率,增强了报道的针对性和说服力,是人工智能技术在媒体报道中的创新应用,是对媒体融合发展的有益探索。又如新华网在2021年6月30日推出的重磅微视频《复兴·领航》,通过丰富翔实的内容、深刻的论述、感人的画面、酷炫的视效以及具有感染力的配音,展示了习近平总书记驾驭全局的卓越领导力,产生了强烈的社会反响。

第二节　融媒体新闻作品评析方法与要求

融媒体新闻作品应当围绕中心,服务大局,密切关注党和国家的重大事件、活动,同时紧密观照社会民生发展。从历届中国新闻奖获奖作品及其他具有重大影响的作品来看,优秀的融媒体新闻作品主题鲜明、有思想性、有高度,体现了主流媒体的正向价值引导。

一、短视频新闻

短视频新闻要求时效性强、现场感强、信息量大、传播效果好。如第二十八届中国新闻奖短视频类二等奖获奖作品《老外看中国:英国小哥细数两会关键词》,采用人像

---

① 双传学.重大主题报道的互动策略和创新样本——从中国新闻奖新媒体创意互动类一等奖作品《6397公里的守护》说起[J].新闻战线,2020(23).
② 李艾珂.新时期主流媒体的价值坚守与融合创新[J].现代传播,2017(4).

抠图和虚拟动画技术,将英国小哥方丹的形象缩小后置于办公桌上,通过与办公用品、虚拟人手的萌态互动和一镜到底的动画制作,带用户回顾几十年全国两会热词,简洁明快地梳理讲述了中国经济社会发展的脉络,为时政新闻的国际化融合传播、讲好中国故事提供了良好的思路和范本。

二、移动直播新闻

移动直播新闻要求策划周密,能够全面、迅速、准确地采集与传播新闻现场的重要信息;音质画面清晰(对重大突发事件的报道可适当放宽);体现用户的参与性、同场感;充分体现新媒体直播特征。如第二十八届中国新闻奖融媒直播类一等奖作品《"天舟一号"发射任务 VR 全景直播》策划新颖、执行到位、配合流畅,让新闻变得立体可感,使受众由被动接收转为主动获取,增强了新闻传播的互动性,为受众提供了全新的收视体验,是电视直播融媒体形态的一次成功尝试。又如融媒创新类二等奖作品《"钢铁侠"VR 直播:全国政协十二届五次会议新闻发布会》充分利用 VR 技术变革现场直播形态,增强用户的沉浸式体验,满足了用户的观看体验需求。

三、新媒体创意互动新闻

新媒体创意互动新闻要求主题鲜明、特点突出;应用互动新技术,交互性强;新闻性、互动性、技术性达到高度统一。如中央广播电视总台央视财经频道深入落实习近平总书记在 2018 年春节团拜会上的重要讲话,创新使用互联网"多人脸融合"技术,从春节拍摄全家福照片的传统习俗切入,在 2018 年春节之际推出《幸福照相馆》H5,将改革开放 40 年来不断改善的人民生活融入各个年代的全家福照片模板中,主打"团圆"这一春节期间全网传播的核心要素,取得了较好的社会效果。这款创意产品提供多种不同时代感的主题选择,记录了改革开放 40 年来的生活巨变,唤起了各个年龄段家庭成员的时代回忆和美好故事。同时,它激发了更多全家互动和家庭话题,潜移默化地拉近了亲情的距离,为更多中国家庭创造了跨越代际、除夕围炉的温情互动。

四、融合创新新闻

融合创新新闻要求作品在内容表达、报道形式、技术应用、传播渠道等方面有所突破或创新,传播效果好、社会影响大,对推动媒体融合发展有积极引领和示范效应。如第二十八届中国新闻奖融媒界面类一等奖作品《长幅互动连环画|天渠:遵义老村支书黄大发 36 年引水修渠记》,采用 H5 连续下拉的方式,以万米水渠为叙事线索,不仅将水渠的修建过程穿插其中,更体现出村支书黄大发从 20 多岁毛头小伙到 60 岁花甲老人的人生奉献。作品界面设计大气磅礴,"天渠"二字颇具视觉冲击力,"一道万米

水渠,跨 36 年建成,过三个村子,绕三重大山,穿三处绝壁,越三道险崖"极为精练地概括了水渠建造的曲折与艰难。

当事人的讲述音频穿插于下拉式连环画之中,表现出修渠人的精神与意志。横划照片集中展现出水渠修造的历史过程,极具现场感,航拍和 360 度全景充分展现出天渠的艰险,视频则直观地呈现出当地村民围绕"天渠"的工作与生活。村支书黄大发的精辟用语以字幕引语的方式点缀其中。整个作品叙事完整、界面设计精巧,内容与形式很好地结合在一起。

第三节 融媒体新闻作品评析实例

一、短视频新闻

为庆祝改革开放 40 周年,2018 年全国两会期间,人民日报社新媒体中心推出三集国家形象系列宣传片《中国一分钟》(如图 13.1)。此后,新媒体中心延续《中国一分钟》的势能,结合各重要节点,相继推出《中国一分钟·地方篇》和各主题篇,系列架构起中国改革开放 40 年成就的整体风貌,为解读中国发展提供了全新视角。

据不完全统计,该系列微视频线上阅读播放量超过 24 亿,线下覆盖用户数超过 2.5 亿;人民日报微信公号所有相关推文均为"10 万+";微博话题阅读量超 9.4 亿,参与讨论人数达 46.9 万,占据微博热搜榜首位;各大门户网站、新媒体平台、短视频平台均在首页首屏等重要位置转载;20 多家地方省级党报党刊对其进行报道,10 多家卫视在本省新闻联播中播放;线下各地户外大屏,火车、地铁、公交车上的屏幕播放相关内容,覆盖全国主要大中城市及黑龙江、河南、四川、广东等多省的县级城镇和乡村,还在国博"复兴之路"大型主题展览中播放;国际传播取得了良好效果,被翻译成多国语言版本,

图 13.1 《中国一分钟》宣传片

除在海外社交账号发布外,还被欧盟记者网等多家海外媒体在首页等位置转载。

《中国一分钟》系列微视频创造性地以"一分钟"为切口,将宏大的叙事按照时间刻度进行微缩,建构起中国改革开放 40 年成就的全景。该视频创新传播模式,融通线上与线下、全国与地方、传统媒体与新媒体,是 2018 年的爆款融媒体产品。

二、移动直播新闻

2017年《两会进行时》是人民网移动直播的大胆尝试,也是人民系媒体融合的一次成功探索(如图13.2)。2017年3月15日是2017年两会胜利闭幕的日子。在这一天的直播节目中,既有部长通道、人大闭幕式、总理答记者问等核心现场的同步呈现,又有人民日报记者的独家点评;既有前方记者的一线报道,又有后方演播室的高端访谈,还有精心编辑的会场花絮及创意微视频,充分展现出"人民系"的"融力量",高度契合报网融合的时代号召。同时,这种超长时间的视频直播也是一次技术大比拼。如何在直播的过程中保障信号稳定传输、如何打造可靠的网络环境,是这场直播面临的最大挑战。基于2016年人民网研发的移动直播平台这一技术储备,节目团队在极短的时间里,搭建了一站式移动直播解决方案,包括内容采集、实时转码、分发加速、网络优化等核心功能。在输出端口方面,除PC端、手机客户端外,网络电视部为《两会进行时》制作了微信小程序,通过小程序的"两会"和"推荐"两个板块,实现微信实时观看及分享。

图 13.2 《两会进行时》

2017年3月15日的《两会进行时》直播时长超5小时。截至系列节目直播结束,累计时长超120小时,累计观看人次达1.38亿,其时间之长、规模之大、成果之突出,开创了新闻网站的直播历史。

三、新媒体创意互动新闻

为纪念建军90周年,人民日报客户端借助人脸识别、融合成像等技术,制作互动H5《快看呐!这是我的军装照》(简称"军装照"H5,如图13.3),帮助网友生成自己的虚拟"军装照",共同表达对人民军队的喜爱之情。"军装照"H5于2017年7月29日

图13.3 "军装照"H5

晚发布后,立即呈现裂变式传播,不同年龄、区域、行业的网友都踊跃生成、分享自己的"军装照"。建军节前后,"军装照"在网络上形成刷屏效应,营造了浓烈的爱国爱军氛围。截至2017年8月7日,该H5的浏览次数(PV)超过10亿,独立访客(UV)累计1.55亿。其中,仅8月1日建军节当天的浏览次数(PV)就达到3.94亿,独立访客(UV)超过5700万。众多媒体对它予以积极肯定,认为它既是一次把爱国主义植入现象级融媒体产品的创新力作,也是融合报道的成功案例。

"军装照"H5在立意上,借助建军节契机,采用普通人喜闻乐见的方式,展示了广大网友对党和国家、人民军队的拥护和热爱;在制作上,严谨细致,向军史专家认真请教,保证了页面素材和模板的正确性;在设计上,页面庄重大方,流程方便简单,互动性强;在技术上,借助先进的互联网技术,实现了技术与创意的结合;在效果上,实现了沉浸式传播,形成了爱军拥军的热潮,社会效益极佳。

四、融合创新新闻

2018年9月—2019年1月,为助力湖北打赢脱贫攻坚战,由湖北广播电视台、湖北省农业农村厅、湖北省扶贫办联合主办,长江云和垄上传媒承办了"百天千万扶贫行动",以长江云平台县级融媒体中心为执行依托,以京东、淘宝、有赞等电商为销售平台,以"主题宣传+新闻故事+扶贫代言+互动直播+大型活动+电商销售"的新模式助力湖北脱贫攻坚。

(一)全媒体行动 链接一切扶贫资源

在100多天时间里,长江云拿出数千万广告费为贫困地区的农副土特产品和手工艺品宣传,通过网络投票提高全社会对湖北名优土特产品的关注,并与京东联合推出长江云扶贫馆,最大限度覆盖消费人群,通过与机关机构、社会组织、商业媒体等合作,邀请了一大批知名企业家、艺术家、体育明星为活动代言,获得了巨大的社会反响。活动开始后,长江云联合垄上传媒精心策划红安苕、丹江口翘嘴鲌、恩施玉露、秭归脐橙、新疆香牛等全媒体直播,已经完成的12场扶贫直播累计点击量超9000万,农产品累计销售金额超2000万。

（二）120个云上客户端同步直播 立体化宣传

在"百天千万扶贫行动"系列直播中,长江云充分发挥融媒传播的新优势,联合央视矩阵号、新华现场云、斗鱼直播、京东公益、腾讯视频及全省120个云上客户端同步直播,打造立体化传播矩阵,有效提升了报道的影响力和传播力。

（三）大屏小屏联动 五级媒体同步宣推

"百天千万扶贫行动"系列直播打破区域和媒体自身局限,联合湖北垄上频道及多家当地电视台共同宣推,央媒、省、市、县、海外媒体同步宣推,大屏小屏联动。直播结束后,长江云将当天直播实况、现场实景以适合"大屏"即电视屏幕播出的方式剪辑编排,进行二次传播,通过新媒体和传统媒体联动,实现了传播效果的倍增效应。

图13.4 《百天千万扶贫行动》

总体来说,该作品充分运用"主题宣传＋新闻故事＋扶贫代言＋互动直播＋大型活动＋电商销售"的新模式助力脱贫攻坚,精心策划了网络投票、全员代言、全媒直播、公益广告等全效行动,通过三个创新突破,实现了社会效益和经济效益最大化。

思考题

1. 融媒体新闻作品在新闻传播中的优势与不足有哪些?
2. 当下中国融媒体新闻呈现出何种特点与态势?

参考文献

一、著作

1. 毛泽东. 毛泽东新闻工作文选[M]. 北京:新华出版社,1983.
2. 中共中央宣传部新闻局. 马克思主义新闻工作文献选读[M]. 北京:人民出版社,1990.
3. 习近平. 习近平谈治国理政(第二卷)[M]. 北京:外文出版社,2017.
4. 中国社会科学院新闻研究所. 中国共产党新闻工作文件汇编(上、中、下)[M]. 北京:新华出版社,1980.
5. 国家广播电视总局发展研究中心. 中国广播电影电视发展报告(2020)[M]. 北京:中国广播影视出版社,2020.
6. 艾丰. 新闻采访方法论[M]. 北京:人民日报出版社,1996.
7. 艾青. 诗论[M]. 北京:生活·读书·新知三联书店,2014.
8. 布莉莉. 中国当代报纸文学副刊研究[M]. 济南:山东大学出版社,2019.
9. 曾庆香. 新闻叙事学[M]. 北京:中国广播电视出版社,2005.
10. 中国社科院新闻研究所,河北大学新闻传播学院. 解读受众:观点、方法与市场[M]. 保定:河北大学出版社,2001.
11. 程道才. 西方新闻写作概论. 北京:新华出版社,2004.
12. 程道才. 专业新闻写作概论. 北京:中国广播电视出版社,2002.
13. 程曼丽,乔云霞. 新闻传播学辞典[M]. 北京:新华出版社,2012.
14. 辞海编辑委员会. 辞海[M]. 上海:上海辞书出版社,2009.
15. 邓炘炘. 网络新闻编辑[M]. 北京:中国广播影视出版社,2019.
16. 杜荣进. 中外新闻采写借鉴集成[M]. 杭州:浙江教育出版社,1997.
17. 甘惜分. 新闻学大辞典[M]. 郑州:河南人民出版社,1993.
18. 胡文龙,秦珪,涂光晋. 新闻评论教程[M]. 北京:中国人民大学出版社,1998.
19. 蒋晓丽. 网络新闻编辑学[M]. 北京:高等教育出版社,2012.
20. 金梦玉. 网络新闻实务[M]. 北京:中国传媒大学出版社,2005.
21. 康文久. 实用新闻写作[M]. 北京:新华出版社,1996.
22. 李大卫,石维,艾顿. 法新社百年新闻佳作[M]. 西安:陕西师范大学出版社,2002.

23. 李良荣.西方新闻事业概论[M].上海:复旦大学出版社,2007.
24. 刘建明.宣传舆论学大词典[M].北京:经济日报出版社,1993.
25. 刘明华.西方新闻采访与写作[M].北京:中国人民大学出版社,1996.
26. 罗贤梁.报纸副刊学[M].南昌:百花洲文艺出版社,1991.
27. 毛泽东.毛泽东选集(第4卷)[M].北京:人民出版社,1996.
28. 穆青.新闻工作散论[M].北京:新华出版社,1983.
29. 邵华泽.同研究生谈新闻评论[M].北京:人民日报出版社,1999.
30. 苏蕾.普利策新闻奖案例库及话语分析[M].长春:长春出版社,2020.
31. 孙世凯.新闻写作系列谈[M].北京:北京出版社,1993.
32. 孙燕君,康建中,刘再兴.期刊中国[M].北京:中国社会科学出版社,2003.
33. 孙宜君.新闻佳作评析[M].徐州:中国矿业大学出版社,2004.
34. 汤世英.中外新闻作品研究[M].武汉:武汉大学出版社,2000.
35. 唐铮.深度报道[M].北京:中国人民大学出版社,2021.
36. 陶涵.新闻学传播学新名词辞典[M].北京:经济日报出版社,1997.
37. 田建平.当代报纸副刊及其媒介转型[M].北京:中国传媒大学出版社,2019.
38. 童兵,陈绚.新闻传播学大辞典[M].北京:中国大百科全书出版社,2014.
39. 王振亚.风雪声——王振亚新闻作品选[M].呼和浩特:远方出版社,2000.
40. 王振业.广播新闻与电视新闻[M].武汉:武汉大学出版社,2001.
41. 魏剑美.报纸副刊学[M].长沙:湖南师范大学出版社,2007.
42. 夏琼.新闻评析[M].北京:高等教育出版社,2002.
43. 杨秀君,孙继亮.期刊管理与利用[M].北京:学苑出版社,1989.
44. 张扬.当代领导与软科学[M].长沙:湖南人民出版社,1987.
45. 张玉川.新闻评论教程[M].成都:四川大学出版社,2011.
46. 赵浩生.漫话美国新闻界[M].北京:北京出版社,1980.
47. 赵燕群.期刊工作浅说[M].北京:书目文献出版社,1980.
48. 赵玉明,王福顺.广播电视辞典[M].北京:北京广播学院出版社,1999.
49. 壮春雨,崔健.新闻主持概论[M].杭州:浙江大学出版社,2009.
50. 格拉米奇.美国名记者谈采访工作经验[M].魏国强,译.北京:新华出版社,1981.
51. 加洛克.普利策新闻奖(特稿卷)[M].多人,译.北京:新华出版社,1999.
52. 威廉森.特写写作技巧[M].陈章鸿,译.北京:新华出版社,1986.
53. 贝茨.美国普利策奖金内幕[M].贾宗谊,译.北京:新华出版社,1993.
54. 海敦.怎样当好新闻记者[M].伍任,译.北京:新华出版社,1980.
55. 卡彭.美联社新闻写作指南[M].刘其中,译.北京:新华出版社,1988.

二、论文

1. 敖裕兰.论期刊市场定位[J].中国出版,2002(11).
2. 曹书林.报刊新闻语言初探[J].内蒙古社会科学,1998(6).
3. 曾宇.试析中国新生代新闻周刊的报道风格[J].新闻通讯,2000(6).

4. 陈力丹.谈谈评论立论的正确确立[J].新闻与写作,2002(7).

5. 董言.梁衡谈报纸副刊三[J].传媒,2003(3).

6. 窦锋昌.普利策奖深度报道奖项的"选题常规"——基于10年间7项普利策奖获奖报道的全样本分析[J].新闻大学,2016(5).

7. 符冰.它何以获得普利策特别报道奖?——解析《恩瑞克的旅行》的成功因素[J].新闻爱好者,2003(8).

8. 龚维忠.杂志与期刊概念辨析[J].湘潭大学学报(哲学社会科学版),2004(6).

9. 韩炼.新世纪报刊新闻评论的创新[J].新闻大学,2006(1).

10. 郝蒙,王灿发.没有挡风玻璃的飞行[J].中国记者,2019(12).

11. 胡文龙.我国新时期新闻评论改革与走向[J].新闻界,1998(5).

12. 胡祥礼.用灰色的理论搭建彩色的现实——浅析《中国青年报》副刊《思想者》的思想性[J].新闻世界,2013(1).

13. 黄颖.新媒体时代报纸副刊的价值与重塑[J].中国报业,2021(6).

14. 李艾珂.新时期主流媒体的价值坚守与融合创新[J].现代传播(中国传媒大学学报),2017(4).

15. 李良荣.典型和典型报道[J].新闻战线,1981(3).

16. 刘虹辰.浅谈如何借鉴"华尔街日报体"[J].新闻知识,2009(8).

17. 刘勇.作为"宣传范式"典范的"新华体":历史变迁与内涵建构[J].南京师大学报(社会科学版),2021(4).

18. 陆遥.解析融媒体语境下的报纸副刊创新之路[J].传媒评论,2021(7).

19. 明安香.美国传媒与政府关系的角色转变[J].国际新闻界,2005(4).

20. 莫顺斌.论新时期杂文文体的创新态势[J].湖南科技学院学报,2006(9).

21. 沈敏.构建吸引受众的"召唤结构"——人物通讯与时间通讯的可读性探悉[J].零陵学院学报,2004(4).

22. 沈世纬.从宏观微观两方面提高观察力[J].新闻纵横,1985(6).

23. 双传学.重大主题报道的互动策略和创新样本——从中国新闻奖新媒体创意互动类一等奖作品《6397公里的守护》说起[J].新闻战线,2020(23).

24. 田永杰.西方新闻的故事化写作方略[J].新闻爱好者,2006(11).

25. 王阿方.让故事走进新闻[J].新闻爱好者,2006(8).

26. 王倩.中西新闻选择的差异比较[J].青年记者,2006(9).

27. 王争.报纸副刊新闻性、文化性与服务性再探[J].采写编,2020(5).

28. 西祠报人.什么才是真正的华尔街日报体[J].青年记者,2004(11).

29. 肖瑛.浅谈报纸副刊的新闻性[J].记者摇篮,2021(6).

30. 谢明.西方特稿的结构美[J].广西大学学报(哲学社会科学版),1999(4).

31. 杨宝璐.突发事件报道如何兼顾深度与速度——以"北青深一度"新冠肺炎疫情系列报道为例[J].新闻与写作,2020(4).

32. 尹玉吉.期刊概念流变及其定义研究[J].中国科技期刊研究,2012(23).

33. 袁振.融合与重构:传统纸媒转型路径新探索[J].安徽大学学报,2018(2).

34. 岳金鹏.报纸副刊的独特性[J].辽宁工程技术大学学报(社会科学版),2002(3).

35. 张露锋.短视频作为新闻传播新方式的发展前景[J].新闻知识,2016(7).
36. 张威.中西比较:正面报道和负面报道[J].国际新闻界,1999(1).
37. 赵莉.从《今日美国》看美国的新闻价值观[J].青年记者,2004(4).
38. 赵振宇.论新闻评论的根本特性[J].新闻大学,2006(1).
39. 朱清河.美国负面新闻报道的社会价值及其启示——以近年来普利策新闻奖评奖为例[J].郑州大学学报(哲学社会科学版),2008(41).

三、网站

1. http://agzy.youth.cn/zt/2016ws/nhmks/
2. http://ggkf40.cctv.com
3. http://news.cnnb.com.cn/system/2011/08/02/007023263.shtml
4. http://news.gog.cn/cms_udf/2018/tpgjlhj/index.shtml
5. http://rmrbimg2.people.cn/html/itoms/wap share-rmrb/#/index/home/0/normal/polymer/0_topic_99/topic
6. http://tea.zjol.com.cn/201810/t20181018_8512263.shtml
7. http://tea.zjol.com.cn/201810/t201810188512263.shtml
8. http://www.cjr.org/year/03/1gillmor.asp
9. http://www.wenming.cn/specials/qzggkf40zn/rn/
10. https://www.douban.com/group/topic/4260862/
11. 老外看中国:英国小哥细数"两会"关键词[EB/OL].http://www.pingjiang.zgjx.cn/NewsAwardingSys/NewsVideoAction/todetails.do?id=8a89901064f8a94a0164f9e2b6e201b1.
12. "钢铁侠"VR直播:全国政协十二届五次会议新闻发布会[EB/OL].http://www.pingjiang.zgjx.cn/NewsAwardingSys/FuseCreativeAction/todetails.do?id=8a89901064fd769a01650e4bb9a50d1c.
13. 两会进行时[EB/OL].http://www.pingjiang.zgjx.cn/NewsAwardingSys/MobileLiveAction/todetails.do?id=8a89901064fd769a0164fd99caba0033.
14. "军装照"H5[EB/OL].http://www.pingjiang.zgjx.cn/NewsAwardingSys/CreativeHdAction/todetails.do?id=8a89901064fd69090164fd69b0e7000f.
15. "天舟一号"发射任务VR全景直播[EB/OL].http://www.pingjiang.zgjx.cn/NewsAwardingSys/MobileLiveAction/todetails.do?id=8a89901064fd769a0164fd7b74960005.
16. "媒体大脑"想陪你聊聊"两高"这五年[EB/OL].http://www.xinhuanet.com/zgjx/2019-05/24/c_138082807_2.htm.
17. 白天千万扶贫行动[EB/OL].http://www.zgjx.cn/2019-05/24/c_138082869.htm.
18. 时光博物馆[EB/OL].http://www.zgjx.cn/2019-05/24/c_138083032.htm.
19. 震撼!一张长图带你领略港珠澳大桥[EB/OL].http://www.zgjx.cn/2019-05/24/c_138086211.htm.
20. "中国一分钟"系列微视频[EB/OL].http://www.zgjx.cn/2019-05/23/c_138080601.htm.
21. 幸福照相馆[EB/OL].http://www.pingjiang.zgjx.cn/NewsAwardingSys/FuseCreativeAction/todetails.do?id=8a89901064fd769a01650e4bb9a50d1c.

22. 长幅互动连环画|天渠:遵义老村支书黄大发36年引水修渠记[EB/OL]. http://www.pingjiang.zgjx.cn/NewsAwardingSys/ReportViewAction/todetails.do?id=8a89901064fd769a01650e2200560cda.
23. 我宣誓——打卡红色地标重温入党誓词[EB/OL]. https://zh.voc.com.cn/list.php?cid=1499.
24. 普利策官网:https://www.pulitzer.org
25. 人民网:http://www.people.com.cn
26. 新华网:http://www.xinhuanet.com
27. 新京报:http://epaper.bjnews.com.cn
28. 中国记协网:http://www.zgjx.cn

四、期刊

《国际新闻界》
《新闻大学》
《现代传播》
《新闻与写作》
《新闻爱好者》
《中国报业》
《中国记者》
《中国出版》
《新闻战线》
《广西大学学报(哲学社会科学版)》
《郑州大学学报(哲学社会科学版)》
《南京师大学报(社会科学版)》
《中国科技期刊研究》
《南风窗》

后 记

新闻评析能力是新闻从业人员的一项基本功,通过品评别人作品的得失,有利于提高新闻从业人员的新闻报道能力。目前,我国高校新闻传播类专业普遍开设了新闻作品评析类课程,新闻评析是新闻专业本科生的必修课,也是新闻传播专业研究生的必修课。

教材不同于专著。作为教材,本书在编写过程中,注意了两个方面:一是吸收已有教材关于新闻评析的成熟观点,二是吸收新闻学界关于新闻评析最新的研究成果。如汤世英主编的《中外新闻作品研究》、夏琼编著的《新闻评析》奠定了新闻作品评析教材的基本框架,提出了一些成熟的观点。由石长顺任主编、李黎明、王灿发任副主编的《电视文本解读》重点研究了电视新闻作品的评析方法;孙宜君、萧庆元、吴红宇编著的《新闻佳作评析》,从案例角度研究了新闻佳作的评析;陈龙、陈霖撰写的《新闻作品评析概论》属于较新的研究成果。本书部分地吸收了上述学者的研究成果。此外,本书选取了许多作者的新闻作品作为研究对象,吸收、引用了一些学者的专著和期刊文章中的研究成果,限于篇幅未能对这些作者及研究成果一一注明。新闻作品的选取,本书借鉴了中国新闻奖作品选等国内外一些优秀作品。在此,向所有为本书提供研究成果的作者、学者表示由衷的感谢。

由于新闻评析的理论体系还处于探索时期,本人试图站在前人的肩膀上有所创新,但是构建新体系绝非一日之功,加上本人自身水平的限制,本书一定存在不少这样或那样的缺点和错误,恳请专家、同行和读者批评指正。本教材应全国高校新闻传播专业教学需要,已经进行了二次修订,本次系第三次修订。

本次修订主要更新了一些案例,使教材更有时代气息。本次修订执笔者有:王艳(第一章)、白志杨(第二、三章)、赖奇春(第四、五章)、支仲凯(第六、七章)、徐胜(第八、十三章)、党李丹(第十一、十二章)、陈琳琳(第九、十章)。

本书在撰写和修订过程中，得到了中国传媒大学隋岩教授、雷跃捷教授、陈作平教授的支持、鼓励和帮助。本书责任编辑张笛为本书的修订和出版也付出了艰辛的劳动。我谨向他们表示深深的感谢。

王灿发
2023 年 1 月 25 日
美然斋

图书在版编目(CIP)数据

新闻作品评析教程 / 王灿发著. --3 版. -- 北京：中国传媒大学出版社，2023.4
新闻传播专业"十四五"规划教材
ISBN 978-7-5657-3399-4

Ⅰ. ①新… Ⅱ. ①王… Ⅲ. ①新闻—文学评论—高等学校—教材 Ⅳ. ①I055

中国国家版本图书馆 CIP 数据核字（2023）第 017642 号

新闻作品评析教程（第三版）
XINWEN ZUOPIN PINGXI JIAOCHENG（DI-SAN BAN）

著　　者	王灿发
责任编辑	张　笛
封面设计	拓美设计
责任印制	阳金洲
出版发行	中国传媒大学出版社
社　　址	北京市朝阳区定福庄东街 1 号　　邮　编　100024
电　　话	86-10-65450528　65450532　　传　真　65779405
网　　址	http://cucp.cuc.edu.cn
经　　销	全国新华书店
印　　刷	北京中科印刷有限公司
开　　本	787mm×1092mm　1/16
印　　张	17.25
字　　数	400 千字
版　　次	2023 年 4 月第 3 版
印　　次	2023 年 4 月第 1 次印刷
书　　号	ISBN 978-7-5657-3399-4/I·3399　　定　价　59.80 元

本社法律顾问：北京嘉润律师事务所　郭建平